證詞

THE TESTAMENTS The Sequel to The Handmaid's Tale

使女的故事 續集　瑪格麗特・愛特伍 著 / 謝靜雯 譯

「每個女人都該懷有同一套動機，不然就是妖怪。」

——喬治·艾略特，《丹尼爾·戴蘭達》

「當我們凝望彼此的臉龐，看的不是一張我們痛恨的面孔——不，我們是在凝望一面鏡子……你們在我們身上，果真認不出自己嗎？」

——瓦西里·格羅斯曼，《人生與命運》里斯中校對老布爾什維克莫斯托夫斯寇依說的話

「對心靈來說，自由是沉重的負荷，是重大且奇特的負擔……它並非天賜之禮，而是選擇，而且可能是艱難的選擇。」

——娥蘇拉·勒瑰恩，《地海古墓》

目錄 Contents

I、雕像

1 艾杜瓦館親筆手書

唯有逝者才能豎立雕像，但我生前就獲賜一尊。我早早被化為石頭。

這座雕像是為了對我的諸多貢獻聊表謝意，讚詞這麼說，由薇達拉嬤嬤宣讀。這項任務是上級交辦給她的，她一點都沒有讚許的意思。我盡可能態度謙遜地向她致謝，然後扯動拉繩，鬆開裹住我雕像的那塊布幔，布幔鼓膨起來繼而落地。我的雕像佇立在那裡。在艾杜瓦館這裡沒有歡呼這種習慣，但響起了些許低調的掌聲。我微微頷首致意。

我的雕像比真人尺寸還大，雕像往往如此，呈現我好些時日之前更年輕苗條更健美的模樣。我站得筆直，肩膀挺起，嘴唇彎成了堅定但和善的笑容，雙眼牢牢盯著某個遼遠之處，我明白這是為了展現我的理想主義，傳達我對職責義無反顧的投入，表示縱使眼前有重重障礙，我依然勇往直前的決心。我的雕像其實看不到天空中的任何東西，因為它立於一群鬱暗的樹木和矮叢之中，就在艾杜瓦館前方那條小徑旁。我們嬤嬤絕對不能過度張揚，即使是化為石像也一樣。

我左手緊抓著一名七八歲的丫頭，她滿眼信任仰望著我。右手搭在蹲伏在我身旁的女人頭頂上，頭罩遮住她的秀髮，她抬眼凝望，表情可以解讀為怯懦或感激——我們的一位使女——而我後方是我的珍珠女孩，準備出發投入傳道任務。我的腰帶上掛著一把電擊棒，這把武器讓我想到自己力有未逮之處：倘若我更有能力，就不會需要這樣的用具。我的嗓音會擁有足夠的說服力。

這個雕像群不大成功：太擁擠。我寧願重點多放在我身上一些。可是至少我看起來神智清明。原本可能恰恰相反，因為那位上了年紀的女雕塑家——貨真價實的信徒，現已過世——為了表達虔誠的狂熱，往往會給塑像鼓凸的雙眼。她替海倫娜嬤嬤雕作的半身像看起來就像得了狂犬病，薇達拉嬤嬤的雕像彷彿患了甲狀腺機能亢進，伊莉莎白嬤嬤則一副即將炸開的樣子。

揭幕時，目前這位女雕塑家緊張萬分：她為我做的塑像是否有增色的效果？我是否贊同？我要不要露出贊同的樣子？布幔掀開時，我玩味著是否要蹙起眉梢，但想想又作罷：我這人不是沒慈悲心。「栩栩如生。」我說。

那是九年前的事了。從那之後，這座雕像歷經風吹雨淋：鴿子在我上頭做了妝點，苔蘚在我濕氣較重的縫隙冒了出來。信徒習慣在我腳邊留下祭品：雞蛋代表繁殖力、柳橙象徵孕期的完滿、可頌指涉月亮。我不理會麵包類的東西，因為通常被雨淋濕了，但會把柳橙收進口袋。柳橙可以提神醒腦。

我在艾杜瓦館圖書館的私人密室裡寫下這些文字——歷經各地如火如荼的焚書行動之

後，這裡是國內僅存的少許圖書館之一。為了替必定到來的道德純潔世代打造出潔淨的空間，過去那些腐敗染血的指印必得抹除。理論是這麼說的。

可是在這些沾血的指印之中，有些是我們自己的，而這些指印無法如此輕易地抹消。過去幾年，我埋葬了不少骸骨[1]；現在，我想再將它們挖出來——即使只是為了對你有所啟發，我未知的讀者。如果你正在閱讀，至少這份手稿留存下來了。雖然也許我只是在幻想：也許我永遠不會有讀者。也許我只是對牆說話[2]，而這不只是字面上的意思。

今天寫夠了。我的手發疼、背痠痛，每晚睡前那杯熱牛奶正在等我。我會將這份文件暗藏起來，避開監視器——我知道監視器分布在哪裡，因為是我自己裝上去的。即使做了這些預防措施，我也很清楚我冒了什麼樣的風險：寫作可能陷我於險境。我會遭逢什麼樣的背叛，又會碰上什麼樣的告發？艾杜瓦館裡有好幾個人會想拿到這份文件的。

再等等吧，我在心裡默默勸告她們：事情即將每況愈下。

---

1 bones 在此為雙關，意指不為人知的祕密，一旦揭露會造成負面觀感，另外也暗示有不少人喪命在她手中。

2 在此有兩義，她獨自在密室裡寫作（說話），四壁包圍，另一指的是她訴說的對象（想像中的讀者）不會給她任何回應，是單向的對話。

II、珍貴的花朵

2 證人證詞逐字稿369A

你要我告訴你，我在基列共和國裡成長的經歷。你說這樣會有幫助，我的確也希望自己幫得上忙。我想你預料除了恐怖的經歷之外別無其他，可是事實上，在基列這裡，如同其他地方，許多孩子都得到了愛護與疼惜。在基列這裡，如同其他地方，許多成人難免犯錯但秉性善良。

我希望你也會記得，我們對童年經歷過的仁慈往往會有些念舊，不管童年的處境在別人眼裡看來多麼詭異。我同意你的看法，基列應該漸漸消逝——那裡有太多偏差、過多謬誤，太多抵觸神意的地方——可是你一定要給我一些空間，讓我悼念即將失去的美好。

在我們學校，粉紅是春夏的色彩、紅紫是秋冬的色調，白色則屬於特殊的日子：星期日和慶祝場合。五歲以前，要遮住胳膊和頭髮，裙子長度必須及膝；五歲之後，裙子最短只能在腳踝上方五公分多，因為男人的衝動很可怕，那些衝動必須受到抑制。男人的目光永遠四處梭巡，宛如老虎之眼，那些探照燈般的眼睛必須加以遮擋，以避開我們誘人且令人盲目的力量——這股力量來自我們勻稱或骨感或豐腴的雙腿、我們線條優雅或骨節凸出或肥壯的手臂，我們細嫩或斑駁的肌膚、我們纏疊的亮麗鬈髮、粗糙亂髮、稻草般的細軟髮辮。不管體型和五官如何，我們都不由自主成了陷阱和誘惑，我們是天真無辜的源由，單憑本性就會令男人沉醉於肉慾，他們會蹣跚踉蹌、跌落邊緣——什麼東西的邊緣？我們納悶，就像懸崖嗎？接著他們會一頭栽入烈火中，好似用燃燒硫磺捏成的雪球，由上帝憤怒的手拋擲而出。我們是無價之寶的監護人，而這份珍寶存在於我們之內，不為人所見；我們是珍貴的花朵，必須安全保存在溫室裡，否則會受到偷襲，花瓣會被扯掉，我們的珍寶會遭到竊取，我們會被潛伏在任何角落裡的貪婪男人撕裂蹂躪，在那個罪惡滿盈、稜角尖銳的遼闊世界裡。

我們在學校替手帕、腳凳和裱框圖畫做點針刺繡時，流著鼻水的薇達拉嬤嬤就會跟我們講這類的事情。大家最愛的刺繡圖案是插瓶的花朵和缽中的水果。可是我們最喜歡的老師艾斯帖嬤嬤，會說薇達拉嬤嬤說得太過火，沒必要把我們嚇得不知所措，因為灌輸這樣的厭惡感，對我們未來婚姻生活的幸福可能會帶來負面影響。

「不是所有的男人都像那樣，女孩們，」她會用安撫的語氣說，「比較好的男人會更高尚。他們當中有些人懂得自我克制。妳們一旦結了婚，感受就會有所不同，不會那麼可怕的。」對這種事情她不可能有真正的認識，因為嬤嬤們都沒結過婚。她們是不准結婚的。那就是為什麼她們可以書寫和坐擁書籍。

「等時機一到，我們和妳們的父母就會一起做出明智的選擇，替妳們挑個好丈夫，」艾斯帖嬤嬤會說，「所以妳們不必害怕，只要好好讀書，相信妳們的長輩會替妳們做最好的打算，一切都會照該有的方式發展。我會為這件事禱告。」

可是縱使艾斯帖嬤嬤露出酒窩與和藹的笑容，占上風的卻是薇達拉嬤嬤的版本。它出現在我的惡夢裡：玻璃溫室粉碎，接著是馬蹄的撕扯踐踏，我化為粉紅、白、紫紅的碎片散落一地。我想到年歲增長就害怕——長到可以結婚的年紀。我對嬤嬤們的明智選擇並沒有信心：我怕自己最後會嫁給一頭慾火焚身的山羊[1]。

我們這樣特別的女孩規定要穿粉紅色、白色或紫紅色洋裝。但是來自經濟家庭的平凡女孩始終都穿同樣的衣服——醜陋的多色條紋洋裝搭灰色斗篷，跟她們母親一樣。她們甚至不用學點針刺繡或鉤針編織，只學普通的縫紉、紙花製作以及其他類似的雜務。不像我們，她們不會預先受到揀選、成為頂尖男人未來的婚配對象——像是雅各之子和其他大主教或他們的兒子。不過，如果她們長相夠標緻，年紀稍長的時候，還是可能會被挑中。

雖然沒人明說——妳不應該為了自己的美貌而自豪，因為這樣缺乏謙遜，另外也不能留意他人的美貌，不過我們女生都知道真相：長得美總比長得醜好。連嬤嬤們都放比較多心神在那些長得好看的女生身上。可是如果妳早早被挑中，漂不漂亮就沒那麼重要。

我不像胡妲有瞇瞇眼，也不像舒娜麥特那樣眉間有紋路，更不像貝卡那樣眉毛淡得幾乎看不見，可是我長得並不完美。我有張麵團般的臉，就像我最愛的馬大席拉做來款待我的餅乾，上頭有葡萄乾眼睛和南瓜子牙齒。不過我雖然長得不特別漂亮，卻是受到揀選的人。雙重的揀選：不只事先被挑中要嫁給大主教，也在一開始就被我母親塔碧莎選中。

塔碧莎以前總是這麼告訴我：「我到森林裡散步，」她會說，「碰到了一座被魔咒控制的城堡，有好多小女生被關在裡面，她們全都沒有母親，受到邪惡巫婆的控制。我有魔法戒指可以解開城堡的鎖，可是只能救一個出來，所以我仔仔細細把那些小女孩看過一遍，然後從一整群人裡面選中了妳！」

「其他人後來呢？」我會問，「其他的小女生呢？」

「不同的媽媽救了她們。」她會說。

「她們也有魔法戒指嗎？」

「當然了，我親愛的。要當母親的人都必須有一枚魔法戒指。」

「那個魔法戒指呢？」我會問，「現在在哪裡？」

「就是我手指上這個啊。」她會說，指著左手的第三根手指。她說那是心的手指，「可是我的戒指只能許一次願，我把那個願望用在妳身上了。所以現在只是一個平凡的、日常的母親戒指。」

說到這裡，我就可以試戴那枚戒指，那是一只金戒指，戒面鑲了三顆鑽石；大的在中央，兩顆較小的在兩側，似乎確實曾經有過魔力。

「離開森林的時候，」我會問，「妳把我抬高高、抱著走嗎？」這個故事我老早記牢了，可是我喜歡聽她一說再說。

「不，我親愛的，妳當時已經太大，如果我抱著妳走，我會咳嗽，那些巫婆就會聽見我們。」我可以看出這是真話；她確實常常咳嗽。「所以我握住妳的手，我們一起悄悄走出城堡，

---

1 山羊指的是色慾薰心的男人。

免得讓巫婆聽見。我們兩個都說噓噓……」——說到這裡她會將手指舉至唇前，我也會將手指舉高，然後開心地發出噓噓聲——「我們必須用很快的速度穿過森林，逃開那些邪惡的巫婆，因為她們其中一個看到我們走出大門。我們拚命跑啊跑，然後躲進空心的樹木裡面。當時好危險喔！」

我確實有個模糊的記憶，跟某個牽著我的手的人在森林裡狂奔。我當時躲在空心的樹幹裡嗎？感覺我曾經在哪裡躲過。所以也許這是真的。

「後來呢？」我會問。

「我把妳帶到這間漂亮的房子來啊。妳在這裡快不快樂？我們大家都好疼妳呢！我選了妳，我們兩個是不是都很幸運？」

我會朝她依偎過去，她用手臂環抱我，我的腦袋靠在她單薄的身子上，可以感覺到她肋骨的起伏。我的耳朵會貼在她的胸口，聽到她的心在體內怦怦跳動——似乎越跳越快，她正在等我說點什麼。我知道我的回答擁有力量：我可以逗她微笑或不。

除了是，是，我又能說什麼？是，我很快樂。是，我很幸運。總之這是真的。

3

我當時幾歲？也許六七歲。我說不上來，因為我對那之前的事沒有清晰的記憶。

我非常愛塔碧莎。她雖然如此削瘦，但長得很美。她會花好幾個鐘頭陪我玩耍。我們有間娃娃屋，格局就跟我們家一模一樣，有客廳、飯廳和給馬大們用的大廚房，還有父親的書房，裡面有書桌和書架。架子上所有的小假書都是空白的。我問過為什麼裡面什麼都沒有——我隱約有種感覺，就是那些頁面上應該要有記號——我母親說書本是裝飾品，就像插花用的瓶子。

為了我，為了維護我的安全，她當初得編多少謊言啊！但她心甘情願。她有創造力豐沛的心靈。

我們娃娃屋二樓有可愛的大臥房，有窗簾、壁紙和掛畫——好看的掛畫，畫的是水果和花卉——還有三樓更小的臥房，以及五間浴室，不過其中一間是補妝室——為什麼這麼叫？什麼是「補妝」？——還有放滿日用品的地窖。

娃娃屋可能需要的娃娃我們都有：穿著大主教夫人藍洋裝的母親娃娃；有三件洋裝可替換的小女孩娃娃——粉紅、白色、紫紅，就跟我的一樣——一身暗綠色搭圍裙的三個馬大娃娃；頭戴扁帽、負責開車除草的衛士；配著迷你塑膠槍的兩個天使軍，在大門站崗免得有人闖進來傷害我們，以及穿著大主教筆挺制服的父親娃娃。他話很少，但時常來回踱步，總是坐在餐桌的一端。馬大們會用托盤端東西給他，然後他會走進自己的書房並關上門。

就這點來說，這個大主教娃娃就像我自己的父親，凱爾大主教，他會對我微笑，問我乖不乖，然後消失不見。差別在於，我可以看到大主教娃娃在自己的書房裡做什麼，也就是坐在書桌前，身邊放著電子對講機和一疊文件，但我現實生活中的父親，我不可能知道他的動靜：我父親的書房嚴禁入內。

據說我父親在書房裡做的事情非常重要——就是男人會做的重要事情，因為太過重要，女人不能干涉，因為女人的腦容量比較小，無法思考宏大的想法，薇達拉嬤嬤就是這麼說的，她負責教我們宗教。那就好比要教貓咪鉤針編織，艾斯帖嬤嬤說，她負責教我們工藝，這句話逗得我們呵呵笑，因為真荒唐！貓咪根本沒有手指！

所以男人的腦袋裡有種像手指的東西，只是那種手指是女生缺乏的。那就解釋了一切，薇達拉嬤嬤說，我們不必再追問下去。她的嘴巴會猛地閉上，將可能會吐出口的話語鎖住。我知道她一定還有別的話要說，因為在當時，貓咪那個想法感覺就是說不通。貓咪又不會想要做鉤針編織，而我們並不是貓咪。

禁止的東西可以任人想像。那就是為何夏娃會吃下知識之樹的蘋果，薇達拉嬤嬤說：想像力過剩，所以有些事情最好不要知道，要不然你的花瓣就會散撒一地。

在整套盒裝的娃娃屋玩具裡，有個穿著紅洋裝、肚子圓鼓鼓、戴著白帽掩面的使女娃娃，不過我母親說我們家裡不需要使女，因為我們已經有我這孩子，而人不該貪心，有了個小女孩還奢想更多。所以我們用衛生紙裹住那個使女，塔碧莎說我之後可以送給家裡沒有這麼可愛的娃娃屋的小女生，那個小女生可以好好運用這個使女娃娃。

我很高興能把這個使女收進盒子裡，因為真正的使女總是讓我神經緊張。我們學校郊遊時會路過她們身邊，我們並肩排成長長的隊伍，前後各有一個嬤嬤押陣。學校郊遊是到教堂去，不然就到公園去玩繞圈遊戲或看看池塘裡的鴨子。以後我們就可以穿著白洋裝戴頭罩到救贖地和禱告場去參觀吊刑或婚禮，可是我們目前還不夠成熟，艾斯帖嬤嬤說。

其中一座公園裡有盪鞦韆，但因為我們的裙子可能會被風吹起，被人窺見，所以我們不能擅自去玩盪鞦韆。只有男生可以嚐嚐那種自由滋味，只有他們可以俯衝和翱翔，只有他們可以飛騰入空。

我到現在都沒坐過盪鞦韆，那一直是我的願望之一。

我們沿著馬路行進時，使女會挽著購物籃，兩兩結伴行動。她們不會看我們，或不怎麼看我們，或不是直接看，我們則不應該去看她們，因為盯著她們看很失禮，艾斯帖嬤嬤說，就像盯著瘸子或與眾不同的人看一樣失禮。我們也不能追問關於使女的事。

「等妳們夠大，自然會知道那些事情。」薇達拉嬤嬤會說。那些事情：使女是那些事情的一部分。不好的事情；會帶來損害的事情，或者已經受到損害的事情，這兩者可能相同。使女以前就像我們這樣嗎？雪白、粉紅、紫紅？她們是不是曾經不小心，是否曾經暴露了誘人的部位？

很難看出她們目前的模樣，因為她們戴著那種白帽，甚至看不見她們的臉。她們像一個模子刻出來的。

我們家裡的娃娃屋裡有個嬤嬤娃娃，雖然她活動的地方並不在家中，而是學校或是艾杜瓦館——據說嬤嬤們就住那邊。我自己玩娃娃屋的時候，會把那個嬤嬤娃娃鎖進地窖，我這樣做很惡劣。她會拚命搥著地窖門，放聲尖叫：「放我出去。」可是那個小女孩娃娃和那個幫忙她的馬大娃娃理也不理，有時候甚至哈哈大笑。

我記錄下這個殘忍行徑時，對自己並不滿意，雖說那只是對娃娃殘忍。說來遺憾，那就是我本性裡愛記仇的面向，是我無法完全壓制的。可是像這樣的一份陳述裡，最好一絲不苟地面對自己的過錯，就像對自己的其他行為一樣。要不然，別人不會理解你當初為何做了那些決定。

教會我誠實面對自己的是塔碧莎，就她跟我說過的種種謊言來講，這未免有點諷刺。持平來說，當話題放在她身上時，她可能算是誠實無欺。在處境不易的狀況下，她嘗試——我相信——盡量做個好人。

每天晚上跟我說完故事之後，她會替我蓋好被子，讓我跟我最愛的絨毛動物娃娃躺在一起，是一隻鯨魚，因為神造鯨魚是為了讓牠們在海裡嬉戲，所以把鯨魚當玩伴不會有問題。然後我們會一起禱告。

禱詞採用歌曲的形式，我們會同聲唱和：

此時我躺下準備安睡
願上帝保守我的靈魂
倘若我在甦醒前死去
願上帝帶走我的靈魂

四位天使圍繞床邊，
兩位床尾兩位床首，

一位守護一位禱告，
兩位帶走我的靈魂。

塔碧莎嗓音很美，有如銀製長笛。夜裡我正要飄入夢鄉時，偶爾幾乎會聽見她的歌聲。這首歌有幾點讓我不安。首先是那些天使。我知道他們應該是穿著白長袍、長著羽翼的那種，可是那不是我心中的想像。我心中浮現的景象是我們身邊這種天使：穿著黑制服，服裝上縫著布羽翼，佩帶槍枝的男人。想到佩帶槍枝的四個天使軍在我入睡時，圍繞在我床邊，就不舒服，因為他們畢竟是男性，所以要是我的身體從毯子底下露出來呢？比方說我的雙腳。難道不會燃起他們的衝動？會的，躲也躲不掉。所以想到那四個天使，我就無法安心。

還有，祈禱自己在睡夢中死去，這個想法一般並不受鼓勵。我想我不會在睡夢中死去，可是萬一我就會呢？我的靈魂是什麼模樣——就是那些天使會帶走的東西？塔碧莎說那部分就是魂魄的部分，不會隨著肉身一起死去，這點應該是個令人雀躍的想法。

可是我的靈魂長什麼樣子？我想像它就像我，只是小得多：就跟我娃娃屋的那個小女孩娃娃一樣。它就在我體內，所以也許就跟薇達拉嬤嬤說我們必須小心守護的那些無價寶物一樣。人也有可能失去自己的靈魂，薇達拉嬤嬤邊說邊擤鼻子，那麼一來，它會翻過邊緣，急速下墜，無止境地墜落，然後起火燃燒，就像那些好色的男人。這點是我極力想避免的。

4

我即將描述的下個階段開頭，起初我一定是八或九歲。我可以記得這些事件，但記不清自己的確切年齡。很難依照日曆記得日期，尤其我們並沒有日曆。不過我會盡可能往下說。

當時我叫艾格尼絲．耶米瑪。艾格尼斯的意思是「羔羊」，我母親塔碧莎說。她會唸一首詩：

小羔羊，誰造了你？
你知道誰造了你？

不只有這樣，但我忘光了。

至於耶米瑪，那個名字來自聖經的一則故事。耶米瑪是個非常特別的小女孩，上帝為了考驗她父親約伯，連連降下了厄運[2]，最慘的事情就是約伯所有的孩子都喪生了。所有的兒子，所有的女兒：全都死了！每次聽到這則故事，我就會全身一陣哆嗦！約伯聽到這個消息時，一定覺得晴天霹靂。

可是約伯通過了這場考驗，神又賜他幾個孩子——幾個兒子，還有三個女兒——所以約伯又快樂起來。而耶米瑪是那幾個女兒之一。「上帝將她賜給約伯，就像上帝將妳賜給我。」我母親說。

「妳碰過厄運嗎？在妳選了我以前？」

「有啊，我有。」她面帶笑容說。

「妳通過了考驗嗎？」

「一定通過了吧，」我母親說，「要不然我就沒辦法選到妳這樣美好的女兒。」

我對這個故事頗為滿意，但到後來我才納悶：約伯怎麼會任上帝塞給他新的一批孩子，期待他假裝死去的孩子無足輕重呢？

我不必上學或不在母親身邊時——我越來越少跟母親在一起，因為她越來越常躺在她樓上的床上，做馬大稱為「安歇」的事情——我喜歡到廚房去，看馬大做麵包、餅乾、派、蛋糕、湯和燉菜。所有的馬大都叫馬大，因為那就是她們的身分，她們都穿同樣的衣服，不過她們每個人都有名字。我們家的馬大是薇拉、蘿莎、席拉；我們之所以有三個馬大是因為我父親是個大人物。我最喜歡席拉，因為她說話細聲細氣，薇拉的嗓音很刺耳，蘿莎則老是沉著臉。不過那不是她的錯，她天生就長這樣。她比其他兩個年紀都大。

「要我幫忙嗎？」我會問我們家馬大。她們就會給我麵團碎塊玩玩，我會把麵團捏成男人，讓她們拿去跟原本料理的東西一起放進烤箱烤。我總是用麵團做成男人，我從來就不做女人，因為烤好以後，我就會吃掉，暗地覺得自己擁有支配男人的力量。儘管薇達拉嬷嬷說我會在男人心中撩起衝動，但我越來越明白，除此之外，我拿他們毫無辦法。

2 請見聖經約伯記 1:1-22。約伯記 1:19：「你的兒女正在他們長兄的家裡吃飯喝酒，不料有狂風從曠野颳來，擊打房屋的四角，房屋倒塌在少年人身上，他們就都死了，唯有我一人逃脫，來報信給你。」

「我可以從零開始做麵包嗎？」某天，席拉拿出大碗開始要調麵團時，我問。我看她們做過那麼多次，我確定我掌握了方法。

「妳省省力氣吧。」蘿莎說，臉比平日還臭。

「為什麼？」我說。

薇拉發出她慣有的刺耳聲音。「等她們挑一個胖胖的好丈夫給妳，」她說，「妳會有馬大替妳包辦所有的事情。」

「才不會是胖胖的。」我不想要一個胖丈夫。

「當然不會，那只是一種說法。」席拉說。

「妳也不用去購物，」蘿莎說，「馬大會負責。或者由使女負責，假如妳需要使女的話。」

「她可能不需要吧，」薇拉說，「她母親可是——」

「別說那個。」席拉說。

「什麼？」我說，「我母親怎樣？」我知道我母親有個祕密——一定跟她們說的「安歇」有關係——這點讓我害怕。

「只是，妳母親可以自己生小孩，」席拉以安撫的語氣說，「所以我確定妳也可以。妳想生小孩吧，親愛的？」

「想，」我說，「可是我不想要丈夫，我覺得他們很噁心。」她們三個人都笑了。

「不是全部的丈夫都這樣啦，」席拉說，「妳父親也是個丈夫啊。」這點我無話可說。

「他們一定會找一個不錯的來，」蘿莎說，「不會是隨便什麼老丈夫。」

「他們有自己的尊嚴要維護，」薇拉說，「不會讓妳隨便下嫁的，這點很肯定。」

我不願再想丈夫的事。「可是如果我想要呢？」我說，「想做麵包？」我覺得受傷，彷彿她們自成一圈，將我擋在外頭。「要是我想自己做麵包呢？」

「唔，當然了，妳的馬大會讓妳做的，」席拉說，「妳到時就是家裡的女主人，可是她們會因為這樣瞧不起妳。她們會覺得妳把屬於她們的職務、她們最擅長的事情搶走了。妳總不希望她們對妳有這種感覺吧，親愛的？」

「妳丈夫也不會喜歡這樣，」薇拉說，伴著一聲刺耳的笑，「對手很不好，瞧瞧我的手！」她把手伸出來：指節粗大，皮膚粗糙，指甲很短，死皮參差不齊——不像我母親的手修長優雅，戴著魔法戒指。「粗工啊——是很傷手的。他也不會希望妳聞起來像麵團。」

「或漂白水，」蘿莎說，「因為搓洗布料。」

「他會希望妳只做刺繡跟那類的活兒。」薇拉說。

「點針刺繡。」蘿莎說，語氣帶著嘲弄。

刺繡不是我的強項。我總是因為針法鬆垮邋遢而飽受批評。「我討厭點針刺繡，我想做麵包。」

「我們不見得都能做自己想做的事，」席拉柔聲說，「連妳也一樣。」

「有時候我們必須做自己討厭的事，」薇拉說，「連妳也一樣。」

「那就算了！」我說，「妳們好壞！」然後衝出了廚房。

這時我已經哭成淚人兒。雖然她們交代我別打攪母親，但我還是悄悄爬上樓走進她房裡。她蓋著白底藍花的可愛被子。她原本閉著眼睛，但一定聽到了我的聲音，因為她睜開眼睛了。每次我看到她，那雙眼睛就變得更大、更亮。

「怎麼啦，小可愛？」她說。

我爬進被子裡，依偎在她身邊。她身子暖呼呼的。

「不公平，」我啜泣，「我不想結婚！為什麼一定要結婚？」

她沒說因為那是妳的職責，要是薇達拉嬤嬤就會這麼說，也沒說等時候到了妳自然會想要，艾斯帖嬤嬤就會這麼說。起初她什麼都沒說，只是擁住我，撫搓我的頭髮。

「記得我怎麼挑了妳的，」她說，「從一堆人裡面挑出來。」

可是我已經大到不相信那個挑選的故事：鎖上的城堡、魔法戒指、邪惡巫婆、狂奔逃離。「那只是童話故事，」我說，「我是從妳的肚子裡出來的，就像其他寶寶。」她沒出聲確認這一點。她一語不發。不知怎的這讓我害怕。

「是吧！不是嗎？」我問，「舒娜麥特告訴我的。在學校。關於肚子的事。」

我母親將我擁得更緊。「不管發生什麼事，」她半晌之後說，「我要妳永遠記得，我一直非常非常愛妳。」

5

你可能已經猜到我接下來要告訴你的事，這件事一點都不快樂。

我母親快死了。除了我之外，每個人都知道。我是從舒娜麥特那裡聽來的。她說她是我最好的朋友。我們都不該有最好的朋友。形成小圈圈是不好的事，艾斯帖嬤嬤說：會讓其他女生覺得被排擠，說我們都應該幫助對方成為最完美的女孩。

薇達拉嬤嬤說，最好的朋友會導致耳語、謀劃、藏住祕密，而謀劃跟祕密會導致對神的違抗，違抗會導致反叛，而反叛的女孩會變成反叛的女人，而反叛的女人甚至比反叛的男人更糟，因為反叛的男人會變成叛徒，但反叛的女人會變成淫婦。

接著貝卡用她老鼠般的細小聲音開口問：什麼是淫婦？我們女生都很驚訝，因為貝卡很少發問。她父親不像我們的父親一樣是大主教，他只是個牙醫：醫術頂尖的牙醫，我們全家人都找他看牙，這就是貝卡可以進我們學校就讀的原因。可是那確實表示其他女生會看不起她，期待她會順從她們。

貝卡坐我旁邊——她總是試著坐我旁邊，如果舒娜麥特沒用肩膀把她擠開的話——我可以感覺到她在發抖。我怕薇達拉嬤嬤會因為她太過莽撞而懲罰她，可是任何人，甚至是薇達拉嬤嬤，都很難替她冠上莽撞的罪名。

舒娜麥特越過我對貝卡低聲說：別蠢了！薇達拉嬤嬤漾起笑容，如同向來那樣，並說她希望貝卡永遠不會透過親身體驗來查明淫婦的意思，因為成為淫婦的人最後不是遭亂石打死，就是腦袋蒙著布袋被吊死。艾斯帖嬤嬤說，沒必要過度嚇唬女孩們，接著她面帶笑容說，我們都是珍貴的花朵，而誰聽過反叛的花朵呢？

我們都看著她，盡可能撐圓眼睛，裝作天真無邪的神情，點頭表示我們同意她的看法。這裡沒有反叛的花朵！

舒娜麥特家裡只有一名馬大，我家有三名，所以我父親比她父親更有分量。我現在領悟到，那就是她要我當她最好朋友的原因。她是個矮矮胖胖的女孩，有兩條我羨慕的厚實長辮，因為我自己的短辮細細瘦瘦。黑眉毛讓她看起來比實際年齡還大。她很好鬥，但只有在嬤嬤不在場的時候。我們兩人意見不同的時候，她總是堅持自己說的才對。如果你反駁她，她只會把原本的意見重複一遍，只是音量更大。她對很多女生都很無禮，尤其是貝卡；說來慚愧，我個性太軟弱，不曾駁斥她。我面對同齡女生的時候個性軟弱，但在家裡馬大會說我固執任性。

「妳媽媽快死了，不是嗎？」有天午餐時間，舒娜麥特悄聲對我說。

「沒有，才沒有，」我低聲回話，「她只是身體有狀況！」馬大們的說法就是：妳母親的狀況。她的狀況使她不得不這麼常休息，也讓她久咳不止。近來，我們家馬大會端著托盤上樓到她房間，收回托盤的時候，盤子上的食物幾乎碰也沒碰。

她們再也不准我常去看她了。我去看她的時候，房間會處在半暗半明的狀態。房間再也沒有她的氣味，一種輕盈甜美的氣味，像是我們花園裡的玉簪花，可是現在的味道彷彿有個悶臭污濁的陌生人悄悄溜進來，躲在床底下似的。

母親蜷縮在刺繡藍花的被單底下，我會坐在她身旁，握住她削瘦的左手，上頭戴著那只魔法戒指。我問她狀況何時會消失，她會說她正在祈禱自己的痛苦快快結束。這番話會讓我放下心來：那就表示她會好轉。接著她會問我乖不乖、快不快樂，我總是答說是，她會掐掐我的手，請我跟她一起禱告，我們會唱那首天使圍著她的床佇立的歌曲。她會說謝謝，然後今天到此為止。

「她真的快死了，」舒娜麥特低聲說，「那就是她的『狀況』：快死了！」

「才不是，」我回得有點太大聲，「她好轉了，痛苦很快就會結束了。她禱告過了。」

「女孩們，」艾斯帖嬤嬤說，「午餐時間嘴巴是用來吃東西的，我們不能同時說話又嚼東西。能夠有這麼美味的食物，不是很幸運嗎？」今天是雞蛋三明治，通常我很喜歡吃，可是現在它們的味道我聞了就想吐。

「我從我家馬大那裡聽來的，」趁艾斯帖嬤嬤不注意的時候，舒娜麥特輕聲說，「是妳家馬大告訴她的。所以是真的。」

「哪個說的？」我說。我無法相信我們家馬大會這麼不忠心，竟然胡說我母親快死了——連臭臉蘿莎也不會這樣才對。

「我怎麼會知道是哪個？她們都只是馬大。」舒娜麥特說，甩了甩厚實的長辮。

那天下午，我們家的衛士從學校載我回家。我走進廚房時，席拉正在擀派皮，薇拉忙著切雞肉。爐灶後側有個湯鍋正在燉煮：多餘的雞肉、蔬菜碎塊和骨頭都會放進去。我們家的馬大們總會物盡其用，絕不浪費補給品。

蘿莎正在雙拼大水槽那裡洗碗，我們有個洗碗機，可是只有在大主教們來我們家聚餐之後才會用，因為太耗電了，薇拉說，現在因為戰爭而缺電。有時候馬大們稱這場戰爭為「掀鍋」戰爭，因為它一直沒滾沸[3]，或者稱為「以西結之輪」[4]，因為滾來滾去卻哪裡都去不了；

---

3 來自諺語 a watched pot never boils（心急水不沸）。

4 聖經以西結書1:15-21：「我正觀看活物的時候，見活物的臉旁各有一輪在地上。輪的形狀和顏色好像水蒼玉。四輪都是一個樣式，形狀和做法好像輪中套輪。輪行走的時候，向四方都能直行，並不掉轉。於輪輞，高而可畏，四個輪輞周圍滿有眼睛。至於輪輞，高而可畏，四個輪輞周圍滿有眼睛……」

不過這些話她們只會在彼此之間說。

「舒娜麥特說，妳們當中有個人跟她家馬大說，我母親快死了，」我劈頭就說，「是誰講的？說謊！」

三人全都停下手邊的事，彷彿我揮了魔杖，凍結了她們似的：席拉舉著擀麵棍，薇拉一手握著剁刀、另一手抓著蒼白的雞脖子，蘿莎拿著淺盤和擦碗巾。接著她們面面相覷。

「我們還以為妳知道，」席拉柔聲說，「我們以為妳母親會告訴妳。」

「或妳父親。」薇拉說。這很蠢，因為他哪有時間做這種事？他現在幾乎都不在家。在家的時候，不是自己吃晚餐，不然就是關在書房裡做重要的事。

「我們很遺憾，」蘿莎說，「妳母親是個好女人。」

「模範夫人，」薇拉說，「她忍受了痛苦，毫無怨言。」這時我已經趴在廚房桌上，雙手掩面痛哭。

「我們一定要忍受為了考驗我們所降下的磨難，」席拉說，「我們要保持希望。」

希望什麼？我暗想。還剩什麼可以希望的？眼前我只看得到失去和黑暗。

兩天後的晚上，我母親過世了。我一直到早上才發現。我很氣她得了絕症卻不告訴我——雖然她以某種方式告訴了我：她祈禱自己的痛苦快快結束，而她的禱告得到了回應。

我氣消了之後，覺得部分的我被割除了——我心裡有一個部分，現在肯定也死了。我希望她床鋪四周真的有四位天使，希望他們一直守護著她，合力將她的靈魂帶走，就像那首歌裡的內容。我試著想像他們帶著她往上再往上，進入了金色的雲朵。可是我並不真的相信。

III、聖歌

6 艾杜瓦館親筆手書

昨晚準備上床就寢的時候，我解開頭髮，殘餘的頭髮。幾年前，我總在場場激勵人心的講道中，在嬤嬤們面前抨擊虛榮心；儘管種種批評責難，虛榮心依然悄悄進駐我們心中。「人生的重點不在頭髮。」我當時只是打趣地說，這點是真的。但頭髮跟人生息息相關，這點也是千真萬確。頭髮是身體之燭的火光，隨著身軀的萎縮和融化，頭髮也跟著縮減短少。我的髮量曾經足以在流行頂髻的時代紮成頂髻，在時興小圓髻的年代，挽成小圓髻。可是現在我的頭髮就像我們在艾杜瓦館這裡的餐點：稀疏短缺。我生命的火焰正在減弱，速度慢過我四周某些人想望的，但實際上比他們意識到的還快。

我看著自己的映影。發明鏡子的人只偏袒我們當中的少數：我們知道自己的長相前，一定更快樂。原本可能更糟，我告訴自己：我的臉龐並未流露任何軟弱的徵兆，依然保有皮革般的質地，下巴上有那個形塑個性的痣，以及蝕刻在臉上的熟悉線條。我從來不曾有過輕浮的美貌，但我曾經好看過：現在卻已經無法再這麼說。頂多可以說是威嚴十足。

我的人生會如何結束？我納悶。我會活到受人冷落的老年，逐漸硬化？或者我會變得跟我那座榮譽雕像一樣？這個政權和我是否會一起崩垮，而我那座石頭複製品會跟著我一起被拖走，當成珍奇物件、草坪飾品、陰森的媚俗之物一樣被賣掉？

或者我會以妖魔鬼怪的身分遭到審判，然後遭到行刑隊處決，最後吊在路燈上讓公眾觀看？我會不會被一群暴民五馬分屍，腦袋被插在旗桿上，在歡鬧和譏笑中遊街示眾？我觸發過的怒火足以讓這種狀況發生。

現在，在這件事情上我依然有些選擇權。不是是否一死，而是何時死、如何死。這難道不是某種自由嗎？

噢，還有要拖誰一起下水，我已經列好了清單。

我很清楚你會怎麼評斷我，我的讀者；也就是說，如果我的名聲早一步傳到，而你已經認出我是誰，或曾經是誰。

在我目前所處的時代，我是一則傳奇，活著但不只是活著，死去但不僅是死去。我是個裱框的腦袋，掛在教室後頭——如果那些女孩地位高貴到能夠享有教室——以肅穆的笑容，默默告誡著。馬大會用我來嚇唬小小孩：不守規矩，麗迪亞嬤嬤就會來抓你！我也是供人效法的完美道德典範：麗迪亞嬤嬤會希望你怎麼做？我也是人們幻想中坐鎮審判的法官與仲裁，場面朦朧迷離：就這點麗迪亞嬤嬤會有什麼高見？

我因為權力而膨脹，確實，但也變得如同星雲——無形無狀、幻化不停。我無所不在卻又不在任何地方：我甚至在大主教們的心裡撒下令人不安的陰影。我要如何找回自己？如何縮回我正常的大小，就是一個平凡女性的大小？

可是也許已經太遲。跨出第一步，接著為了將自己從後果拯救出來，就會踩出下一步。在我們這樣的時代裡，只有兩種方向可行：往上或急墜。

今天是三月二十一日之後的首次滿月。世界的其他地方會宰殺與食用羔羊，也會吃復活節雞蛋，起因跟新石器時代的豐饒女神有關，但沒人選擇記住這件事。

在艾杜瓦館這裡，我們略過羔羊肉，但保留吃蛋的傳統。作為特別的款待，我准許她們替雞蛋染色：淡紅和淡藍。你難以想像這讓聚集在食堂吃午餐的嬤嬤們和求道者[1]多麼開心！我們的餐點一成不變，稍微有點變化都很受歡迎，即使只是在顏色上。

一碗碗的粉色雞蛋端了進來，供大家欣賞，但在我們貧乏的盛宴開始之前，我按照慣例帶領飯前禱告——願主祝福這些食物為我們效力，讓我們持續走在正道上。願主開恩賜予——接著是特別的春分飯前禱告：

> 隨著今年春季展開，願我們的心也跟著展開，祝福我們的女兒、祝福我們的夫人，祝福我們的嬤嬤和求道者、祝福我們的珍珠女孩在境外的傳道任務，願天父的恩典灌注在我們墜落的使女姊妹身上，按照祂的旨意，透過身體的獻祭和勞動來自我救贖。
>
> 祝福寶寶妮可，她被不忠的使女母親偷走，藏在不敬神的加拿大境內；祝福她所代

1 指的是準備當嬤嬤的見習生。

表的注定要由墮落者養大的無邪之人。我們的祝福和禱告都與他們同在。願我們的寶寶妮可歸還給我們，我們禱告；願恩典將她返還。

Per Ardua Cum Estrus[2]。阿們。

能夠想出這樣難以掌握的格言，讓我分外滿意。Ardua（艾杜瓦）的意思是「艱難」或「女性繁殖分娩」？Estrus跟荷爾蒙或跟異教徒春季儀式有關？艾杜瓦館的居民既不知道也不在乎。她們以正確的順序複述正確的話語，因此安全無虞。

接著是寶寶妮可。我為她的回歸而祈禱時，所有的目光都投向掛在我背後的照片上。如此實用，寶寶妮可：她會激發虔誠者，撩撥對敵人的仇恨，她見證了基列共和國裡可能的背叛以及使女們的陰險狡猾，她們永遠不可信任。寶寶妮可依然有利用價值，我思索：如果最後落到我手上——她將有個輝煌燦爛的未來。

由三位年輕求道者齊聲詠唱收尾的聖歌時，我正在想這些事情。她們的歌聲純淨清澈，其他人專注入神地傾聽。不管你怎麼想，我的讀者，在基列這裡是可以領受到美的。我們怎麼不會渴望美？我們畢竟是人。

我看到我以過去式來談我們的事情。

旋律取自舊聖歌，但歌詞是我們寫的：

在祂的注視下，我們的真理之光熠熠閃耀，
我們看清辨明所有的罪孽；

我們無論置身何處
都受祢保護。
我們將祕密與惡行從每顆心拔除
在禱告與淚水中裁定犧牲獻祭。

我們立誓順服，我們要求順從，
我們絕不偏離！
我們樂意領受嚴酷職務，
我們許諾服事。
一切無益的念頭與歡愉，我們必定壓制，
我們棄絕自我，安棲於無私之中。

這些文字平庸且毫無魅力：我可以這麼說，因為是我親筆寫的。可是這樣的聖歌目的並非傳達詩詞之美，只是用來提醒詠唱的人，如果偏離既定道路將要付出高昂代價。在艾杜瓦館這裡，我們對彼此的失誤毫不寬容。

唱畢，節慶飲食開場。我注意到伊莉莎白嬤嬤多拿了一顆蛋，而海倫娜嬤嬤少拿一顆，並且刻意讓大家都看在眼裡。至於薇達拉嬤嬤，她對著餐巾抽吸鼻子，我看到她紅著眼眶，

2 可解釋為 through labor/difficulties come fertility，「透過辛勞／困境，獲得生殖力」。角色會陸續在小說中提出解釋。

視線在她們之間跳動之後望向我。她在密謀什麼？事態會如何發展？

我們的小小慶祝過後，我踏上每晚固定的朝聖之旅。我沿著月光撫照的靜謐小徑，朝著館內遠端的賀德佳圖書館前進，沿途路過我那座陰影籠罩的雕像。我走進去，向夜間圖書館員打聲招呼過後，越過一般書區，那裡有三位近來才學會識字的求道者正吃力閱讀著。我穿過閱讀室，要進去那裡得先取得更高層級的授權，在那裡，聖經鎖在黑暗的盒子裡，散放著神祕的能量。

接著我打開一扇上鎖的門，穿過血緣系譜檔案，那裡藏有機密資料。記錄誰與誰有關聯是不可或缺的要務，官方說法與實質層面皆是：由於使女這套系統，某對夫婦的孩子也許和菁英母親或甚至是正式父親並無血親關係，因為使女在情急之下，為了尋求身孕，可能會無所不用其極。掌握這些事情是我們的責任，因為亂倫勢必要避免；已經有夠多異嬰[3]了。滿懷戒備地守護這份知識，也是艾杜瓦館的職責：這個檔案庫就是艾杜瓦館的跳動心臟。

我終於抵達我的密室，位於禁忌世界文學區的深處。我從禁書裡選了些放在我的私人書架上，是更低階的人員碰不到的。《簡愛》、《安娜卡列尼娜》、《黛絲女孩》、《失樂園》、《雌性生活》——要是讓求道者讀到任何一本，該會引起多大的道德恐慌！我也放了另一套檔案，只有少數人可以翻看；我將它們視為基列的祕史。那些化膿潰爛的東西並非都是金玉，但可以從中換取金錢以外的好處：知識就是力量，尤其是有損聲譽的知識。我並非頭一個看出這一點的人，也不是頭一個掌握機會利用它的人：全世界的每個情報單位一直都清楚這點。

隱遁之後，我將起步不久的手稿從藏匿處取出——評定為成人等級的書本之一，內部挖出長方形的空間。是紐曼紅衣主教的《為自己的人生辯護》。再也沒人讀那本大部頭的書了，天主教被視為異端，和巫毒相差無幾，所以不可能有人翻閱。不過，倘若有人翻開，等同朝我腦袋射發子彈；一顆來得太早的子彈，因為我還沒準備好要離開。如果我要離開，我打算在離開時發出比一枚子彈更驚天動地的聲響。

我經過審慎思考才選中這本書，因為我在這裡做的如果不是為自己的人生辯護，還會是什麼？我所過的這一生。這個人生——我向來告訴自己——是我別無選擇的結果。在當前的這個政權上台以前，我不曾想過要為自己的人生辯護。我不覺得有那個必要。我是家事法庭法官，幾十年透過種種勉強餬口的工作，費盡力氣才在專業上爬升到這個位置，我一直盡我所能公平公正地發揮那個角色的功能。我在我這行的實踐框架中，為了改善這個世界而奮力不懈。我捐獻給慈善機構，在聯邦和地方自治選舉上參與投票，提出有價值的意見。我自認活得正直不阿；我認為自己的德行會得到適度的喝采。

不過，我被逮捕那天，我才明白我對自己的看法，以及對諸多事物的想法，錯得多麼離譜。

3 Unbabies（unbaby），在基列，指的是有內在缺陷、外表畸形等嬰兒，往往很快夭折。

IV、衣裝獵犬

7證人證詞逐字稿369B

他們說，我會永遠留下傷疤，可是我幾乎比較好了；所以，是，我想我現在堅強到足以做這件事了。你說，希望我跟你講講我捲入整件事的來龍去脈，所以我會試試看；雖然我不大知道該從哪裡講起。

就從我生日之前開始好了，或者說，是我以前相信的生日。尼爾和梅蘭妮對我生日的事撒了謊；他們大有理由這麼做，而且出於好意。可是當我知道實情時，我非常氣他們。不過，要繼續生氣下去還滿難的，因為到了那時，他們都死了。你可以生逝者的氣，可是永遠沒辦法跟對方談談他們做過的事，或者只能有單向的對話。除了生氣，我也覺得愧疚，因為他們是被謀殺的。我當時相信，他們被謀殺全是我的錯。

那時我將滿十六歲，最期待的是把駕照考到手。我覺得自己已經大到不適合生日派對，雖然梅蘭妮總是替我準備蛋糕、冰淇淋，然後唱「黛西，黛西，給我真心的答覆」[1]——這首歌我小時候喜歡，現在則覺得很尷尬。我後來確實拿到蛋糕了——巧克力蛋糕、香草冰淇淋，我的最愛——可是我已經無法入口。那時梅蘭妮已經不在了。

那個生日是我發現自己是冒牌貨的日子。或者不該說是冒牌貨，像差勁的魔術師那樣：而是贗品，像是古董贗品。我是偽造品，刻意做成的。我那時候好幼嫩——感覺像是瞬間之前的事——可是我不再幼嫩了，要改變一張臉所需的時間多麼少：像木頭一樣雕刻它，使它硬化。我不再有從前那種睜大雙眼做白日夢的神情。我變得更尖銳，更集中。我變得狹窄。

尼爾和梅蘭妮是我爸媽，他們經營一家叫「衣裝獵犬」的店。基本上是二手衣物：梅蘭妮稱這些衣物為「原本被愛的」，因為她說「二手」的意思是「被利用過」。店外的招牌上是一隻微笑的粉紅貴賓狗，穿著蓬蓬裙，頭上戴著粉紅蝴蝶結，拎著一只購物袋。下面則是以斜體字和引號寫成的標語：「你永遠不會知道！」意味著，二手衣物好到你不會知道是二手的，可是根本不是那樣，因為這裡的衣服大多都很破舊。

梅蘭妮說自己從祖母那裡繼承了衣裝獵犬。她也說她知道那個招牌很老派，可是既然大家都這麼熟悉，現在如果改掉會很失禮。

我們這家店在皇后西[2]，梅蘭妮說，那一帶的幾個街區過去都是買賣紡織品、鈕釦和鑲

---

1 來自〈Daisy Bell〉這首熱門老歌，由英國作曲人 Harry Dacre 於西元一九八二年寫成，知名的副歌如下：「Daisy, Daisy / Give me your answer, do. / I'm half crazy / all for the love of you……"。

2 Queen West 是加拿大多倫多市的皇后街西段。皇后街是一條東西向大道。

邊、便宜的亞麻製品、一元商店等。不過現在變得越來越高檔：主打公平貿易和有機的咖啡店、大品牌的暢貨中心、名牌精品店逐漸進駐。為了有所回應，梅蘭妮在櫥窗加掛了告示：「可穿上身的藝術品」。店裡充斥了各式各樣的衣服沒錯，可是絕對稱不上「可穿上身的藝術品」。有個角落的東西還算有品牌，不過真正高價的東西打一開始就不會來衣裝獵犬。其他就是一般東西。各種人來來去去；有老有少，來找便宜貨或挖寶，或只是隨便逛逛。或是來賣東西：每個街友都會拿在跳蚤市場買到的T恤，過來賣個幾塊加幣。

梅蘭妮在一樓工作。她向來穿色彩鮮麗的衣服，像是橙橘或桃紅，因為她說這些顏色可以創造正向和充滿能量的氣氛，總之她內心有點吉普賽。她總是生氣勃勃、笑容可掬，但也隨時留意有沒有人順手牽羊。打烊之後，她會分類打包；這堆要送慈善機構、這堆要拿去回收、這堆是可穿上身的藝術。她會一面分類一面唱音樂劇的曲子——很久以前的那些老歌。「噢多麼美麗的早晨」是她的最愛之一，還有「當你穿過風暴」[3]，聽她唱歌我會心煩；我現在對這點覺得很過意不去。

有時候她會招架不住：太多布料，有如一片汪洋大海，衣物像海浪一波波湧來，威脅要溺斃她。喀什米爾！誰要買三十年的喀什米爾啊？又不會隨著時間變好，她會說——又不像她本人會越陳越香。

尼爾留著逐漸灰白的鬍子，不常修整，頂上的毛髮不多。他看起來不像生意人，可是負責處理他們所謂的「財務面」：發票、會計、稅金。他的辦公室在二樓，要先經過一段橡膠鋪面的樓梯。他有部電腦、檔案櫃、保險櫃，除此之外這間房間不怎麼像辦公室：就跟店面一樣擠滿東西、雜亂不堪，因為尼爾喜歡蒐集東西。發條音樂盒就有好幾個。時鐘，有很多不同款式的時鐘。有把手的老計算機。會在地上走路或彈跳的塑膠玩具，像是熊、青蛙、假牙組。幻燈片投影機，用來投放再也沒人擁有的彩色幻燈片。相機——他喜歡老相機。有些拍出來的相片比現在的任何攝影器材都好，他會說。他有一整個架子上面純粹只放相機。

有一回他保險櫃沒關，我往內一看。我以為會有一疊疊現金，結果裡面除了一只小小的金屬玻璃東西，什麼都沒有，我心想那一定也是個玩具，就像會跳的假牙。可是我找不到用來轉發條的把柄，而且因為很舊了，我不敢去碰。

「我可以玩那個嗎？」我問尼爾。

「玩什麼？」

「保險櫃裡的玩具。」

「今天不行，」他面帶笑容說，「也許等妳大一點。」接著關起保險箱。後來我忘了那個奇怪的小玩具，直到時機對了，我才想起那個東西並明白那是什麼。

尼爾會嘗試修理各種東西，不過常常功敗垂成，因為找不到零件。然後那些東西就會丟在一邊「積灰塵」，梅蘭妮說。尼爾討厭丟東西。

他在牆上掛了幾張舊海報：「口風不緊船會沉」，來自久遠以前的一場戰爭[4]；穿著連身工作服的女性展示二頭肌，表示女人也能做炸彈——來自同一場舊時的戰事；一張紅黑雙色的海報，裡面有個男人和一面旗幟，尼爾說來自俄羅斯的前身。那些都是他祖父的東西，他

---

3 兩首各自為音樂劇《奧克拉荷馬》中的〈Oh, What a Beautiful Mornin'〉和《旋轉木馬》的〈You'll Never Walk Alone〉。

4 指的是二次世界大戰。

祖父以前住溫尼伯。我對溫尼伯一無所知，只知道那裡很冷。

我還小的時候很愛衣裝獵犬，那裡就像個塞滿寶物的洞窟。我不該單獨進尼爾的辦公室，因為我可能會「碰東碰西」，不小心會打破物品。可是有人監督的話，我就可以玩那些發條玩具、音樂盒和計算機。不過相機不能碰，因為太珍貴，尼爾說，反正裡頭也沒底片，玩起來也沒什麼意思吧？

我們不住店面樓上。我們家距離滿遠的，在住宅區，那裡有老平房，也有更新更大的房子，建在老平房拆除的原址。我們家不是平房——有二樓，臥房就在那裡，但也不算新房子。是黃磚打造的，非常普通。沒什麼會讓你多看一眼。事後回想，我猜那正合他們的意。

8

星期六和星期天我常在衣裝獵犬裡，因為梅蘭妮不希望放我獨自在家。為什麼不行？我長到十二歲的時候，開始問。要是家裡失火了呢？梅蘭妮說。總之，把孩子一人丟在家裡是違法的。然後我就會辯說，我又不是孩子，接著她會嘆氣並說我不懂什麼是孩子、什麼不是孩子，孩子可是個天大的責任，說我以後會明白的。然後她會說，我害她頭都痛起來了，再來我們就會坐上她的車，開到店裡。

我可以在店裡幫忙——按照尺寸替T恤分類、在上頭貼標籤，把那些需要清潔或丟棄的擱在一邊。我喜歡做這件事：我坐在後面角落的一張桌邊，四周瀰漫著淡淡的樟腦丸味，看著走進店裡的人。

來店裡的人不全是顧客。有些是遊民，想用我們的員工洗手間。只要是認識的，梅蘭妮都會放行，尤其冬天的時候。有個年紀較大的男人常常過來。他穿著梅蘭妮送的粗花呢大衣，配上針織背心。我十三歲的時候，覺得他讓人心裡發毛，因為我們學校教過戀童癖的單元。他叫喬治。

「妳不應該讓喬治用廁所，」我跟梅蘭妮說，「他是變態。」

「黛西，這樣說很刻薄，」梅蘭妮說，「妳為什麼這麼想？」我們當時在家，在廚房裡。

「反正他就是變態。每次都賴在店裡不走，還在店外纏著人討錢。而且他在跟蹤妳。」

我可以說他在跟蹤我，這樣他們才會真正擔憂起來，但那不是真的。喬治從沒注意過我。

梅蘭妮笑著說：「沒有，他才沒有。」我判定她太天真。在我那個年紀，父母突然從無所不知的人，搖身變成一無所知的人。

還有一個人常常進出那家店，但她不是街友。我猜她四十歲，也許將近五十：我看不大出長輩的年紀。她通常穿著黑皮衣夾克、黑牛仔褲，腳踩厚重靴子；暗色長髮往後挽起，脂粉不施。她看起來像騎重機的，但不是真正的重機客——更像在拍重機客廣告。她並不是顧客——她會從後門進來，拿要給慈善機構的衣物。梅蘭妮說她們是老朋友，所以只要艾達開口，她就很難拒絕。總之，梅蘭妮說她只給艾達那些很難賣掉的，那些東西可以派上用場也不錯。

就我看來，艾達不是樂善好施型的。她不是個性柔和、面帶笑容的那種人，而是有稜有角、闊步走路。她從來不會停留很久，只要離開，必定扛走幾箱我們打算要丟的衣服，塞進她停在店面後巷的車子裡。我從坐的地方可以看到這些車子，車款沒一次相同。

會進衣裝獵犬的第三種人什麼都不買。就是穿著銀色長洋裝、頭戴白帽的年輕女子，她們自稱「珍珠女孩」，說她們是為了基列替神做工傳道。她們令人發毛的程度比喬治多得多。她們在市中心宣教，會跟街頭上的人聊天，也走進商店裡，惹人反感。有些人對她們很不客氣，但梅蘭妮從來都不會，因為她說那樣做沒什麼用處。她們總是兩兩結伴現身，戴著白珍珠項鍊，笑咪咪，但不是真心的笑容。她們會把印刷小冊交給梅蘭妮，上面的照片裡有整潔街道、快樂孩童、朝陽以及理應吸引你到基列去的標題：「墮落了？上帝依然可以饒恕你！」、「無家可歸？基列可以供給你一個家。」

總是至少有一份手冊講的是寶寶妮可。「把寶寶妮可還來！」、「寶寶妮可屬於基列！」我們在學校看過寶寶妮可的紀錄片：她的母親是個使女，將寶寶妮可從基列偷渡出來。寶寶妮可的父親是超級卑鄙的高階基列大主教，所以當時引發了軒然大波，基列要求返還寶寶妮可，好讓她與合法的雙親團圓。加拿大先是以拖待變，最後終於屈服，答應會不遺餘力協尋，但到了那時，寶寶妮可已經消失無蹤，從此下落不明。

現在寶寶妮可成了基列的模範孩童。珍珠女孩的每份手冊上都有她的同一張照片。她看起來就是個寶寶，毫無特色，可是她在基列幾乎成了聖人，我們老師說。對我們來說，她也是個代表人物，加拿大只要有反基列的抗議活動，就會有這張照片搭上這類的標語：「寶寶妮可！自由的象徵！」或者「寶寶妮可！打先鋒！」彷彿寶寶真的可以打什麼先鋒似的，我會暗地這麼想。

基本上我並不喜歡寶寶妮可，因為我必須寫一份關於她的報告。我得到了C的成績，因為我說她被兩國當成皮球踢來踢去，如果要追求多數人的福祉，就是把她還回去。老師說我真無情，應該學習尊重別人的權利和感受。我說，基列的人也是人，憑什麼他們的權利和感受就不應該得到尊重？老師脾氣失控，叫我成熟點，這樣說也許有道理，因為我是刻意激怒她的。可是我很氣自己得到C這種成績。

珍珠女孩每次過來的時候，梅蘭妮就會收下那些手冊，答應會在結帳處擺一疊，有時甚至會把舊版手冊還給她們。她們會把剩下的收走，拿去別的國家發送。

「妳為什麼要這樣？」我十四歲的時候問她，當時我對政治起了更大的興趣，「尼爾說我們是無神論者。妳這樣等於在鼓勵她們。」我們在學校上過三個關於基列的單元：那裡是糟糕透頂的地方，女人不能擁有工作也不能開車，使女們像母牛一樣被迫懷孕，只是乳牛的處境更好。願意站在基列那一邊的人如果不是怪物，那什麼才是怪物？尤其是女性。「妳幹嘛不跟她們說，她們很邪惡？」

「跟她們爭辯是沒意義的，」梅蘭妮說，「她們是狂熱分子。」

「那我來跟她們說啊。」我那時以為，我很懂人的問題出在哪裡，尤其是成人。我以為我可以讓她們看清真相，珍珠女孩年紀比我大，她們又不是孩子，怎麼可能會相信那些鬼話？

「不行，」梅蘭妮嚴厲地說，「待在後面，我不希望妳跟她們說話。」

「為什麼不行？我可以應付——」

「她們想騙妳這個年紀的女生跟著她們到基列去。她們會說珍珠女孩專門幫忙婦女和女孩，她們會訴諸妳的理想主義。」

「我才不會上當！」我憤慨地說，「我又不是他媽的腦殘。」在梅蘭妮和尼爾身邊，我通常不會罵髒話，可是有時候就是會說溜嘴。

「別說髒話，」梅蘭妮說，「會給人不好的印象。」

「抱歉，可是我腦沒殘。」

「當然不，」梅蘭妮說，「反正別去打攪她們。如果我收下手冊，她們就會離開。」

「她們的珍珠是真的嗎？」

「假的，」梅蘭妮說，「跟她們有關的一切都是假的。」

9

儘管為我做了這麼多，梅蘭妮還是有種遙遠的氣味。她聞起來像是我去作客的陌生房子裡的客用花香肥皂，我的意思是，她聞起來不像我母親。

我更小的時候，在學校圖書館最愛的書本之一，講的就是一個男人混進狼群裡。這男人永遠都不能洗澡，因為會把狼群的味道洗掉，這麼一來，那些狼就會排擠他。梅蘭妮跟我，我們需要添上那層群體的氣味，就是能將我們標示為「我們」的東西——將我們凝聚起來。可是那種情形一直沒發生。我們相處起來一直不是很舒適自在。

還有，尼爾和梅蘭妮不像我認識的那些孩子的爸媽。他們在我身邊太小心翼翼，彷彿我是會破的脆弱東西。彷彿我是他們幫忙照顧的競賽得獎貓，自家的貓在身邊是理所當然的事，你對牠會很隨意，但其他人寄養的貓又是另一回事，如果你搞丟那隻貓，就會有全然不同的罪惡感。

還有一件事：學校那些孩子都有自己的照片——一大堆照片。他們的父母將他們生活的每分每秒都記錄下來。有些孩子甚至有出生的照片，他們會帶來課堂的分享活動上，我以前都覺得那很噁心——鮮血和肥大的雙腿，一顆小小腦袋從中間冒出來。他們也有嬰兒時期的照片，好幾百張。這些孩子只要打個嗝，就會有某個大人拿相機對準他們，要他們再來一次——彷彿他們過兩次人生，一次在現實裡、一次在相片中。

但我沒有。尼爾蒐集古董相機是很酷沒錯，可是我們家裡卻並沒有可用的相機。梅蘭妮告訴我，我早期的照片都在一場火災裡燒掉了。只有白痴才會相信這個說法，所以我就信了。

現在我要跟你說一件我做的傻事，還有那件事帶來的後果。我對自己當時的行為並不自豪：回顧當時，我才意識到有多麼愚蠢。可是那時我並不明白。

我生日前一週，即將有一場關於基列的抗議遊行。有新一批行刑的影片從基列偷渡出來，在新聞上播送：婦女遭受吊刑，罪名是異端、叛教和試圖將寶寶帶出基列——這在他們的法律裡形同叛國。我們學校最高的兩個年級停課，好讓學生參加抗議活動，作為世界社會覺醒課程的一部分。

我們製作標語：「停止和基列貿易！」「為基列婦女伸張正義！」「寶寶妮可，指引明星！」有些孩子加上環保標語：「基列，氣候科學測謊器！」「基列要我們火大！」同時配上森林大火、死鳥、死魚、死人的照片。有幾個老師和志工家長要陪我們一起去，確保我們不會碰上任何暴力事端。我很興奮，因為這會是我平生第一場抗議遊行，可是尼爾和梅蘭妮怎麼都不准我去。

「為什麼不行？」我說，「其他人都要去！」

「絕對不行。」尼爾說。

「你們一直說我們應該捍衛自己的原則。」我說。

「這個不一樣，不安全，黛西。」尼爾說。

「人生本來就不安全，你自己說過。反正很多老師都會去，而且是學校課程的一部分——如果我不去，我會被扣分！」最後一部分不算是真的，可是尼爾和梅蘭妮希望我有好成績。

「也許她可以去，」梅蘭妮說，「如果我們請艾達陪她去？」

「我又不是小寶寶，不需要保母。」我說。

「妳腦袋糊塗了嗎？」尼爾對梅蘭妮說，「到時會有一堆媒體！會上新聞！」他扯著頭髮，殘餘的髮絲——這個動作表示他很擔憂。

「那就是重點啊。」我說，我們要帶去遊行的海報，有一張就是我做的——大大的紅色字母「基列＝心靈之死」配上黑色骷髏。「重點就是要上新聞啊！」

梅蘭妮用雙手遮住耳朵。「我頭要痛起來了。尼爾說得對，不行，我說不行。妳下午要到店裡幫我，就這樣。」

「好啊，那就把我鎖起來啊。」我說，氣呼呼走回房間，用力甩上門。他們別想勉強我。

我就讀的學校叫伍艾爾學校，以舊時代的雕刻家佛羅倫斯・伍艾爾命名，她的照片就掛在入門大廳。這所學校的宗旨就是要鼓勵創意，梅蘭妮說；以及瞭解民主自由和獨立思考，尼爾說。他們說那就是他們送我去那裡唸書的原因，雖然總體來說他們並不贊同私立學校，可是公立學校的標準如此低落，我們當然應該要努力改善制度，可是同時他們又不希望我被某個高年級毒販捅一刀。我現在認為，他們選擇伍艾爾學校是為了別的原因。伍艾爾嚴格執行點名規定：誰也蹺不了課。所以梅蘭妮和尼爾永遠都可以掌握我的去向。

我並不熱愛伍艾爾學校，但也不討厭。那是我前往現實人生必須先經歷的地方，而我再不久就會看清現實人生的樣貌。不久以前，我才立志要當小型動物的獸醫，但是那個夢想似乎有點稚氣。

後來，我決定要當外科醫師，可是在學校看了外科手術影片之後，覺得反胃想吐。伍艾爾學校的其他學生有些想當歌手或設計師，或者從事跟創意有關的其他行業，可是我不適合，我是音痴，笨手笨腳的。

我在學校有些朋友：一起嚼舌根的朋友，都是女生；互換作業的朋友，男女各有一些。我刻意拉低自己的成績——我不想顯得太突出——所以我自己的功課不是很有交換價值。不過，體操和競賽運動——表現得好就無所謂，而我確實擅長，尤其偏好高度和速度的運動，像是籃球，讓我成了組隊的熱門人選。不過在校外，我過著備受侷限的生活，因為尼爾和梅蘭妮總是提心吊膽。我不能到購物中心溜達，因為那裡有很多快克[5]成癮的人，梅蘭妮說。

5 Crack 是結晶狀的古柯鹼，由粉狀的古柯鹼製成。或固塊或晶體，顏色有黃、粉紅及白等不同變化。

我也不能在公園裡閒蕩，尼爾說，因為有奇怪的男人潛伏在那邊。所以我的社交生活幾近於零：組成社交生活的所有元素只有我在年紀更大的時候才能進行。在我們家，尼爾的魔咒就是「不行」。

不過，這一次我不打算退讓。不管怎樣，我都要參加那場抗議遊行。學校雇了幾輛巴士要載我們去。梅蘭妮和尼爾試圖攔截我，他們先打電話給校長，表示不許我參加。校長要求我留在校內，我請校長儘管放心，說我當然明白，沒問題，我會等梅蘭妮開車來接我。可是負責檢查學生名單的只有巴士司機，他根本不知道誰是誰，一堆人晃來晃去，家長和老師並未留意，也不曉得我不該參加，所以我跟一個不想參加的籃球隊員交換學生證，最後成功搭上巴士，對自己感覺非常滿意。

10

抗議遊行起初很刺激，地點在市中心，靠近立法大樓那裡，不過算不上是遊行，因為現場擠得水泄不通，寸步難移。有人演說。有個女人因為在基列隔離營裡清理致命的輻射而喪生，她的加拿大親友在談奴工的事情。「基列『國有家園計畫區』[6]種族滅絕生還者」的領袖談起人們被迫徒步走到北達科他，像綿羊一樣被塞進禁止出入的鬼城，沒有食物和飲水，成千上萬的人因此平白死去，有人則冒著生命危險在冬季往北跋涉到加拿大邊境，他舉起一隻失去手指的手說：凍傷。

接著輪到「庇護關懷」的講者上場——為逃離基列的女人而設的難民組織——談起女人的寶寶被強行奪走，說那有多殘忍，說如果你試圖討回寶寶，他們會說你對上帝不敬。那些演說我沒辦法聽得完全，因為有時擴音系統會被切掉，可是要傳達的意義再清楚不過。現場有很多寶寶妮可的海報：「所有的基列寶寶都是寶寶妮可！」

接著我們學校的團隊喊了些口號，舉起標語，其他人高舉不同的標語：「基列法西斯倒台！」「現在就設避難所！」就在那時，反方陣營的遊行者帶著不一樣的標語出現：「關閉邊境！」「基列留住你自己的蕩婦和小鬼，我們這裡已經夠多了！」「別再入侵！」「手淫滾回去！」他們當中有一群穿著銀色洋裝戴珍珠項鍊的珍珠女孩——拿著寫有「寶寶小偷該死」和「把寶寶妮可還來」的標語。我們這方的人對她們丟雞蛋，擊中的時候就放聲歡呼，可是珍珠女孩繼續用她們那種茫然的表情微笑。

突然爆發了混戰。一群黑衣蒙面人開始猛砸商店櫥窗。帶著鎮暴裝備的大批警察忽地現身，彷彿憑空而降。他們用盾牌撞擊，往前推進，以短棍擊打孩子和其他人。

直到那時我一直很亢奮，但現在我害怕起來。我想離開，可是那裡擠到我簡直無法動彈，放眼不見我班上的人。群眾開始恐慌，人們往這裡和那裡湧動，尖叫吶喊。有東西打中我的肚子：我想是某人的手肘。我呼吸變快，感覺淚水飆出雙眼。

「往這邊。」我背後傳來粗啞的嗓音，是艾達。她揪住我的衣領，拖著我跟她走。我不

---

6 National Homelands，全名為 The Gilead National Homelands，是基列裡規劃用來安置黑人和亞裔公民的區域，說是安置倒不如說是種族滅絕，因為這些人被迫步行到北達科他，進駐無人空城，那裡沒有糧食也沒有供水，不少人想辦法逃往加拿大邊界。

確定她是怎麼闖出路來的：我猜她用踢的。接著我們到了一條街上，就在暴動現場的後方，後來電視上就是用「暴動」稱呼這個事件。我看到影片的時候，我想，現在我知道身處暴動的感受：就像溺水似的，只不過我沒溺過水。

「梅蘭妮說妳可能在這邊，」艾達說，「我要帶妳回家。」

「不要，可是——」我說。我不想承認我覺得害怕。

「馬上，立刻，沒有什麼好如果跟可是的。」

那天晚上我在新聞上看到自己。我舉高標語吶喊著。我以為尼爾和梅蘭妮會對我大發脾氣，可是並沒有。他們只是很焦慮。「妳為什麼要那樣？」尼爾說，「沒聽到我們說的嗎？」

「你們總是說人應該要挺身對抗不公不義，」我說，「學校也這麼說。」我知道我越線了，可是我不打算道歉。

「下一步要怎麼走？」梅蘭妮說，不是對我，而是對尼爾，「黛西，能不能替我倒杯水？冰箱裡有冰塊。」

「也許不會那麼糟。」尼爾說。「我們不能冒險，」我聽梅蘭妮說，「我們必須趕快動身，昨天就應該行動了。我要打給艾達，她可以安排廂型車。」

「退路還沒準備好，」尼爾說，「我們不能……」

我端著那杯水回到客廳。「怎麼回事？」我說。

「妳沒功課要做嗎？」尼爾說。

11

三天之後，衣裝獵犬遭小偷了。店裡有警報器，但嫌犯早一步逃逸，那就是警報器的缺點，梅蘭妮說。嫌犯沒找到錢，因為梅蘭妮從來不放現金在店裡，可是他們拿走一些可穿上身的藝術品，也砸了尼爾的辦公室——他的檔案撒了一地。另外拿了一些他的收藏品——幾只鐘、舊相機、一個古董發條小丑。還縱了火，但手法很業餘，尼爾說，所以火勢很快就被撲滅。

警察過來問尼爾和梅蘭妮是否跟人結仇。他們說，沒有，他們沒有，一切都好——可能只是街友想找買毒品的錢吧。可是我看得出他們心情低落，因為他們用那種不希望我聽到的方式講話。

「他們拿走那台相機了。」我走進廚房的時候，尼爾正對梅蘭妮說。

「什麼相機？」我說。

「只是一台老相機，」尼爾說，又扯頭髮，「不過，是很稀有的那種。」

從那以後，尼爾和梅蘭妮越來越忐忑不安。尼爾替店面訂了新的警報系統。梅蘭妮說我們可能要搬家，可是我開始追問的時候，她又說只是個想法。關於闖空門的事，尼爾說沒造成真正的傷害。這句話他連說好幾次，我不禁納悶，除了他最愛的相機不見了，另外還造成了什麼傷害。

闖空門之後的那天晚上，我發現梅蘭妮和尼爾在看電視。他們通常不怎麼認真注意電視——只是總是開著——可是這一回他們看得很專注。有人發現一個珍珠女孩死在她和珍珠女孩同伴合租的公寓裡，只知道她叫「艾卓安娜嬤嬤」。她被綁在門把上，脖子上繞著她的銀色腰帶。她死了好幾天，法醫鑑識專家說。另一戶公寓的屋主聞到異味，因此報警處理。警方說是自殺，用這種方式勒斃自己是常見的手法。

有張死去珍珠女孩的照片。我看得很仔細：珍珠女孩因為裝扮的關係，有時很難區分誰是誰，可是我記得她最近來過衣裝獵犬分發小冊。她的同伴也來過，身分認定是「莎莉嬤嬤」，主播說她目前下落不明。新聞也登出她的照片：警察要求民眾如果看到要通報。基列領事館至今仍未發表意見。

「太糟糕了，」尼爾對梅蘭妮說，「可憐的女孩，真是個大災難。」

「為什麼？」我說，「珍珠女孩替基列工作，她們討厭我們，大家都知道這一點。」

他們當時都看著我。該怎麼形容那個表情才好？悲戚吧，我想。我一頭霧水：他們又何必在乎？

真正糟糕的事情發生在我生日當天。那天早上一切如常展開。我起床，換上伍艾爾的綠色格呢校服——我有沒有說過我們有制服？穿了綠襪的腳套進綁帶黑鞋，將頭髮往後紮成馬尾，這是學校規定的裝扮之一——不許披頭散髮——然後往樓下走。

梅蘭妮在廚房，那裡有座花崗岩中島。我比較想要我們學校自助餐廳那種塑膠回收再製的桌面——可以透過樹脂看到裡面的東西，其中一個平檯裡有個浣熊枯骨，這樣永遠有東西可以集中視線。

我們大多都在廚房中島用餐。我們的起居空間確實有張桌子，可以用來舉辦晚餐派對，可是梅蘭妮和尼爾從不辦晚餐派對，而是舉行會議，跟他們的各種理念有關。前一天晚上有些人過來家裡：桌上還留了幾個咖啡杯，盤子上有餅乾碎屑和幾顆乾皺的葡萄。我沒看到那些人是誰，因為我在樓上自己的房間，閃避因為我的行為所引發的餘波。這件事顯然比普通的不聽話還嚴重。

我走進廚房，坐在中島邊。梅蘭妮背對著我，正望著窗外。透過那扇窗戶可以看到我們家後院——圓形水泥花盆，裡面種了叢迷迭香，露台上放了休閒桌椅，前方可以看到街角。

「早。」我說。梅蘭妮猛地轉身。

「噢！黛西！」她說，「我沒聽到妳的聲音！生日快樂！甜美的十六歲！」

我要出門上學以前，尼爾一直沒現身吃早餐。他在樓上忙著講電話。我心裡有點受傷，但不是很受傷。他整個人魂不守舍。

梅蘭妮開車載我，就像平日那樣：她不喜歡我自己搭公車上學，雖然站牌就在我們家附近。她說——她一向這麼說——既然她都要到衣裝獵犬去，乾脆順便載我上學。

「今天晚上我們就來吃蛋糕配冰淇淋吧，」她說，語尾上揚，彷彿在問問題，「我放學會來接妳。我跟尼爾有些事情要跟妳說，既然妳已經夠大了。」

「好。」我說。我以為他們要談男生跟合意性行為[7]的意思，我在學校已經聽得夠多了。

---

7 Consent，彼此充分認知、確認雙方都積極同意，才進行的性行為，也就是基於雙方你情我願的性交行為。

到時一定會很彆扭，可是我必須咬牙撐過去。

我想說很抱歉我去參加了那場抗議遊行，可是轉眼學校就到了，我終究沒說出口。我默默下了車，梅蘭妮等我走到校門口。我對她揮揮手，她也揮手回應。我不知道我為何這麼做——我通常不會這樣。我猜算是某種道歉吧。

我對那天上學沒什麼印象，我怎麼會記得呢？就很普通。普通到像是望出車窗，事情紛紛往後掠過，這個那個、這個那個，沒有多少意義。你不會特別留意這樣的時刻；習以為常，就像刷牙。

在自助餐廳吃午餐的時候，幾個交換作業的朋友對我唱「生日快樂」歌。另外有些人跟著鼓掌。

接著就是下午。空氣滯悶，時鐘越走越慢。我坐在法文課裡，我們應該要讀柯蕾特[8]的中篇小說《米蘇》裡的一頁，關於一個歌舞劇場明星將兩個男人藏在衣櫥裡的事。除了是法文之外，另一個重點是女性的生活在過去有多麼糟糕，可是就我看來，米蘇的生活沒那麼糟啊。把俊美的男人藏在衣櫥裡——我希望我也可以這麼做。可是即使我認識這樣的男人，我要把他藏在哪裡？不能藏在我臥房的衣櫃，梅蘭妮會馬上察覺的。如果她沒發現，那我還得餵飽他的肚皮。我對這點思考了一下：我要偷渡哪種食物，才不會讓梅蘭妮注意到？起司和脆餅？跟他上床是絕不可能的事：放他出衣櫃太冒險了。而衣櫃的空間沒辦法讓我也擠進去。我常常在學校做這種白日夢：可以殺時間。

不過，我的生活有個問題：我從沒約會過，因為我認識不到約會對象。那種事情似乎不可能發生。伍艾爾學校的男生我絕不可能考慮：我跟他們一起上過小學，看過他們挖鼻孔，其中有些人以前還很會尿褲子。腦海裡有那些影像是很難湧現浪漫情懷的。

想到這裡，我已經悶悶不樂了，這就是生日會帶來的影響：你以為自己會神奇地脫胎換骨，結果並沒有。為了讓自己保持清醒，我扯著右耳後方的頭髮，一次兩三根。我知道如果常常扯那邊的頭髮，最後可能會禿一塊，可是我幾個星期前才養成這種習慣。

時間終於到了，我可以回家了。我穿過光可鑑人的大廳走向學校前門，走出校外。天空飄著細雨，我沒帶雨衣。我掃視街道：沒看到梅蘭妮坐在車裡等候。

突然間，艾達出現在我身旁，穿著黑皮衣夾克。「來吧，上車。」她說。

「什麼？」我說，「為什麼？」

「跟尼爾和梅蘭妮有關。」我看著她的臉。我看得出來，一定發生糟糕透頂的事。如果我年紀大些，就會馬上追問，可是我沒有，因為我想延遲真相大白的時刻。我在故事裡讀過「無名的恐懼」這個說法，當時只是文字而已，但正是我此時的真實感受。

我們坐上車子，她開著車，我說：「有人心臟病發嗎？」我只能想到這個。

「不是，」艾達說，「聽好了，別嚇到失控。妳不能回妳家了。」

我肚子裡那種不適的感覺更糟了。「怎麼了？失火了嗎？」

「發生爆炸事件，」她說，「車上裝了炸彈，就在衣裝獵犬外面。」

「可惡，店毀了嗎？」我說。先是闖空門，現在又這樣。

「是梅蘭妮的車，她和尼爾都在車上。」

---

8 Colette（1873-1954），法國女作家，也是舞蹈家與演員。

我一語不發呆坐片刻。我完全無法理解，什麼樣的瘋子會殺掉尼爾和梅蘭妮？他們那麼平凡無奇。

「所以他們死了？」我終於開口。我正在發抖。我試著想像爆炸的情景，可是我滿腦子只有空白。只有一個黑色方形。

V、廂型車

12 艾杜瓦館親筆手書

你是誰，我的讀者？你處於哪個時空？也許是明天，也許距離現在五十年，也或許永遠都不會出現。

也許妳是艾杜瓦館的嬤嬤之一，無意間找到了這份記述。對我的罪孽一時感到驚恐之後，妳是否會燒了這些紙頁好讓我的虔誠形象完整無缺？或是會臣服於一般人對權力的飢渴，趕往眼目那裡告發我？

也或許你是來自境外的密探，在這個政權倒台之後，到艾杜瓦館來挖掘檔案？不管狀況為何，我藏存多年的那疊足以入人罪的紀錄裡，不只會在我受審時作為呈堂證供——如果命運弄人，我活到面臨這般的審判——也會在許多其他人的審判上出現。對於種種不為人知的祕密，我一直有所掌握。

到現在，你可能納悶我為何可以避開更高層人士對我的清算——如果不是在基列的早期，至少在進入人吃人的成熟期。到了那時，有好些過往的名人顯要被吊死在牆上，那些位居要津的人想確保沒有野心人士會取代他們。你可能會假設，身為女人的我在這個篩選過程中特別弱勢，可是你錯了。單是身為女性，我就從潛在的篡位者名單上被剔除，因為女人不能進入大主教議會，所以就那方面來說，很諷刺的，我安全無虞。

可是我的政治生涯之所以如此長壽，有另外三個原因。首先，這個政權需要我。我的毛線手套裡戴著皮手套，以鐵腕手段控制他們這個組織裡的女性領域，我將事情維持得井井有條：有如後宮的宦官，那是我被放在那個獨特位置上的職責。其次，我對領袖們知之甚深——發生過太多骯髒事情——他們不確定我會做成什麼樣的紀錄。如果他們把我吊死，那些污穢情事會不會因此洩漏出去？他們可能懷疑我做了預防措施，而他們想得沒錯。

第三，我行事審慎低調。那些領袖各個一定都覺得祕密在我手上很安全：但是——有如我拐彎抹角提過——只要我人身安全，他們就安全。長久以來，我深信分權制衡的價值。

儘管做了這些安全措施，我並不會讓自己有所鬆懈。基列是個難以掌握的地方：意外常常發生。想也知道，有人早已寫好我的葬禮悼詞。我打起哆嗦：誰的腳正踩在我的墳上？時間，我對著空氣懇求，再給我一些時間。那是我唯一需要的。

昨天我接到了意外的邀約，要與賈德大主教密會。這樣的邀約倒不是頭一回。早期的會面有幾次不甚愉快；近期的幾次則對雙方都有益處。

我出發越過一片疲軟的草地，介於艾杜瓦館和眼目的總部，登上了宏偉的白樓梯，爬坡對我來說多少有點吃力，最後抵達多廊柱的主要入口。我忖度，這會是怎麼樣的會面。我不得不承認，我的心跳得比平日要快，不只因為爬了樓梯，也因為穿過那道門口的人不見得都能再出來。

眼目從往日的大圖書館發號施令，現在那裡除了他們自己的書，別無其他藏書，原始的藏書不是被焚燬，或是如果有價值，就會添進偷竊成性的大主教的個人私藏。我現在已對聖經瞭如指掌，隨口即能引用經文章節，引述上帝明令禁止偷竊，但是謹慎總好過勇氣，所以我不會這麼做。

說來令人高興，沒人將這棟建築內部樓梯兩側的壁畫抹除，因為描繪的是死去的士兵、天使與勝利花環，虔誠得足以為人接受，雖說右側那面美利堅合眾國的旗幟已被基列的旗幟所取代。

賈德大主教從我初次認識他以來，在這個世界裡步步高升。過去，改革基列的女性對拓展自己的職涯幫助不大，受人尊敬的程度有限。但目前身為掌管眼目的大主教，眾人對他敬畏有加。他的辦公室在這棟建築後側，那個空間曾經作為書庫與研究室。房門的中央有個大眼睛，瞳仁是真正的水晶，這樣他就能看到正要敲門的人是誰。

「進來。」我才舉起手，他就說。護送我過來的兩位初階眼目把這句話當成退下的信號。

「親愛的麗迪亞嬷嬷，」他說，坐在巨大辦公桌後面眉開眼笑，「感謝蒞臨我寒磣的辦公室。都好吧，我希望？」

他並不這麼希望，但我不去追究。「讚美主，」我說，「你呢？夫人呢？」這位夫人比一般都持久，他的夫人們向來短命：賈德大主教篤信年輕女子的回春功效，就像大衛王和中美洲的各種毒梟。每過一段體面的弔唁期之後，他就會放出風聲表示準備要再找個孩童新娘。

說得明確點：是讓我知道。

「我和我夫人都好，感謝主，」他說，「我有個很棒的消息要給妳。請坐。」我照做了，準備專心聆聽。「我們在加拿大的情報員成功指認並剷除了其中兩位最活躍的五月天[1]探子。他們以二手服飾店來做掩護，就在多倫多一個可疑的區域。初步搜查那家店的結果顯示，他們在協助和支持『地下女路』上扮演了關鍵角色。」

「天佑我們。」我說。

「此次的行動由我們派駐加拿大的年輕情報員進行，但真正指出方向的是妳的珍珠女孩。她們憑著女性直覺，分享蒐集到的情報，發揮很大用途。」

「她們觀察力敏銳，受過良好訓練，而且非常順從。」我說。珍珠女孩的構想最初出自於我——其他宗教都有傳道士，我們何不如法炮製？其他傳道士引領人改宗，我們何不效法？其他傳道士蒐集資訊用在諜報活動上，我們何不效法？——因為我不是傻瓜，至少不是那種傻法，我任賈德大主教將這計畫的功勞攬在自己身上。正式來說，珍珠女孩只向我回報，因為基本上屬於女性的工作，要大主教參與那些細節，感覺並不合宜。只要我認為必要或無可迴避的事情，我當然都會轉達給他。給太多，我無法控制；給太少，又會啟人疑竇。她們那些誘人小冊的內容是由我們編寫的，位於地窖的艾杜瓦館印務室負責設計和印刷。

我提出珍珠女孩的做法，對他來說來得正是時候，當時他推動的國有家園計畫一敗塗地，逐漸證明是一樁愚行。國際人權組織提出種族滅絕的指控，情勢越來越令人難堪。國有家園難民從北達科他一湧而出，紛紛橫越加拿大邊界，成了難以抵擋的洪流，而賈德荒謬的白色證書方案在偽造和賄賂的亂象之下徹底崩潰。發動珍珠女孩的計畫救他脫離困境，雖然我從那以後就一直納悶，我這樣到底明不明智。他欠我人情，但對我可能反而不利。有些人並不喜歡積欠人情債。

不過，賈德大主教滿面笑容。「確實，她們是珍貴的珍珠。除掉了那兩個五月天探子，妳的麻煩會比較少，希望如此——更少使女能夠出逃。」

「讚美主。」

「我們精確計畫的毀壞清洗行動，當然不會對外公開。」

「我們還是會受到責難，」我說，「加拿大和國際媒體，那毫無疑問。」

「而我們會矢口否認，」他說，「這是自然的。」

一陣靜默，我們隔著他的辦公桌對望，可能就像兩個賽棋選手；或像老同袍——因為我們都從三波的清算裡存活下來。單是那個事實就足以創造某種連結。

「不過，有件事我一直想不通，」他說，「那兩個五月天恐怖分子在基列這裡一定有個內應。」

「真的嗎？不會吧！」我驚呼。

「我們針對所有已知的出逃案件做了分析：如果沒有情資外洩，很難解釋她們的高成功率。基列這裡一定有人——某個可以取得我們安全人員的部署資訊——通報給地下女路。哪條路線有人看守戒備，哪條路線可能暢通無阻，那類的事情。妳也知道，戰爭意味著人力吃緊，尤其在佛蒙特和緬因。我們其他地方需要人手。」

---

1 Mayday 又有求救信號的意思。

「基列這裡會有誰這麼不忠？」我問，「背叛我們的未來！」

「我們正在調查，」他說，「同時，如果妳有什麼想法……」

「當然。」我說。

「還有一件事，」他說，「艾卓安娜嬤嬤，就是在多倫多被發現死了的珍珠女孩。」

「是，令人痛心，」我說，「有進一步的消息嗎？」

「我們正在等領事館提供最新消息，」他說，「我接到會通知妳。」

「能做到的，我必全力以赴，」我說，「你知道事情交給我就沒問題。」

「在各方面都是如此，親愛的麗迪亞嬤嬤，」他說，「妳的價值超過紅寶石啊，讚美主。」

我跟任何人一樣都喜歡恭維。「感謝你。」我說。

我的人生原本可能迥然不同。要是我當初環顧四周，留意局勢。要是像某些人那樣早點打包，離開這個國家——我當時依然愚蠢地認為，這個國家跟我過去歸屬多年的國家是同一個。

這樣的懊悔沒什麼實際作用。我做了選擇，而既然做了那些選擇，我的選項因此減少。金黃落葉滿地的樹林裡岔出了兩條道路[2]，我選了最多人走的那條。那裡滿地遺骸。可是你將會注意到，我的遺骸並不在其中。

在我那個現已消逝的國家，多年來事情一直每況愈下。水災、大火、龍捲風、颶風、旱災、缺水、地震。太多這個，太少那個。逐漸衰敗的基礎建設。為什麼沒人在太遲以前讓核子反應爐退役？迅速衰退的經濟、失業、下滑的生育率。

人們先是害怕，然後怒火中燒。

放眼不見可行的補救方法。尋找代罪羔羊。

我當時為什麼以為一切會照舊如常？因為這些事情我們已經耳聞多時，我想。除非天空真有一大塊砸在你身上，否則你不會相信天空垮下來了。

雅各之子殲滅國會的攻擊行動之後不久，我遭到逮捕。起初我們聽說是伊斯蘭恐怖分子：國家宣布進入緊急狀態。可是我們被告知可以如常生活，說憲法很快就會恢復運作，而緊急狀態不久就會結束。確實如此，但並不是我們以為的那種方式。

那天天氣熱得可怕。我們被告知，法庭要暫時關閉——等有效的指揮系統和法治重新設立。儘管如此，我們有些人還是跑去上班——空出來的時間總是可以用來處理積壓的文件，或許那是我的藉口。其實我只是想要伴。

怪的是，我們的男同事沒有同樣的需求，也許他們從妻子和孩子身上找到了慰藉。

我在讀個案的卷宗時，我較年輕的同事凱蒂，三十六歲，近來才受到任命，透過精子銀行懷孕三個月——走進我的辦公室。「我們必須離開。」她說。

我盯著她。「什麼意思？」我說。

「我們必須離開這個國家，有狀況了。」

---

2 意象來自美國詩人佛洛斯特（Robert Frost，1874-1963）名詩〈未行之路〉（The Road Not Taken），第一節如下：「Two roads diverged in a yellow wood,/ And sorry I could not travel both/ And be one traveler, long I stood/ And looked down one as far as I could/To where it bent in the undergrowth」。

「欸，當然了——都宣布緊急狀態了。」
「不，不只那樣。我的金融卡剛剛被取消，還有我的信用卡——兩張都是。我本來想訂機票，所以才知道的。妳的車子在這邊嗎？」
「什麼？」我說，「為什麼？他們不能就這樣切斷妳的錢！」
「看來他們可以，」凱蒂說，「如果妳是女人的話。航空公司就是這麼說的。臨時政府剛剛通過新法律：女人的錢現在屬於男性近親。」
「比妳想的還糟糕，」年紀稍長的同事艾妮塔說，她也走進了我的辦公室，「糟糕多了。」
「我沒有男性近親，」我說，覺得愕然，「這完全違反憲法！」
「忘了憲法吧，」艾妮塔說，「他們剛剛廢除憲法了，我在銀行聽到的，我原本要……」她哭了起來。
「振作，」我說，「我們必須想想辦法。」
「妳在某個地方總會有個男性親戚，」凱蒂說，「這件事他們一定計畫很多年了；他們告訴我，我的男性近親就是我十二歲的姪子。」
就在那時，有人踹開大門。五個男人走進來，兩兩並排、一個獨行，衝鋒槍蓄勢待發。凱蒂、艾妮塔和我走出辦公室。櫃檯的接待員泰莎尖叫一聲，縮身躲進辦公桌後面。
有兩個年紀輕輕——二十多歲，也許——但其他三位是中年。年紀輕的兩位身材健美，其他人則挺著啤酒肚。他們一身跑龍套演員用的迷彩裝備，要不是因為那幾把槍，我可能會噗哧笑出來，我當時還不明白女性的笑聲不久就會變得稀缺。
「這是怎麼回事？」我說，「你們可以先敲門的！門又沒鎖！」

男人們不理會我。其中一個——我想是首領——對他的同伴說：「名單帶了嗎？」

我嘗試更憤怒的語氣。「這個損壞誰該負責？」我如雷轟頂，身子發冷。這是搶劫嗎？挾持人質嗎？「你們想要什麼？我們這裡沒放錢。」

艾妮塔用手肘推推我，要我保持安靜：她比我更明白眼前的情勢。

副指揮舉高一張紙。「誰是懷孕的那個？」他說。我們三人面面相覷。凱蒂上前一步。「是我。」她說。

「沒老公，對吧？」

「沒有，我……」凱蒂用雙手護住肚子。她選擇獨自生養孩子，當時很多女人都是如此。

「到高中去。」首領說。兩個較年輕的男人上前走來。

「跟我們來，女士。」頭一個人說。

「為什麼？」凱蒂說，「你們不能隨便衝進來還——」

「跟我們來就是了。」第二個較年輕的男人說。他們揪住她的胳膊，硬是拉她走。她放聲尖叫，但還是被押過了門口。

「住手！」我說。我們可以聽見她的聲音在外頭的走廊，越來越弱。

「負責下令的是我。」那個首領說。他戴著眼鏡，留著翹八字鬍，但並沒有慈祥的模樣。在你可以稱為「我的基列生涯」期間，我往往注意到，那些突然掌握權力的販夫走卒，常常會成為最愛濫用權力的人。

「別擔心，她不會受傷，」副指揮說，「她會去安全的地方。」

他看著清單宣讀我們的名字。否認自己的身分毫無意義，他們早已瞭若指掌。「接待員呢？」首領說，「叫泰莎的。」

可憐的泰莎從辦公桌後面現身。她驚恐地渾身哆嗦。

「你覺得怎樣？」拿著清單的男人說，「箱子店、高中，還是體育館？」

「妳幾歲？」首領說，「沒關係，這裡有寫，二十七。」

「給她一個機會，到箱子店吧，也許什麼傢伙會娶她。」

「站到那邊去。」首領對泰莎說。

「要死了，她尿褲子了。」第三個較老的男人說。

「別講粗話，」首領說，「好，這個懂得害怕，可能會乖乖聽話。」

「會聽話才怪，」第三個男人說，「她們是女人耶。」我想他在開玩笑。帶著凱蒂消失的兩個年輕男人現在穿過大門回來了。「她在廂型車裡。」一人說。

「另外兩個所謂的法官女士呢？」首領說，「叫羅蕾塔的？叫達薇塔的？」

「她們去吃中餐了。」艾妮塔說。

「我們先帶這兩個走。你們跟她一起在這邊等她們回來，」首領說，指著泰莎，「然後把她關進箱子店的廂型車，再把吃午餐的那兩個帶過來。」

「這邊這兩個，箱子店還是體育館？」

「體育館，」首領說，「其中一個過了年紀，兩個都有法律學位，是法官女士。你們都聽到命令了。」

「不過還滿浪費的，就某些案例來說。」第二位說，朝艾妮塔點頭。

「由天意決定。」首領說。

我跟艾妮塔被帶下樓梯，足足五段階梯。電梯在運作嗎？我不知道。我們的手被銬在身前，然後被塞進黑色廂型車。我們和駕駛之間隔了一面堅實的壁板，深色的玻璃車窗內側裝了細網。

我們兩個一直悶不吭聲，因為還有什麼可說的？很明顯，即使出聲求救也得不到回應。放聲吶喊或去撞廂型車內側，只是白白消耗精力。所以我們等著。

至少這裡有空調，有椅子可坐。

「他們會怎麼做？」艾妮塔低語。我們看不到窗外，也看不到對方，只剩幽暗的身影。

「我不知道。」我說。

廂型車暫時停下——我想是檢查崗哨——然後繼續行駛，接著停下。「終點站，」有個聲音說，「下車！」

廂型車後門打開了。艾妮塔先爬了出去。「動作快。」一個不同的聲音說。雙手銬著要下廂型車很吃力；有人揪住我的手臂猛拉，我踉蹌落地。

廂型車開走的時候，我搖搖晃晃站著，環顧四周。我在一個開放的空間裡，現場有很多群人——其他女人，我應該說——還有一大批佩槍的男人。

我在體育館裡，但那裡已經失去原本的功能。現在成了一座監獄。

VI、翹掉

13 證人證詞逐字稿369A

與我母親過世相關的種種事件，我實在很難說出口。塔碧莎愛我，這點毫無疑問，現在她走了，我四周的一切感覺搖擺不定、變幻莫測。我們的房子、花園，甚至是我的房間——都不再有真實感——彷彿會化成霧氣，消隱無蹤。我腦海裡一直浮現薇達拉嬤嬤要我們牢記在心的一段聖經經文：

在你看來，千年如已過的昨日，又如夜間的一更。你叫它們如水沖去；他們如睡一覺。早晨，他們如生長的草，早晨發芽生長，晚上割下枯乾[1]。

枯乾、枯乾[2]。就像大舌頭似的——彷彿上帝不知道該怎麼把話說清楚。我們不少人朗讀到那個字眼的時候會出錯。

為了我母親的葬禮，我拿到了一件黑洋裝。幾位大主教和他們的夫人也出席了，還有我們家的馬大。蓋上的棺柩裡裝著我母親的塵世軀殼，我父親說了段簡短的話，關於她是多麼優秀的夫人，永遠優先考慮他人，是基列所有女性的典範。接著他唸了段禱詞，感謝上帝讓她脫離病痛，大家都說阿們。在基列，大家不會對女性的喪禮花太多心思，高階的人也不例外。

顯要人士從墓園回到了我們家，那裡有一場小型餐會。席拉特地做了起司泡芙，她的拿手點心之一，她讓我幫忙。這為我帶來了一絲慰藉：能夠穿上圍裙，磨起司，從麵糊管裡擠出麵團到烤盤上，然後透過烤箱的玻璃窗看著它鼓脹起來。等客人一到，我們趕在最後一刻烘烤出爐。

接著我脫下圍裙，依照父親的要求，穿著黑洋裝走進餐會，然後默默不語，這也是他要求的。大多數客人都把我當空氣，除了一個叫寶拉的夫人。她是寡婦，有點名氣，因為她丈夫桑德斯大主教在自己的書房裡，被他們家的使女用廚房烤肉叉殺死——這個醜聞去年大家在學校竊竊私語。那個使女在書房做什麼？她是怎麼進去的？

寶拉的版本是，那個女孩精神錯亂，在夜間悄悄下樓，從廚房偷走烤肉叉，等可憐的桑德斯大主教一打開書房房門，在他措手不及的狀況下殺了他——而這個男人向來尊重使女與使女的職位。那位使女逃出家門，但他們逮到她並吊死她，掛在高牆上公開示眾。

---

1 詩篇 90:4-6。

2 原文為 withereth 古體英文，後兩個音節唸起來並不容易。

另一個版本是舒娜麥特的，她聽家裡的馬大說的，而她家馬大又是從桑德斯家的馬大那裡聽來的。這個事件牽涉到暴力的衝動和罪惡的連結。使女一定是用某種方式誘惑了桑德斯大主教，他命令她趁夜裡大家都入睡的時候下樓來。她會悄悄溜進書房，而大主教會在那裡等她，他的雙眼會像手電筒那樣亮起。誰曉得他提出了什麼樣淫蕩的要求？而那些違反自然的要求最後把使女逼瘋了，也不是說要到那個地步才會把一些使女逼瘋，因為她們原本就瀕臨瘋狂，但這一位肯定比大多都還糟糕。馬大們說，這種事情太可怕，最好別去想，但她們滿腦子幾乎只有這件事。

寶拉的丈夫沒來吃早餐，她去找他，赫然發現他倒在地板上沒穿褲子。寶拉先替他把褲子穿好才通知天使軍。她不得不叫她家的馬大來幫忙：死人要不是硬邦邦，不然就是軟趴趴，而桑德斯大主教是個體態走樣的大塊頭。舒娜麥特說，那個馬大說寶拉掙扎著要把衣服套回屍體上的時候，弄得自己滿身是血，她肯定有著鋼鐵的意志，因為她為了保住顏面，做了正確的事。

比起寶拉的說法，我更喜歡舒娜麥特的版本。在葬禮餐會上，父親將我介紹給寶拉的時候，我正在想這件事。她正在吃起司泡芙；她細細打量著我。我看過這種表情，薇拉將吸管戳進蛋糕，想看烤好沒有，就會露出這種表情。

接著她漾起笑容並說：「艾格尼絲．耶米瑪，真可愛。」然後拍拍我的頭，彷彿我才五歲，接著說有了新洋裝很不錯吧。我真想咬她：新洋裝是為了彌補我母親過世嗎？可是閉上嘴巴比展露真實想法好。我不見得每次都能辦到，但這一次我成功了。

「謝謝妳。」我說。我想像她跪在地板上的一灘血裡，拚命要替死掉的男人穿上褲子。

這個畫面讓她在我腦海裡陷入尷尬的處境，讓我覺得好過一些。

我母親過世幾個月後，我父親娶了寡婦寶拉。我母親的魔法戒指出現在寶拉的手指上。我想父親不想浪費那只戒指，手邊已經有這麼漂亮又昂貴的戒指，何必再買一個？

馬大們對這件事大發牢騷。「妳母親希望把戒指傳給妳。」蘿莎說。可是當然了，她們也無計可施。我火冒三丈，但也束手無策。我沉思不語、生著悶氣，但不論是父親或寶拉都不理不睬。他們習慣做一件他們稱之為「遷就我」的事，實際上就是不理會我表現出來的任何情緒，這樣我就會學會，倔強的沉默是影響不了他們的。他們甚至當著我的面討論這種教養技巧，提到我的時候就用第三人稱。看來艾格尼絲心情又不好了。對啊，就跟天氣一樣，很快就過去了。小女孩就是這樣。

14

我父親跟寶拉的婚禮才過不久，學校發生了一件很令人不安的事。我在這裡重述那件事，不是因為想刻意營造陰森氣氛，而是因為那件事在我心中留下深刻印象，而且或許可以幫忙說明，在那個時空底下我們當中有些人的行徑。

事件發生在我們的宗教課程上，我之前提過，這堂課由薇達拉嬤嬤執教。她負責掌管我們學校，其實她也掌理像我們這樣的其他學校——大家都稱為「薇達拉學校」。每間教室的後方都掛了她的照片，不過比麗迪亞嬤嬤的小。通常總共有五張照片：寶寶妮可放在頂端，因為我們每天都必須禱告她安全歸國。還有伊莉莎白嬤嬤、海倫娜嬤嬤，然後是麗迪亞嬤嬤，接著是薇達拉嬤嬤。寶寶妮可和麗迪亞嬤嬤的照片裱了金框，其他三張則只有銀框。

我們當然都知道那四個女人是誰：她們是創建者。可是創建了什麼，我們並不確定，也不敢詢問：我們不想向薇達拉嬤嬤提起她照片比較小的事，免得冒犯她。舒娜麥特說，不管你在教室的哪裡，麗迪亞嬤嬤照片裡的眼睛都會跟著你走，而且那張照片可以聽見你說什麼，可是舒娜麥特說話向來誇張，老愛瞎編故事。

薇達拉嬤嬤坐在她的大桌上面，她喜歡將我們盡收眼底。她要我們把課桌往前挪，排得更密集。接著她說我們現在已經大到可以聽一則聖經裡最重要的故事之一——之所以重要，是因為那是上帝特別要給女孩和女人的訊息，所以我們一定要仔細聆聽。是妾婦被大卸成十二塊的故事。

舒娜麥特坐在我身邊，細聲說：「這個故事我早就知道了。」坐我另一邊的貝卡在桌面底下，手漸漸伸向我的手。

「舒娜麥特，安靜。」薇達拉嬤嬤說。她擤擤鼻子之後，跟我們說了以下的故事。

有個男人的妾婦——就是某種使女——從主人那裡逃跑，回到父親的住處。她這樣的表現離經叛道。男人去接她回來，他是個和善寬容的男人，只要求帶她回去。那位父親知道規定，也答應了——女兒這樣不聽話，讓他很失望——兩個男人共進晚餐，慶祝雙方達成共識。可是這麼一來便延遲了男人和妾婦出發的時間。天黑的時候，他們在一個陌生的城鎮裡尋找棲身的地方。不過有一位慷慨的市民願意收留他倆到家裡過夜。但是其他居民充滿了失德的衝動，來到他家，要求他把旅人交出來。他們想對他做可恥的事情。充滿色慾和罪孽的事情。可是那種事情發生在男人之間特別邪惡，於是那個慷慨的男人和旅人把妾婦推到門外。

「唔，她罪有應得，妳們不覺得嗎？」薇達拉嬤嬤說，「她本來就不應該逃跑。想想她害別人吃了多少苦頭！」可是隔天早晨，薇達拉嬤嬤說，旅人打開屋門時，妾婦趴在門檻上。「起來。」男人對她說，她沒起身，因為她已經死了。那些罪孽深重的男人害死了她。

「怎麼會？」貝卡問，音量小得幾乎像講悄悄話，她使勁掐著我的手。「他們怎麼害死她的？」兩滴淚水淌下她的臉頰。

「很多男人同時洩慾，就會害死一個女生，」薇達拉嬤嬤說，「上帝用這種方式告訴我們，我們應該滿足於自己的命運，不要加以反抗。」掌權的男人應該受到女人的敬重，她說。如果沒有，這就是後果。人犯了什麼罪，上帝就會降下相應的懲罰。

我後來知道了這個故事剩下的部分——那個旅人怎麼把妾婦的遺體卸成十二塊，每個以色列部族各送一塊，召喚他們處死那些殺人犯，替他妾婦蒙受的暴行報仇。便雅憫部族拒絕了，因為那些殺人犯正是他們的族人。在接下來的復仇之戰裡，便雅憫人幾乎整個滅族，他們的妻子和孩子都被殺害。接著其他十一個部族推斷，將第十二族整個殲滅並非好事，於是停止殺戮。剩下的便雅憫人不能和其他女人正式成婚生子，因為其他部族針對這點發過誓，但有人告訴便雅憫人，他們可以偷走一些女孩，私下娶她們為妻，他們就這麼做了。

不過當時我們沒聽完故事，因為貝卡哭了出來。「好可怕，好可怕！」她說。我們其他人動也不動坐著。

「控制妳自己，貝卡。」薇達拉嬤嬤說。可是貝卡就是控制不了。她哭得如此慘烈，我以為她會停止呼吸。

「我可以給她一個擁抱嗎？薇達拉嬤嬤？」我終於問。學校鼓勵我們替其他女生祝禱，但不鼓勵我們碰觸對方。

「我想可以吧。」薇達拉嬤嬤不情願地說。我摟住貝卡，她靠在我肩上哭泣。

薇達拉嬤嬤對貝卡的狀態感到心煩，但她也很掛心。貝卡的父親不是大主教，只是個牙醫，但他是個重要的牙醫，而薇達拉嬤嬤的牙口並不好。她起身離開教室。

幾分鐘過後，艾斯帖嬤嬤來了。需要讓我們平靜下來的時候，她就會被叫過來。「沒關係的，貝卡，」她說，「薇達拉嬤嬤不是故意要嚇妳們的。」這點不完全是真的，但貝卡不再哭泣，開始打嗝。「可以用另一個角度來看這個故事啊。那個妾婦對自己的行為很抱歉，她想要好好彌補，所以犧牲自己，保住了那個好心旅人的命，免得他被那些邪惡男人殺死。」貝卡微微撇開腦袋：她正在聽。

「那位妾婦勇敢又高貴，妳們不覺得嗎？」貝卡輕輕點個頭，艾斯帖嬤嬤嘆口氣。「為了幫助他人，我們一定都要做出犧牲，」她用安撫的語調說，「男人在戰場上犧牲，而女人一定要用別種方式做出犧牲，事情就是這樣劃分的。現在我們可以來吃個小點心，讓自己開心起來。我帶了一些燕麥餅乾過來。女孩們，妳們大家可以聊一聊。」

我們坐在那裡吃燕麥餅乾。「別幼稚了，」舒娜麥特越過我對貝卡低聲說，「那只是故事。」貝卡似乎沒聽到她的話。「我永遠、永遠都不要結婚。」她喃喃，幾乎自言自語。

「會的，妳會，」舒娜麥特說，「每個人都會。」

「不會，才不會。」貝卡說，但只說給我聽。

15

寶拉和我父親辦完婚禮的幾個月後，有個使女來到我們家。她叫奧芙凱爾[3]，因為我父親叫凱爾大主教。「她之前有別的名字，」舒娜麥特說，「用其他男人的名字改成的。使女會被傳來傳去，直到生出寶寶為止。反正她們都是蕩婦，不需要真正的名字。」舒娜麥特說，蕩婦就是除了丈夫之外，還跟別的男人。雖然我們不真的知道「跟」的意思。

使女一定是雙重蕩婦，舒娜麥特說，因為她們連丈夫都沒有。可是你不能對使女無禮，也不能罵她們蕩婦，薇達拉嬤嬤邊抹鼻子邊說，因為她們為社群奉獻，作為贖罪，我們應該因為這點而感謝她們。

「我看不出當個蕩婦為什麼等於是奉獻。」舒娜麥特低聲說。

「因為那些寶寶的關係啊，」我低聲回話，「使女會生寶寶。」

「其他女人也會生寶寶啊，」舒娜麥特說，「而且她們不是蕩婦。」這倒是真的，有些夫人可以生孩子，有些經濟太太也可以：我們看過她們鼓著肚子。可是有很多女人生不出來，而每個女人都想要寶寶，艾斯帖嬤嬤說，嬤嬤或馬大之外的每個女人。因為如果妳不是嬤嬤或馬大，薇達拉嬤嬤說，又不生孩子，那妳在這個塵世間又有什麼用處？

---

3 使女沒有自己的名字，稱呼會隨著她被送去的家庭而更改，在大主教姓氏前面加上of，表示她屬於該男性所有，就成為她的臨時稱呼，之後如果離開，有其他使女進到這家庭來，新到的使女就會接下這個稱呼。Of在小說中音譯為「奧芙」。大主教如果叫凱爾，他的使女就叫「奧芙凱爾」。

使女到來，意味著我的新繼母寶拉想要個孩子，因為她不把我當成她的孩子：塔碧莎是我母親。可是凱爾大主教呢？對他而言，我似乎也不算是個孩子。對他們兩人來說，我彷彿是隱形的。他們看著我的時候，視線會穿透我，實際看到的是牆壁。

使女進入我們家的時候，按照基列的算法，我幾乎算是成年了。我長高了，臉拉長，鼻子變挺了。我的眉毛顏色變深，不如舒娜麥特毛毛蟲似的濃密，也不像貝卡那樣淡薄，但彎成了半圓，加上深色的睫毛。我的頭髮增加了厚度，從灰棕色變成了栗子色。這些變化都讓我很高興，我會對鏡看著自己的新臉龐，轉各個角度來欣賞，忽略種種切勿虛榮的警告。

更令人驚慌的是，我的胸脯正在膨脹，那些我們不該關注的身體部位開始冒出毛髮：雙腿、腋窩，以及擁有許多隱晦稱呼的那個可恥部位。一旦女生有了這種情況，她就不再是珍貴的花朵，而是加倍危險的生物。

我們在學校為這樣的事情做了準備——薇達拉嬤嬤搭配圖畫做了一系列令人尷尬的演說，理應要讓我們知道，就身體來說，女性的角色和義務——已婚女性的角色。可是那些演講的內容資訊量並不多，也沒有穩定人心的作用。當薇達拉嬤嬤問有沒有問題？誰也沒發問，因為要從何問起？我想問為什麼一定要這樣，可是我已經知道答案：因為那是上帝的安排。那就是所有嬤嬤的託詞。

我想再不久，我的雙腿間就會流出血來：學校很多女生的月經都來了。為什麼上帝不能做別種安排？可是祂對鮮血有特殊的興趣，我們從嬤嬤們朗讀的經文就知道：鮮血、淨化、更多鮮血、更多淨化。放血來淨化不潔之人，雖然你的雙手不該沾血。血會污染，尤其來自女孩體內的那種血，可是上帝曾經喜歡讓這樣的血灑濺在神壇上。雖然他已經捨棄那種做法——艾斯帖嬤嬤說——改以水果、蔬菜、默默受苦、善行義舉來取代。

就我看來，成人女體是一個大陷阱。如果有個洞，就一定有東西要塞進去，而一定會有別的東西跑出來，這個原則適用於任何一種孔洞：牆上的洞、山上的洞、地上的洞。可以對成人女體做很多事情，這個成人女體也可能出很多差錯。我最後覺得，沒有這副女體，我的處境會更好。我想藉由禁食來讓自己萎縮，我確實試了一天，但是餓得無法貫徹到底，於是在半夜溜到廚房去，從湯鍋裡撈了碎雞肉來吃。

我的煩惱還不只是我朝氣蓬勃的身體：我在學校的地位明顯下降了。其他人不再以我馬首是瞻，我不再受到眾星拱月。我走近的時候，女生會中斷她們的對話，用奇怪的眼光瞅著我。有些人甚至會別過身子。貝卡並沒有那麼做——她依然想方設法坐到我旁邊——但她目不斜視，不再把手伸到桌底下握住我的手。

舒娜麥特依然聲稱是我朋友，我確定部分因為她在其他人之間並不受歡迎，但她現在把我當朋友等於是對我施恩，而不是反過來。這些事情在在讓我受了傷，雖然我還不明白氣氛為何有這樣的轉變。

不過其他人都知道原因。消息肯定都傳遍了學校上下，口耳相傳——從我繼母寶拉，透過我們家什麼也不遺漏的馬大們，她們再傳給出門跑腿時遇到的其他馬大，然後那些馬大轉述給她們夫人聽，夫人們再告訴女兒，也就是我的同學們。

內容是什麼？有一部分是，我不再受我勢大權大的父親所寵愛。我母親塔碧莎過去一直是我的守護者，但她現在已經走了，而我繼母並不為我著想。在家裡，她不是對我不理不睬，不然就是厲聲吼我：快撿起來！別彎腰駝背！我盡可能避開她的視線，但連我關上的房門也會冒犯到她。她很清楚，我躲在門後，滿腦子尖酸刻薄的想法。

可是我的價值之所以貶損，不單只因為失去父親的寵愛，還有新訊息正在流傳，一則傷我至深的消息。

只要有祕密可說——尤其是驚天動地的祕密——舒娜麥特熱愛擔任傳訊人。

「猜猜我發現什麼了？」有天我們午餐在吃三明治時，她說。那天中午陽光燦爛：我們獲准到學校的戶外草坪上野餐。校區四周有高聳的圍牆，頂端裝有剃刀鐵絲，大門還有兩位天使軍站崗，除非嬤嬤們開車進出，否則大門一律深鎖，所以我們百分之一百安全。

「什麼？」我說。我們學校的三明治以人造起司混合物取代了真正的起司，因為我們的國軍需要真正的起司。陽光溫煦，草地綿柔，那天我出門的時候，避開了寶拉的盯梢，一時片刻，我對自己的生活微微感到滿足。

「妳母親不是妳的生母，」舒娜麥特說，「他們從妳生母那裡把妳帶走，因為她是蕩婦。可是別擔心，那不是妳的錯，因為妳年紀太小不知道。」

我的胃部緊揪，往草地啐了口三明治。「才不是！」我幾乎用吼的。

「鎮定，」舒娜麥特說，「我說過，那不是妳的錯。」

「我不相信妳。」我說。

舒娜麥特給我一抹同情中帶享受的笑容。「是真的，我家馬大從妳家馬大那裡聽到整個故事，妳家馬大又是聽妳新繼母說的。夫人們都知道那類的事情——她們當中有些人就是那樣得到孩子的。不過我不是，我出身正統。」

那一刻我真心痛恨她。「那我的生母在哪裡？」我質問，「如果妳什麼都知道！」妳這個人真的很卑鄙，我想說。可是我逐漸領悟到，她一定背叛了我，在告訴我之前，一定先跟其他女生都說了一遍。所以她們才表現得那麼冷淡：因為我有污點。

「我不知道，可能已經死了吧，」舒娜麥特說，「她從基列把妳偷走，想要穿過森林逃跑，想帶妳穿越邊境。可是他們追上她，救回了妳。妳真幸運！」

「誰救了我？」我氣弱地問。舒娜麥特跟我講這個故事的同時，繼續嚼著三明治。我盯著她的嘴，我的厄運從她口中汩汩湧出。她的牙縫卡著人造起司。

「妳知道的，就他們啊。天使軍啦眼目啦那些的。他們救了妳，把妳交給塔碧莎，因為她生不出孩子。他們是在幫妳忙。妳現在的家庭比跟那個蕩婦生活好多了。」

信服的感覺像癱瘓一般悄悄蔓延過我的身體。塔碧莎以前老掛在嘴邊的那個故事，關於拯救我並逃離壞巫婆——原來有一部分是真的。只是我當時牽的不是塔碧莎的手，而是我親生母親的手——我的生母，那個蕩婦。而且追捕我們的不是巫婆，而是男人。他們當時應該佩了槍，因為這樣的男人總是這樣。

塔碧莎確實選了我。她從那些自親生父母手中被硬生生搶走的孩子們當中選了我。她選了我，而且她珍惜我。她愛我。這部分千真萬確。

但現在我成了沒有母親的人，我的生母到底在哪裡？我也沒有父親——比起月亮上的男人，凱爾大主教跟我的關係不會更親近。他之所以容忍我，只是因為我是塔碧莎的活動項目、她的玩物、她的寵物。

難怪寶拉和凱爾大主教想要個使女：他們想要真正的孩子，而不是我。我不是任何人的孩子。

舒娜麥特繼續嚼著，滿足地看著我逐漸領悟她的訊息。「我會挺妳的，」她用最虔誠、最沒誠意的語調說，「對妳的靈魂來說沒有差別。艾斯帖嬤嬤說，所有的靈魂到天堂都是平等的。」

只有在天堂是，我暗想，而這裡並不是天堂。這是個蛇和梯子[4]的地方，雖然我曾經在倚靠著生命之樹的梯子頂端，現在我已經順著一條蛇往下滑。其他人看到我的陷落，該有多麼痛快！難怪舒娜麥特抗拒不了散播這種令人快意的惡毒消息。我已經可以聽到竊笑聲從我背後傳來：蕩婦，蕩婦，蕩婦的女兒。

薇達拉嬤嬤和艾斯帖嬤嬤一定也知道，她們兩個一定自始至終都知道。嬤嬤們就是知道那種祕密。嬤嬤們的力量就是從那裡來的，按照馬大的說法就是，從知道祕密而來的。

麗迪亞嬤嬤——她那張蹙眉微笑、一身棕色醜制服的金框相片，就掛在我們教室後方——一定知道大半的祕密，因為她的權力最大。麗迪亞嬤嬤對我個人的困境會有什麼話要說？她會幫我嗎？她能體會我的不快樂嗎？她會拯救我嗎？可是真的有麗迪亞嬤嬤這個人嗎？我從沒見過她。也許她就像上帝那樣——是真的，也不是真的。要是我在夜裡不向上帝，改向麗迪亞嬤嬤禱告呢？

那週後來我確實試了。可是那種想法難以想像——向女人禱告——所以我打住了。

16

我夢遊似地過完了那個可怕的下午。我們正在用點針刺繡替嬤嬤們製作手帕組，上面繡的花朵呼應著她們的名字——伊莉莎白是紫錐花、海倫娜是風信子、薇達拉是紫羅蘭。我替麗迪亞刺紫丁香，點針扎進了我的手指，但我沒注意到，最後舒娜麥特說：「妳的點針上有血。」一個瘦巴巴、伶牙俐齒的女生，嘉碧艾拉，她父親現在晉升到擁有三個馬大的地位，使她變得像我之前那樣受歡迎。她低聲說：「也許她的月經終於來了，從手指出來。」大家都笑了，因為她們大多都來了月經，連貝卡也是。薇達拉嬤嬤聽見笑聲，從書裡抬起頭來並說：「夠了。」

艾斯帖嬤嬤帶我到洗手間，沖掉手上的鮮血。她在我的手指上貼了繃帶，但那條點針手帕必須泡在冷水裡，我們以前都學過這個清掉血跡的方法，尤其從白布上。清掉血跡是我們身為夫人必須懂得的事情，薇達拉嬤嬤說，那是我們的職責：我們必須監督馬大，確定她們的方法正確無誤。清除來自體內的血和其他物質，是女性照顧他人時的職責，尤其是照料孩童與老人，艾斯帖嬤嬤說，她總是以正向的角度解讀事物。那是女性擁有的天賦，因為她們的大腦很特殊，不像男人那樣堅硬和集中，而是柔軟潮濕、溫暖有包覆力，像是……像是什麼？她沒把話說完。

---

4 Snakes and ladders，兒童桌遊「蛇梯棋」。

就像太陽底下的泥巴，我想。我的腦袋裡就是這樣：烘暖的泥巴。

「怎麼了？艾格尼絲？」我的手指清乾淨以後，艾斯帖嬤嬤問。我說沒事。

「那妳為什麼在哭呢？親愛的？」看來我真的在哭：淚水湧出眼睛，從我潮濕泥濘的腦袋裡滲出來，儘管我極力控制。

「因為會痛！」我說，現在抽泣起來。她沒問什麼在痛，雖然她一定知道其實不是我被針扎傷的手指。她摟住我，微微擠壓一下。

「有好多事情都讓人痛，」她說，「可是我們一定要努力開心起來。上帝喜歡開心，祂喜歡我們領受世界上的美好事物。」我們從教導我們的嬤嬤口中聽到很多關於上帝的喜與惡，尤其是薇達拉嬤嬤，她跟上帝的關係似乎很緊密。舒娜麥特曾經說，她要去問薇達拉嬤嬤上帝喜歡吃什麼當早餐，這種點子可能會嚇壞更膽小的女生，不過她從來都沒真的去問。

我納悶上帝對母親有什麼想法，無論是真實的或非真實的。可是我知道向艾斯帖嬤嬤追問我生母、塔碧莎怎麼選了我，甚至是我當時幾歲，都是沒有意義的事。學校的嬤嬤向來避談我們父母的事。

那天我回到家的時候，我到廚房裡圍堵席拉，她正在做餅乾。我將舒娜麥特午餐時間告訴我的事情重說一遍。

「妳朋友真是大嘴巴，」席拉這麼說，「她應該更常把嘴巴閉上。」她說話難得這麼嚴厲。

「是真的嗎？」我說。我依然懷抱些許希望，希望她會否認整個故事。

她嘆氣。「要不要幫我一起做餅乾？」

可是我已經太大，那樣的小恩小惠收買不了我，「告訴我就是了，」我說，「拜託。」

「唔，」她說，「按照妳新繼母的說法，是。那個故事是真的，或差不多是那樣。」

「所以塔碧莎不是我母親。」我說，忍住新的一波淚水，穩住自己的聲線。

「就看妳怎麼定義母親，」席拉說，「是生下妳的人，還是最愛妳的人？」

「我不知道，」我說，「也許是最愛妳的人？」

「那麼塔碧莎就是妳母親，」席拉說，將麵團切成餅乾大小，「我們馬大也是妳母親，因為我們也愛妳。雖然妳可能不見得一直有這種感覺。」她用煎餅鏟翻過每片圓餅乾，放在烤盤上。「我們處處為妳的利益著想。」

這番話讓我有點不信任她，因為薇達拉嬤嬤說過類似處處為我們設想的話，而且通常在施行處罰以前。她喜歡鞭在我們腿上不會外露的部位，有時候往更高的地方打，要我們彎下身、撩起裙子。有時她會當著全班的面這樣處罰女生。「她後來怎麼了？」我問，「我另一個母親？就是跑過森林的那個？在他們把我帶走以後？」

「其實我不曉得。」席拉說，沒正眼看我，將餅乾放進熱燙的烤爐。我想問，等烤好以後我能不能來一片——我渴望暖熱的餅乾——可是在如此嚴肅的對話當中提出這種要求，感覺很幼稚。

「他們對她開槍嗎？他們殺了她嗎？」

「哦不，」席拉說，「他們不會這麼做的。」

「為什麼？」

「因為她會生寶寶啊。她生了妳，不是嗎？那就證明她能生。除非不得已，不然他們永遠不會殺死那樣有價值的女人。」她停頓一下，讓那番話沉澱下來。「他們更可能會看看，是不是能把她……拉結利亞感化中心的嬤嬤會陪她禱告；她們一開始會跟她懇談，看看能不能改變她的觀點。」

學校流傳著關於拉結利亞感化中心的謠言，可是說得模模糊糊；我們沒人知道裡面的狀況。不過，被一群嬤嬤們圍著禱告一定很可怕。她們不是每個都跟艾斯帖嬤嬤一樣溫柔。「要是她們改變不了她的想法呢？」我問，「那時會不會殺了她？她死了嗎？」

「噢，我確定她們改變了她的想法，」席拉說，「那種事情她們最拿手了。心和腦——她們都改變得了。」

「那她現在在哪裡？」我問，「我母親——真的那一個——另外一個？」我好奇那個母親是否記得我。她一定記得我。她一定愛我吧，不然也不會在逃跑的時候帶上我。

「我們都不知道，親愛的，」席拉說，「她們成了使女之後，原本的名字就不存在了。她們穿那身衣服，幾乎看不到臉。她們看起來都一樣。」

「她是使女？」我問。那麼說來，舒娜麥特說的是真的，「我母親？」

「那就是那個中心的功能，」席拉說，「用某種方式把她們變成使女。就是他們抓到的那些。好了，來一塊好吃的熱餅乾如何？我現在沒奶油，不過我可以替妳抹一點蜂蜜。」

我謝謝她，吃了那塊餅乾。我母親是使女，難怪舒娜麥特一口咬定她是蕩婦。大家都知道所有的使女曾經是蕩婦。依然是，雖然以不同的方式。

從那時起，我對我們家的使女無限好奇。她剛來的時候，我按照大人的指示不理會她——這對她們是最好的，蘿莎說，因為等她生完寶寶，就會調到別的地方，或者說如果生不了寶寶，也會被調到其他地方，不管怎樣，都不會在我們家停留很久。跟別人建立感情對她們來說並不好，尤其對象是家裡的年幼成員，因為她們最後只能放棄那樣的感情，想想她們會有多難過。

所以當奧芙凱爾穿著紅洋裝，悄悄走進廚房拿購物籃，準備出門散步時，我會別過身去，假裝沒注意到她。使女每天都兩兩成群出門散步；你可以在人行道上看到她們。沒人打攪她們、跟她們說話或碰觸她們，因為她們——就某方面來說——是碰不得的。

可是現在只要一有機會，我就會用眼角餘光偷瞄奧芙凱爾。她有張蒼白的鵝蛋臉，面無表情，就像戴著手套蓋指印。我知道怎麼樣讓自己一臉空白，所以我不相信她臉皮底下是空白的。她曾經有過另一個人生。她還是蕩婦的時候，看起來怎麼樣？蕩婦會跟不止一個男人。她跟過幾個男人？「跟」男人到底是什麼意思，又是哪種男人？她是不是讓身體的幾個部位從衣服裡露出來？她是不是穿過長褲，像男人那樣？這種事情如此不潔，簡直無法想像！可是如果她做了那種事，那又有多麼大膽！她以前跟現在的樣子一定截然不同。她以前肯定有活力多了。

她出門散步的時候，我會走到窗邊凝望她的背影，看著她穿過我們家花園，順著步道走到大門。然後我就會脫下鞋子，沿著走廊躡手躡腳潛進她的房間，就在房子的後側三樓。那個房間中等大小，有自己的衛浴。裡面有一條編織地氈，牆上掛著插瓶的藍花圖畫，那幅畫原本是塔碧莎的。

我的繼母為了眼不見為淨，將那幅畫移到那裡，我想，因為只要屋裡有東西會讓她的新丈夫看了想起第一任夫人，她一概都要清除。寶拉不是公然這麼做，她的手法更細膩——她一次移走或丟掉一樣——可是我知道她在打什麼鬼主意。我不喜歡她的理由又多了一個。

我又何必拐彎抹角？再也不需要了。我不只討厭她，我痛很她。恨是種非常不好的情緒，因為會腐朽我們的靈魂——艾斯帖嬤嬤教過我們——可是雖然我對這點並不自豪，但我承認過去常常因為恨人而祈求寬恕，但我感受到的就是恨意沒錯。

一等我溜進使女的房間，輕聲關上房門之後，我會在那裡面東尋西找。她到底是誰？萬一她就是我失蹤的母親呢？我知道這只是想像，可是我好寂寞。我喜歡去想，如果是真的，情勢會怎麼發展。我們會撲向彼此的懷抱，擁住對方，我們會因為再次找到對方而欣喜若狂……但接下來呢？之後會怎麼樣，我沒想過，但我隱約知道只會有麻煩。

奧芙凱爾的房間沒有任何關於她的線索。她的紅洋裝在衣櫥裡，井然有序掛成一排；她樸素的白色內衣褲、布袋一般的睡袍整齊摺好放在架上。她有另一雙便鞋，還有一件斗篷跟備用的白帽。她有一根紅柄牙刷。還有她帶這些東西過來的那個行李箱，但裡面空空如也。

17

我們的使女終於懷孕了。他們還沒告訴我之前我就知道了，因為馬大們不再把她當成出於同情而加以容忍的流浪狗，而是開始百般呵護她，增添她餐點的分量，給她的早餐托盤上還放了小小瓶花。因為我對她痴迷不已，盡可能時時追蹤這些細節。

我會偷聽馬大們在廚房裡興奮的交談，她們以為我不在場，雖然我不見得都能聽到內容。我在馬大們身邊的時候，席拉常常自顧自微笑；薇拉會壓低刺耳的嗓音，彷彿置身教堂；連蘿莎臉上都有得意神情，彷彿吃了特別可口的柳橙，但不打算跟任何人說。

至於我繼母寶拉，她整個人簡直在放光。我們共處一室的時候（這並不常見，因為我盡可能避免）她對我更好了。我總趕在有人載我上學以前，進廚房匆匆抓起早餐，晚餐也會盡可能早早離開餐桌，以課業作為藉口：有一份點針作品要做、有編織或縫紉要忙，有幅素描得完成，有張水彩要畫。寶拉從不反對：她不想看到我的程度，如同我不想看到她。

「奧芙凱爾懷孕了，對吧？」有天早上我問席拉。我試著用隨性的語氣說，免得我搞錯了。我問得席拉猝不及防。

「妳怎麼知道？」她問。

「我又沒瞎。」我用優越的語氣說，一定很惹人嫌。我當時就是到了那種年紀。

「我們不應該談那種事的，」席拉說，「要到三個月以後才能講，頭三個月是危險期。」

「為什麼？」我說。我畢竟懂得不多，儘管薇達拉嬤嬤曾經一面流鼻水，一面放著關於胎兒的幻燈片秀。

「因為如果是個異嬰，也就是當它……當它太早出生，」席拉說，「它就會死。」我知道異嬰：大人沒教我們，但大家口耳相傳。據說有很多。貝卡家的使女生了一個女嬰，結果沒有大腦。可憐的貝卡一定很難過，因為她一直想要個妹妹。「我們會為它禱告，也會為她禱告。」席拉當時說。我注意到她說它。

不過，關於奧芙凱爾有了身孕的事，寶拉一定在其他夫人之間暗示過，因為我在學校的地位突然再次竄升。舒娜麥特和貝卡如同之前，老在我面前爭寵，其他女孩又對我服服貼貼，彷彿我渾身散發隱形的氣場。

即將到來的寶寶在相關的每個人身上灑下了光輝，彷彿有金色薄霧籠罩著我們家，隨著時間過去，越來越燦亮、越來越金黃。三個月到了，廚房裡有場非正式派對，席拉做了蛋糕。至於奧芙凱爾，我偷瞥了她的臉，她的表情要說喜上眉梢，不如說如釋重負。

在這種壓抑的歡騰鼓舞中，我自己是一朵烏雲。奧芙凱爾肚子裡的這個無名寶寶占據了所有的愛：不留分毫給我。我徹徹底底孤單一人。我很嫉妒；那個寶寶會有母親，而我永遠也不會有。連馬大都從我身邊轉開，面朝奧芙凱爾肚子放出的光芒。說來真可恥——我竟然嫉妒寶寶！——但那就是實情。

一

這時發生了一件事，我應該略過不說，因為忘掉會更好，但它影響了我不久之後做出的選擇。既然我現在大了點，見識過更多外在世界，我可以明白那件事對某些人來說可能沒那麼重要，可是我當時是個基列土生土長的少女，從未接觸過這類的情形，所以對我來說並非芝麻小事，而是相當駭人，也很可恥：當有人對你做了可恥的事，那種恥辱會沾染到你。你會覺得自己被弄髒了。

一開始只是小事：為了每年的例行檢查，我得去牙醫那裡。那個牙醫正是貝卡的父親，他叫葛洛夫醫師，是醫術最頂尖的牙醫，薇拉說：高階的大主教和他們家人都找他看牙。他的診所在健康祝福大樓，那裡是醫生和牙醫專屬的地方。大樓外頭有個微笑心臟和微笑牙齒的圖案。

以前總會有馬大陪我去看醫師或牙醫，她會在候診室等我，因為這樣比較恰當，塔碧莎以前總是這麼說，沒解釋原因。但寶拉說讓衛士載我過去就好，因為家裡有太多事情要忙，因為要為一些變動做籌備——她的意思是張羅關於寶寶的事，派馬大過去等於浪費時間。

我不介意。事實上，可以單獨過去，讓我覺得自己很成熟。我在我們家衛士後方打直身子坐在後座。然後獨自走進那棟大樓，按下有三顆牙齒圖案的電梯按鈕，找到正確的樓層跟正確的門，最後坐在候診室裡望著牆上透明牙齒的圖案。牙醫助理威廉先生說輪到我了。我走進診間，在診療椅裡坐下。葛洛夫醫師走進來，威廉送我的病歷過來，然後走出去關上門。葛洛夫醫師看看我的病歷，問我牙齒有沒有什麼問題，我說沒有。

他照例用挑針、探針和小鏡子在我的嘴裡戳來戳去。一如往常，他的雙眼離我很近，鏡片放大了他的眼睛——帶血絲的藍眼，像大象膝蓋那樣發皺的眼皮。他吐氣的時候，我試著憋住呼吸，因為他的嘴巴照例有洋蔥的味道。他是個五官毫無特色的中年男人。

他啪地拔下白色彈性衛生手套，在水槽那裡洗手，就在我背後。

他說：「完美的牙齒。完美。」接著又說：「妳快變成大女孩了呢，艾格尼絲。」

接著竟然將手貼上我雖小巧但正在發育的胸脯。當時是夏天，所以我穿著夏季學校制服，粉紅色，以輕薄的棉布做成。

我震驚地僵住不動。所以那是真的，關於男人和他們狂烈火熱的衝動，單是坐在牙科診療椅裡，我就成了誘因。我難為情極了——我該說什麼？我不知道，所以我只是假裝這件事沒發生。

葛洛夫醫師正站在我背後，所以抵住我左胸的是他的左手。我看不到他的其他部位，只有他的手，手很大，手背上有偏紅的毛。手很暖，停在我胸脯上好似一隻熱騰騰的大螃蟹。我不知如何是好。我應該抓住他的手，從我的胸前移開嗎？這樣會不會將慾火搧得更熾烈？我應該試著逃開嗎？接著那隻手擠壓我的胸脯，手指找到我的乳尖，掐了掐，感覺就像一枚圖釘扎進我身體。我將上半身往前彎——我必須趕緊離開那張診療椅，可是那隻手將我壓制在原地。那隻手忽地抬起，葛洛夫醫師的部分身體移進了視線範圍。

「妳也該見識一下這種東西了，」他用稀鬆平常的語氣說，就像在說一般的事情，「再不久，就會有這種東西進入妳身體了。」他抓起我的右手，放在他那個部位上面。

我想我不用告訴你接下來發生什麼事。他拿起備好的毛巾，將自己抹乾淨，把他的附屬器官塞回長褲裡。

「好了，」他說，「乖ㄚ頭，我沒傷害妳，」他慈祥地拍拍我的肩膀，「別忘了每天刷兩次牙，事後還要用牙線。威廉先生會給妳一把新牙刷。」

我走出診間，覺得噁心想吐。威廉先生在候診室裡，不起眼的三十歲臉孔表情木然。他遞出裝有粉紅和藍色牙刷的圓缽。我知道分寸，拿了粉紅的。

「謝謝你。」我說。

「別客氣，」威廉先生說，「有蛀牙嗎？」

「沒有，」我說，「這次沒有。」

「很好，」威廉先生說，「盡量別吃甜的，也許就永遠都不會有蛀牙。牙就不會壞。妳還好嗎？」

「還好。」我說。門在哪裡？

「妳臉色好蒼白，有些人就是很怕牙醫。」那是假笑嗎？他知道剛剛發生什麼事嗎？「我才不蒼白。」我傻楞楞地說。我怎麼會知道自己蒼不蒼白？我找到了門把，跌跌撞撞走出去，走到電梯那裡，按了下樓的按鈕。

以後我每次去看牙醫，都會發生這種事嗎？如果要說我不想回葛洛夫醫師那裡，就非得說明原委不可；可是如果我說了原因，我知道我會惹上麻煩。學校的嬤嬤教過我們，如果有人用不恰當的方式碰了妳，妳應該跟當局呈報——意思就是她們。可是我們都知道不能蠢到真的小題大作，尤其對象是葛洛夫醫師那樣受人敬重的男人。還有，要是我舉報了貝卡的爸爸，對貝卡會有什麼影響？她會飽受屈辱，她會遭到嚴重打擊。那會是可怕的背叛。

有些女生舉報過這類的事情。一人說家裡的衛士用手撫過她的腿。另一個說經濟垃圾工在她面前拉下長褲拉鍊。結果第一個女生的腿背受到鞭刑，理由是說謊；第二個女生被告知，好女孩不會注意到男人那種小小惡作劇，好女孩只會轉頭看別的地方[5]。

可是我沒辦法轉頭看別的地方，因為沒有別的地方可看。

「我不想吃晚飯。」我在廚房對席拉說。她敏銳地瞥了我一眼。

「牙醫看診還順利嗎，親愛的？」她說，「有蛀牙嗎？」

「沒有，」我說，擠出一抹淡淡的笑容，「我的牙齒很完美。」

「妳不舒服嗎？」

---

5 意思為「睜一隻眼閉一隻眼」。

「可能快感冒了吧，」我說，「我只需要躺下來。」

席拉用檸檬和蜂蜜替我調了杯熱飲，用托盤端到我房間。「我應該陪妳去的，」她說，「可是他是最好的牙醫，大家都這麼認為。」

她知道實情，或者她起了疑心。她在警告我什麼都別說，那就是她們慣用的暗號語言。或者我該說，是我們大家慣用的。寶拉也知道嗎？她是不是料到我在葛洛夫醫師那裡會碰上這種事？那就是她派我自己去的原因嗎？

一定是，我判定。她刻意這麼做，害我的胸部被掐，讓那個污穢的東西湊到我面前。她希望我受到玷污。那是來自聖經的字眼：玷污。她可能正在對這件事不懷好意笑著——因為對我開了那個惡劣玩笑，因為想也知道，在她眼裡，那種事情就是會被當成笑料。

在那之後，我不再為了對她感到的恨意而祈求寬恕。我恨她並沒有錯。只要跟她有關的事，我都準備往壞處想，而我也這麼做了。

18

幾個月過去；我躡手躡腳和偷聽的生活持續下去。我很努力在無人看見的狀況下觀察，在無人聽見的狀況下聆聽。我發現門框和幾乎關起房門之間的縫隙，在走廊裡和樓梯上的竊聽崗哨，以及牆壁偏薄的地方。我聽到的大多是片段，甚至是沉默，但我越來越懂得怎麼將片段拼湊起來，自行填進未說出口的句子空缺。

我們的使女奧芙凱爾越變越大了——或者該說她的肚子——隨著她漸漸變大，家裡的氣氛越來越歡騰，我是說女人們。至於凱爾大主教，很難看出他有什麼感受。他總是木著一張臉，任何男人都不應該展露情緒，像是哭泣，甚至是大笑，雖然他邀請他那群大主教同仁過來聚餐時，關起的飯廳門後確實會傳來笑聲；聚餐都會備酒，如果買得到鮮奶油，還會供應某種派對甜點，是席拉非常拿手的東西。可是我想，對奧芙凱爾像氣球一樣鼓起，他至少會覺得有點興奮才對。

有時候我納悶，自己的父親當初對我有什麼感覺。我對生母有些概念——她帶著我逃跑，然後被嬤嬤們變成了使女——可是對生父一無所知。我一定有個父親，每個人都有。你可能以為我已經用理想化的形象填補了那片空白，但是我並沒有：那份空白依然空無一物。

奧芙凱爾現在成了名人。夫人們會編藉口派她們家使女過來串門子——借顆雞蛋、還一只碗——但其實是要探聽她的狀況。她們可以進家裡來，她會被叫到樓下，她們會把手貼在她渾圓的肚子上，感覺寶寶踢踢蹬蹬。她們進行這個儀式時，臉上的表情令人看了直覺不可思議：驚奇，彷彿她們見證了奇蹟；希望，因為奧芙凱爾辦到了，所以她們也可以；羨慕，因為她們自己還沒懷上身孕；渴望，因為她們真心希望成功；絕望，因為她們可能永遠都懷不成。我還不知道那些被派駐到各個據點、雖然經過判定具生育力卻始終懷不上的使女們，最後會有什麼遭遇，但我已經猜到下場不會有多好。

寶拉為其他夫人辦了多場茶會。她們會向她道賀，對她表示佩服和羨慕，而她會露出大方的笑容，謙虛接受她們的恭賀，說所有的祝福來自天上，接著下令奧芙凱爾到客廳來，好讓夫人們親眼看看。夫人們會對著她驚呼連連、呵護備至，甚至會叫奧芙凱爾「親愛的」，她們平常絕不會這樣稱呼一般的使女，就是肚子平扁的那種。接著她們會問寶拉，打算替寶寶取什麼名字。

「她的」寶寶，不是奧芙凱爾的寶寶。我想知道奧芙凱爾對這件事的想法。可是夫人們只對她的肚皮感興趣，對她的心思則毫不好奇。她們會輕拍她的肚皮，有時候甚至靠上去聽，我則站在敞開的客廳門後，透過縫隙看著她，這樣才能盯著她的臉細看。我看到她試著讓自己的臉像大理石那樣文絲不動，但並非每次都能成功。她的臉比剛到這個家的時候圓——幾乎是腫的；就我看來，那是因為蓄積了所有她不准自己滴下的淚水。她會不會偷偷哭？雖然我會埋伏在她關起的房門外，耳朵貼在門上，卻不曾聽過她的哭聲。

在這些埋伏的時刻裡，我會生起氣來。我原本有母親的，我從那個母親身邊被搶走，交給了塔碧莎，就像這個寶寶會從奧芙凱爾手上被奪走、交給寶拉。事情就是這樣處理的，向來就是這樣運作的，為了基列的未來著想，非得如此不可；少數人一定要為多數人犧牲。嬤嬤們都同意這點；她們就是這麼教的，可是我依然知道這部分是不對的。

可是我沒辦法譴責塔碧莎，雖說她接受了一個被竊走的孩子。這個世界的運作方式不是她訂定的，而她曾經是我母親，我愛過她，她也愛過我。我依然愛她，也許她依舊愛我。誰曉得呢？也許她的銀色靈魂正伴著我，在我上方徘徊著，守望著。我喜歡這麼想。我必須這麼想。

生產日終於來到。我留在家裡沒上學，因為我的初經終於來了，肚子痙攣得很厲害。席拉為我準備了熱水瓶，替我搓了點止痛軟膏，也幫我泡了杯止痛用的茶。我窩在床裡為自己難過，這時我聽到生育車的鳴笛沿著我們這條街而來。我勉強下了床，走到窗邊：沒錯，那輛紅色廂型車現在進了我們家大門，使女們正從車子裡爬下來，有一打或更多。我看不到她們的臉，可是從她們移動的方式——比平日的動作快——可以看出她們很興奮。

接著夫人們的轎車陸續抵達，她們披著同款的藍斗篷，快步走進我們家。兩位嬤嬤的車子也開了過來，嬤嬤們下了車。不是我認得的那幾位。這兩位年長一些，一個揣著黑提袋，上頭印有紅羽翼、纏節的蛇、月亮，代表醫療服務。是女性版本的緊急應變袋。有一群嬤嬤受過緊急應變和接生術的訓練，雖說她們並非真正的醫生。

按規定，我不能旁觀生產過程。小女孩和待嫁女子——因為月事來了，我成了後者——不能看也不能知道生產的過程，因為這樣的景象和聲音不適合我們，對我們可能有害——可能會引起我們反感，或讓我們害怕。那種濃血知識是給已婚婦女和使女的，當然還有嬤嬤們，這樣她們才能教導受訓中的接生嬤嬤。可是想也知道，我忍住痙攣的痛楚，套上浴袍和拖鞋，悄悄登上半段通往三樓的樓梯，這樣就能避人耳目。

夫人們在樓下客廳舉行茶會，等待那個重要時刻的到來。我不知道到底是哪個時刻，但我可以聽見她們的歡聲笑語。她們不只喝茶，也喝香檳，我之所以知道，是因為事後在廚房看到酒瓶和空杯。

使女們和那些受派過來的嬤嬤們正在奧芙凱爾身邊。她不在自己房間——那個房間小得不夠容納所有人——而是在二樓的主臥裡。我可以聽見動物般的聲聲呻吟，還有使女們誦唸著——推、推、推、吸氣、吸氣、吸氣——一個我認不得的痛苦聲音會間歇傳出來——但一定是奧芙凱爾——說著噢天啊，噢天啊，低沉黑暗，彷彿從深井裡傳送出來。很嚇人。我坐在階梯上擁住自己，開始發抖。發生什麼事了？這是怎樣的折磨、何等的傷害？她們做了什麼處置？

這些聲音感覺持續了好久。我聽到腳步聲沿著走廊趕來——是馬大，因應要求帶某些東西過來，又把某些東西端走。後來在傍晚的時候，我偷偷去看洗衣間，看到血淋淋的床單和毛巾。接著有個嬤嬤踏進走廊，開始對著電子對講機吼叫。「馬上！盡快啊！她血壓降得太低！失血過多！」

接著傳來一聲尖叫，然後又一聲。有個嬤嬤在樓梯頂端往下呼喚夫人們：「馬上進來！」嬤嬤們通常不會那樣大叫。一陣紛亂雜沓的腳步聲，匆忙登上階梯，有人在說：「噢，寶拉！」

接著響起鳴笛，不同種類的。我察看一下走廊——空無一人——然後急忙走進自己房間，望出窗外。一輛黑車，有紅羽翼和蛇的標示，但有個高大的金色三角：真正的醫師。他幾乎用跳的下車，甩上車門、衝上階梯。

我聽到他說：媽的！媽的！媽的！操！

這件事本身就令人震撼：我以前從沒聽過男人說那樣的話。

是個男孩，為寶拉和凱爾大主教而生的健康男孩，取名為馬克。但奧芙凱爾死了。

夫人們、使女們和其他人都離開之後，我跟馬大們坐在廚房裡。馬大們正在享用剩餘的茶點：切了邊的三明治、蛋糕和真正的咖啡。她們要分我一些好吃的，但我說我不餓。她們問起我痙攣的狀況；她們說我明天會好過一些，一陣子之後就不會那麼糟糕，說我總會習慣的。但那不是我沒胃口的原因。

必須找個乳母過來，她們說，失去寶寶的使女。要不是讓她親餵，不然就是喝配方奶，雖然誰都知道配方奶比不上人奶，不過，可以讓那個小東西活下去就好。

「可憐的女孩，」席拉說，「熬過這麼多，最後卻成空。」

「至少寶寶救起來了。」薇拉說。

「只能二選一，」蘿莎說，「她們不得不把她剖開。」

「我要上床睡覺了。」我說。

奧芙凱爾還沒被移出我們家。她在自己的房間裡，裹在床單中，我輕著腳步登上後側樓梯之後發現的。

我掀開她臉上的布單。她的臉龐白森森：體內一定連一點血也不剩了。她的眉毛是金色的，柔軟細緻，往上揚起，彷彿很吃驚。她眼睛睜開，看著我，也許那是她頭一次看到我。我朝她額頭送上一吻。

「我不會忘記妳的，」我對她說，「其他人會忘記，但我保證我不會。」

很灑狗血，我知道，但我當時畢竟還是個孩子。不過你們可以看到，我遵守了諾言：我不曾忘記她。她，奧芙凱爾，無名之人，埋在一塊小小的方形石頭底下，石面上簡直跟空白沒兩樣。幾年之後，我在使女墓園裡找到了她的墓碑。

當我有權這麼做的時候，我在血緣系譜檔案庫裡搜尋她，而我也找到她了。我找到她的本名。毫無意義，我知道，只對那些愛過她，繼而從她身邊被拆散的人來說才有意義。可是對我而言，那就像在洞窟裡找到一枚手印：是一個信號，是一則訊息。我曾經在這裡，我存在過，我是真真實實的。

她叫什麼名字？你當然會想知道。

是克莉絲朵[6]。這就是我現在記憶她的方式。在我的記憶裡，她叫克莉絲朵。

他們替克莉絲朵辦了一場小葬禮，他們准許我參加：我的初經來了，現在正式成為女人。生產日當天過來的那些使女也獲准出席，我們家裡的人全數出席。為了表達尊重，連凱爾大主教也來了。

我們總共唱了兩首詩歌——〈提升卑微者〉和〈祈神保佑生養〉——傳說人物麗迪亞嬤嬤上台致詞。我滿心驚奇望著她，彷彿她的照片幻化為人：原來她確實存在。不過，她看起來比照片年長，而且沒那麼可怕。

她說我們服事中的姊妹——使女奧芙凱爾，做出了終極的犧牲，帶著高貴的女性尊榮死去，從罪惡的前生救贖了自己，對其他使女來說真是完美的楷模。

麗迪亞嬤嬤說這段話的時候，聲音微微發顫。寶拉和凱爾大主教一臉肅穆虔敬，偶爾點點頭，有些使女哭了。

我沒哭。我該哭的都哭完了。真相是，她們剖開克莉絲朵把寶寶拿出來，因為這樣而害死了她。這並不是她自主選擇的事情。她並未自願帶著高貴的女性榮光，或成為完美的楷模而踏上死路，可是沒人提到這一點。

19

在學校，我的地位現在前所未有的糟糕。我成了禁忌人物：我們家的使女死了，有些女生認為那是厄運的徵兆。她們那群人迷信得很。薇達拉學校裡有兩種宗教：嬤嬤們教導的官方宗教，關於上帝和女人的專屬領域，以及非官方的宗教，透過遊戲和歌曲在女生之間流傳。

年紀較小的女生有幾首數數的韻文，像是：「下針一、上針二，有個丈夫送給妳；下針一、上針二，他被殺有另一個。」[7]對小女生來說，丈夫不是活生生的人，而是無生命的家具，是可以更換的物品，就像我童年時期的娃娃屋。

年紀較小的女生之間最熱門的唱歌遊戲叫做「吊刑」，內容像這樣：

掛在牆上的是誰啊？滴哩答啦－啦啦啦！
是個使女，她叫啥名字？滴哩答啦－啦啦啦！
她本來叫（我們會在這裡加進其中一個人的名字），可是現在她不是啦。滴哩答啦－啦啦啦！
她肚子原本裝了個寶寶（唱到這裡我們會一掌拍上自己小小扁扁的肚子）。滴哩答

---

6 Crystal另有水晶的意思。
7 這首唱謠裡的「下針、上針」等是編織用語。

啦—啦啦啦！

兩個女生舉高雙手搭成拱橋，其他女生列隊鑽過拱橋下面，大家一起誦唸：一謀殺、二親吻、三寶寶、四失蹤、五活著、六翹掉、七抓到，紅紅紅[8]！

第七個女生會被那兩個數數的人逮到，在大家圍成的圓圈裡被押著走，接著腦門上挨一掌。現在她等於「死了」，有權選出下兩個行刑人。我明白這種遊戲聽起來狠毒又輕浮，可是身邊有什麼素材孩子們都會拿來當成遊戲。

嬤嬤們可能覺得這個遊戲隱含的警告和威脅是有益的。不過，為什麼「一是謀殺」呢？為什麼謀殺必須排在親吻前面？為什麼不是接在後面，這樣似乎比較自然？從那之後，我常常想到這點，可是從沒找到答案。

在上學期間，我們獲准玩其他遊戲。我們會玩蛇梯棋——如果你的棋子落在「禱告」上，就可以在生命之樹上往上爬一架梯子，可是如果落在「罪惡」上，就要往下滑一條撒旦之蛇。校方會給我們著色本，我們會在商店的招牌上著色——肉品、麵包和魚——作為學習的方式。我們也在人們的服飾上著色——夫人是藍色、經濟太太是條紋、使女是紅色。貝卡曾經將使女塗成紫色而惹惱薇達拉嬤嬤。

年紀較大的女生之間則是透過耳語來傳播迷信，不是經由唱謠，而且不是遊戲，是會被當真。其中一則內容如下：

如果使女死在妳家床上，

她的鮮血就算在妳頭上。
如果妳家使女寶寶死了，
妳人生等於淚水與嘆息。
如果妳家使女生產死了，
詛咒隨著妳到天涯海角。

奧芙凱爾在生產時死了，所以其他女生認為我受到詛咒，可是既然小寶寶馬克活著且安好，她們也認為我福氣非凡。其他女生不會公開嘲弄我，但會閃避我。胡妲看到我走來的時候，就會瞇眼仰望天花板；貝卡會別開身子，雖說她會趁沒人在看的時候，偷偷分點午餐給我。舒娜麥特疏遠了我，不管是出於對死亡的恐懼，或者是因為家中得子而羨慕，或者兩者皆是。

在家裡，大家的注意力都集中在寶寶身上，寶寶嗓門很大，就是要人呵護。雖然寶拉享受擁有寶寶的聲望——而且還是個男丁——但她內心並不是慈母型的人。有朋友來訪的時刻，小小馬克會被抱出來展示一番，但短短時間對寶拉來說就已經夠受的，不一會兒就會將他交給乳母——身材圓胖、愁容滿面的使女，她先前是奧芙塔克，但現在當然是奧芙凱爾了。

馬克不是吃東西、睡覺或被拿來炫耀，就在廚房裡，他很受馬大們的寵愛。她們很愛替他洗澡，對著他的小小手指、小小腳趾、小小酒窩、小小男性器官驚呼連連，那個男性器官

8 類似「倫敦大橋垮下來」的團體遊戲：兩名小朋友以手搭成一道拱橋，其他小朋友排隊一一穿過拱橋底下，一邊唱一邊走，搭橋的小朋友突然把手放下來，被套住的就是輸家。

可以噴出真正驚人的尿泉。真是個強壯的小男人！

大家預期我會加入崇拜的行列，當我沒表現出足夠的熱度時，她們叫我別賭氣，因為再不久我就會有自己的寶寶，到時我就會很開心。我非常懷疑這點——不是懷疑寶寶這部分，而是開心那部分。我盡可能待在自己房間，避開廚房裡的歡欣雀躍，一面思索著這個宇宙的不公平。

VII、體育館

20 艾杜瓦館親筆手書

番紅花化掉了，水仙皺縮成紙張，鬱金香展現誘人的舞姿之後，裙片般的花瓣往外翻，然後凋落盡淨。在艾杜瓦館四周的香草叢正欣欣向榮，由克羅芙嬤嬤和她那群半素食園藝跟班負責照料。可是麗迪亞嬤嬤，妳一定要喝這個薄荷茶，對妳的消化有神奇的功效喔！別管我的消化問題，我很想向她們喝叱，但她們畢竟是一番好意，我提醒自己。當地毯沾血[1]的時候，你是否提得出令人信服的理由？

我當初也是出於好意啊，我有時會默默嘀咕。起心動念都是為了追求最好的結果——或者現行可得的最好結果，這是兩碼子事。不過，當初要不是因為有我，事情會糟糕多少。

放屁，在某些日子裡，我會這麼回答。雖說有的日子裡，我會讚美自己。誰說「一以貫之」是種美德了？

1 意指組織或團體內的鬥爭或激烈衝突之後的結果。

在花朵的華爾滋裡，接下來輪到誰上場？紫丁香。如此可靠，如此嬌媚，如此芬芳。再不久，我的宿敵薇達拉嬤嬤就會頻打噴嚏。也許她的眼睛會發腫，就沒辦法用眼角餘光偷瞥我，巴望能探查到某種疏漏、某種弱點、在神學正確性上的偏移，藉以拉倒我，讓我垮台。

儘管做夢吧，我對她低語。我有個自豪的地方就是，我懂得早妳一步搶先布局。可是為何只有一步？是好幾步。只要推翻我，我就會拆毀整座廟堂。

基列有個存在已久的問題，我的讀者：就上帝在人間的國度來說，它有著令人難堪的高移民率。比方說，使女的流失：太多使女陸續偷渡出境。賈德大主教對出逃的那份分析顯示，我們一查到出境的路線，加以封鎖之後，就會有另一條路線開通。

我們的緩衝地帶太容易穿透。緬因和佛蒙特較為蠻荒的區域是我們無法全盤掌控的邊界，那裡的原住民如果不是敵意太深，不然就是傾向異端邪教。我從個人經驗得知，他們透過類似超現實編織藝術的婚姻網絡，彼此緊密聯繫。只要不順他們的意，很容易就演變成宿怨。因此很難要他們出賣對方。我們已經懷疑了一段時間，他們當中有嚮導，行為的動機要不是因為想智取基列，不然就是單純的貪財，因為據說五月天會給錢。有個落入我們手中的佛蒙特人說，他們當中有句俗話：「五月天就是發薪天」。

山丘和沼澤，蜿蜒河流，通往波濤洶湧的大海、岩石遍地的長型海灣——全都能暗助行事鬼祟的人。在這個區域的次歷史裡，有萊姆酒走私客、香菸奸商、私運毒品以及非法兜售各種商品的人。對他們來說，邊境毫無意義；他們進出無阻，暗地嘲諷執法人員的無能，錢財總能成功轉手。

我有個叔叔在那個領域很活躍。我們家族就是這個樣子——住在拖車園區裡，對警察冷嘲熱諷、和站在刑事司法系統反面的那些人廝混——而我父親對這些事情頗引以為傲。雖然他並不以我為榮：我是個女生，而且更糟的是，愛賣弄聰明的女生。除了把那些裝模作樣從我身上打出來，他無計可施，不管拳打或腳踢或抄起隨手可得的傢伙。要不是他在基列上台以前，就遭人割喉而死，不然我也會替他做這種安排。不過，家族史回憶到這裡也夠了。

近來，伊莉莎白嬤嬤、海倫娜嬤嬤和薇達拉嬤嬤為了有更好的管控而提出詳盡的計畫，叫做「盡頭行動：弭除東北海岸領地女性移出問題方案」。裡面條列了必要步驟，意在捕捉逃往加拿大的使女。她們要求頒布國家緊急命令，加倍警犬數量，強化訊問系統的效率。我察覺最後一項有薇達拉嬤嬤的印記：她一直偷偷覺得遺憾，拔除指甲和挖取內臟竟然不在我們的懲戒清單上。

「很好，」我說，「看來非常詳盡。我會仔細拜讀，我可以向妳們保證，賈德大主教也有同樣的憂慮，他正在採取行動，雖然我現在還不方便跟妳們分享細節。」

「讚美主。」伊莉莎白嬤嬤說，雖說語氣並不歡欣。

「這種出逃的事一定要徹徹底底消滅。」海倫娜嬤嬤宣布，瞥了瞥薇達拉嬤嬤想得到肯定。她還跺了跺腳以示強調，肯定很痛吧，因為她有扁平足：她年輕的時候穿將近十三公分高的布拉尼克牌[2]細跟高跟鞋，結果弄壞了腳。現在，那些鞋子可會讓她受到公然譴責。

2 Blahnik，英國名牌鞋。

「確實，」我和藹地說，「看來確實已經成了一樁生意，至少部分是如此。」

「我們應該肅清整個區域！」伊莉莎白嬤嬤說，「他們跟加拿大的五月天狼狽為奸。」

「賈德大主教也這麼認為。」我說。

「那些女人必須履行她們對神聖計畫的職責，就像我們其他人，」薇達拉嬤嬤說，「人生並不是度假。」

雖然她們沒先經過我授權就擅自擬定計畫——不服從的表現——但我還是覺得有義務傳達給賈德大主教，尤其因為如果我不這麼做，他肯定會聽到風聲，注意到我的頑抗不馴。

這天下午，她們三人又登門拜訪我。她們神采飛揚：紐約北部的突襲活動逮捕了一批來源混雜的人士，七位貴格派教徒、四位重返土地運動人士、兩位加拿大的麋鹿狩獵嚮導、檸檬走私客，每個人都涉嫌跟地下女路連鎖有關聯。等他們手上可能握有的額外資訊被榨擠完畢，他們就會被處理掉，除非發現他們有交易的價值：五月天和基列之間的人質交換並非沒有前例。

我當然清楚這些發展。「恭喜啊，」我說，「妳們各個厥功至偉，即使只是在檯面下也一樣。賈德大主教會成為關注焦點，這是當然的。」

「當然的。」薇達拉嬤嬤說。

「我們很樂意服事。」海倫娜嬤嬤說。

「我也有些消息要跟妳們分享，是從賈德大主教那邊得來的。可是只能留在我們之間，不能傳出去。」她們湊過來：人人都愛祕密。「加拿大有兩位五月天頭號探子已經被我們的幹員殲滅。」

「願主明察。」薇達拉嬤嬤說。

「珍珠女孩的角色很關鍵。」我補充。

「讚美主！」海倫娜嬤嬤說。

「折損了一人，」我說，「艾卓安娜嬤嬤。」

「發生什麼事了？」伊莉莎白嬤嬤問。

「我們正在等待釐清。」

「我們會替她的靈魂禱告，」伊莉莎白嬤嬤說，「莎莉嬤嬤呢？」

「我相信她很安全。」

「讚美主。」

「確實，」我說，「不過，壞消息是，我們發現了防禦系統裡有破口。兩位五月天探子一定取得了基列內部叛徒的協助。有人從這裡將訊息傳過去——通知對方我們的維安行動，甚至告知對方我們在加拿大境內部署的幹員和志工。」

「誰會做這種事？」薇達拉嬤嬤說，「這是叛教行為啊。」

「眼目正在調查，」我說，「所以如果妳們注意到任何可疑的事情——任何東西、任何人，甚至是艾杜瓦館的任何人——務必讓我知道。」

交談停頓片刻，她們面面相覷。艾杜瓦館的任何人也包括她們在內。

「噢，當然不會有這種事，」海倫娜嬤嬤說，「想想這會是多大的恥辱！」

「艾杜瓦館潔淨無瑕。」伊莉莎白嬤嬤說。

「可是人心險惡。」薇達拉嬤嬤說。

「我們一定要提高警覺，」我說，「同時呢，妳們表現得很出色，讓我知道妳們後續怎麼處理貴格派教徒以及種種事宜。」

我記錄著、記錄著。但只是徒勞，我常常感到害怕。我用來寫字的黑墨水就快用完了，再不久就得換用藍墨水。從薇達拉學校用品室申請一瓶墨水應該不難：她們那邊平常就教素描。我們嬤嬤們以往都能透過灰市買到原子筆，但再也無法：我們在新伯倫瑞克省的供應商遭到逮捕，他活動得太過頻繁。

可是我之前正跟你說到車窗加黑的廂型車——不，我翻到前一頁，我看到我們剛剛抵達了體育館。

我們下了車之後，我和艾妮塔被押著往右走。我們加入了畜群般的女人：我以畜群來形容，是因為我們如同牲畜一樣被驅趕成群。我們這群人被趕到露天看台座位，那裡以刑案現場那種黃色封鎖線標示出來。一定有四十個人左右。就定位之後，我們的手銬被解開，我想應該是還要拿給別人用。

我和艾妮塔並肩坐著。我的左邊是個陌生女人，她說自己是律師；艾妮塔右邊那位也是律師。我們背後有四個法官；我們前面有另外四個。我們全部不是法官就是律師。

「他們一定是照我們的職業來分類。」艾妮塔說。

確實如此。趁守衛不注意的時候，我們這排末端的女人設法和走道對面、隔壁那區的女人說上話。那邊全是醫師。

我們都沒吃午餐，也沒午餐可吃。接下來的幾個鐘頭，廂型車持續抵達，釋出了一批批不情願的女性乘客。

她們都不是所謂的年輕人。全是中年專業女性，一身套裝、髮型好看。不過，沒帶提包；他們不准我們帶提包。所以也沒有梳子、口紅、鏡子、小包裝的喉糖、一用即丟的面紙。真不可思議，身邊沒了那些東西，讓人感覺多麼赤裸。或者該說，以前會有這種感覺。

烈日當頭：我們沒戴帽子也沒抹防曬。我可以想像等夕陽西下，我的皮膚肯定會曬得通紅。至少座椅附有靠背。如果我們為了休閒活動而來，倒不會覺得不適。但眼前並沒有任何娛樂，而且我們不能起身伸展身體：凡是企圖起身伸展的人都會招來怒吼。坐著卻無法按需求活動逐漸惹人厭煩，對臀部、背部和大腿肌肉在在造成了負擔。是小痛，但還是痛。

為了殺時間，我痛批自己。愚蠢、愚蠢、愚蠢：我當初篤信關於人生、自由、民主、個人權利的那種空話，全是我在法律學院吸收而來。這些是基本道德準則，我們永遠都該加以捍衛。我一直仰仗著那樣的價值，彷彿仰賴著魔咒。

妳向來以身為現實主義者為豪，我告訴自己，所以面對事實吧。發生了政變，就在美國這裡，就像過去不少國家那樣。只要領導階層被迫輪替，隨之而來的總是鎮壓反對勢力。反對勢力由教育階層所帶領，所以教育階層就是頭一批要殲除的對象。妳是法官，所以妳是教育階層，不管妳喜不喜歡。他們不希望有妳存在。

早年我實現了家人說我絕對做不到的一切，他們因為我上大學而鄙視我，我靠著獎學金和晚上兼爛工作才完成學業。我家族沒人上過大學。這種經歷會讓人變得強悍，變得倔強。如果可以，我可不打算被殲滅。可是我在大學得到的教養在這裡完全派不上用場。我需要返轉成為當初那個頑固的下層階級孩子，那個意志堅決的勞動者、那個腦筋靈活的高成就者、那個精通策略的野心分子，這些特質當初幫忙我抵達了我剛剛被廢除的社會地位。等我掌握了訣竅，我必須想辦法生存下去。

我以前也曾遭逢困境，當時都成功脫身了——這就是我對自己說的故事。

下午過半，三人一組的男人負責分發瓶裝水：一位捧著水瓶、一位負責發送、另一位用武器瞄準我們——免得我們開始彈跳、揮動手腳、張口猛咬，就像我們曾經是的鱸魚。

「你們不能把我們關在這裡！」有個女人說，「我們沒做錯任何事情！」

「我們不能跟妳們講話。」發瓶裝水的人說。

他們不准我們去上廁所。尿液細流沿著看台座位淌下，流向球場。這種待遇意在羞辱我們，想擊潰我們的抵抗，我暗想；可是抵抗什麼？我們不是間諜，我們沒有守住不說的祕辛，也不是敵軍的兵卒。還是說我們算是？如果我深深望進這些男人的眼睛，會不會有個人類回望著我？如果沒有，那會是什麼？

我試著設身處地，從那些圈捕我們的人的角度來思考。他們在想什麼？他們的目標是什麼？又希望怎麼達成那些目標？

四點鐘的時候，他們以奇觀來招待我們。有二十個女人，高矮胖瘦不一，但都一身正式套裝，被領進了球場中央。我說被領進，是因為她們被蒙住了眼睛，雙手銬在身體前側，排成兩排，一排十人。前排被迫跪地，彷彿為了拍團體照。

穿黑制服的男人對著麥克風浮誇地說，有罪的人永遠躲不過神聖之眼，罪孽會讓他們無所遁形云云。那些守衛和隨從低聲表示贊成，就像一種震動：嗯嗯嗯嗯嗯嗯……好似引擎逐漸加速。

「我主必勝。」講者收尾。

男人們以低沉的嗓音齊聲說阿們。接著那些護送蒙眼女人的男人舉起槍枝，射殺了她們。槍法精準：女人們歪倒在地。

我們這些坐在看台上的女人集體發出哀鳴。我聽到尖叫和啜泣。有些女人跳起來吶喊——我聽不清內容——但是她們轉眼就噤聲不語，因為後腦杓遭槍托一擊。那些毆擊無須重複，一下已然足矣。同樣的，精準無比；這些男人受過訓練。

我們可以旁觀但不能開口：這個訊息很清楚。可是為什麼？如果他們打算殺了我們全部，又何必公開示眾？

夕陽西下，三明治送達，每人一個。我的是蛋沙拉。說來丟臉，我竟津津有味一口氣吃完。遠處傳來幾聲乾嘔，但以這種情況而言，算是少得驚人。

我們接到起身的指令，接著列隊走出去，一排接一排——整個過程靜得詭異，而且秩序井然——我們被往下帶到置物櫃室和通往置物櫃室的走廊，那就是我們過夜的地方。

那裡沒有任何便利設施，沒有床墊或枕頭，但至少有廁所，不過已經變得污穢不堪。現場沒有守衛禁止我們交談，雖然我現在想不通，我們當時為何會以為沒人監聽。不過到了此時，我們的腦袋都已經糊塗發蒙。

照明留著沒關，真是慈悲之舉。

不，那並不是慈悲。那樣對負責指揮的人才便利。在那個地方，慈悲並不存在。

VIII、卡爾納爾馮

21證人證詞逐字稿369B

我坐在艾達的車子裡，試著吸收她跟我說過的話。梅蘭妮和尼爾被炸彈炸死，就在衣裝獵犬店外。這不可能啊。

「我們要去哪裡？」我說，這樣說很遜很弱，聽起來這麼正常，可是明明沒有一件事是正常的。我為什麼沒放聲尖叫？

「我正在想。」艾達說。她望著後視鏡，然後開進一條車道。那棟房子掛著告示，上頭寫著「艾特納裝修」。我們這地區的每棟房子老是在裝修；然後會有人買下來，再度裝修，這點快把尼爾和梅蘭妮搞瘋了。何必花那麼多錢把好端端的房子內部挖空呢？尼爾會說，都是為了拉抬房價，把窮人趕出交易市場。

「我們要進去裡頭嗎？」我頓時疲憊不堪。能夠進房子裡躺躺會不錯。

「沒有。」艾達說。她從皮製背包裡取出一把小扳手，摧毀她的手機。我眼睜睜看著那支手機四分五裂：機殼碎解，金屬內臟變形四散。

「幹嘛弄壞手機啊？」我說。

「因為再怎麼小心都不為過。」她將那些殘片塞進小塑膠袋，「等這輛車過去，妳下車把它丟進那個垃圾桶。」

這是毒販的伎倆——他們會用拋棄型手機。對於跟著她走，我起了疑慮。她不只是嚴厲，還很嚇人。「謝謝妳載我一程，」我說，「可是我現在應該回學校了。我會跟他們說爆炸的事，他們會知道該怎麼做。」

「妳還沒從震驚狀態走出來，這也難怪。」她說。

「我還好，」我說，雖然這不是真話，「我可以在這裡下車。」

「隨便妳，」她說，「不過校方必須把妳呈報給社會局，那些人會把妳安置在寄養家庭，天曉得最後會怎樣？」我倒是沒想到這點。「所以等妳丟了我的手機，」她說了下去，「妳要不是回車上來，不然就是繼續往前走。隨妳選。千萬別回家。不是命令，是忠告。」

我應她的要求做了。既然她都已經把我的選項攤開來說，我又有什麼選擇？我回到車上開始抽泣，但艾達除了遞面紙給我，沒有任何情緒反應。她迴轉往南方行駛。她開起車來迅速又有效率。「我知道妳不信任我，」片刻之後她說，「可是妳必須信任我。在車裡埋設炸彈的那批人現在可能在找妳。我不是說他們就是在找妳，我不知道，可是妳有風險。」

有風險——新聞上就是這樣說那些儘管鄰居多次發出警告，最終還是被痛毆致死的孩子；或是趕不上末班公車只好搭便車，最後被某人小狗在淺淺墓地裡，發現斷了脖子的女人。我的牙齒直打顫，雖然空氣炙熱黏膩。

我不大相信她，但也不是不相信她。「我們可以報警。」我膽怯地說。

「他們沒用處的。」我聽過警察無用論——梅蘭妮和尼爾經常這麼說。她把車裡的收音機打開：可以穩定心神的音樂，裡頭有豎琴。「什麼都別想。」她說。

「妳是條子嗎？」我問她。

「不是。」她說。

「那妳做什麼的？」

「少說少錯。」她說。

我們在一棟方形大樓前面停下，告示寫著教友集會所與宗教社團（貴格派）。艾達將車子停在大樓後側的灰色廂型車隔壁。「我們接下來要坐那輛。」

我們從大樓側門進去。艾達向坐在小桌邊的男人點點頭。「以利亞，」她說，「我們有任務。」

我沒正眼看他。我尾隨她穿過集會所，裡面空蕩蕩，悄無聲息，只有回音和微微寒冷的氣味，然後進入更大的空間，那裡比較明亮，也開著空調。有幾排床鋪——更像行軍床——其中幾張躺了女人，蓋著顏色各異的毯子。另一個角落裡有五把扶手椅和一張矮桌，幾個女人坐在那裡低聲交談。

「別盯著人看，」艾達對我說，「這裡不是動物園。」

「這是什麼地方？」我說。

「『庇護關懷』，收容基列難民的組織。梅蘭妮以前就跟他們合作，尼爾也是，只是方式不同。好了，我要妳坐在那張椅子上，別引人注意，別亂動也別出聲。這裡很安全。我必須去替妳做些安排。我大概一個鐘頭就會回來。他們會讓妳補充一點糖分，妳需要。」她走過去跟其中一個主責的女人說話，然後匆匆走出房間。片刻之後，那個女人端了杯甜熱茶和一塊巧克力碎片餅乾給我，問我是否還好，需不需要別的東西，我說不用。但她還是帶了條藍綠雙色毯子回來，裹住我的身體。

我勉強喝了點茶。牙齒不再打顫。我坐在那裡看著人流，就像以前在衣裝獵犬那樣。幾個女人走進來，其中一人抱著嬰兒。她們看起來很狼狽，也很害怕。庇護關懷的女人走過來歡迎她們，並說：「妳們現在在這邊，都會好好的。」基列婦女們哭了起來。當時我想，幹嘛哭呢，應該高興才對啊，妳們都逃出來了。可是經過我之後的遭遇，我終於明白為什麼了。你先忍住，不管是什麼，直到熬過了最慘的部分。然後等你安全了，就可以把之前無法浪費在哭泣上的那些眼淚一口氣哭出來。

那些女人斷斷續續講著話，一面喘著氣：

如果他們說我必須回去……

我不得不把兒子丟下，有沒有辦法可以……

我失去寶寶了。當時沒人……

負責指揮的女人遞面紙給她們，說了點安定心神的話，像是妳們必須堅強。這樣說雖然出於好意，但是人被要求堅強的時候，同時會承受很多壓力。那是我學到的另一件事。

一個小時左右之後，艾達回來了。「妳還活著啊。」她說。如果那是笑話，還滿差勁的。

我只是瞅著她。「妳得丟了那身格呢。」

「什麼？」我說，彷彿她講的是別種語言。

「我知道這對妳來說很難熬，」她說，「可是我們現在沒時間討論，得趕快動身。我不是危言聳聽，可是有麻煩了。我們現在去把衣服換掉。」她揪住我的胳膊，將我提離椅子：她力氣大得令人吃驚。

我們路過所有的女人，走進後側的房間，那裡有張桌子擺了T恤、毛衣和幾個掛著吊衣架的架子。我認出了其中一些：原來衣裝獵犬捐贈的衣物最後就是送到這裡。

「挑點妳現實生活中從沒穿過的東西，」艾達說，「妳的模樣得要完全換了個人似的。」

我找到了印有白骷髏頭的黑襯衫、白骷髏頭的黑色緊身褲，配上黑白高筒鞋還有襪子。全是二手的。我沒考慮到蝨子和臭蟲：梅蘭妮總是會問大家拿來賣她的東西有沒有清理過。有一次店裡出現臭蟲，簡直是一場惡夢。

「我會轉過身去。」艾達說。這裡沒有更衣室。我扭著身子脫掉學校制服，換上新的二手衣。要是她綁架了我呢？我昏昏沉沉想著。綁架。被走私出去變成性奴的女生就是碰上這種事——我們在學校學過。可是我這樣的女生不會被綁架，只是有時候會被假扮成房仲的男人鎖在地下室裡。有時候那樣的男人會找女人幫忙犯案。艾達是那種人嗎？要是她說的關於梅蘭妮和尼爾被炸死的故事是個騙局呢？

搞不好他們兩個現在都急瘋了，因為我遲遲沒出現。他們可能忙著打電話給學校，甚至是警察，雖然他們覺得警察沒用。

艾達依然背對著我，可是我感覺如果我考慮逃跑——比方說從聚會所的側門衝出去，她會早一步知道。假使我逃了，我又能去哪裡？我只想回家，可是艾達說的如果是實話，我就不應該回去那邊。總之，如果艾達跟我講的是實話，那裡也不再是我的家了，因為梅蘭妮和尼爾不會在裡面。而我一個人在空蕩蕩的房子裡又該如何是好？

「好了。」我說。

艾達轉過身來。「不錯嘛。」她說。她脫下黑夾克、塞進隨身提袋，然後換穿架上的綠夾克，接著把頭髮夾起來，戴上一副墨鏡。「頭髮放下來。」她告訴我，於是我拉下髮圈，搖散頭髮。她替我找了副橘色鏡面的墨鏡。她遞了根口紅給我，我替自己畫了新的紅唇。

「裝成混混的樣子。」她說。

我不知道怎麼做，但還是試了一下。我拉長了臉，噘起塗滿紅蠟的嘴唇。

「好，」她說，「真沒想到。這樣我們的祕密就安全了。」

什麼是我們的祕密？我在檯面上再也不存在了嗎？之類吧。

22

我們坐進那輛灰色廂型車，開了一陣子，艾達仔細盯著我們背後的車流。我們在迷宮般的小路裡穿梭，最後開進了一大棟褐岩老宅前方的車道。在原本可能是花園的半圓空間裡，即使目前在沒割除的雜草和蒲公英之間也還殘存著一些鬱金香，那裡有個告示，上頭有公寓大樓的圖片。

「這是哪裡？」我說。

「帕克谷。」艾達說。我沒來過帕克谷，可是聽說過；學校有些會嗑藥的孩子覺得這裡很酷，他們就是這樣形容現在正在優化整頓的破敗都會區。裡面有幾家時髦的夜店，那些想謊報年齡的人可以去。

這座宅邸座落在老舊的大空地裡，那裡有幾棵巨樹。落葉已經很久沒人清理，地面的護根層裡散落著發亮的彩色塑膠碎塊，有紅有銀。

艾達朝那棟房子走去，回頭確定我跟了上去。「妳還好嗎？」她問。

「還好。」我說。我覺得有點暈。我跟在她後面，越過凹凸不平的地面；感覺很像海綿，彷彿我的雙腳隨時都會穿過去。這個世界再也不紮實可靠，而是充滿孔洞和騙局。任何東西都可能會消失。同時，我眼前的一切清晰無比，彷彿是去年我們在學校研究過的超現實畫作。沙漠中的融化時鐘，固態但非真實。

厚重的石階通往前廊。石頭拱門框住了前廊，上頭以克爾特字母刻了名字，有時會在多倫多較老的建築上看到——卡爾納爾馮——周圍是石刻葉子和小妖精的臉；可能是為了表現出淘氣的模樣，可是我覺得滿是惡意。在那時候，在我眼裡一切都充滿了惡意。

門廊有貓尿的味道。那扇門寬闊厚重，上頭布滿黑色裝飾釘頭。有人用紅漆在上面塗鴉；用的是塗鴉常用的尖字體，另一個比較能讀懂的字眼可能是「嘔吐」。

儘管那扇門看起來很陳舊，門鎖卻是感應磁釦。內部大廳鋪著褐紫紅的老舊地毯，一道寬闊的階梯蜿蜒向上，有著美麗的弧線樓梯扶欄。

「這裡有一陣子做過民宿，」艾達說，「現在是附家具的公寓。」

「最初是什麼？」我靠在牆壁上。

「有錢人的避暑別墅，」艾達說，「我們上樓吧，妳必須躺下來。」

「什麼是卡爾納爾馮？」我上樓梯有點吃力。

「是威爾斯的一個地名[1]，」艾達說，「一定有人想家了。」她拉住我的手臂。「來吧，邊數階梯邊走。」家，我想。我又快抽泣起來，但我拚命忍住。

我們走到了階梯頂端，那裡又有一扇厚重的門，另一個磁釦鎖。裡面有間起居室，附有沙發和兩張休閒椅、一張矮桌和一張餐桌。

「有個臥房要給妳用。」艾達說。可是我沒有察看的欲望。我一頭倒在沙發上，頓時失去氣力；我想我爬不起來了。

「妳又在發抖了，」艾達說，「我把空調轉小。」她從其中一間臥房拿了羽絨被來，新的，全白。

房裡的一切比真實還要真實。桌上有某種室內盆栽，雖然可能是塑膠的；它有質地像橡膠的閃亮葉子。牆面貼滿玫瑰色的壁紙，加上顏色較深的樹木圖形設計。釘過的小洞一定曾經掛了畫。這些細節如此鮮明，幾乎閃動不已，彷彿光線從後方投射而來。

我閉上雙眼抵擋光線。我一定睡著了，因為轉眼就是傍晚，艾達打開了液晶螢幕，我想是為了我好，這樣我就會知道她說的是實話——可是很殘忍。衣裝獵犬的殘骸——窗玻璃碎裂、店門洞開。人行道上散落著碎布。前方是梅蘭妮車子的外殼，像燒焦的棉花糖一樣塌陷。可以看到兩輛警車，還有他們用來圍起失事區域的黃色封鎖帶。沒有尼爾和梅蘭妮的跡象，我很高興；我原本很怕看到他們焦黑的肉身、頭髮的灰燼、烤焦的枯骨。

遙控器在沙發旁的茶几上。我關掉聲音：我不想聽主播用四平八穩的語氣談話，彷彿這事件就跟政客登上飛機一樣。車子和店面消失了，播報員的腦袋就像可笑的氣球，突然浮現在畫面裡。我關掉了電視。

艾達從廚房進來，用盤子盛了份三明治給我：雞肉沙拉。我說我不餓。

「有蘋果，」她說，「要嗎？」

「不用，謝謝。」

「我知道這很怪。」她說。我悶不吭聲。她走出去又走進來。「我替妳準備了生日蛋糕，巧克力口味的，還有香草冰淇淋。都是妳最愛的。」蛋糕放在白盤子上，附了把塑膠叉子。她怎麼知道我最喜歡什麼？梅蘭妮一定跟她說過。她們一定談過我。白盤子亮得刺眼。一根蠟燭插在那塊蛋糕上。我年紀更小的時候會許願。我現在該許什麼願？許願說時光可以倒轉？要轉到昨天嗎？我納悶有多少人曾經許過這樣的願。

「廁所在哪裡？」我問。她告訴我。我走進去之後吐了出來。接著我再次躺在沙發上發抖。一陣子過後，她帶了點薑汁汽水給我。「妳要讓血糖升高才行。」她說，走出房間時隨手關掉了燈。

就像染上流感，留在家裡不上學，其他人會替你蓋被、端喝的東西給你；他們會負責處理現實人生，省去你的麻煩。如果可以永遠這樣下去就好了：那麼我就不用再想任何事情了。

遠處傳來都市的噪音：車流、警笛、頭頂上的飛機。艾達在廚房裡窸窣作響；她的動作

1 Carnarvon，位於北威爾斯。威爾斯語的拼法是 Caernarfon。

矯健輕盈，彷彿踮著腳尖走路。我聽到她講電話的呢喃。她是發號施令的人，雖然我猜不到是什麼事情，但我覺得受到安撫與支撐。我閉著雙眼，聽見公寓的門打開、停頓，然後關起。

23

我再次醒來的時候已經是早晨。我不知道幾點了。我是不是睡過頭，上學要遲到了？接著我想起來：我沒辦法再上學了。我永遠不會回學校去，或回到認識的人身邊。

我在卡爾納爾馮的一間臥室裡，身上蓋著白色羽絨被，依然穿著T恤和緊身褲，不過襪子和鞋子已經脫掉。房裡有扇窗戶，但捲簾拉了下來。我小心坐起身，看到枕頭套上有點紅漬，不過只是我昨天抹在嘴上的口紅。我不再反胃和暈眩，但是覺得腦袋迷迷糊糊。我把整顆腦袋抓撓一遍，然後扯了扯頭髮。有一次我頭痛的時候，梅蘭妮告訴我，拉拉頭髮可以促進腦袋的血液循環。她說那就是尼爾扯頭髮的原因。

我站起來以後，覺得更清醒了。我對著牆上的大鏡子仔細端詳自己。我已經不是昨天那個人了，雖然看起來很類似。我打開門，光著腳丫沿著走廊走到廚房。

艾達不在那裡。她在客廳，拿著一杯咖啡坐在休閒椅裡。沙發上有個男人，進庇護關懷側門時路過的那個。

「妳醒啦。」艾達說。成人老愛把明擺在眼前的事實說出口——梅蘭妮就可能跟我說妳醒啦這樣的話，彷彿是種讚美——發現艾達在這方面也不例外，我還滿失望的。

我看著那個男人，他也看著我。他穿著黑牛仔褲、涼鞋、灰T恤，上面寫著「兩個字、一根手指」[2]，戴著藍鳥隊棒球帽。我納悶他是否知道自己T恤真正的意思。

他肯定有五十歲了，但頭髮烏黑濃密，所以或許更年輕。他的臉就像起皺的皮革，臉頰一側有傷疤。他對我微笑，露出一口白牙，左側臼齒不見了。那樣缺了牙看起來就像不法之徒。

艾達對著那個男人點點下巴。「記得以利亞吧，在庇護關懷見過。他是尼爾的朋友，來幫忙的。廚房有穀片可以吃。」

「等下我們就可以談談。」以利亞說。

穀片是我喜歡的那種，用豆子做成的O形圓圈。我把碗端進起居室，坐在另一張休閒椅裡，等他們開口。

他們誰也沒說話，只是頻頻瞥著對方。我試探地吃了兩湯匙，免得胃還不舒服。我滿耳都是咀嚼O形圓圈穀片的喀滋聲。

「從哪邊開始？」以利亞說。

「難的那邊。」艾達說。

「好，」他說，然後直直看著我，「昨天不是妳的生日。」

我很意外。「是，就是，」我說，「五月一日我十六歲。」

「其實妳大概小四個月。」以利亞說。

2 意思就是比中指，說 fuck you（去你的、去死吧）。

人要怎麼證明自己的出生年月？一定有出生證明，可是梅蘭妮放哪？「我的生日就寫在健保卡上頭。」我說。

「再試一次。」艾達對以利亞說。他垂眼望著地毯。

「梅蘭妮和尼爾不是妳父母。」他說。

「是，他們是！」我說，「你幹嘛說這種話？」我感覺自己眼裡泛起淚水。現實裡又破開了一個虛空：尼爾和梅蘭妮變幻形狀，漸漸淡去。我領悟到，我對他們，以及他們的過去其實所知不多。他們從沒談過，而我也沒主動發問。沒人會老追著爸媽問他們的事吧？

「我知道這會讓妳很痛苦，」以利亞說，「可是這點很重要，所以我要再說一遍。尼爾和梅蘭妮不是妳父母。抱歉說得這麼直白，可是我們時間不多。」

「那他們是誰？」我說，眨著眼睛，一滴淚淌了下來，我將它抹去。

「沒有血緣關係，」他說，「妳從嬰兒時期開始，就安置在他們那裡由他們保護。」

「不可能。」我說，可是我沒那麼確定了。

「應該早點告訴妳的，」艾達說，「可是他們不想讓妳擔心。他們打算跟妳說真相的那天，他們就……」她越說越小聲，用力閉上嘴巴。她一直避談梅蘭妮的死，彷彿她們根本不是朋友，可是現在我可以看出她真心感到難過。這點讓我多喜歡她一點。

「他們的工作裡有一部分就是守護妳、維護妳的安全，」以利亞說，「很遺憾由我來告訴妳。」

房裡除了新家具的氣味之外，我可以聞到以利亞的味道，夾帶汗水、單純實用的洗衣皂味。是有機洗衣皂，梅蘭妮也用這一種。應該說「以前」用這一種。「那他們是誰？」我低聲說。

「尼爾和梅蘭妮是非常寶貴、經驗豐富的成員——」

「不是，」我說，「我是說我別的父母，親生父母。他們是誰？他們也死了嗎？」

「我再去泡點咖啡。」艾達說。她起身走進廚房。

「他們還活著，」以利亞說，「或者說他們『昨天』還活著。」

我盯著他。我納悶他是不是在說謊，可是他又何必說謊？如果他想虛構事情，可以編出更好的內容。「這些我都不信，」我說，「我不知道你幹嘛說這種事。」

艾達端著一壺咖啡走回客廳，說有人想喝的話，請自便，說也許我應該花點時間把事情想過一遍。

想什麼？有什麼好想的？我父母被謀殺了，而且他們還不是我的親生父母，有另一組父母頂替了他們的位置。

「什麼事情？」我說，「我知道得不夠多，什麼都沒辦法想。」

「妳想知道什麼？」以利亞用和善但疲憊的語氣說。

「是怎麼發生的？」我說，「我的親生……我另一對父母在哪裡？」

「妳對基列清楚嗎？」以利亞問。

「當然，我會看新聞，學校也上過，」我不悅地說，「我還去參加抗議遊行。」就在那時，我巴不得基列整個蒸發不見，別再打攪我們。

「妳就是那裡出生的，」他說，「在基列。」

「你在開玩笑吧。」我說。

「妳母親和五月天冒著生命危險把妳偷渡出來。這件事被基列吵得沸沸揚揚；他們想把妳要回去。他們說，妳所謂的合法父母有權將妳索討回去。五月天把妳藏起來，有好多人在找妳，而且媒體有鋪天蓋地的報導。」

「就像寶寶妮可，」我說，「我在學校寫過一篇關於她的文章。」

以利亞再次俯視地面，接著直直望著我。「妳就是寶寶妮可。」

IX、感謝箱

24 艾杜瓦館親筆手書

今天下午，賈德大主教再次召喚我過去，消息由一位初階眼目當面傳達。賈德大主教大可以執起電話、在線上商討——他的辦公室和我的辦公室之間有內部熱線，一具紅色電話。可是，就像我，他不確定是否有人監聽。除此之外，我相信他很享受我們的小小聚首密談，原因複雜且扭曲。他把我當成他的手工藝品，我是他意志的具體化身。

「我相信妳一切安好，麗迪亞嬤嬤。」我在他對面入座的時候，他說。

「還不錯，讚美主。你呢？」

「我個人身體康泰，但內人恐怕病痛纏身，這點讓我心情沉重。」

我並不訝異。上回見到賈德現任夫人，她氣色欠佳。「這個消息令人遺憾，」我說，「是什麼樣的病痛呢？」

「並不清楚。」他說。向來不清不楚。「內臟出了毛病吧。」

「要不要請教平靜慰安診所的人？」

「也許先不要，」他說，「可能只是小病痛，也許甚至是想像出來的，有不少女性病痛往往都是如此。」一陣停頓，我倆四目相對。再不久，他恐怕就會再度成為鰥夫，等待迎娶另一個孩童新娘。

「只要我幫得上忙，儘管囑咐。」我說。

「感謝，麗迪亞嬤嬤。知我者莫若妳也，」他含笑說，「可是那不是我請妳過來的原因。在加拿大折損的那位珍珠女孩，對於她的死因，我們已經定調。」

「到底發生什麼事了？」我早已知道答案，但無意分享。

「加拿大的官方說法是自殺。」他說。

「聽了真教人痛心，」我回答，「艾卓安娜嬤嬤是最虔誠也最有效率的其中一個……我非常信任她。她有無比的勇氣。」

「我們的版本是，加拿大刻意掩蓋事實，而艾卓安娜嬤嬤為墮落的五月天恐怖分子所殺，就因為加拿大寬鬆容忍的態度，那個非法組織才得以苟延殘喘。不過，別說出去，其實我們一頭霧水。誰說得準呢？這甚至可能牽涉到毒品的隨機殺人案，那種事情在敗壞的社會裡時有所聞。莎莉嬤嬤才到附近買個雞蛋，回家來就發現了這樁悲劇，她明智地判定，迅速返回基列才是最好的選擇。」

「非常明智。」我說。

心煩意亂的莎莉嬤嬤突然返國，回來之後隨即來找我。當時她描述了艾卓安娜如何斷送性命。「她毫無來由攻擊我，我們正準備去基列領事館。我根本不知道為什麼！她撲向我，想掐死我，我反擊回去。那是自我防衛。」她啜泣。

「可能是一時的精神錯亂，」我說，「在令人耗弱的奇怪環境裡，像加拿大，可能會對人產生那種影響。妳做得沒錯，妳別無選擇。沒必要讓其他人知道這件事，妳覺得呢？」

「噢，謝謝妳，麗迪亞嬷嬷，很抱歉發生這種事。」

「替艾卓安娜嬷嬷的靈魂祈禱，然後把這件事情忘了吧，」我說，「還有沒有別的事要告訴我？」

「唔，妳要我們留意寶寶妮可。那對經營衣裝獵犬的男女有個女兒，年紀差不多對了。」

「這個推測很有意思，」我說，「妳們原本打算透過領事館通報這件事嗎？而不是等回來以後直接找我談？」

「唔，我想說應該立刻讓你們知道。艾卓安娜嬷嬷說這樣言之過早——她非常反對。我們爭論過這件事。我堅持說這件事很重要。」莎莉嬷嬷態度防備地說。

「確實，」我說，「是很重要，但也有風險。這樣的通報可能會啟動毫無根據的謠言，造成不堪設想的後果。我們有過這麼多假警報，領事館的人都可能是眼目。眼目有時行事莽撞；他們缺乏手腕。我的指示、命令，背後總是有道理的。珍珠女孩不該未經授權擅自行動。」

「噢，我不知道——我沒想到。不過，艾卓安娜嬷嬷也不應該——」

「少說少錯。我知道妳是一番好意。」我用安撫的口吻告訴她。

莎莉嬷嬷哭了出來。「是的，我真的是。」

通往地獄之路是由善意鋪成的，我很想這麼說，但忍住了。「那個丫頭目前的下落呢？」我問，「她父母被攆除以後，她一定去了什麼地方。」

「我不知道。也許他們當初不應該這麼快就炸掉衣裝獵犬，這樣我們就還能夠——」

「我有同感。我確實不建議倉促行動。遺憾的是，眼目部署在加拿大的幹員們年紀輕輕、急於表現，而且喜歡採取爆炸手段。可是他們哪裡會知道呢？」我頓住，以我最有穿透力的目光緊緊盯住她，「關於這個可能是寶寶妮可的人，妳還沒把自己的懷疑傳達給其他人吧？」

「沒有，只跟妳說過，麗迪亞嬤嬤，還有艾卓安娜嬤嬤，在她還沒——」

「那麼妳知我知就好，好嗎？」我說，「不需要舉行審判。好了，我想妳需要休息調養。我會安排妳到我們在瓦爾登湖那個宜人的瑪喬芮坎普靜修會所待一陣子。妳很快就會煥然一新。半小時之內會有車接妳過去。如果加拿大對公寓那樁不幸事件覺得焦慮——如果他們想訪問妳，甚至指控妳犯罪——我們只會說妳下落不明。」我並不希望置莎莉嬤嬤於死地。我只是希望她語無倫次，事情也就這麼處理了。瑪喬芮坎普避靜會所的工作人員作風謹小慎微。

莎莉嬤嬤含淚再次道謝。「不必謝我，」我說，「我才該謝謝妳。」

「艾卓安娜嬤嬤並未平白付出生命，」賈德大主教正在說，「妳的珍珠女孩促使我們啟動了有益的行動方針：我們還有其他發現。」

我的心一揪。「很高興我的女孩們派得上用場。」

「一如既往，感謝妳當初的提議。在珍珠女孩的指引之下，對那家二手服飾店採取行動以來，我們查出了近年來五月天和他們在基列這裡的不明聯絡人之間，交換情報的方法。」

「什麼方法？」

「藉由闖空門——應該說，藉由透過特殊行動——我們找到了一部微點攝影機。我們正在用它進行測試。」

「微點？」我問，「那是什麼？」

「一種後來被淘汰的古老技術，不過依然相當實用。可以用迷你相機拍下文件，縮成顯微鏡才能看到的大小。然後印在微小的塑膠點上，這種塑膠點可以安置在幾乎任何一種表面上。收件人再用特製的閱覽裝置來觀看，而那種東西可以小到藏進，比方說，一支筆裡。」

「真是驚人，」我驚呼，「看來我們在艾杜瓦館說『筆令人欣羨』[1]是有道理的。」

他笑了。「確實，」他說，「我們這些動筆的人一定要小心，免得招人指責。但五月天訴諸這樣的方法相當高明：現今知道這種做法的人少之又少。就像俗話說：不刻意去看，就看不見。」

「真天才。」我說。

「那只是那條線的一端——五月天那一端。我先前提過，還有基列這一端——在這裡收取微點情報，然後回報訊息的那些人。我們尚未查明那個人或那群人的身分。」

「我已經請艾杜瓦館的同事多加留意。」我說。

「又有誰比嬤嬤們更適合做那種事呢？」他說，「妳們可以自由出入各個處所，以妳們女性更纖細的直覺，會聽到我們這些心鈍耳背的男人所注意不到的。」

「我們會智勝五月天的。」我說，緊握拳頭、下顎前突。

「我欣賞妳的精神，麗迪亞嬤嬤，」他說，「我們真是完美的團隊！」

---

1 Pen is Envy 可能在玩雙關語，Penis envy 羨慕陽具的心理。

「真理必勝。」我說。我顫抖著，我希望看起來像是正義的憤慨。

「我主明察。」他回答。

在這之後，我的讀者，我需要來點安神滋補的東西。我走向史拉弗立咖啡館，點了杯熱牛奶。接著我來到賀德佳圖書館，繼續踏上我和你為伴的旅程。把我當成嚮導，把你自己當成在黝暗森林裡漫遊的人。而一切將越來越黑暗。

我們在上一頁相會的時候，我將你帶到了體育館，而我就從那裡接續下去。隨著時間悄悄流逝，固定模式逐漸形成。夜間就寢，如果睡得著的話。捱過白天。擁抱哭泣的人，雖然我不得不說，哭泣變得令人厭煩。哭號也是。

頭幾個晚上有人嘗試仰賴音樂——幾個較樂觀的跟較有活力的女人自封為領唱人，嘗試各種版本的〈我們終會得勝〉[2]和類似的過時老歌，回想自消逝的夏令營經驗。歌詞已經記不大清楚，但至少因此多了點變化。

守衛們並沒有制止這些努力。不過，到了第三天那種朝氣已經漸漸消退，很少人一起唱和，有人咕噥——「安靜，拜託！」「老天爺，閉嘴啦！」所以在幾次傷人的抗議之後——「我只想幫點忙」，那幾位女童軍領袖因此作罷。

我不曾跟著唱和。何必浪費精力？我沒有享受音樂的心情，而像是進了迷宮的老鼠，絞盡腦汁想著：有沒有出路？出路在哪裡？我為什麼在這裡？這是個考驗嗎？他們到底想查出什麼？

有些女人會做惡夢，這點可想而知。她們會哀鳴呻吟、揮擺手腳，或是猛地坐起身子，叫聲有所節制。我沒有批評的意思：我自己也做惡夢。要我描述我的惡夢給你聽嗎？不，我不願意。我很清楚，他人的夢魘很容易令人疲憊，到現在我已經聽過好幾個人詳述她們的夢魘。當事態每況愈下，人只會對自己的惡夢有興趣，或覺得有任何意義。

早上，喚醒眾人的工具是警笛。手錶未被查扣的人表示（查扣手錶的行動並不規律），警笛都在凌晨六點響起。早餐是麵包和水。那個麵包嚐起來多麼可口啊！有些人狼吞豪飲，但我細嚼慢啜，拉長餐飲時間。咀嚼和吞嚥可以轉移注意力，免得心思不斷空轉。而且也能殺時間。

接著排隊上污穢不堪的廁所，如果你那間廁所阻塞了，算你倒楣，因為不會有人來清水管。想知道我的理論嗎？那些守衛會趁夜將各種東西塞進馬桶，只為了落井下石。起初幾個比較愛整潔的女人試著清理廁所，可是等她們明白無藥可救的時候，就撒手放棄了。「放棄」成了新的日常，而我必須說，放棄是會傳染的。

我有沒有說過，那裡沒衛生紙？那麼怎麼辦？用手啊，然後想辦法用水龍頭的涓滴細流清洗髒污的手指，而供水時有時無。我不確定這點是否也是他們的刻意安排，以隨機的間隔，讓我們時而歡騰雀躍、時而摔至谷底。我可以想像那個虐貓蠢貨臉上喜孜孜的神情，他接到這份閒差，可以來回撥弄供水系統的電源開關。

2 〈We Shall Overcome〉是美國一九五〇、六〇年代民權運動場合常唱的歌曲。由民謠歌手皮特・西格（Peter Seeger）改寫黑人靈歌而成，前幾句為「我們終會得勝，／我們終會得勝，／總有一天，我們終會得勝！／我心深處，始終相信：／總有一天，我們終會得勝！」。

我們被告誡別飲用那些水龍頭的水，但還是有些人不智地喝了。嘔吐和腹瀉隨之而來，增添了眾人的喜悅。

沒有擦手紙巾。沒有任何種類的紙巾。我們往裙子上擦手，不管手洗過了沒有。

抱歉我花這麼多篇幅談生活設施，這些你視為天經地義、平日幾乎不會多想的基礎設備，一旦被剝奪之後，會變得有何等重要，簡直令人驚奇。在我做白日夢的時候——我們都會作白日夢；空無事件、被迫停擺的生活，會讓人頻發白日夢，大腦非得忙著做點什麼才行——我常常想像美麗潔淨的白色馬桶，噢，還要配上洗手台，水量充沛，水質純淨清澈。

想也知道，我們開始發臭。除了馬桶的磨難，我們一直穿著原本的套裝睡覺，內衣褲沒得更換。有些人已經停經，但有些人還沒，所以除了汗水、淚水、屎尿、嘔吐物，還加上了經血乾凝的氣味。一呼吸就覺得反胃。

他們將我們矮化為動物——被禁錮的動物——只剩動物本性。他們反覆刺激我們的動物本性，要我們認為自己低於人類。

每一天餘下的時間就像一朵有毒的花那樣展開，一瓣接一瓣，緩慢得教人痛苦。我們有時候又會被套上手銬，雖說有時不會，然後被押著列隊走出去，擠進露天看台上，枯坐在熾烈的陽光下。有一次——真有福氣——則在涼爽的細雨裡。那天晚上我們散發著悶濕衣服的臭氣，但總算少了些自己的氣味。

一個又一個小時，我們看著廂型車陸續抵達，放下整車的女人，然後空著離去。新到女人同樣的哭號、守衛同樣的怒吠與吼叫。暴行肆虐的當下，如此單調乏味，情節總是一成不變。

午餐又是三明治，有一天——下細雨的那天——則是胡蘿蔔棒。

「什麼都比不上均衡的一餐。」艾妮塔說。大多日子我們都盡量坐在一起，睡在彼此附近。此前，我們並沒有私交，只是專業上的同事，但單是跟某個我認識的人在一起，就足以為我帶來安慰；一個象徵著我過往成就、我原有人生的人。你可以說我們有了羈絆。

「妳以前是個他媽的好法官。」到了第三天，她低聲對我說。

「謝謝妳，妳以前也是。」我低聲回話。「以前」這個用語令人背脊發冷。

我對同一區的其他女人認識不多。有時候會知道她們的名字、她們公司的名稱。有些公司專營家庭事務——離婚、孩子監護權等等。所以如果女人現在成了敵人，我可以明白她們為何成為標靶；但是身在房地產、訴訟、資產法或公司法這些領域，似乎也起不了保護作用。必要條件只有法律學位加子宮——致命的結合。

下午被選作固定的行刑時間。被判罪的人蒙著眼，照例被押至球場中央。隨著時間過去，我注意到更多細節：有些人舉步維艱，有些人似乎意識不清。她們經歷了什麼？為何被選出來受死？

同一個穿黑制服的男人對著麥克風告誡：我主必勝！

接著便是槍響、歪倒、軀體癱軟。接著是清理。有專門載運屍體的卡車。她們被埋在哪裡？是不是火化？或者太麻煩？也許她們只是被帶到露天垃圾場，留給烏鴉啄食。

第四天有了變化：有三名槍手是女性。她們穿的不是套裝，而是像浴袍那樣的棕色長版衣裝，頸子兜著圍巾。這倒引起了我們的注意。

「衣冠禽獸！」我低聲對艾妮塔說。

「她們怎麼可以？」她低聲回應。

第五天，槍手裡有六個棕衣女人。當時掀起了一陣騷動，有個棕衣女人不是瞄準被蒙住眼的女人們，而是轉身射殺了黑制服男人。她隨即被棍棒擊倒在地，身上布滿彈孔。露天看台上的人集體倒抽一口氣。

所以我想，那也是個出路。

白天會有新的女人加入我們這群律師和法官組成的團體。不過，每天晚上都有些人被移除，因此總人數維持不變。她們單獨離去，由兩個守衛包夾。我們不知道她們被帶往何方，也不曉得被帶走的原因。那些人都沒回來。

第六夜，艾妮塔悄悄被帶離，事發經過悄無聲息。有時標靶會又喊叫又抗拒，可是艾妮塔並沒有。說來丟臉，她被挪除的時候我正在睡夢當中。晨間警笛響起，我醒來的時候，她就是不在了。

「妳朋友的事情很遺憾。」有個好心人細聲對我說，當時我們站著排隊要上湧出來的馬桶。

「我也很遺憾。」我輕聲回答。可是我已經在替自己做心理準備，面對幾乎注定會來臨的事情。遺憾解決不了任何事情，我告訴自己；這些年來——多年以來——我發現確實如此。

第七夜輪到我。艾妮塔無聲無息被帶走——那種靜默自有它打擊士氣的效果，因為一個人顯然可以在無人注意到的狀況下消隱無蹤，一絲聲息也沒有。可是他們無意讓我靜靜離去。

有人用靴子踢我臀部，將我擾醒。「閉嘴，起來。」有人吠道。我還沒完全清醒，就被扯著站起身開始移動。四周傳來竊竊私語，一人說「不」，另一人說「幹」，又一人說「上帝保佑」，還有一人說「保重」。

「我可以自己走！」我說，可是那些手照樣揪住我的上臂，一邊一隻。到此為止了，我暗想，他們要槍殺我了。可是不，我糾正自己，槍決一向排在下午。白痴，我反駁，無論何時何地都能槍決人，況且槍決也不是唯一的手法。

我從頭到尾都相當冷靜，這點令人難以置信，事實上我再也無法相信當時自己這樣反應。我不是相當冷靜，而是心如死水。我只要把自己當是死了，不受未來憂慮所擾，事情就會變得比較容易。

我被押著穿過走廊，從後側出口離開，進入一輛車裡。這一次不是廂型車，而是一輛富豪。後座的椅套柔軟但結實，空調有如天堂的氣息。遺憾的是，空氣的新鮮讓我想起自身累積的臭氣。儘管如此，我還是充分享受著這樣的奢華，縱使兩側各有一名肥壯的守衛。他們一聲也不吭，我只是個有待運送的包裹。

車子在警局外面停下。不過那裡不再是警局：文字已被掩蓋過去，前門上有個圖像：帶翅膀的眼睛。是眼目的標誌，雖然當時我還不知情。

我們登上前門階梯，我的兩位同伴闊步前行，我則步履蹣跚。我的雙腳發疼；我意識到雙腳如何疏於練習，也意識到鞋子經過雨濕日烤、沾染種種物質之後，毀壞污損到什麼程度。

我們沿著走廊前行。門後傳來低沉的隆隆說話聲；男人們快步與我們擦身而過，身上的裝扮有如我身旁的兩位，雙眼散放目標明確的炯光，說話短促有力。制服、徽章、燦亮的翻領胸針——有種令人僵挺背脊的力量。此地嚴禁彎腰駝背！

我們轉入其中一個房間。在那裡，一張偌大的辦公桌後方坐了個看起來隱約像聖誕老公公的人：身材渾圓、蓄著白鬍、粉色臉頰、櫻桃鼻。他對著我燦笑。「妳可以坐下。」他說。

「謝謝。」我回答。我也別無選擇：我的兩位旅伴將我塞進椅子裡，用塑膠束帶固定，胳膊對扶手，接著離開房間，隨手輕聲關上門。我有種感覺，他們是倒退著離開的，彷彿面前是某種古代的神權國王，可是我看不到背後的情形。

「我應該自我介紹一下，」他說，「我是大主教賈德，隸屬雅各之子。」那是我們初次會面。

「我想你知道我是誰。」我回答。

「沒錯，」他說，露出和藹的笑容，「我要為妳經歷的種種不便道歉。」

「沒什麼。」我說，面無表情。

跟那些對你有絕對支配權的人說笑是種愚蠢的行為，他們並不喜歡。他們會認為你不懂得欣賞他們權力大到何等程度。現在我自己握有權勢，我並不鼓勵下屬輕率無禮。但是當年我過於大意。我已經學到教訓。

他的笑容頓失。「妳對自己活著覺得感謝嗎？」他說。

「唔，是吧。」我說。

「上帝以女人之身造了妳，妳覺得感謝嗎？」

「我想是吧，」我說，「從沒想過。」

「我不確定妳足夠感激。」他說。

「足夠感激是什麼樣子？」我說。

「足夠感激到跟我們通力合作。」他說。

我有沒有提過他戴著小小的橢圓半框眼鏡？他現在摘下眼鏡，仔細端詳。少了眼鏡，他的雙眼沒那麼閃亮。

「你說通力合作的意思是？」我說。

「回答好或不好就行。」

「我受過律師訓練，」我說，「我是法官，我不簽空白支票。」

「妳不是法官，」他說，「再也不是了。」他揿下對講機按鈕，「送去感謝箱。」他說。接著對我說：「希望妳可以學會更感激，我會為成果而禱告。」

那就是我來到感謝箱的經過。感謝箱由警局隔離牢房改裝而成，長寬大約各為四步。裡面有個床架，但不附床墊。另外有個桶子，我很快確定那是為了盛裝人類進食後排出的副產品，因為裡頭還殘存一些，加上有氣味足以證明。那裡曾經有燈，但再也沒有：現在只剩插座，而且並未通電（在這裡待一陣子之後，我當然把手指伸了進去。如果是你，你也會這麼做）。任何光線都來自外面走廊，透過狹縫，不久三明治必然透過那裡送達。像鼠輩一樣在黑暗中齧咬，就是他們為我排定的計畫。

我在昏暗中摸索，找到床板之後，往上頭一坐。我辦得到的，我暗想，我熬得過去。

我想得沒錯，但險些失敗。身邊無人的時候，腦袋就會渾沌起來，速度快得令人詫異。單獨一人並非完整的人：我們存在於和別人的關聯裡。我單獨一人：冒著成為非人的危險。

我在感謝箱裡待了一段時間，前後不知多久。偶爾會有一隻眼睛透過滑動遮板瞧瞧我，那是為了窺看而設的。偶爾附近會傳來尖叫或一連串尖喊：暴虐的展演。有時會有拉長的呻吟；有時則是一聲聲悶哼和帶氣音的喘息，聽起來跟性有關，也許就是。無權無勢的人誘惑力無窮。

我不知道那些噪音是真實的或只是錄音。為了粉碎我的沉著、損耗我的決心。不管我的決心是什麼：但過了幾天之後，我已經追丟了那條情節線。我的決心的情節線。

我被留置在那間幽暗牢房裡，過了一段不知長短的時間，但從我被釋放出來時指甲的長度看來，不可能有那麼久。不過，當你獨自被關在黑暗中，時間會變得不同。時間會拉長，你再也搞不清楚自己何時入睡、何時清醒。

那裡有沒有蟲子？有，有蟲子。牠們沒咬我，所以我想是蟑螂。我可以感覺牠們小小的腳輕輕爬過我的臉，溫柔地、試探地，彷彿我的皮膚是一層薄冰。我沒拍打牠們。被隔離一陣子之後，對什麼樣的碰觸都歡迎。

有一天，不知是日是夜，三個男人無預警闖入我的牢房，以強光照射我猛眨半盲的雙眼、將我拋到地上，施加一陣精準的踢打，以及其他作為。我發出的聲音聽來很熟悉：附近曾經傳來過。我不打算細說，只消說電擊棒也用上了。

不，我沒被強暴。我想就那種事來說，我年紀太長，個性也太悍。或者他們自豪於自己的高道德標準，但這點我非常懷疑。

這種踢打電擊的程序又重複了兩回。三是個神奇數字。

我哭了嗎？是的：淚水湧出我外在可見的雙眼，我淚濕潸然的人眼。可是我有第三隻眼睛，就在額頭中央。我感覺得到：它冰冷如石。它沒哭：它看著。它的背後有個人想著：這仇我絕對必報。我不在乎要耗費多久時間，或在這期間要吞下多少屎糞，可是我絕對會做到。

接著，在一段不明的時間過後，我那間感謝箱的門無預警地鏗鏘打開，光線流瀉進來，兩個穿黑制服的人拖我出去。誰也沒吱聲。我——到現在已經身殘步瘸，甚至比之前還臭——被押著或拖著穿過走廊，就是我當初抵達的那一條，從我當初進來的前門出去，坐上了附空調的廂型車。

轉眼我到了一間旅館——沒錯，一家旅館！不是豪華飯店，比較像假日客棧[3]，如果這個名稱對你來說有意義的話，雖然我想不會有。以前的那些品牌都到哪裡去了？早已隨風而逝。或者說消失在油漆刷底下和拆除大隊手中。我被拖進了大廳，上頭有工人正忙著抹除旅館名稱。

大廳裡，沒有笑容甜美的接待人員歡迎我，而是一個拿著清單的男人。他和我兩個導遊交談一下之後，我被趕進電梯，然後沿著鋪毯的走廊前進，那裡開始浮現缺乏房務人員的跡象。再過幾個月，就會有嚴重的發霉問題。門用房卡刷開時，我迷糊的腦袋正在想這件事。

「住得愉快。」我的保鏢之一說。我想他沒有諷刺的意味。

「三天的休息和調養，」第二位說，「需要什麼儘管撥電話給櫃檯。」

3 Holiday Inn，又譯為假日酒店。

他們隨手鎖上房門。小桌上的托盤擺了柳橙汁、香蕉、綠葉沙拉，還有一份水煮鮭魚！鋪了床單的床鋪！好幾條毛巾，多少算是白的！淋浴間！更重要的是有美麗的瓷馬桶！我跪在地上說了，是的，一段發自肺腑的禱詞，可是對誰說，或是說了什麼，我沒辦法告訴你。

我吞掉所有的食物以後——我欣喜若狂，不在乎是否下了毒——接下來幾個鐘頭都在沖澡。只沖一次澡是不夠的：我累積了那麼多層的污垢得要清除。我檢視正在癒合的挫傷、泛黃泛紫的瘀傷。我掉了體重：我可以看到自己的肋骨，因為前後幾十年的速食午餐而消失多年的肋骨，此時終於再現。在我的法律生涯裡，我的身體只是驅策我從前一個成就到下個成就的載體，可是現在我心裡對它湧現前所未有的柔情。我的腳趾甲多麼粉紅！我手上的血管交錯得好精細！不過我照著浴室鏡子卻看不清自己的臉。那個人是誰？五官似乎模糊不明。

然後我沉睡良久。醒來時，又有一頓可口的餐點，俄羅斯酸奶牛肉佐蘆筍，甜點是蜜桃冰淇淋，還有，噢，真教人歡喜！一杯咖啡！真想來杯馬汀尼，但我猜在這個新時代裡，女性的菜單上不會有酒類。

我之前那身臭烘烘的衣服早已被不見人影的手移除：看來我暫時得穿著旅館毛巾布浴袍生活。

我的心思依然一片渾沌，就像一組被拋在地上的拼圖。可是到了第三天早晨，還是下午，我醒來時有了改善，思緒已經可以連貫起來。感覺再度能夠思考；感覺又能用「我」這個字來思考了。

除此之外，彷彿確認了這點似的，有一套嶄新服裝已經為我備好。不算是蒙頭斗篷，也不是以棕色粗麻布製成，但很接近。我之前在體育館裡看過，就是那些女性槍手的穿著。我一陣發冷。

我將服裝穿上身，不然又能如何。

X、春綠

25 證人證詞逐字稿369A

我現在要描述我那場包辦婚姻的事前準備，因為有人表示有興趣，想知道這類事情在基列如何籌辦。由於我人生的轉折，我能夠從兩邊觀察婚姻過程：投入準備的新娘，以及負責置辦的嬤嬤們。

我的婚禮籌備符合一般標準。相關雙方的性情以及各自在基列社會裡的地位，都會對選擇空間有所影響。可是每個案例，目標都是一致的：形形色色的女孩——無論家世良好或是來自較為劣勢的家庭——都要趕在結識不適合的男性，導致過去所謂的墜入愛河，或者更糟，失去貞操以前，早早成婚。後面這種恥辱必須不計代價加以避免。因為後果非常嚴重。誰也不希望自家孩子落入被亂石砸死的命運，而且家族會因此蒙上的污點幾乎難以抹滅。

有天晚上，寶拉把我叫進客廳——她要蘿莎把我從殼裡撬出來，這是她的說法——然後要我站在她面前。我聽話照做，因為不配合也沒意義。凱爾大主教也在場，薇達拉嬤嬤也是。

還有另一位嬤嬤——我從沒見過——有人介紹她是嘉巴納嬤嬤。我說我很高興認識她，可是口氣一定不大好，因為寶拉說：「你們懂我的意思了吧？」

「年紀的關係啦，」嘉巴納嬤嬤說，「連個性甜美和順從的女孩都會經過這個階段。」

「她年紀確實夠大了，」薇達拉嬤嬤說，「我們已經盡全力教導她。在學校待太久，就會變得愛作怪。」

「她真的算是女人了？」嘉巴納嬤嬤說，機靈地瞅著我。

「當然了。」寶拉說。

「不是墊出來的吧？」嘉巴納嬤嬤說，朝著我的前胸點點頭。

「當然不是！」寶拉說。

「有些家庭可是無所不用其極啊。她的臀部不錯，滿寬的，不是那種窄窄的骨盆。讓我看看妳的牙，艾格尼絲。」

我要怎麼做？像看牙那樣張大嘴巴？寶拉看到我一臉困惑。「微笑，」她說，「好歹配合一下。」我將嘴唇往後拉，露出一臉怪相。

「完美的牙齒，」嘉巴納嬤嬤說，「非常健康。那麼，我們會開始尋找。」

「只要大主教家庭出身的，」寶拉說，「不能更低。」

「瞭解。」嘉巴納嬤嬤說。她在寫字夾板上做了點記號。我敬畏地看著她握著鉛筆移動手指。她寫的是什麼強大的符號？

「她年紀可能……」凱爾大主教說，我不再把他當成我父親，「還有點小。」好一陣子以來我頭一次對他心生感激。

「十三歲不會太小。要看狀況，」嘉巴納嬤嬤說，「如果我們找到合適的對象，就會對她們起奇妙的作用。她們身心就會整個安頓下來。」她站起來。「別擔心，艾格尼絲，」她對我說，「妳至少可以從三個候選人裡面挑選。他們會覺得很榮幸。」她對凱爾大主教說。

「如果還有別的需要，請讓我們知道，」寶拉大方地說，「越早越好。」

「瞭解，」嘉巴納嬤嬤說，「一旦有了令人滿意的結果，你們會照往例奉獻給艾杜瓦館吧？」

「當然了，」寶拉說，「我們會為妳的成功禱告。願主開恩賜予。」

「我主明察。」嘉巴納嬤嬤說。兩位嬤嬤離開前，和我的非父非母互相微笑點頭。

「妳可以走了，艾格尼絲，」寶拉說，「我們會讓妳知道進展。要進入已婚婦女的蒙福狀態，一定要做好防範措施，我跟妳父親都會替妳打點好。妳這丫頭擁有得天獨厚的條件。我希望妳懂得感激。」她給我一抹不懷好意的淡淡假笑：她知道自己在講空話。事實上，我是個礙手礙腳的東西，必須以見容於社會的方式加以攆除。

我上樓回到自己的房間。我早該料到會有這種事的，沒比我大多少的人都已經碰上了。有個女生會來上學，然後某一天突然缺席：嬤嬤們不喜歡小題大作和多愁善感，不喜歡含淚道別。接著就會有訂婚的傳聞，再來則是婚禮。我們從來不曾獲准參加，即使那個女生曾經是我們的好朋友。妳一旦進入婚姻的準備狀態，就會從先前的人生消隱無蹤。下一次別人看到妳的時候，妳就會穿著夫人專屬的尊貴藍洋裝；進門時，未婚女生會禮讓妳先行。

現在這就要成為我的現實了。我將要被逐出自己的家門——逐出塔碧莎的家，有席拉、薇拉和蘿莎的家——因為寶拉受夠我了。

「妳今天不去上學。」寶拉有天早上說，就這樣。接下來一週沒多少事情可做，只有我單方面的鬱悶和煩躁，不過既然我只在自己房裡單獨做這兩件事，也影響不了其他人。

我應該要完成可恨的點針刺繡作業，給自己一個精神寄託。原本的設計是水果缽，適合作為腳凳的圖案，要給我未來的丈夫使用，不管他是誰。我在腳凳方塊的一角繡上小骷髏頭：代表著我繼母寶拉的頭顱，可是如果有人問起，我打算說那是死亡象徵[1]，提醒人我們終有一天都會死。

不大可能會有人反對，因為這是虔敬的主題：我們學校附近的老墓園石碑上就有那樣的骷髏頭。除了參加葬禮，我們不應該進去那邊：墓碑上有死者的姓名，可能會讓我們學會閱讀，進而敗壞墮落。閱讀不是女孩該做的事：只有男人強韌得足以應付閱讀的力量；以及嬤嬤們，當然了，因為她們不像我們。

我已經開始納悶，一個女人最初是怎麼變成嬤嬤的。艾斯帖嬤嬤有一次說道，妳必須接到召喚，告訴妳上帝希望妳協助所有的女人，而不只是單一的家庭；可是嬤嬤們是如何得到召喚的？她們是怎麼得到力量的？她們是不是有特殊的腦袋，不屬於女性，也不屬於男性？制服底下的她們還是女人嗎？她們有沒有可能是男性假扮而成？去懷疑這樣的事是無法想像的，可是如果她們男扮女裝，該是多大的醜聞！我在想，如果逼嬤嬤們穿上粉紅色衣服，她們會是什麼模樣。

我無所事事的第三天，寶拉讓馬大們捧了幾個紙箱到我房裡。該要把孩子氣的東西收走

---

1 原文拉丁文為 memento mori，這個表達隨著基督教的成長而發展，這個概念在藝術作品上常以骷髏作為象徵，藉此警惕觀者莫忘人終有一死。

了，她說。我的物品可以收進儲藏室，因為再不久我就不住這邊了。等我整頓自己的新家時，就可以決定哪些要捐給窮人。比方說，來自經濟家庭、生活沒我優渥的女生，她們要是收到我的舊娃娃屋，該有多高興；雖然品質不算頂尖，狀態陳舊，但再補點漆就能讓它脫胎換骨。

那間娃娃屋放在我窗邊好多年了。我跟塔碧莎相處的那些快樂時光依然蘊藏其中。有個夫人娃娃坐在餐桌旁；幾個安分守己的小女孩；馬大們在廚房做麵包；大主教安安穩穩鎖在自己的書房裡。寶拉離開之後，我將夫人娃娃從她的椅子上拔起，扔到房間對面去。

26

嘉巴納嬤嬤接下來所做的，就是帶「服裝團隊」過來，這是寶拉的叫法，因為她們認為我沒有能力選擇婚禮前該穿的衣服，尤其是婚禮當天要穿的服飾。你一定要明白，我當時並不是獨立自主的個體——雖然屬於特權階級，但我只是個即將被禁錮在婚姻枷鎖裡[2]的人。婚姻枷鎖：有種沉悶的金屬聲響，好似一扇鐵門鏗鏘關起。

服裝團隊負責你可以稱之為舞台布景的東西：服裝、餐點飲料、場地布置。她們個性溫吞，所以被派來做這些相較卑微的瑣事；所以即使嬤嬤們地位很高，寶拉——她個性很強勢——在一定的範圍之內，可以對婚禮團隊的嬤嬤們頤指氣使。

這三個人來到我的臥房，寶拉伴著她們。我剛完成了腳凳作業，正在玩單人牌戲，盡可能替自己找樂子。

我用的那副牌在基列很常見，但怕外界不知道這種紙牌，我在這裡形容一下。一點、國王、皇后或傑克的牌上當然不會有任何字母，數字牌上也不見任何數字。一點牌是一顆探出雲朵的大眼睛。國王穿著大主教的制服，王后是夫人、傑克是嬤嬤。花牌是力量最大的紙牌。就花色來說，黑桃是天使軍、梅花是衛士、方塊是馬大、紅心是使女。每張花牌的周圍都有一圈較小的人形：天使軍之妻的牌面會有一個藍色夫人，周圍繞著一整圈的黑衣小天使軍；使女之大主教的牌面周圍則會有一整圈的迷你使女。

後來，等我可以進艾杜瓦圖書館的時候，我針對這些紙牌做了調查。以前，紅心的圖案曾經是聖杯。也許那就是為什麼使女是紅心：因為她們是珍貴的容器。

服裝團隊嬤嬤三人組走進我房間，寶拉說：「麻煩把妳的遊戲收走，然後站起來，艾格尼絲。」用的是她最甜美的語調——我最討厭她這種說話的語氣，因為我知道有多虛假。我聽話照做，她輪番介紹三個嬤嬤：蘿娜嬤嬤，一張圓臉、笑容滿面；莎拉李嬤嬤，肩彎背駝、寡言少語；貝蒂嬤嬤，優柔寡斷、態度歉然。

「她們是來試裝的。」寶拉說。

「什麼？」我說。不管什麼事情，從來沒人提前通知我；她們不覺得有這個必要。

「別說『什麼』，說『請再說一遍』，」寶拉說，「要試妳去上婚前預備學校要穿的衣服。」

寶拉要我脫掉粉紅學校制服，我還穿著制服，因為除了上教堂的白洋裝，我沒有其他種類的衣服可穿。我穿著連身襯裙站在房間中央，空氣並不冷，但我可以感覺自己起了雞皮疙

2 Wedlock 原意為婚姻狀態，字面為 wed（結婚）和 lock（鎖）。

瘩，因為被人打量和端詳。蘿娜嬤嬤替我量了身材，貝蒂嬤嬤寫進小筆記本裡。我仔細看著她：嬤嬤們寫祕密訊息給自己的時候，我總是目不轉睛。

然後她們要我把制服穿回去，我也乖乖照做了。

她們討論我在這段空窗期是否需要新的內衣褲。蘿娜嬤嬤覺得有新內衣褲不錯，但寶拉說沒必要，因為那段時間轉眼就過，而且我身邊有的那些還穿得下。寶拉勝出。

接著三個嬤嬤揚長而去。她們幾天後帶著兩件衣服回來，一件供春夏用，另一件給秋冬用，同樣都是綠色：春夏那件底色是春綠色，點綴著雪白——口袋鑲邊、衣領；秋冬那件底色是春綠配上暗綠色綴飾。我看過我這個年紀的女生穿這些洋裝，我知道意思：春綠色代表新葉，表示女生準備要成親。不過，經濟家庭就不能這麼鋪張了。

嬤嬤們帶來的衣服已經有人穿過，但並不破舊，因為大家穿綠衣的時間都不久。它們已經修改成我的尺寸，洋裝高於腳踝十三公分，衣袖長及手腕，腰線寬鬆、衣領高聳。每件都有一頂搭配的帽子，附有帽檐和綁帶。我討厭這些裝扮，但只是適度的討厭。如果我不得不治裝，這些還不算是最糟糕的。她們提供了各個季節可穿的衣物，這為我帶來了希望：或許我會一路撐過秋冬，不用結婚。

我原本的粉色和紫紅衣服被帶走，準備在清理之後，提供更年輕的女生使用。基列戰火未歇；我們不喜歡淘汰東西。

27

一旦配置好綠色衣物，我註冊就讀另一所學校——紅寶石婚前預備學校，這所學校專供好家庭的年輕女子就讀，以結婚為目的進行研修。學校的座右銘來自聖經：「才德的婦人誰能得著呢？她的價值遠勝過紅寶石。」

這所學校也由嬤嬤們經營，但——儘管穿著同樣黃褐色的單調制服——這些嬤嬤們比較時髦。她們的職責是要教導我們如何在高階家庭裡扮演女主人的角色。我說「扮演」有雙重意涵：我們也是未來家庭舞台上的女主角。

薇達拉學校的舒娜麥特和貝卡跟我同班：薇達拉學校的學生常常會轉到紅寶石上課。距離我上回見到她們兩個雖然沒隔多久，可是她們看來成熟好多。舒娜麥特將深色辮子盤在後腦杓，也修整了眉毛。她說不上漂亮，可是跟以往一樣活潑。我要在此特別提一下，夫人們通常以不以為然的態度使用「活潑」這個字眼：意思是冒失莽撞。

舒娜麥特說，她很期待結婚。事實上，她開口閉口不離這件事——他們正在評估哪幾類丈夫適合她，她偏好哪一種，她多麼迫不及待。她想要一個四十歲左右、沒那麼喜愛第一任夫人的鰥夫，膝下無子，地位崇高、長相俊美。她不想要沒性經驗的年輕渾小子，因為那會很不舒服——要是他不知道他那個東西該往哪裡放呢？她向來口無遮攔，但現在更是如此。這些新的、更粗俗的表達可能是從馬大那裡學來的。

貝卡甚至更瘦了。她綠色帶棕的眸子跟臉龐比起來向來很大，現在甚至更大了。她告訴我，她很高興能跟我一起上這門課，但來上這種課她並不開心。她向家人百般懇求，別急著把她嫁出去——說她太年輕，還沒準備好——可是他們接到了條件極好的提案：雅各之子和大主教的長子，本人成為大主教也是指日可待的事。她母親叫她別犯傻，說她永遠不可能再碰上條件這麼好的，如果她不接受，隨著她年紀變大，對象的條件只會越來越差。要是她十八歲還沒嫁出去，她會被視為銷不掉的乾貨，就沒機會嫁給大主教：能找個衛士嫁就不錯了。她父親葛洛夫牙醫說，有大主教考慮較低階的女子，是多麼難能可貴的事；如果拒絕了，就是一種侮辱，難道她想毀掉他嗎？

「可是我不想啊！」麗思嬤嬤離開教室的時候，她就會對我們哀號，「讓男人在你身上到處爬，就像，就像蟲子！討厭死了！」

我想到，她不是說她以後會很討厭，她的意思是，她現在就很討厭了。她碰上什麼事了？是她無法談論的可恥事情嗎？我記得妾婦被大卸十二塊的故事讓她多麼難受。可是我不想問她：如果妳太接近其他女生的恥辱，那種恥辱妳也會沾染上身。

「不會那麼痛的啦，」舒娜麥特說，「想想妳會擁有的東西！自己的房子、自己的轎車和衛士，還有自己的馬大！如果妳生不出孩子，就會有使女過來，在生出孩子以前，要多少個使女都行！」

「我不在乎轎車和馬大，連使女我都不在乎，」貝卡說，「那種感覺很恐怖，濕答答的。」

「像什麼？」舒娜麥特笑著說，「妳是說他們的舌頭嗎？不會比小狗糟糕啦！」

「糟糕多了！」貝卡說，「小狗很友善。」

對於結婚的感受，我什麼也沒說。我沒提起在葛洛夫醫師那裡看牙的事：他還是貝卡的父親，而貝卡依然是我朋友。無論如何，我的反應比較像是反感和厭惡，跟貝卡那種真心的驚恐相較之下，感覺無足輕重。她真的相信婚姻會抹滅她。她會被徹底壓垮，會化為烏有，像雪一樣融化，直到了無痕跡。

趁舒娜麥特不在的時候，我私下問貝卡她母親為何不幫她。接著就是涕淚縱橫：她母親不是她的生母，她從家裡的馬大那裡知道的。說來丟臉，她親生母親是使女——「就跟妳的一樣，艾格尼絲。」她說。她檯面上的母親把那項事實當成把柄來對付她：她為什麼那麼怕和男人上床，她那個蕩婦使女母親當初怎麼沒這些顧慮？而且還恰恰相反！

那時我擁抱了她，並說我明白。

28

麗思嬤嬤的職責是教導我們禮儀和習俗；用哪種叉子、如何斟茶、對馬大的態度要怎麼和善但堅定，如果最後發現家裡需要使女，怎麼避免跟使女產生情感糾葛。人人在基列都有個位置，每個人都以自己的方式服事，所有人在神的眼中一律平等，可是有些人擁有和別人不同的天賦，麗思嬤嬤說。如果各種天賦產生混淆，每個人什麼角色都想擔當，最後只會導致紊亂和傷害。沒人應該期待一頭乳牛會變飛鳥！

她教我們基礎園藝，重點放在玫瑰上——園藝這種嗜好很適合夫人——以及如何判斷為我們烹煮及端上桌的餐點品質。在這種全國糧食短缺的時期，不浪費糧食或糟蹋食物的完整可能，是至關緊要的事。動物為我們而死，麗思嬤嬤提醒我們，蔬菜也是，她以清高的語氣補充。為了這一點以及神的恩典，我們必須心存感謝。因為廚藝不精而錯待食物，以及未食就丟棄，這樣，對神的旨意來說，都是大不敬——甚至可以說是罪孽深重。

因此，我們學習怎麼煮好水波蛋，鹹派該在什麼溫度上桌，蝦貝濃湯和奶油濃湯之間的差異。這些課程我不能說我現在還記得多少，因為我當時並沒有實踐的機會。

她也帶我們一起溫習餐前禱告該怎麼說。我們的丈夫身為一家之主，在場時會負責帶禱，可是他們缺席的時候——他們時常會缺席，因為必須加班；他們回家晚了，我們也不該語出批評——為我們眾多的（麗思嬤嬤希望如此）孩子禱告，會是我們的職責。說到這裡，她露出一抹緊繃淺淡的笑容。

我的腦袋裡閃過我和舒娜麥特以前在薇達拉學校時，用來自娛的假禱詞，當時我們還是最好的朋友：

祝福我福杯滿溢，福分滿到流一地：
那是因為我吐嘔，神我回來討更多。

彼時的竊笑聲逐漸遠去。我們當時還以為自己有多壞呢！既然我正在為婚姻做準備，現在就我看來，過去這些小小的反叛有多麼天真又無用啊。

夏日時光冉冉而去，麗思嬤嬤教我們室內布置的基本功，雖說我們家居風格最終當然還是由我們丈夫來定奪。接著她教我們插花，日式與法式風格。

上到法式風格的時候，貝卡意志非常消沉。她的婚禮排定在十一月。大人為她選定的男人已經到她家拜訪過一次。全家在客廳接待男人，男人和她父親閒聊時，她則默默坐在一旁——這是固定的禮節，到時我也必須遵守——她說那個人讓她毛骨悚然。他滿臉面皰，蓄著散亂的小八字鬍，舌頭泛白。

舒娜麥特哈哈笑，說那可能是牙膏，說他一定在過來以前預先刷了牙，因為想在她心中留下好印象，這樣不是很貼心嗎？可是貝卡說她恨不得自己病倒，久難痊癒又會傳染的重病，因為這樣一來任何婚禮的提議都必須取消。

上法式花藝課的第四天，我們正在學習怎麼用質地對比但互補的花材，插出對稱半卵形的花藝作品。貝卡用修枝剪割腕，必須送去醫院。那一劃並未深到致命，但依然血流如注。鮮血毀掉了白色濱菊。

整個過程我都看見了。我忘不了她臉上的神情；有我不曾在她身上看過的凶猛，讓我惴惴不安。她彷彿變了個人似的——變得瘋狂多了——雖然只是短短一瞬。等救護人員抵達並將她帶走時，她已是一臉平靜安詳。

「再見了，艾格尼絲。」她對我說，但我不知道該怎麼回答。

「那個女孩真不成熟。」麗思嬤嬤說。她將頭髮梨成髮髻，相當優雅。目光順著高挺長鼻，斜眼瞅著我們。「跟妳們不像。」她補充。

舒娜麥特眉開眼笑——她已經準備好當個成熟的人——而我勉強擠出一抹淺笑。我想我正在學習怎麼表演；或者該說，怎麼當個演員。或者說，怎麼當個比之前更好的演員。

XI、粗麻布

29 艾杜瓦館親筆手書

昨晚我做了個惡夢，這種夢以前就有過。

在這份自述前段我提過，我不會用夢境的內容來考驗你的耐性。可是，因為這個夢境牽涉到我即將告訴你的事情，索性破個例吧。要閱讀什麼，當然由你全權掌控，所以你大可任意略過我這場夢。

我站在體育館裡，穿著長袍似的棕色衣裝，就是我離開感謝箱之後，轉入移作他用的旅館裡休養生息期間，他們發下的那套服裝。有幾個女人穿著同樣苦行僧般的裝束，與我同站一排，另外有幾個黑制服男人。我們每人手中都有一把步槍。我們知道其中幾把裝的是空包彈，有幾把不是；可是儘管如此，我們都會是殺人凶手，因為重點在於起心動念。

有兩排女人面對著我們：一排站著、另一排跪地。她們都沒蒙眼。我可以看到她們的臉孔。我認得她們當中的每一位。以前的朋友、以前的客戶、以前的同事，以及距離現在更近的，我經手過的婦女和女孩。夫人、女兒、使女。有些人缺了手指，有些人只剩一隻腳、有些人獨眼。有些人脖子上套著繩索。我審判過她們，我做出了判決：一日法官，終身法官。可是她們全都面帶笑容。我在她們的眼裡看到什麼？恐懼、輕蔑、不服？同情？很難辨別。

我們當中有佩槍的人舉起槍枝。我們開火。有什麼進入了我的肺部。我無法呼吸。我嗆噎，我倒下。

我一身冷汗醒來，心怦怦狂跳。有人說惡夢可能會把人嚇到送命，說心臟真的會停止跳動。這種惡夢終有一晚會害死我嗎？要讓我送命，這樣當然還不夠。

我之前跟你說到隔絕在感謝箱裡，以及事後在旅館房間的奢華體驗。那就像是烹煮韌硬牛排的食譜：先以肉錘擊打，續以醃泡、使之軟嫩。

我穿上他們提供的苦行僧裝束，一個鐘頭後敲門聲響起；兩男組成的護衛隊正在等我。他們領著我穿過走廊來到另一房間。之前交談過的那位白鬍男人就在那裡，這次不是坐在辦公桌後面，而是自在地坐在扶手椅上。

「妳可以坐下。」賈德大主教說。這次他們沒動手將我推進椅子裡：我憑著自己的意願坐下。

「我希望我們那一套小小生活制度，對妳來說不會太吃力，」他說，「妳經歷的只是第一級。」針對這點沒什麼好說的，所以我不置一詞。「是不是很有啟迪功效？」

「什麼意思？」

「妳看見光了嗎？神聖之光？」這種問題要怎麼回答才對？如果我說謊，他會知道的。

「很有啟迪功效。」我說，這樣似乎就夠了。

「五十三？」

「你是說我的年齡嗎？」我說。

「妳有過情人。」他說。我納悶他怎麼查出來的，他不惜下這番功夫，讓我有點受寵若驚。

「時間不長，」我說，「有過幾個，為時都不久。」我是否曾經愛過？我想沒有。我跟家族男人的相處經驗，讓我不容易信任人。可是身體自有它的慾望，聽從身體的指令有時令人覺得屈辱，但也有帶來益處的時候。我並未受到永久的傷害，有些愉悅是互相的，這些人從我的生命中被快速打發離開，但他們都不曾視為針對個人的冒犯。何必有更多期待？

「妳墮胎過。」他說。看來他們確實認真查了點紀錄。

「只有一次，」我愚蠢地說，「當時很年輕。」

他不以為然悶哼一聲。「妳可知道，這種形式的謀殺現在會受到死刑的懲罰？這條法令可是有追溯效力。」

「我並不知道這點。」我渾身發冷。可是如果他們要槍決我，又何必進行這場審問？

「結過一次婚？」

「為時不長，是個錯誤。」

「現在，離婚是犯罪。」他說。我默不作聲。

「沒有生兒育女的福分？」

「沒有。」

「白白浪費掉妳的女子之身？否定它的自然功能？」

「就是沒動靜。」我說，盡可能別讓語氣顯得尖銳。

「可惜，」他說，「在我們的統治下，每個有德的女人無論如何都會有個孩子，如上帝所願。可是妳當初全心投入在妳，啊，所謂的事業上。」

我不理會這種侮慢。「是的，我的工作時程非常緊湊。」

「教過兩學期的書？」

「是，但我又回到法律界。」

「受理家庭案件？性侵案？女性罪犯？性工作者提起訴訟要求加強保護？離婚案件裡的財產權？醫療疏失，尤其是婦科醫師？從不適任母親身邊帶走孩子？」他拿出了一張清單，正逐項照著唸。

「有必要的時候，是的。」我說。

「在強暴危機中心短期擔任過志工？」

「學生時代。」我說。

「還有南街庇護所，是吧？妳停止這工作是因為……」

「我太忙。」我說，然後又補充了一項事實，因為沒必要掩蓋：「而且覺得膩了。」

「沒錯，」他說，眼神閃亮，「這種事會讓人厭膩。女人那些沒必要的苦難。我們打算消除那種事情，妳一定也會贊同。」他頓住，彷彿給我一點思考這件事的時間，然後再次綻放笑容。「所以，是哪種？」

以前的我會說：「哪種什麼？」或類似的隨意應答。反之我說：「你指的是『是』或『不』嗎？」

「沒錯，妳已經體驗過『不』的後果，或者說其中一些後果。但是答『是』的話……這麼說好了，那些不跟我們站同一立場的，就是反對我們的人。」

「我明白了，」我說，「那麼就是『是』了。」

「妳必須，」他說，「證明自己是真心的。妳準備好要證明了嗎？」

「是，」我再次說，「如何證明？」

那是一場嚴峻的考驗。你可能已經猜到內容了。有如我那場惡夢，只是女人們蒙上了眼，而當我開槍的時候，我自己並未倒下。這就是賈德大主教的考驗：如果失敗了，你對唯一真理道途的承諾就等於無效。通過了，雙手就會沾血。某人曾經說過，我們一定要吊在一起，不然就會分別吊死[1]。

我確實流露了些許軟弱：我事後吐了。

其中一個標靶是艾妮塔。她為什麼被挑出來受死呢？在感謝箱之後，她肯定答了「不」而非「是」。她一定選擇了快速退場。可是事實上我想不通原因何在。也許很簡單：這個政體不認為她有利用價值，而我有。

今天早上我提早一個鐘頭起床，好在早餐之前偷點時間跟你相處，我的讀者。你多少已經成了我的某種執著——我唯一的知己、我僅有的朋友——因為除了你，我還能跟誰說真話？我又能信任誰？

我也不能信任你。到最後誰最可能背叛我？我會躺在某個蛛網纏結的角落或在床底下無人理會，而你出門野餐和跳舞——是的，跳舞會再回來，這種活動很難永遠禁制——或是跟暖熱的身體幽會，這些事情遠比一疊支離破碎的紙張更有吸引力，而這疊紙稿就是我行將化成的物品。可是我先原諒你。我也曾經像你這樣：致命地依戀著人生。

我為何將你的存在當成天經地義的事？也許你永遠不會成真：你只是個願望，一個可能，一抹魅影。我是否敢說，你是一個盼望？我當然有資格盼望了。我人生的午夜猶未到來；喪鐘尚未敲響，而梅菲斯特[2]仍未來收取我必得為我倆協議所付出的代價。

因為有個協議。當然有了。雖然對象不是魔鬼：而是和賈德大主教訂定的。

我頭一次和伊莉莎白、海倫娜、薇達拉會面，是在我體育館那場謀殺考驗的隔日。我們四人被迎進旅館的一間會議室。我們當時的模樣跟現在都不同：樣貌年輕些、身材苗條些、骨節較不顯眼。我、伊莉莎白、海倫娜穿著我形容過的麻布袋般的棕色衣裝。但薇達拉已經穿上了正式制服，不是後來為嬤嬤們設計的那套，而是黑色的。

賈德大主教正在等我們。他坐鎮會議桌的桌首，想也知道。他面前有個擺了咖啡壺和杯子的托盤。他態度隆重倒著咖啡，笑盈盈的。

「恭喜啊，」他開口，「妳們通過了考驗。妳們是從火中抽出來的幾根柴[3]。」他替自己倒

---

1 改自美國開國元勛之一富蘭克林，We must, indeed, all hang together or, most assuredly, we shall all hang separately. 真正的意思是：假使我們不團結在一起，我們將分開被絞死。本小說作者前半句以 hang 的另一個字義（吊死、絞刑）來玩雙關語。

2 Mephistopheles，德國民間傳說中的魔鬼，浮士德為了追求知識和權勢，將靈魂賣給了魔鬼。

3 來自聖經撒迦利亞書 3:2：「耶和華向撒旦說：『撒旦哪，耶和華責備你！就是揀選了耶路撒冷的耶和華責備你！這不是從火中抽出來的一根柴嘛？』」

好咖啡、加了奶球，小口啜飲著。「妳們可能在納悶，像我這樣在先前腐敗體制下已經功成名就的人，為何採取了這樣的行動。不要以為我不明白我行為的嚴重性。有些人可能會將推翻不法政府稱之為叛國；毋庸置疑，很多人是這樣看我的。既然妳們已經加入我們的行列，其他人也會對妳們抱持相同的看法。可是忠於更高的真理並不是叛國，因為上帝的行事方式並不是凡人的行事方式，更不會是女人的行事方式。」

薇達拉看著我們接受他的訓誨，臉上掛著淡淡笑容：不管他對我們勸說什麼，早已是她欣然接受的信條。

我小心不要做出反應。不反應是一種技巧。他輪流看著我們這幾張空白的臉龐。「妳們可以喝咖啡啊，」他說，「咖啡是現在越來越難取得的珍貴商品。上帝透過恩典供給祂偏愛對象的東西，拒絕的話，就是一種罪。」聞此，我們一致端起杯子，彷彿是領受聖餐禮的儀式。

他說了下去：「過度放縱、過度渴望物質享受、缺乏有意義的架構，使得社會動盪失衡。我們都見識過這些現象的後果。我們的出生率大幅滑落，原因多樣，但主因是女性自私的選擇。妳們應該同意，在這般的亂局之中，是人類最不幸福的時候？規則和界線可以促進穩定，進而提升幸福？到目前為止妳們跟得上嗎？」

我們點點頭。

「意思是『是』嗎？」他指著伊莉莎白。

「是。」她因害怕而以尖聲回答。她比較年輕，外表仍具吸引力；她尚未放任自己的身體縱飲貪食。從那之後我注意到，有些類型的男人就喜歡霸凌美麗的女子。

「要說『是，賈德大主教』，」他告誡，「一定要尊重頭銜。」

「是，賈德大主教。」我從桌子對面就能嗅到她的恐懼；我納悶她是否聞得到我的。恐懼有種酸味，有侵蝕性。

她也在黑暗裡單獨禁閉過，我想。她受過體育館裡的考驗。她也曾望進自己的內心，看見了那片虛空。

「讓男性、女性在各自的領域裡生活，對社會助益最大，」賈德大主教繼續以更嚴厲的語氣說，「我們看過嘗試融合兩方領域之後的慘烈結果。到目前為止有問題嗎？」

「是，賈德大主教，」我說，「我有個問題。」

他微笑但不帶暖意。「請說。」

「你想要什麼？」

他再次微笑。「謝謝妳。我們特別想從妳們身上得到什麼？我們正要建立一個符合神聖秩序的社會——一座山巔之城、一盞所有國家的明燈[4]——我們的起心動念是慈善與關懷。我們正要廢除的社會墮落腐敗，造成女性的諸多苦難；妳們受過得天獨厚的訓練，我們相信，妳們很有資格協助我們優化女性的命運。」他頓住。「妳們想幫忙吧？」這一次獨獨指著海倫娜。

「是，賈德大主教。」近乎耳語。

「很好。妳們都是些聰明女人。藉由妳們先前的……」他不想說專業，「藉由妳們先前的經驗，妳們對女性生活已經瞭如指掌。妳們知道她們可能怎麼想，或者讓我換個說法——知

4 典故來自馬太福音 5:14：「你們是世上的光。城造在山上是不能隱藏的。」

道她們對正面以及較不正面的刺激可能會有什麼反應。所以妳們可以效勞——而且這樣的效勞可以給妳們某些優勢。我們希望妳們成為精神嚮導和導師——也就是領袖——在專屬女人的領域裡。還要咖啡嗎？」他倒了咖啡。我們攪拌、啜飲、等待。

「簡單來說，」他繼續說，「我們希望妳們幫忙組織分別的領域——給女性的領域。目標是最佳的和諧狀態，無論在公領域和家庭裡都是，以及最多數量的後代。還有別的問題嗎？」

伊莉莎白舉起手。

「是？」他說。

「我們到時必須……禱告等等的嗎？」她問。

「禱告必須透過累積，」他說，「妳們以後會漸漸明白，為什麼妳們極有理由向那些大於妳們的力量表達感謝。我的，呃，同事——」他指著薇達拉——「自願擔任妳們的精神指導，從我們這場運動初始，她就已經是我們當中的一員。」

一陣停頓，讓我、伊莉莎白、海倫娜吸收這項資訊。他說的這個更大力量指的是他自己嗎？「我們一定幫得上忙，」我終於開口，「但會需要耗費不少功夫。女人長久被告知，她們可以在專業和公共領域裡得到平等地位。她們不會歡迎……」我搜尋用字，「這種隔離政策。」

「過去向女性承諾平等，一直是殘忍作為，」他說，「因為以她們的天性來說，平等是永遠無法企及的目標。為了降低她們的期望，我們已經秉持著慈悲，開始採取行動。」

我不想探問他們用了什麼手法。是不是跟用在我身上的類似？我們等著他替自己倒更多咖啡。

「當然妳們必須創建法律跟一切，」他說，「妳們會拿到一筆預算、運作的基地以及一間宿舍。我們已經預留學生住宿區給妳們，就在我們徵用的一所大學校園裡，校地四周有圍牆。不需要多少整修，我確定夠舒適的了。」

我在這裡冒了個險。「如果是女性專屬的領域，」我說，「就一定要分得徹底。在裡面，一定要由女性發號施令。除非事態緊急，男人不得跨過我們所屬處所的門檻，也不能質疑我們的手法。只能以我們的成果來評判。不過在有必要的時候，我們當然會聽命於當局。」

他意味深長看我一眼，然後張開雙手，翻掌朝上。「等於是絕對自主權，」他說，「在合理的範圍內，不超過預算的狀況下。當然，最後還是要經過我的裁定批准。」

我看看伊莉莎白和海倫娜，看見了不情願的佩服。我嘗試爭取的權力高過她們有膽要求的，而我得到了。「當然。」我說。

「我認為這樣並不明智，」薇達拉說，「讓她們獨立運作到那種程度。女人比較軟弱[5]，連她們當中最強大的都不應該——」

賈德大主教打斷她的話。「比起女性領域裡的瑣碎細節，男人有更重要的事物要打點。那種事情一定有足以勝任的女性可以處理。」他對我點點頭，薇達拉帶著恨意瞟了我一眼。「基列的女性會感激妳們的，」他繼續說，「這麼多政體將這些事情處理得如此拙劣，如此令人不快，又造成多少破壞！如果妳們失敗了，就等於辜負所有的女性。就像夏娃當初那樣。現在，我就留妳們自己集思廣益吧。」

我們就此開始。

5 Weaker vessels 字面意義是較不牢靠的器皿。典故來自彼得前書 3:7：「你們作丈夫的，也要按情理和妻子同住，因他比你軟弱，與你一同承受生命之恩的，所以要敬重他。這樣，便叫你們的禱告沒有阻礙。」

在最初幾場會議裡，我掂了掂我創建同仁的輕重——因為我們將在基列成為備受敬重的創建者，賈德大主教承諾過。如果你熟悉滿是凶神惡煞的學校操場，或是養雞場，或任何獎賞微少但競爭激烈的情境，你就會明白勢力的拉扯。儘管表面上友好和睦、攜手合作，潛藏的敵意暗流早已漸漸累積。如果這裡是個養雞場，我暗想，我打算當領頭母雞。為了做到這點，我必須確立啄食先後的順序[6]。

在薇達拉身上，我已經樹立了敵人。她將自己視為理所當然的領袖，但那個觀點受到了挑戰。她會在各方面跟我作對——但我有個優勢：我並未因意識形態而盲目。這會給我她所缺乏的彈性，在未來這場漫長的遊戲裡。

另外兩個，最容易駕馭的是海倫娜，因為她對自己最沒把握。她當時圓圓胖胖，不過從那之後她逐漸縮水；她以前有份工作就是在高獲利的減重公司，她告訴我們。後來她又替一家高檔內衣公司擔任公關，蒐集了種類繁多的大批鞋子。「那些鞋子好美。」她哀訴，直到薇達拉蹙著眉頭制止她。海倫娜是會隨風轉舵的人，我判定；只要我是那股風，就可以為我所用。

伊莉莎白來自較高的社會階層，我的意思是明顯比我高過許多。這樣會讓她低估我。她畢業自名校瓦薩學院，曾經在華盛頓替一個位高權重的女性參議員擔任行政助理——她私下說過，那位女眾議員有登上總統大位的潛力。可是感謝箱粉碎了她的內心；連她的出身背景和教育都拯救不了她，而且她個性優柔寡斷。

一對一，我應付得了她們，可是如果她們三人集結起來，我會有麻煩。各個擊破，先分化再征服，會成為我的信條。

千萬穩住，我告訴自己，別透露太多自己的事，免得被人拿來對付妳。仔細聆聽，留下所有線索。不要流露恐懼。

一週又一週，我們埋首發明：法律、制服、口號、讚美詩、名稱。一週又一週，我們向賈德大主教呈報結果，他將我視為這個團體的發言人。那些他同意的概念，就由他出面攬功。其他大主教紛紛向他鼓掌喝采。他表現得多麼優秀！

我是否痛恨我們正在策劃的架構？就某個層面來說，是的；那背離了我們過往人生中被教導的一切，背叛了我們勉力達成的一切。儘管諸多限制，我們勉強完成的種種事情，我是否引以為豪？同樣的，就某個層面來說，是的。事情從來就不容易。

曾有一段時間，我幾乎相信，我瞭解自己該相信的事。我認為自己是虔信者之一，理由就跟基列的許多人一樣：因為這樣比較不危險。為了道德原則，將自己投身於蒸汽壓路機前面，然後像腳抽走的空襪子一樣被輾壓過去，又有什麼好處？最好融入群體裡，融入虔誠讚美、虛情假意、煽動仇恨的群眾之中。對人丟石頭總比被石頭砸要好，或者說，活下去的機率較高。

那些基列的創建者，他們很清楚這一點。他們那種人向來知道這點。

我要在這裡記上一筆：幾年過後——我加強對艾杜瓦館的管控，藉此得到我目前在基列享有的龐大但無聲的勢力——賈德大主教察覺平衡有所轉移，轉而想要討好我。「我希望妳

6 Pecking order，尊卑強弱的階級關係。

已經原諒我了，麗迪亞嬤嬤。」他說。

「為了什麼？賈德大主教？」我以最和藹的語氣問。他會不會有點怕我了？

「在我們結盟的最初，我不得不採取嚴厲的措施，」他說，「為了將麥子跟無用的麥殼篩開。」

「噢，」我說，「我很確定你的本意是高貴的。」

「我相信是，不過，手段頗為嚴酷。」我含笑不語。「我打從一開始就看出妳是麥子。」

我繼續微笑。「妳的步槍裡頭是空包彈，」他說，「我想妳會想知道。」

「感謝你告訴我。」我說。我臉部的肌肉開始發疼。在某些狀況下，微笑是體能操練。

「那麼，我被原諒了？」他問。要不是我清楚知道他性喜勉強才到適婚年齡的幼嫩女孩，真會以為他在跟我調情呢。我從已逝往昔的回憶裡抓了個碎片出來：「人非聖賢孰能無過[7]。就像某人曾經說過。」

「妳真是博學多聞。」

昨晚，我剛寫完手稿，收進紐曼紅衣主教的空心洞穴，正要前往史拉弗立咖啡館時，薇達拉嬤嬤在步道上向我搭話。「麗迪亞嬤嬤，可以說句話嗎？」她說。這個要求的答案永遠都必須是「好」。我邀她陪我到咖啡館去。

中庭對面是眼目白色多柱的基地，燈火輝煌，確實忠於他們的名稱：神的無瞼之眼永不眠。他們有三人站在主建築外面的白樓梯上抽菸。他們沒往我們這邊瞥。就他們看來，嬤嬤們就像影子——他們自身的影子，對別人來說可畏可懼，對他們卻不是。

我們路過我的雕像時，我瞧了瞧供品：雞蛋和柳橙比平日都少。我受歡迎的程度正在滑落嗎？我抗拒將柳橙收入口袋的衝動：我可以晚點再回來。

薇達拉嬤嬤打了噴嚏，是有要事要說的前奏。接著清清喉嚨。「我應該藉這個機會說，有人對妳的雕像表達了不安。」她說。

「真的嗎？」我說，「怎麼說？」

「就是那些供品，柳橙啊、雞蛋啊。伊莉莎白嬤嬤覺得這種過度矚目相當危險，接近祕教崇拜。等同偶像崇拜啊，」她補了一句，「一種深重的罪孽。」

「是嗎，」我說，「多麼發人深省的洞見啊。」

「還有，這樣很浪費寶貴的食物。她說這簡直是蓄意破壞。」

「我深有同感，」我說，「即使是表象上的個人崇拜，沒人比我更急著避嫌。妳也知道，對於營養攝取，我支持嚴格規定。連拿取第二份這樣的事情，我們這些館內的領袖也一定要樹立典範，尤其是水煮蛋。」我在這裡停頓一下：我有伊莉莎白嬤嬤在食堂的錄影片段，她將那些便於攜帶的食物藏在衣袖裡，可是現在並非透露此事的時機。「至於這些供品，其他人想要表達心意，也不是我能控制的。不明人士在我的雕像腳邊留下象徵深情與敬意、忠誠與感謝的物品，像是烘焙品和水果，我防範不了。不管我多麼不配得，這點不言而喻。」

「不是事先防範，」薇達拉嬤嬤說，「但可以在事後查出這些人是誰並施加懲罰。」

「既然我們並無相關規定，」我說，「這種行為也就沒有違規問題。」

7 又譯為「犯錯是凡人之舉，寬恕是神聖之行」。

「那麼我們應該訂下規矩。」薇達拉嬤嬤說。

「我一定會好好考慮，」我說，「也會研究一下合宜的懲罰方式。這些事情要做得圓融才行。」要放棄那些柳橙真可惜，我暗想；供貨來源並不牢靠，柳橙不時斷貨。「可是我想妳還有更多事情要補充？」

此時我們已經抵達史拉弗立咖啡館。我們坐在其中一張粉紅桌邊。「要來杯溫牛奶嗎？」我問，「我請客。」

「我不喝牛奶，」她煩躁地說，「會增加黏液分泌。」

我總是問薇達拉要不要讓我請杯溫牛奶，藉此展現我的慷慨大方——牛奶不在我們的日常配給之中，而是選擇性的，必須用我們依照地位分得的代幣來支付。她總是暴躁地拒絕。

「噢，抱歉，」我說，「我忘了。那麼來點薄荷茶？」

我們的飲料送到面前時，她言歸正傳。「事實是，」她說，「我親眼看到伊莉莎白嬤嬤將食物放在妳雕像腳邊，特別是水煮蛋。」

「有意思，」我說，「她為什麼要這麼做呢？」

「為了製造不利於妳的證據，」她說，「我是這樣想的。」

「證據？」我原本以為那些蛋是伊莉莎白自己要吃的。轉作這種用途更有創意：我還滿以她為榮的。

「我相信她正準備告發妳。為了將注意力從她身上以及她自己的不忠活動轉移開來。她可能是我們艾杜瓦館這裡的叛徒——跟五月天恐怖分子合作。我長久以來就懷疑她相信異端。」薇達拉嬤嬤說。

我心裡湧現一陣興奮。這個發展是我未曾預見的：薇達拉竟然告伊莉莎白的密——而且什麼人不說還挑我，她明明長期憎恨著我！妙事真是層出不窮。

「這個消息如果是真的，真是令人震撼。謝謝妳通知我，」我說，「妳應該得到獎賞。雖然目前沒有證據，但我會超前部署，先將妳的懷疑通報給賈德大主教。」

「謝謝妳，」薇達拉嬤嬤回答，「我承認，對於妳是否有資格在艾杜瓦館這裡擔任我們的領袖，我曾經有所懷疑，但是我針對這點禱告過。曾經抱持這樣的懷疑，我錯了。我道歉。」

「每個人都會犯錯，」我寬宏大度說，「我們只是凡人。」

「我主明察。」她欠著身說。

親近你的朋友，但更要親近你的敵人。但既然我沒朋友，只好將就著跟敵人共處了。

XII、卡霹茲

30 證人證詞逐字稿369B

我之前正跟你提到，以利亞說，我不是自以為的那個人。我不喜歡回憶當時的感受。那就像地面開了個洞，一口將你吞掉——不只吞掉你，還有你的家、你的房間、你的過去，你對自己所知的一切，甚至是你的模樣——墜落、窒息、黑暗，都在同一刻發生。

我一定呆坐了至少一分鐘，什麼也沒說，我覺得自己換不過氣。我覺得渾身發寒。寶寶妮可，臉龐圓乎乎、眼神一派無知。原來每一次我看到那張出名的照片，就等於看著自己。那個寶寶單是出生，就替好多人惹出一大堆麻煩。我怎麼會是那個人？我在腦海裡否認這件事，我尖叫著說不，但什麼聲音都沒發出來。

「我不喜歡這樣。」我終於用細小的聲音說。

「我們沒人喜歡這樣，」以利亞和善地說，「我們都希望現實不是如此。」

「我真希望基列不存在。」我說。

「那就是我們的目標，」艾達說，「除掉基列。」她用慣有的實事求是語氣說，彷彿除掉基列就跟修理漏水水龍頭一樣簡單。「想喝點咖啡嗎？」

我搖搖頭。我還在努力吸收這一切。所以我是個難民，就像我在庇護關懷見過的那些驚恐女人；就像每個人總是爭論不休的那些難民。我的健保卡，我唯一的身分證明，原來是假造的。我在加拿大期間從頭到尾都不合法，隨時都可能被驅逐出境。我母親是使女？然後我父親……「所以我父親是那些人當中的一個？」我說，「是大主教？」想到他是我身上的一部分——就在我軀體的內部——害我不禁一陣冷顫。

「幸好不是，」以利亞說，「或者說，照妳母親的說法並不是，不過她不希望對外公開，免得危及妳的生父，他可能還在基列境內。可是基列透過妳檯面上的父親表明對妳的所有權。他們一直以這樣的理由要求將妳歸還。歸還寶寶妮可。」他進一步釐清。

基列從未放棄找出我的下落，以利亞告訴我。他們從來不曾停止搜尋；他們堅持不懈。以他們的思路來說，我屬於他們，他們有權追出我的下落，拖著我越過國境，不管手段合法或非法。我未成年，雖說那個大主教已經消失蹤影——可能被清算掉了——按照他們的法律系統，我屬於他。他有在世的親戚，所以如果上法庭，他們可能拿得到監護權。五月天保護不了我，因為國際社會將五月天定位為恐怖組織，它只存在於地下。

「過去幾年來，我們陸續釋出幾個假線索，」艾達說，「有人通報在蒙特婁看過妳，還有溫尼伯。接著據說在加利福尼亞看到妳，之後是墨西哥。我們把妳移來移去。」

「那就是梅蘭妮和尼爾不希望我去抗議遊行的原因嗎？」

「某方面來說是。」艾達說。

「可是我去了，是我的錯，」我說，「是不是？」

「什麼意思？」艾達說。

「他們不希望我被看到，」我說，「他們把我藏起來，所以才被殺掉。」

「也不算，」以利亞說，「他們不希望妳的照片流出去，他們不希望妳上電視。可以想像，基列可能會搜尋遊行的影像，嘗試比對。他們有妳娃娃時期的照片，對妳現在的長相一定多少有點概念，不過他們原本就懷疑梅蘭妮和尼爾是五月天成員，這點跟妳無關。」

「他們可能一直在跟蹤我，」艾達說，「可能把我跟庇護關懷連結起來，然後又連上梅蘭妮。他們以前就在五月天裡安插過線民——至少有一個假裝出逃的使女，搞不好有更多。」

「甚至在庇護關懷裡都可能有。」以利亞說。我想到以前會來我們家開會的那些人。其中一人可能吃著葡萄和乳酪塊，一面策劃殺害梅蘭妮和尼爾的事，想到就讓我作嘔。

「所以那部分跟妳無關。」艾達說。我納悶，她是不是為了讓我好過才這麼說。

「我討厭當寶寶妮可，」我說，「我又沒要求要當。」

「人生爛透了，就這樣，」艾達說，「現在我們要想清楚接下來怎麼行動。」

以利亞先離開，說幾小時之後再回來。「別出去，別看窗外，」他說，「也別用手機。我會安排別輛車給妳們。」

艾達開了罐頭雞湯；她說我肚子需要塞點東西，我勉強試了試。「要是他們來了怎麼辦？」我問，「他們到底長什麼樣子？」

「看起來跟平常人沒兩樣。」艾達說。

下午時分，以利亞回來了，身邊帶著喬治，就是那個我曾經以為在跟蹤梅蘭妮的老街友。

「比我們想的還糟，」以利亞說，「喬治看到了。」

「看到什麼？」艾達說。

「那時候店門口掛著打烊的牌子。這家店白天從來不關，我正覺得奇怪，」喬治說，「這時三個傢伙走出來，把梅蘭妮和尼爾放到車上。有點像是他們醉了，扶著他們走那樣。這幾個人講著話，裝成在閒聊的樣子，好像正要說再見。梅蘭妮和尼爾只是坐在車裡。事後回想——他們軟趴趴的，好像睡著一樣。」

「或是死了。」艾達說。

「對，有可能，」喬治說，「那三個傢伙走了開來。大概一分鐘過後，車子就炸開了。」

「比我們想的還糟，」艾達說，「比方說，他們兩個之前在店裡面說了什麼？」

「他們什麼都不會說的。」以利亞說。

「這點就難說了，」艾達說，「就看對方使出的策略。眼目向來心狠手辣。」

「我們必須趕快離開這裡，」喬治說，「我不知道他們看到我沒有。我不想過來這邊，可是我不知道怎麼辦才好，所以我打電話給庇護關懷，以利亞就過來接我。可是要是他們竊聽了我的手機呢？」

「砸掉吧。」艾達說。

「他們是哪種人？」以利亞問。

「穿西裝，像商務人士，樣子很體面，」喬治說，「提公事包。」

「肯定的，」艾達說，「然後他們把其中一個公事包[1]塞進車裡。」

「很遺憾發生這種事，」喬治對我說，「尼爾和梅蘭妮是好人。」

「我得閃了。」我說，因為我就快哭出來，所以我走進臥房關上門。

他們沒談很久。十分鐘之後傳來敲門聲，接著艾達打開我的門。「我們得走了，」她說，「動作快。」

我正躺在床上，被子拉到鼻子那裡。「去哪？」我說。

「好奇心招麻煩。走吧。」

我們走下寬大的樓梯，可是我們沒走到屋外，而是踏進樓下的一套公寓。艾達有鑰匙。這間公寓就跟樓上的一樣，裝潢家具都是新的，沒什麼個人特色。有人住過的痕跡，但是並不明顯。床上有條絨毛被，就跟樓上那條一樣。臥房裡有個黑背包。浴室有根牙刷，但櫃子裡什麼都沒有。我之所以知道，是因為我查過，梅蘭妮以前總說，百分之九十的人會偷看別人的浴室櫃子，所以永遠都不應該把祕密放在那裡。現在我納悶，那她都把自己的祕密放哪了，因為她肯定有不少祕密。

「誰住這裡？」我問艾達。

「葛斯，」她說，「他負責載送我們。好了，現在跟老鼠一樣安靜。」

「我們在等什麼？」我問，「什麼時候會發生事情？」

「等得夠久，妳就不會失望，」艾達說，「總有事情會發生，只是妳不見得喜歡。」

31

我醒來的時候，天已經黑了，有個男人在。可能二十五歲左右，又高又瘦，身穿黑牛仔褲搭黑T，衣服沒有商標。「葛斯，這位是黛西。」艾達說。我說嗨。

他別有興味看著我並說：「寶寶妮可？」

我說：「請不要這樣叫我。」

他說：「好，反正我也不應該說那個名字。」

「可以走了嗎？」艾達說。

「就我所知可以，」葛斯說，「她應該變裝一下，妳也是。」

「用什麼？」艾達說，「我又沒帶基列的頭罩。我們坐後面，頂多只能這樣。」

我們開來的廂型車已經不見了，換了另一輛——載貨廂型車，上頭印了「快速管道疏通」，配了張可愛的蛇從排水口[2]冒出來的圖片。我和艾達爬進後面，裡面有些處理水管系統的工具，也有一張床墊，我們就坐在上頭。裡面一片幽暗、空氣不流通，但就我感覺起來，車子開得飛快。

---

1 公事包作為安置定時炸彈使用。

2 用來通水管的細長管子叫 drain snake，直譯為排水蛇。

「當初是怎麼把我從基列偷帶出來的？」過一會兒我問艾達，「我還是寶寶妮可的時候？」

「跟妳說也沒差，」她說，「那個網絡幾年前被揭發以後，基列關閉了那條路線；現在到處配置了警犬。」

「因為我嗎？」我說。

「不是每件事都因為妳。總之事情的經過是這樣的：妳母親將妳交給一些可靠的朋友；他們帶妳順著公路往北走，然後穿過樹林進入佛蒙特。」

「妳是可靠的朋友之一嗎？」

「我們對外的說法是獵鹿。我以前是那一帶的嚮導，我有人脈。我們把妳裝在背包裡；先讓妳吞了藥丸，免得妳鬼叫。」

「你們竟然對嬰兒下藥，可能會害死我耶。」我憤慨地說。

「可是並沒有，」艾達說，「我們揹著妳翻山越嶺，然後下山進入加拿大境內的三河[3]。那是當年帶人偷渡的主要路線。」

「當年是什麼時候？」

「噢，一七四〇年左右吧，他們以前會抓住新英格蘭的女生，挾持為人質，拿來買賣換錢或是把她們嫁掉。那些女生一旦生了孩子，就不會想回故鄉了。我個人的混雜背景就是這樣來的。」

「混了什麼？」

「部分的偷人賊，部分的被偷者，」她說，「所以我的雙手很靈巧。」

我想了想這點，坐在黑暗裡，就在管道系統工具之間。「所以她目前在哪？我母親？」

「這是機密，」艾達說，「越少人知道越好。」
「她就這樣丟下我離開了？」
「她根本自顧不暇，」艾達說，「妳還活著就很幸運了。她運氣也不錯，就我們知道的，他們企圖殺她兩次了。他們永遠忘不了，寶寶妮可的事他們怎麼被她耍了。」
「我父親呢？」
「也一樣。他自己水深火熱，都快不能呼吸了。」
「我猜她不記得我了，」我憂愁地說，「她根本不在乎。」
「誰在不在乎什麼，沒人能夠評判，」艾達說，「她是為了妳好才躲得遠遠的。她不希望置妳於險境，可是她還是排除萬難，盡量追蹤妳的現況。」
聽到這點我很高興，但我並不想放棄我的怒意。「怎麼追蹤？她來過我們家嗎？」
「沒有，」艾達說，「她不會冒險害妳變成標靶。梅蘭妮和尼爾會寄妳的照片給她。」
「他們從來不替我拍照，」我說，「那是他們的原則——不拍照。」
「他們拍了一大堆照片，」艾達說，「在夜裡，妳睡著的時候。」令人心裡發毛，我也說出口了。
「怪人做怪事。」艾達說。
「所以他們把照片寄給她嗎？怎麼寄？如果這麼機密，他們難道不怕——」
「用快遞。」艾達說。

3 Trois-Rivieres，加拿大魁北克省的城市。

「大家都知道快遞服務靠不住。」

「我沒說快遞服務，我說快遞。」

我想了片刻。「噢，」我說，「妳親自拿去給她？」

「不是親自拿去，不是直接給。我透過管道轉給她。妳母親很喜歡那些照片，」她說，「母親總是喜歡自己孩子的照片。她會看看那些照片，然後燒掉，所以不管怎樣，基列都不會看到。」

大約一個小時之後，我們到了怡陶碧谷[4]一家地毯批發暢貨店。那裡有個飛天魔毯的商標，叫做卡霹茲[5]。

卡霹茲前側是個貨真價實的地毯批發店，有個陳列室，展示很多地毯，但後面，在倉儲區域後方，則是個狹小擁擠的房間，有一打小隔間貼著側邊排開。有些隔間裡放了睡袋或羽絨被。有個男人呈大字形仰躺在一個隔間裡呼呼大睡。

中央區域擺了一些桌椅和電腦，靠牆那裡有張破舊的沙發。牆上掛了幾幅地圖：北美洲、新英格蘭、加利福尼亞。有兩個男人和三個女人在電腦上忙著；他們打扮得像是你夏天在戶外會看到的、喝著冰拿鐵的人。他們朝我們瞥了瞥，然後回頭繼續忙手邊的工作。

以利亞坐在沙發上。他起身走過來，問我是否還好。我說還好，能不能請他給我一點水喝，因為突然間我口乾舌燥。

艾達說：「我們已經好一陣子沒吃東西了。我去買。」

「妳應該待在這邊。」葛斯說著便朝建築前側走去。

「除了葛斯，這裡沒人知道妳是誰，」以利亞壓低嗓門說，「他們不知道妳是寶寶妮可。」

「這點會維持下去，」艾達說，「口風不緊船會沉。」

葛斯拿了個紙袋給我們，裡頭裝了軟掉的可頌三明治早餐，還有四杯難喝的外帶咖啡。我們走進其中一個隔間，坐在二手辦公椅上，以利亞打開裡面的小小液晶螢幕，好讓我們邊吃邊看新聞。

新聞還在報導衣裝獵犬的事，不過無人落網。有個專家將這個事件歸咎給恐怖分子，話講得很模糊，因為恐怖分子種類繁多。另一個專家說是「外來情報人員」。加拿大政府說他們正在探索所有調查的途徑，艾達說他們最愛的途徑就是垃圾桶。基列發出官方聲明，說他們對這場爆炸案一無所知。多倫多的基列領事館外面有抗議活動，但出席率並不高：梅蘭妮和尼爾沒什麼名氣，他們不是政治人物。

我不知道該傷心或生氣。梅蘭妮和尼爾被謀殺讓我憤怒，憶起他們生前做過的各種美好事情也讓我生氣。可是該惹我生氣的事，像是基列為何可以逃過懲罰，卻只是讓我覺得傷心。

艾卓安娜嬤嬤又回到了新聞裡——就是被發現吊死在公寓門把上的那個珍珠女孩傳道士。已經排除自殺的可能性，警方說，他們懷疑是他殺。渥太華的基列大使館提出正式伸訴，聲稱五月天恐怖組織犯下這起殺人案件，而加拿大當局卻替他們掩護，整個非法的五月天行動都應該加以剷除並繩之以法。

4 Etobicoke，加拿大安大略省多倫多市西部的一個地區。

5 Carpitz，此為音譯，Carpitz 和 carpets（地毯，名詞複數）發音類近。

新聞沒提到我失蹤的事。我學校不是應該報警嗎？我問。

「以利亞處理好了，」艾達說，「他在那所學校有認識的人，當初也是這樣讓妳入學的。好讓妳避開耳目，那樣比較安全。」

32

那天晚上我在床墊上和衣而睡。到了早上，以利亞召集我們四人一起開會。

「狀況不大好，」以利亞說，「我們可能很快就得離開這個地方。基列向加拿大政府施壓，要他們鎮壓五月天。基列的軍力更強，而且可以任意動用兵力。」

「真是原始人啊，加拿大人，」艾達說，「別人稍微脅迫一下，他們馬上投降。」

「更糟糕的是，聽說基列接下來可能會把卡霹茲當標靶。」

「怎麼知道的？」

「內線消息，」以利亞說，「不過這個訊息是衣裝獵犬被打劫以前接到的。我們跟他或她失去聯繫，基列境內大多的救援人脈也都失去音訊。我們不知道他們出了什麼事。」

「所以我們可以把她放在哪裡？」葛斯說，對著我點點頭，「才可以躲開他們？」

「如果去我母親那邊呢？」我問，「你說過，他們試著殺她兩次都失敗了，所以她一定很安全，或者比這裡安全。我可以到那邊去。」

「對她來說，安不安全只是時間早晚的問題。」以利亞說。

「那到其他國家呢？」

「要是在兩三年前，我們還可以透過聖皮耶把妳送出去，」以利亞說，「可是法國人已經關閉那個管道。在難民暴動之後，英國也不適合去了，義大利也一樣，德國啦，歐洲幾個小國也是。他們都不想招惹基列。更不要提他們自己人民的怒氣，目前的氛圍就是這樣。連紐西蘭都關閉國門了。」

「有些國家說他們歡迎從基列出逃的女性，可是到了那些國家大多都撐不過一天，就會被人口販子抓去賣淫，」艾達說，「然後南美洲就算了吧，太多獨裁者。因為戰爭的關係，加利福尼亞很難進去。德克薩斯共和國情勢很緊張，跟基列陷入拉鋸狀態，可是他們不想被入侵，會盡量避免挑釁。」

「所以我乾脆放棄，因為他們遲早會殺了我？」我不真的這麼想，但那是我當時的感受。

「噢不，」艾達說，「他們可不想殺妳。」

「對他們來說，殺掉寶寶妮可面子會掛不住。他們會希望妳回基列去，活跳跳的、面帶笑容，」以利亞說，「雖然我們再也沒有途徑可以知道他們想要什麼。」

我想了想這一點。「你們以前有途徑？」

「我們在基列的情資來源。」艾達說。

「基列裡面有人在幫你們？」我問。

「我們不知道是誰。他們警告我們會有突襲，告訴我們哪條路線被阻斷了，也會寄地圖給我們。那些情資一直都是正確的。」

「可是他們沒警告梅蘭妮和尼爾。」我說。

「看來對方沒辦法完全掌握眼目的內部運作，」以利亞說，「所以不管他們是誰，他們都不在食物鏈的最頂端。我們猜是次級的官員，甘冒自己的生命危險。」

「他們為什麼願意冒險？」我問。

「不清楚，總之不是為了錢。」以利亞說。

根據以利亞的說法，情資來源運用微點這種老科技——老到基列沒想到要找找看。這些微點是用特殊相機製作的，小到肉眼幾乎看不見：尼爾用裝在鋼筆裡的閱覽器來讀。凡是越過邊境的東西，基列一律徹底搜查，可是五月天利用珍珠女孩的傳道小冊作為快遞系統。「有一陣子萬無一失，」以利亞說，「我們的情資來源替五月天拍下文件，黏在寶寶妮可的小冊上。珍珠女孩一定會到衣裝獵犬去拜訪；她們那份可能皈依改宗的名單裡有梅蘭妮，因為她總是願意收下那些小冊。尼爾有微點相機，所以他會把回覆的訊息貼在同一批小冊上，梅蘭妮會還給珍珠女孩。她們受命要把額外的小冊帶回基列，到時可以發到其他國家去。」

「可是微點這個方法已經失效，」艾達說，「尼爾和梅蘭妮死了，基列搜出他們的相機。現在他們把紐約北部出逃路線上的每個人都逮捕了。幾個貴格教派、幾個負責偷渡的人、兩名狩獵嚮導。準備舉行集體吊刑。」

我越來越絕望。基列勢力如此龐大。他們殺了梅蘭妮和尼爾，也會追出我素未謀面的母親並殺了她。他們會把五月天整個殲滅。他們會想辦法逮住我，將我拖進基列，那裡的女人跟家貓沒兩樣，大家都是宗教狂人。

「我們可以怎麼辦？」我問，「感覺好像什麼辦法也沒有。」

「我正要說到這點，」以利亞說，「可能有機會，一個微弱的希望吧，可以這麼說。」

「微弱的希望總比無望好。」艾達說。

那個情資來源保證會將一大批文件交給五月天，以利亞說。不管這一大批文件的內容是什麼，都會把基列炸翻天，至少情資來源如此聲稱。可是他或她還沒蒐集完成，衣裝獵犬就遭到打劫，那條連結就斷了。

不過，情資來源之前跟五月天分享過的一個微點訊息裡，想了個備用方案。只要年輕女子受珍珠女孩傳道的感召而皈依基列信仰，就可以輕易進入基列——已經有過不少前例。而最適合將那批文件轉移出境的——事實上也是情資來源唯一接受的年輕女子——正是寶寶妮可。情資來源很肯定五月天知道她的下落。

情資來源講得很清楚：沒有寶寶妮可，就沒有那批文件；如果沒有那批文件，基列就會繼續依照現狀運轉下去。這麼一來，五月天這個組織就進入倒數計時，梅蘭妮和尼爾等於白白犧牲，更不要提我母親命在旦夕。可是如果基列可能瓦解的話，一切都會有所不同。

「為什麼只能是我？」

「情資來源很堅持這一點，說透過妳，機會最大。首先，如果妳被逮到，他們不敢除掉妳。他們過去已經把寶寶妮可變成很重要的象徵。」

「我沒辦法毀掉基列，」我說，「靠我一個人的力量沒辦法。」

「不是獨自一人，當然不是，」以利亞說，「可是妳這樣等於負責運送彈藥。」

「我想我沒辦法，」我說，「我扮演不了改信皈依的人，他們永遠不會相信我。」

「我們會訓練妳，」以利亞說，「教妳怎麼禱告和自我防衛。」聽起來好像電視滑稽短劇的內容。

「自我防衛？」我說，「抵抗誰？」

「記得那個被發現死在公寓裡的珍珠女孩嗎？」艾達說，「她就替我們的情資來源工作。」

「殺她的不是五月天，」以利亞說，「是另一個珍珠女孩，她的同伴。同伴對寶寶妮可的下落起疑了，艾卓安娜嬤嬤肯定是想阻止她。一定發生了拳腳戰，結果艾卓安娜輸了。」

「死了好多人，」我說，「貴格派、尼爾和梅蘭妮，還有那個珍珠女孩。」

「基列殺人不眨眼，」艾達說，「他們是狂熱分子。」她說他們理當獻身於虔誠道德的生活，可是如果是狂熱分子，就會相信自己可以一面殺人、一面過著道德的生活。狂熱分子以為殺人是道德的，或者說殺掉某些特定的人。我之所以知道，是因為我們在學校上過狂熱分子的內容。

33

我同意到基列去，但並沒有明確表示同意，只是說我會考慮看看。結果隔天早上大家卻都表現得好像我一口答應了，以利亞說我真是勇敢，說我會造成多大的影響，說我會為很多受困的人帶來希望，所以我也沒辦法反悔。總之，我覺得我對尼爾和梅蘭妮，以及其他死去的人有所虧欠。如果那個所謂的情報來源只接受我，那麼我必須試試看。

艾達和以利亞說，他們想盡可能在現有的短短時間內，替我做好最多的準備。他們在隔間裡設置了小健身房，裡面有拳擊沙袋、跳繩、皮革健身球。這方面的訓練由葛斯負責。起初他沒跟我說多少話，只說我們目前要做什麼：跳繩、拳擊、來回拋接健身球。不過，過一陣子後他態度稍微軟化了點。他告訴我他是德克薩斯共和國來的。他們在基列立國時宣布獨立，而基列懷恨在心；雙方打過一場戰，最後以平局收場並且劃分了新疆界。

所以現在德克薩斯是中立國，國民只要做出任何不利於基列的行動一概違法。也不是說加拿大就不中立，他說，加拿大是以比較馬虎的方式表達中立立場。「比較馬虎」是他的說法，不是我的，我本來覺得滿污辱人的，直到他說加拿大是「好的」馬虎法。所以他和他的朋友到加拿大加入五月天的林肯陸戰隊，由外籍自由戰士組成。基列和德克薩斯交戰時，他才七歲，年紀太小不能參戰，但他兩個哥哥都戰死了，另外有個女性表親被抓到基列去，從此音訊全無。

我在腦袋裡加加減減計算著他的實際年齡。比我大，但沒大多少。對他來說，我是否不只是一項任務？我為什麼要花時間想這種事？我必須專注在自己該做的正事上。

為了培養耐力，起初我每天健身兩次，一次兩個鐘頭。葛斯說我的身體狀況不差，這倒是真的——我在學校運動成績向來不錯，上學感覺是好久以前的事了。接著他示範怎麼擋、怎麼踢，如何用膝蓋攻擊對方胯下，又要如何以拳攻心——手握拳，拇指覆過食指與中指的第二指節，出拳時要伸直胳膊。那個動作我們練習了不少次：有機會就應該先下手為強，他說，因為可以從攻其不備得到好處。

「打我。」他說。然後他會把我撥到旁邊，朝我肚子出拳——不會太過用力，但力道足以讓我感覺得到。「肌肉繃緊，」他會說，「妳想害自己脾臟破裂嗎？」如果我哭出來——無論是因為痛或氣餒——他不會同情，只會嫌棄。「妳到底要不要學啊？」他會說。

艾達帶了一個模壓塑料做成的假人頭來，有膠狀的眼睛，葛斯試著教我怎麼徒手挖出人眼；可是想到要用拇指將眼球擠壓出來，我身子就一陣戰慄，就像光腳踩在蟲子身上。

「靠，那真的會傷到他們，」我說，「用拇指去戳他們眼睛。」

「妳必須傷到他們，」葛斯說，「妳必須想去傷他們。他們會想傷妳的，這點很肯定。」

「好噁。」葛斯要我練習戳眼術時，我對他說。那些眼睛在我腦海裡的畫面很清晰，就像剝了皮的葡萄。

「難道妳要針對自己該不該死，舉辦一場座談會嗎？」艾達說，她來旁觀那次練習，「這不是真的腦袋。好了，狠狠刺下去！」

「噁。」

「噁並不會改變這個世界，必須弄髒雙手才會。再加點膽量和狠勁。好了，再試一次，像這樣。」她做起來毫無顧忌。

「不要放棄，妳有潛力。」葛斯說。

「多謝了。」我說。雖然用諷刺的語氣，但我是真心的：我的確希望他認為我有潛力。我以絕望的、幼犬般的撒嬌方式迷戀著他。可是不管我怎麼浮想聯翩，以我腦袋裡那個講求現實的部分來說，我看不出我倆之間有任何未來。一旦進入基列，我很可能無緣再見到他。

「進行得怎樣？」每天訓練完之後，艾達都會問。

「有進步。」

「可以用拇指殺人了嗎？」

「快了。」

他們的訓練計畫有一部分就是禱告。艾達試著教我。沒想到她還挺拿手的，可是我簡直無藥可救。

「妳怎麼會知道這個？」我問她。

「在我長大的地方，大家都知道。」她說。

「在哪裡？」

「基列啊，當時還不是基列就是了，」她說，「我早早料到會這樣，趁早撤離了。我認識的很多人都走不了。」

「那就是妳跟五月天合作的原因嗎？」我說，「因為跟個人有關？」

「仔細想來，不管什麼都跟個人有關。」她說。

「那以利亞呢？」我問，「也跟個人有關嗎？」

「他以前在法學院教書，」她說，「名單上有他。有人私下通知他，他最後成功越過國境，什麼也沒帶，只有身上穿的衣服。現在我們再試一次。天上的父，請赦免我的罪，保佑……請不要亂笑。」

「對不起，尼爾總是說，上帝是想像中的朋友，他說，相信上帝就跟相信他媽的牙仙子沒兩樣。只是他沒說他媽的。」

「妳要認真看待這件事，」艾達說，「因為基列絕對看得很重。還有一件事，別罵髒話。」

「我平常幾乎不罵髒話。」我說。

他們告訴我，下個階段就是要打扮成街友，到珍珠女孩看得到的地方行乞。她們開始跟我搭話的時候，我應該讓她們說服我並且跟她們一起走。

「你們怎麼知道珍珠女孩會想帶我走？」我問。

「很有可能啊，」葛斯說，「她們一直在做這種事。」

「我沒辦法當街友，我不知道怎麼裝。」我說。

「自然就好。」艾達說。

「其他街友會看出我是冒牌貨──要是他們問我怎麼淪落到那裡、問我爸媽在哪裡──我要怎麼說？」

「葛斯會陪著妳。他會說妳因為心理創傷，很少說話，」艾達說，「說以前受過家暴。每個人都會懂的。」我想像梅蘭妮和尼爾動粗的模樣：真荒謬。

「要是其他街友不喜歡我呢？」

「要是？」艾達說，「那妳只好認栽[6]。在妳的生活裡，不是每個人都會喜歡妳。」

認栽。這種說法她是從哪裡學來的啊？「可是有些遊民不是……不是罪犯嗎？」

「販毒啦、注射毒品啦、酗酒啦，」艾達說，「什麼都來。可是葛斯會盯著妳。他會說他是妳男朋友，要是有人找妳的碴，葛斯會介入。在珍珠女孩把妳接走以前，他都會在妳身邊。」

「需要多久？」我問。

「我猜不用很久，」艾達說，「珍珠女孩把妳擄走以後，雖然葛斯沒辦法跟著走，可是她們會把妳當雞蛋一樣小心呵護。妳會是她們鍊子上的另一顆寶貴珍珠。」

「不過等妳一到基列，狀況可能就不一樣了，」以利亞說，「裝扮要照她們的指示，也要小心自己講出口的話、留意她們的習俗。」

「不過，如果妳一開始就知道太多，」艾達說，「他們反而會懷疑我們訓練過妳。所以必須抓到微妙的平衡。」

我想了想這點：我夠聰明嗎？

「我不知道我能不能辦到。」

「有疑慮就裝傻。」艾達說。

「你們送過假裝改宗的人到裡面去嗎？」

「送過幾個，」以利亞說，「結果有好有壞。可是她們沒有妳會得到的保護。」

「情資來源給我的保護嗎？」情報來源——我只能想像一個腦袋上套了紙袋的人，到底是誰？我聽越多情資來源的事，感覺就越詭異。

「純屬猜測，我們認為是其中一個嬤嬤。」艾達說。五月天對嬤嬤們知道的並不多：她們不在新聞報導裡，連基列的新聞都不報；負責發號施令、制訂法律、對外發言的是大主教。嬤嬤們專門在幕後運作。這是我們在學校學到的。

「嬤嬤們據說很有權勢，」以利亞說，「不過那只是傳聞，我們掌握的細節並不多。」

艾達有幾張她們的照片，但也只有幾位。麗迪亞嬤嬤、伊莉莎白嬤嬤、薇達拉嬤嬤、海倫娜嬤嬤：這幾位是他們所謂的創建者。「一群邪惡的女妖。」她說。

---

6 原文是 tough bananas，這個俚語的字面翻譯是「強悍的香蕉」，所以黛西才會有之後的反應，實際上的意思有自認倒楣、你運氣不好、那是你的事、那也沒辦法等。

「太好了，」我說，「聽起來很有趣。」

葛斯說，我們一旦到了街頭，我必須聽命行事，因為他才懂得街頭潛規則。我最好不要挑釁別人，免得別人跟他起肢體衝突，所以說出「你去年奴隸的是誰」和「你又不是我老闆」這樣的話可能不大好。

「我八歲以後就沒講過那樣的話了。」我說。

「這兩句話妳昨天才講過。」葛斯說。我應該換個名字，他說。目前可能有人用黛西這個名字在尋人，而我當然不可能用妮可這個名字。所以我說，不然叫潔德[7]好了，我想要比花朵更堅硬的東西。

「情資來源說，她必須在左前臂上弄個刺青，」艾達說，「這個要求一直是沒得商量的。」我十三歲的時候想嘗試刺青，但梅蘭妮和尼爾強烈反對。「酷，可是為什麼呢？」我現在問，「在基列又不能露出手臂，誰看得到啊？」

「我們想是為了珍珠女孩，」艾達說，「在她們把妳撿走的時候。她們事先會得到指示，說要特別找這個刺青。」

「她們會知道我是，嗯，妮可嗎？」我問。

「她們只是遵照指示，」艾達說，「不問，不說。」

「我應該刺什麼圖案，一隻蝴蝶嗎？」那是個笑話，可是沒人笑。

「情資來源說，看起來應該像這樣。」艾達說。她畫了出來：

LOVE GOD[8]

「我不能在手臂上刺那個，」我說，「這樣是不對的。」太虛偽了，尼爾會很震驚的。

「也許對妳來說不對，」艾達說，「可是符合情勢。」

艾達帶了一個她認識的女人來替我刺青，也替我打造街頭扮像。她頂著一頭粉綠色頭髮，她做的第一件事就是把我的頭髮染成同樣顏色。我很高興：我覺得我看起來像是電玩裡面的狠角色。

「算是個起步吧。」艾達說，評估著結果。

那個刺青不只是個刺青，而是個疤痕紋身[9]：浮凸的字母。簡直痛死我了。可是我裝得好像不痛，因為我想表現給葛斯看，讓他知道我辦得到。

三更半夜我浮現負面想法。要是那個情資來源只是個誘餌，目的是要欺騙五月天呢？要是沒有一批關鍵文件呢？或者要是那個情資來源是壞人呢？要是整個故事都是個陷阱——要

---

7 Jade 本意為玉。

8 LOVE GOD 意思是「愛上帝」。

9 scarification，透過割傷皮膚、灼傷皮膚的方式，在身體上留下立體的疤痕。

把我引誘到基列去的高明方式？我進去以後就沒辦法出來了。到時候會有一堆遊行，搖動旗幟、齊聲高歌、祈禱和超大型集會，就像我們在電視上看過的那樣，而我會成為焦點中心。寶寶妮可，回歸她所屬的地方，哈利路亞。對基列電視笑一下。

到了早上，我和艾達、以利亞跟葛斯吃著油膩膩的早餐時，我跟他們說起了我的擔憂。

「我們考慮過這個可能性，」以利亞說，「這是個賭注。」

「每天早上起床就是個賭注。」艾達說。

「這是個更重大的賭注。」以利亞說。

「我會下注在妳身上，」葛斯說，「如果妳贏了，可就了不起了。」

XIII、修枝剪

34 艾杜瓦館親筆手書

我的讀者，我有個意外要告訴你。連我自己都相當詫異。

在暗夜的掩護之下，我利用石頭鑽孔器、幾把鉗子和一點修補灰漿，在我雕像底部裝設了兩個靠電池運作的監視攝影機。我一直對工具很拿手。裝好之後再將苔蘚仔細鋪回去，想到應該找人來清理我的複製品。苔蘚只能提升體面到一個程度。已經開始有了毛茸茸的不雅模樣。

我帶著些許不耐靜待結果。伊莉莎白嬤嬤為了破壞我的名聲，以水煮蛋和柳橙的形式，在我的石刻腳邊留下證據，如果能夠拍到無可辯駁的照片並存藏起來，會是好事。雖然我本人並未做出偶像崇拜的舉動，但是其他人這麼做的時候，對我的形象會有所損傷：大家會說我縱容這樣的行徑，也許甚至鼓勵了這樣的行徑。伊莉莎白大可以利用這種的毀謗，將我扯下高位。對於賈德大主教對我的忠誠度，我不抱任何妄想：如果找得到安全的手段——對他來說安全——他會毫不遲疑舉發我。他在這方面有過不少演練。

但是意外來了。連續幾日了無動靜——或是稱不上有動靜——因為那三個淚汪汪的年輕夫人不算數。夫人們可以來到這個園地，因為她們嫁給了位高權重的眼目，她們總共奉上一個馬芬鬆糕、一小條燕麥麵包、兩顆檸檬——這陣子以來檸檬跟黃金一樣昂貴，畢竟佛羅里達之前發生天災，加上我方遲遲無法在加利福尼亞占得上風。我很高興能夠拿到這兩個檸檬，準備加以善用。如果人生給你檸檬，你就做成檸檬汁[1]。我也會查明這些檸檬是怎麼來的。試圖全面鎮壓灰市活動收效不大——大主教們總要撈點好處——可是我當然希望知道誰在賣什麼，還有東西是怎麼走私進來的。在掩護之下被移送他處的種種商品當中，女人僅僅是其中一項——我不大願意稱她們為商品，但牽扯到金錢的時候，她們就是商品無誤。是不是檸檬進來、女人出去？我要請教我的灰市線民：他們可不喜歡有競爭對手。

幾位淚漣漣的夫人希望在追求生育的時候，能獲得我的神祕力量，這些可憐的東西。**Per ardua cum estrus**，她們吟詠，彷彿拉丁文會比英文更富效力。我會看看能為她們做點什麼，或者該說可以「對」誰做些什麼——她們的丈夫在那方面疲弱極了。

回頭來說我的那個意外。第四日，天方破曉，進入鏡頭視野的竟然是薇達拉的大紅鼻，接著出現的是她的眼睛和嘴巴。第二架攝影機提供了長鏡頭畫面：她戴著手套——真狡猾——從口袋裡拿出一顆蛋，接著是一顆柳橙。她四下張望確認無人旁觀，就將這些祈願用的供品擱在我腳畔，另外添上一只塑膠小嬰兒。然後，往雕塑旁邊的地面丟了一條繡有紫丁香的手帕：眾所皆知，那是我的私人用品，是幾年前薇達拉嬤嬤的學校計畫，女孩們為資深嬤嬤們在成套的手帕上繡上代表她們名字的花卉。我是紫丁香、伊莉莎白是紫錐花、海倫娜是風信子、薇達拉自己是紫羅蘭；每人各拿到五套——繡這些東西得花不少功夫。可是當時有人覺得這個點子跟識字閱讀近得有點危險，因此不再繼續。

好了，薇達拉之前告訴我伊莉莎白想入我於罪，自己卻親手放下不利於我的證據：這條無辜的手帕。她從哪裡拿到的？我想是到洗衣間竊取來的。想坐實我個人的異端崇拜。手法真是高明！你可以想像我多麼歡喜。我的主要對手只要踏錯任何一步，都是命運餽贈給我的禮物。我將那些照片歸檔作為日後之用——手邊有什麼碎料就存省起來，總會有益處，這個原則無論在廚房或其他地方皆適用。然後下定決心靜待事態發展。

再不久，我就會通知我那位可敬的創建同仁伊莉莎白，告訴她薇達拉如何控訴她變節。我該不該把海倫娜也加進去？如果必須犧牲某個人，誰的存在更可有可無？如有必要，最容易拉攏的可能是誰？對於這些急著推翻我的三人組成員，用什麼方法最能讓她們反目成仇？能將她們一一攆除會更好。海倫娜面對我的時候，到底站在什麼立場？她會隨勢而動，不論是什麼樣的勢。她總是那三個裡面最弱的一個。

我走到了轉捩點。命運之輪轉動不停，如月亮一般變幻難料。不久，底下的人就會往上升，當然了，反之亦然。

我會通知賈德大主教，寶寶妮可——現在是年輕女子了——終於快要進入我的掌心，很快就可能會被誘引到基列來。我會說幾乎和可能，讓他處於懸疑狀態。他將會興奮難抑，因為長久以來他明白歸國的寶寶妮可在宣傳上會帶來無窮的好處。我會說我的計畫有進展順當，但我寧可暫且不要透露：因為這是需要小心處理與盤算的事情，在不對的地方不慎失言

1 If life gives you lemons make lemonade，意思是不如意的時候隨遇而安、苦中作樂。

都可能毀掉一切。這個計畫牽涉到珍珠女孩，而她們由我個人監督，她們屬於特殊女性領域，笨拙的男性不應該插手其中。我會這樣說，並一面調皮地對著他搖搖指頭。「再不久，這份獎賞就是你的了，相信我。」我會柔聲說。

「麗迪亞嬤嬤，妳也太好了。」他會滿臉燦笑。

好到難以置信，我會暗想。好到這個塵世容不下。我的好，實際為我之惡[2]。

為了讓你瞭解事態當前為何如此發展，我現在要跟你說一小段歷史。當時幾乎沒人注意到的事件。

九年前或大概那個時間——與我雕像揭幕的同年，雖然季節不同——我在辦公室裡，為一樁婚配追蹤血緣系譜，麗思嬤嬤現身打斷了我的工作，她眨巴著長睫毛，頂著做作的髮型——調整過的法式髮髻。我迎她進辦公室時，她緊張地扭絞雙手；她表現得這麼戲劇化，我都替她覺得丟臉。

「麗迪亞嬤嬤，很遺憾占用妳寶貴的時間。」她這樣開場，她們總是這麼說，卻照樣占用下去。我綻放笑容，希望這抹笑容不會太嚴峻。

「有什麼問題？」我說。來來去去總是不脫那套標準問題：夫人互戰、女兒反叛、大主教不滿意婚配對象的提案、使女脫逃、生產出了差錯。偶爾有強暴案件，如果我們選擇公開，就會嚴以懲處。或是謀殺案：他殺她、她殺他、她殺她，偶爾是他殺他。在經濟階層裡，妒火中燒之時，就可能動刀動槍。但在特殊階級裡，男男謀殺是象徵性的：背刺陷害。

在平靜無波的日子裡，我發現自己渴望著真正奇特的事情——比方說，同類相食——可是接著我訓斥自己：小心自己許的願。我在過去對各種事情許過願，也都如願以償了。如果你想逗上帝笑，不妨將你的計畫告訴祂[3]，以前有這麼個說法；雖然在當前，上帝在笑的這個想法簡直是褻瀆。現今，上帝可是個正經八百的傢伙。

「在紅寶石的婚前預備學生中，又有一起自殺未遂的案例。」麗思嬤嬤說，將一綹散髮往後撥。她已經摘掉類似俄羅斯老嫗戴的那種頭巾[4]，我們在公共場所必須戴這樣的頭罩，免得點燃男人的慾火，雖說有男人會因為麗思嬤嬤（雖然側面輪廓相當亮眼，但臉皮皺得厲害）或我（滿頭濃密灰髮、體態像裝滿馬鈴薯的麻布袋）而慾火中燒，這個念頭本身荒唐至極，幾乎不值一哂。

不要又是自殺，別又來了，我暗想。可是麗思嬤嬤剛說「未遂」，就表示自殺並未成功。自殺成功的時候，總是會招來一番質問，而艾杜瓦館就會成為眾矢之的。常有的控訴是婚配對象選擇不當——我們在艾杜瓦館進行第一階段的篩選，因為我們手中握有血脈資訊。不過，至於怎樣配對才叫恰當，見仁見智。

「這次又是怎麼回事？抗焦慮劑服用過量？我真希望夫人們別隨便擺放那些藥丸，讓誰都可以拿到。那些藥丸，還有鎮定劑：是多大的誘惑啊。或者她想吊死自己？」

「不是上吊，」麗思嬤嬤說，「她企圖用修枝剪割腕，就是我用來教花藝的工具。」

---

2 Good, be thou my evil，字面翻譯是我的好（善），正是我的惡行，意即惡人翻轉了善與惡，改編自彌爾頓《失樂園》的 Evil be thou my Good，撒旦受詛咒之後，將惡作為善來追求。

3 意思是人算不如天算。

4 蓋住整個腦袋，在下巴處打結固定。

「不管怎樣，滿直接的，」我說，「後來呢？」

「唔，她割得不是很深，雖然流了很多血，而且弄出不少……噪音。」

「啊。」噪音，她指的是尖叫：真是有失淑女風範。「然後呢？」

「我叫了救護員來，他們替她打了鎮定劑，載她上醫院。然後我通報了當局。」

「不錯，衛士或眼目？」

「各一些。」

我點點頭。「看來妳已經盡可能做了最好的處置，還有什麼必須單獨跟我會商的？」麗思嬤嬤一臉開心，因為我讚許了她，但她轉眼就換成了深切憂慮的表情。

「她說她會再試一次，如果……除非計畫有變。」

「計畫有變？」我知道她的意思，但最好先問清楚。

「除非取消婚禮。」麗思嬤嬤說。

「我們有輔導員，」我說，「她們處理過了嗎？」

「常用的方法全都試過了，但毫無作用。」

「妳用極端手段威脅過她了嗎？」

「她說她不怕死。她反對的是活著，在目前的情勢下。」

「她反對的是特定的婚配對象，還是婚姻本身？」

「婚姻本身，」麗思嬤嬤說，「縱使有那些好處。」

「連花藝也吸引不了她？」我一本正經地說。麗思嬤嬤很看重這件事。

「沒辦法。」

「是因為未來要懷胎生產嗎？」這點我倒能理解，現今生產的死亡率居高不下；主要是新生兒，但孕婦也是。會產生併發症，尤其當嬰兒的體型不正常。幾天前才有個嬰兒出生即無雙臂，普遍會將這件事詮釋為上帝對母親本人的負評。

「不，跟生產無關，」麗思嬤嬤說，「她說她喜歡寶寶。」

「那麼是什麼？」我希望逼她說出口：偶爾讓麗思嬤嬤直面現實，也不失為好事。她花太多時間在蒔花弄草上。

她又在擺弄那綹頭髮了。「我不想直說。」她垂眼望著地板。

「說吧，」我說，「妳嚇不到我的。」

她頓了頓，臉一紅，然後清清喉嚨。「唔，是陰莖的關係，她有陰莖恐懼症。」

「陰莖，」我若有所思說，「又來了。」年輕女孩們自殺未遂，起因往往都是這個。也許我們必須調整一下教育課程，我想：少一點恫嚇、少一點半人半馬般的強暴者、迸發烈火的男性生殖器。可是如果我們太過強調性愛在理論上的歡愉，結果幾乎肯定會引發好奇和親身試驗，接下來便是道德淪喪與公開石刑。「難道沒辦法說服她，那個東西只是為了達到目的的手段？作為寶寶的前奏？」

「完全沒辦法，」麗思嬤嬤堅定地說，「已經試過了。」

「跟她說從創世以來，女性要順服是上帝的指令？」

「我們能想到的都做了。」

「妳試過剝奪她的睡眠、要她二十四小時連續禱告，由嬤嬤們接力監督？」

「她堅定不移。她也說她收到了更高服事的召喚，雖然我們都知道，她們常用這個當藉口。可是我希望我們……希望妳……」

我嘆口氣。「無緣無故毀掉一個年輕女性的生命，也沒什麼意義，」我說，「她能夠學習閱讀和書寫嗎？她夠聰明嗎？」

「噢，是的，都有點聰明過頭了，」麗思嬤嬤說，「想像力太豐富，我相信那就是前因後果，對於那個……那些東西的想像。」

「是，用陰莖進行思考實驗，有時可能會失控沒錯，」我說，「最後那些陰莖會變得鮮活起來。」我停頓；麗思嬤嬤坐立不安。

「我們接受她來見習，」我終於開口，「給她半年時間，看看有沒有學習能耐。妳也知道，我們艾杜瓦館這裡也需要增添成員。我們老一輩可不會永遠活下去。可是我們一定要謹慎進行，要是某個環節稍有差池……」我對這些神經質的女孩相當熟悉。強迫她們是沒用的：她們無法接受肉體的現實。新婚之夜一過，很快就會發現她們吊死在燈具上晃盪著，或是倒在玫瑰叢底下陷入昏迷，吞掉家裡所有的藥丸。

「謝謝妳，」麗思嬤嬤說，「要不然就太遺憾了。」

「妳的意思是失去她嗎？」

「是的。」麗思嬤嬤說。她有顆柔軟的心，這就是她被派去教插花等課程的原因。在她往昔的人生裡，她是十八世紀法國文學教授，大革命之前。在紅寶石婚前預備學校教書，是她最接近舉行沙龍[5]的時候。

我盡量找適合的職務來對應個人資歷，這樣較好，而我向來極力擁護「較好」。在「最好」缺席的狀況之下。

這就是我們當前的生活景況。

所以我不得不插手貝卡這個女孩的案例。對於有自殺傾向、聲稱想加入我們行列的女孩們，我從一開始就表現出個人的興趣，總是比較明智。

麗思嬤嬤帶她到我辦公室：纖瘦的女孩，有種嬌弱之美，一雙發亮的大眼，左手腕紮著繃帶。她還穿著準新娘的綠色衣裝。「進來，」我對她說，「我不會咬人。」

她畏縮一下，彷彿懷疑這一點。「妳可以坐那張椅子，」我說，「麗思嬤嬤會坐妳旁邊。」

她猶豫不決坐下，膝蓋端莊併攏，雙手交握在腿上。她半信半疑瞅著我。

「所以妳想成為嬤嬤，」我說，她點點頭，「這是特權，不是權利。我想妳應該明白。這並不是妳用自我了斷的愚蠢企圖所換來的獎賞。自殺是個錯誤，也是對上帝的冒犯。倘若我們收妳進來，我相信不會再發生。」

頭一搖，一滴淚，她沒把淚抹掉。這是演出來的淚水嗎？她是不是刻意想打動我？

我請麗思嬤嬤到外頭等候，接著開始高談闊論：貝卡被賜予人生的第二次機會，我說，可是我跟她都必須確定，這對她來說是正確的道路，因為嬤嬤的生活並不適合每個人。她一定要保證會遵守上級的指令，一定要投入艱難的研修路線，也要扛起受到指派的俗務，她每天早晚都必須禱告尋求指引；半年之後，如果那確實是她真心的選擇，如果我們都滿意她的進展，她就會進行艾杜瓦館的宣誓，棄絕其他可能的道途，屆時，她的身分也只是求道者嬤

---

5 Salon，名流家中舉行的交流聚會，參加者多為藝術、社會、政治領域的領袖，常見於十七、十八世紀間。後普遍指文人雅士或志趣相投的藝文人士聚談交流的場所。

嬤，直到她成功完成珍珠女孩的海外傳道任務，而這要好幾年之後才會發生。這些事項她都願意配合嗎？

噢，是的，貝卡說。她萬分感激！她願意配合所有的要求。我們真的拯救了她，遠離、遠離……她支支吾吾停下來，漲紅了臉。

「在妳稍早的人生裡，是不是發生什麼不幸？我的孩子？」我問，「跟男人有關的事情？」

「我不想談這件事。」她說，比之前還蒼白。

「妳怕會遭到懲罰？」她點了點頭。「妳可以告訴我，」我說，「我聽過很多不愉快的故事，我確實瞭解妳們可能經歷過的一些事情。」可是她依然猶豫再三，於是我不再追究。「神祇的磨坊轉得很慢，」我說，「但是磨得非常細[6]。」

「抱歉？」她滿臉困惑。

「我的意思是，不管是誰，他的惡行終究會受到懲罰。把這件事忘了吧。妳在我們這裡很安全，妳永遠不會再受到他的騷擾。」在這種案例裡，我們嬤嬤不會公開運作，但我們會運作。「好了，我希望妳會證明自己配得我對妳的信任。」我說。

「噢，會的，」她說，「我會證明自己配得！」這些女孩在一開始都像那樣：因為如釋重負而一身疲軟，低聲下氣、俯首稱臣。這點久而久之當然會有所改變：我們碰過變節叛教、從後門溜出去跟有欠考慮的羅密歐幽會、不順從的脫逃。這些故事的結局通常不怎麼愉快。

「麗思嬤嬤會帶妳去拿制服，」我說，「明天妳就要上第一堂閱讀課，也會開始學習我們的規定。不過，現在妳應該選個新名字。有一份清單列出了現有的適合名字。去吧。今天是妳餘生的頭一天。」我盡可能用爽朗的語氣說。

「我不知道要怎麼感謝妳才好，麗迪亞嬤嬤！」貝卡說，她雙眼放光，「我好感謝！」

我露出一貫的冰冷笑容。「很高興聽妳這麼說。」我說，我確實覺得開心。感激對我來說很有價值。我喜歡先積存起來，以備不時之需。你永遠不知道何時會派上用場。

很多人受到召喚，但少有人受到揀選[7]，我想。雖然在艾杜瓦館這裡，這番話並不屬實：只有一小撮的受召者不得不被捨棄。當然了，我們會把貝卡這女孩留在身邊。她是一株受損的室內盆栽，但只要細心呵護，終會蓬勃生長。

「隨手關上門。」我說。她幾乎用跳著離開房間。她們多麼年輕、多有活力啊！我心想。天真得令人感動！我曾經像她們那樣嗎？我記不得了。

---

6 The mills of the gods grind slowly, but they grind exceeding small. 意思是人在做，天在看；不是不報，時候未到。

7 取自馬太福音 22:14：「被召的人多，選上的人少。」

XIV、艾杜瓦館

35 證人證詞逐字稿369A

貝卡以修枝剪割腕、血濺濱菊，被帶往醫院之後，我非常擔心她：她會康復嗎？會受到懲罰嗎？可是隨著秋天冬天來到又遠去，依然沒有任何音訊。對於她可能的遭遇，連我們家馬大都沒聽到任何風聲。

舒娜麥特說貝卡只是想引人矚目，我不同意，在剩餘的課程裡，我們兩人之間的氣氛變得很冷淡。

春季來臨，嘉巴納嬤嬤宣布嬤嬤們已經找好三位候選人，要供寶拉和凱爾大主教考量。她登門拜訪，拿他們的照片給我們看，盯著筆記本宣讀各人的家世與資歷，寶拉和凱爾大主教邊聽邊點頭。他們要我看那些照片、聽宣讀的內容，但不能表示意見。我有一星期時間可以考慮。我的意向自然會被納入考量，嘉巴納嬤嬤說。聽到這番話的時候，寶拉漾起笑容。

「當然了。」她說。我一語不發。

第一位候選人是在任的大主教，甚至比凱爾大主教還老。他有個紅鼻子，眼珠微凸——

嘉巴納嬤嬤說，這是個性堅毅的表徵，表示在捍衛與贍養自己的夫人上很牢靠。他蓄著一把白鬍，鬍子下似乎有頰肉，或者該說肉垂：就是下墜的皮膚皺褶。他是首批雅各之子的一員，對神虔敬無比，在建立基列共和國的早期鬥爭中扮演不可或缺的角色。事實上，根據傳聞，對昔日美利堅合眾國道德敗壞的國會發動攻擊的那個智囊團，他正是其中一分子。他已經有過好幾位夫人——不幸都過世了——也曾經指派過五位使女給他，但遲遲無福得子。

他叫賈德大主教，但是如果你想查明他的真實身分，我不確定這項資訊會有多少用途，因為雅各之子的首領們在基列的祕密策劃階段，時常更改自己的名字。我原本對這種改名的做法一無所知：後來瀏覽艾杜瓦館的血緣系譜檔案庫才知道的。可是即使在那裡，賈德的原始姓名也早已被刪除。

第二位候選人年紀較輕、身材較瘦。他的頭頂尖尖的，耳朵大得古怪。他對數字很擅長，嘉巴納嬤嬤說，而且聰明伶俐，這種特質不見得可取——尤其就女性來說——但在丈夫身上尚可容忍。他和前任夫人好不容易生下一個孩子，但夫人在精神療養院過世，可憐的嬰兒不到一歲就夭折了。

不，嘉巴納嬤嬤說，那孩子並不是異嬰，出生的時候沒有任何問題。死因是兒童癌症，逐漸升高的罹病趨勢令人憂心。

第三個男人是較低階大主教的次子，才二十五歲。他頭髮茂密但脖頸粗壯，雙眼距離很近。前景不如另外兩位那麼看好，嘉巴納嬤嬤說，但這個家庭對這次婚配表達高度熱忱，那就表示姻親會對我珍視有加。這點不容小覷，因為懷抱敵意的姻親可以讓女性的生活悲慘不堪：他們會批評不停，而且總是站在丈夫那邊。

「還不要急著下結論，艾格尼絲，」嘉巴納嬤嬤說，「慢慢來。妳父母希望妳幸福。」她這樣想雖然是一片好意，卻是謊言；他們並不希望我幸福，他們只希望我離得遠遠的。

那天晚上我躺在床上，那些婚配對象的三張照片在我眼前的黑暗中飄蕩。我依序想像這個情景：他們各個趴在我身上——那就是他們會在的地方——試著將他們那個令人厭惡的附屬物塞進我冰冷如石的身體裡。

我為什麼想像自己的身體冰冷如石？我納悶。接著我明白了：我會像石頭一樣冰冷，因為到時我已經死了。我會煞白無血，跟可憐的奧芙凱爾一樣——為了寶寶而被剖開，裹在床單裡動也不動躺著，用沉默的眼眸盯著我。沉默與靜止裡蘊藏著某種力量。

36

我考慮過逃家，可是要怎麼逃，又能逃到哪裡去？我對地理毫無概念：我們在學校沒讀過，因為居住的鄰里對我們來說應該已經足夠，而且夫人哪裡還需要更多？我連基列的國土面積多大都不曉得，延伸到多遠？在哪裡結束？更實際的問題是，我要搭什麼交通工具，我要吃什麼，可以睡哪裡？如果逃家，上帝會不會討厭我？一定會有追兵吧？我會造成其他人的痛苦嗎？就像被大卸十二塊的那個妻妾？

這個世界充斥著男人，他們肯定抵擋不了迷途越界女孩的誘惑：這樣的女孩會被認為不檢點。我可能還走不到下一個街區，就會被撕成碎碎片片，受到摧折玷污，成為一堆凋萎的綠色花瓣。

我獲准用來細選丈夫的那一週緩緩過去了。寶拉和凱爾大主教偏好賈德大主教：他勢力最大。他們裝模作樣想說服我，因為新娘個人有意願比較好。根據流言，曾經有些高層婚禮出了嚴重差錯——哭號、暈厥、母親掌摑新娘。我無意間聽見馬大們說到，有些家庭會在婚禮之前先替新娘施打鎮定劑。劑量必須小心拿捏：步履稍微踉蹌、口齒不清，可以歸因為情緒，畢竟婚禮是女孩人生中極為重要的一刻，但如果新娘失去意識，那場典禮就不算數。

很明顯，我就要嫁給賈德大主教了。不管我喜不喜歡，不管我厭惡與否。可是我將反感藏在心裡，假裝自己還沒做好決定。如我所說，我已經學會怎麼演戲。

「想想妳會得到什麼地位，」寶拉會說，「妳不可能奢求更好的了。」賈德大主教不年輕了，不會永遠活下去，雖然她絕對不希望發生這種事，但我很可能會比他活得久很多，她說，等他死了，我會成為寡婦，也就更有餘地挑選下一任丈夫。想想那是多大的優勢！想當然耳，任何男性親友，包括那些姻親，都會在我選擇第二任丈夫時發揮影響力。

接著寶拉會一一列舉另外兩個候選對象的條件，貶低他們的外表、個性和社會地位。其實她不必費這個心：他們兩個我都討厭。

同時，我正在細想我可以採取的其他行動。有法式花藝的修枝剪，像貝卡用過的那種——寶拉有幾把這樣的剪子——可是它們收在上了鎖的花園棚屋裡。我聽過有個女生為了避開婚姻，用浴袍腰帶上吊。薇拉去年講過這個故事，當時另外兩個馬大做出悲傷的表情，搖了搖頭。

「自殺是信仰的失敗。」席拉說。

「會弄得一團亂。」蘿莎說。

「會給家族抹上大污點。」薇拉說。

有漂白水可以用，但收在廚房裡，刀子也是。而且馬大們——她們可不是傻子，總是眼觀四面、耳聽八方——對我的絕望相當警覺。她們開始時不時說些格言警句，像是「每朵烏雲背後都有陽光」還有「外殼越硬，堅果越甜[1]」，甚至「鑽石是女生最好的朋友」。蘿莎竟然還說，「人要是死了，就是永遠死了」，裝出自言自語的樣子，一面用眼角餘光頻頻瞟著我。

開口請馬大們幫忙是沒有意義的，連席拉都不行。她們雖然可能為我感到遺憾，可能為我的幸福著想，她們無力改變事情的結果。

到了該週末尾，他們宣布了我的訂婚事宜；對象是賈德大主教，正是他們一直以來的盤算。他登門造訪的時候，穿著全套制服、別著勛章，他和凱爾大主教握手、向寶拉鞠躬，對著我的頭頂微笑。寶拉走到我身邊站定，胳膊摟住我的背，手輕輕貼在我的腰際：她從來不曾這麼做過。她難道以為我會想辦法逃走？

「晚安，艾格尼絲，我親愛的。」賈德大主教說。我將焦點放在他的勛章上：看著勛章比看著他容易。

「妳可以說晚安。」寶拉低聲說，用那隻放在我背後的手掐掐我，「晚安，先生。」

「晚安，」我勉強細聲說，「先生。」

大主教走上前來，露出滿是垂肉的笑容，嘴巴貼上我的額頭，給了一個正派的吻。他的嘴唇暖得令人不快；拉開嘴唇時發出吸吮的聲響。我想像自己的大腦有一小部分從前額皮膚被吸了出去，進入他的嘴裡。這樣的吻重複幾千次之後，我的頭顱裡就會空無一物。

「我希望能讓妳非常幸福，我親愛的。」他說。

我可以聞到他嘴裡的氣味，夾雜了酒精、牙醫診所那種薄荷漱口水以及齲齒。新婚之夜的情景不請自來：在不知名的幽暗房間裡，一個巨大不透光的白色團狀物朝我湊來。它有個腦袋，但沒有面孔：只有像是水蛭嘴巴的孔洞。它的中段那裡有第三條觸角正在空中揮來擺去。那條觸角伸到了我躺臥的床上，我驚恐地無法動彈，渾身赤裸——妳必須裸著身體，或至少裸露程度要夠，舒娜麥特說過。接下來呢？我閉上雙眼，想抹去腦海裡的景象，接著再次睜開眼睛。

賈德大主教往後退開，一臉精明地瞅著我。他吻我的時候，我是否打了哆嗦？我拚命抑制。寶拉掐我腰際的力道加大了。我知道我應該說點話，像是謝謝您，或我也這麼希望，或我確定您會的，可是我擠不出隻字片語。我覺得反胃想吐：要是我當場吐在地毯上怎麼辦？那就太丟臉了。

「她個性非常含蓄。」寶拉繃著嘴唇說，斜眼怒瞪我。

「那真是個迷人的特質。」賈德大主教說。

「妳現在可以離開了，艾格尼絲．耶米瑪，」寶拉說，「妳父親和大主教有事情要討論。」

所以我朝門口走去，有點暈頭轉向。

「她看來很溫順。」我離開客廳時，聽到賈德大主教說。

「噢，是的，」寶拉說，「她一直是個應對得體的孩子。」

---

1 意思是「付出的努力越多，收穫的果實越甜」。

她真是謊話連篇，她明明知道我內心怒火翻騰。

籌劃婚禮的三人組：蘿娜嬤嬤、莎拉李嬤嬤、貝蒂嬤嬤再度回訪，這一次是為了婚紗要替我量身：她們帶了幾幅設計草圖過來，問我最喜歡哪件，我隨手指了一件。

「她還好嗎？」貝蒂嬤嬤柔聲問寶拉，「看起來滿疲倦的。」

「在這段時間，待嫁女兒心總是很複雜。」寶拉回答。

「噢，是的，」貝蒂嬤嬤說，「一定是百感交集！」

「妳應該要馬大替她調杯舒緩身心的飲品，」蘿娜嬤嬤說，「摻了洋甘菊，或鎮定劑的什麼。」

除了婚紗之外，我也會有新的內衣褲，還有新婚之夜要用的特製睡袍，前側由上往下有蝴蝶結——三兩下就能打開，就像是有包裝紙的包裹。

「我不懂我們何必費心弄這些花俏裝飾。」寶拉不理會我，逕自對嬤嬤們說，「她又不懂得欣賞。」

「又不是給她看的。」莎拉李嬤嬤以出乎意料的直率態度說。蘿娜嬤嬤悶哼一聲。

至於婚紗本身，風格必須「古典」，莎拉李嬤嬤說。古典是最棒的風格：就她看來，簡潔的線條會非常優雅。面紗搭配布製雪花蓮和勿忘我串成的花冠。官方鼓勵經濟太太投入的手工藝產業裡，人造花卉製作就是其中一種。

她們低調討論關於蕾絲邊飾的事——貝蒂嬤嬤建議加上蕾絲，因為很有吸引力，或者省略，寶拉覺得這樣更好，因為吸引力並非主要焦點。言下之意就是：主要焦點就是盡快了事，將我封存於她的過去，把我埋藏起來，像鉛塊一樣毫無反應，不再有引燃的可能。沒人能說她並未盡到身為主教夫人、奉公守法基列公民的職責。

一等婚紗備妥就可以舉行婚禮——因此將婚禮排在兩個星期之後應該萬無一失。寶拉已經列好想邀請的賓客名單嗎？莎拉李嬤嬤問。她們兩人下樓去彙整名單：由寶拉誦讀名字，莎拉李嬤嬤寫下。嬤嬤們會先做準備，親自登門口頭邀約：這是她們扮演的角色之一，就是負責傳遞有毒的訊息。

「妳不興奮嗎？」貝蒂嬤嬤說，她和蘿娜嬤嬤正在收拾設計草圖，而我將原本的衣服穿回去。「再兩星期，妳就有自己的房子了！」

她的語氣帶著惆悵——她永遠不會有自己的房子——但我不去理會。再兩個星期，我想。我在塵世間的日子只剩區區十四天。該怎麼過才好呢？

37

日子一天天滴答過去，我越來越絕望。出口在哪裡？我沒有槍，也沒有致命的藥丸。我想起一個故事——舒娜麥特在學校傳播的——關於某人家裡的使女灌下水管疏通劑的事。「她臉的下半部整個掉了，」舒娜麥特開心地低聲說，「就這樣……化掉了！還滋滋作響！」我當時並不相信她，不過我現在信了。

在浴缸裡灌滿水呢？可是我會喘氣、嗆水，急著起身換氣，而且我也沒辦法在身上綁石頭讓自己沉入浴缸，浴缸又不像湖泊、河流或海洋。可是我根本沒辦法到湖邊、河畔或海濱。

也許我必須撐過整場儀式，然後在新婚之夜謀殺賈德大主教。用偷來的刀子刺進他的脖子，然後再扎進自己的頸項。到時床單上會有很多血跡要清，可是負責刷洗的不會是我，我想像寶拉走進屠殺密室時一臉灰心的樣子。場面血腥得跟屠宰店沒兩樣。她的社會地位會跟著一落千丈。

這些情節當然都是幻想。在各種想像的編織之下，我很清楚我永遠不會自殺或殺人。我記得貝卡割腕時臉上的凶狠神情：她是認真的，她真心準備好要捨命。在某方面我不如她堅強。我永遠沒有她那樣的決心。

夜裡入睡以前，我滿腦子淨是奇蹟式的脫逃，但全部都需要他人的奧援，而誰會幫忙我呢？必須是我不認識的人：一個拯救者、密門的看守人、祕密暗號的保管者。等我早上醒來的時候，那些方法感覺沒一個行得通。我的腦袋轉啊轉不停：怎麼辦，怎麼辦才好？我幾乎無法思考，幾乎食不下嚥。

「為了婚禮緊張成這樣，願神保佑她的靈魂。」席拉說。我確實希望靈魂受到保佑，但我看不出受保佑的可能。

距離婚禮只剩三天，這時來了意外的訪客。席拉上樓來我臥房喚我下樓。「麗迪亞嬤嬤來找妳，」她壓低嗓門說，「祝妳好運，我們都這麼希望。」

麗迪亞嬤嬤！主要創建者、每間教室後方的金框照片、那位終極的嬤嬤——竟然來找我？我做了什麼事？我下樓的時候身子直發抖。

幸運的是，寶拉出門去了；不過等我更認識麗迪亞嬤嬤，我才明白這跟運氣毫無關係。麗迪亞嬤嬤正坐在客廳沙發上。她比參加奧芙凱爾葬禮的時候還嬌小，但也許那是因為我長大了。她真的對我微笑呢，一抹皮皺牙黃的笑容。

「艾格尼絲，我親愛的，」她說，「我想妳可能想知道妳朋友貝卡的消息。」我如此敬畏她，很難開口回應。

「她死了嗎？」我細聲說，心往下沉。

「完全不是，她既安全又快樂。」

「她在哪呢？」我吞吞吐吐。

「她在艾杜瓦館，跟我們一起。她希望成為嬤嬤，目前登記為求道者。」

「噢。」我說。一線曙光漸露，有扇門正在開啟。

「不是每個女孩都適合走入婚姻，」她說下去，「對某些人來說，婚姻只會浪費潛能。女孩或女人可以用其他方式對神的旨意有所貢獻。某某人告訴我，妳對這點可能有同感。」是誰告訴她的？席拉嗎？她察覺我有多麼不快樂。

「是的。」我說。或許我許久以前對麗迪亞嬤嬤的禱告終於應驗了，雖說方式跟我原本意料的不同。

「貝卡接到了更大事奉的召喚。如果妳自己也有這樣的召喚，」她說，「妳還來得及告訴我們。」

「可是我該怎麼……我不知道要怎麼……」

「我直接提議這樣的行動方針，可不能讓人看見，」她說，「這樣會抵觸為人父者替女兒安排婚姻的基本權利。召喚可以凌駕父親的權利，但妳必須主動接觸我們。我想艾斯帖嬤嬤會願意傾聽。如果妳的召喚證明足夠強烈，妳就會想出辦法聯絡她。」

「可是賈德大主教那邊呢？」我提心吊膽問。他權力無邊：要是我閃避這場婚禮，他肯定暴跳如雷，我想。

「噢，賈德大主教永遠都有很多選擇。」她說，臉上的表情我讀不透。

我的下一項任務就是找方法到艾斯帖嬤嬤身邊。我不能直接宣布自己的意圖：寶拉會阻止我。她會將我鎖在房裡，她會對我下藥。她對這場婚事是吃了秤砣鐵了心[2]，我刻意使用這個表達：她為了這件事拿靈魂來冒險；不過，我後來得知，她的靈魂早已深陷地獄烈火中。

麗迪亞嬤嬤來訪的隔天，我向寶拉提出要求。我想跟蘿娜嬤嬤談談我婚紗的事，我已經試穿過兩次，正在修改當中。我希望我人生中特別的一天盡善盡美，我說。我笑容滿面。我暗地覺得那件婚紗看起來像燈罩，不過我特意表現得開朗又感激。

寶拉機警地瞥我一眼。我懷疑她並不相信我的笑臉，但如果我是裝出來的，那更好，只要表現合她的意就行。

「很高興妳起了興趣，」她淡漠地說，「麗迪亞嬤嬤來拜訪妳是件好事。」她會聽到這個風聲也是自然的，雖然她並不知道實際的談話內容。

可是要蘿娜嬤嬤來我們家還挺麻煩的，寶拉說，實在不方便，我應該知道才對——有婚宴餐點要預訂、花藝要張羅。寶拉應付不了這麼浪費時間的來訪。

「蘿娜嬤嬤在舒娜麥特家。」我說，這消息是從席拉那裡聽來的：舒娜麥特自己的婚禮再不久就要舉行。既然如此，我們家的衛士可以載我過去，寶拉說。我感覺心跳加速，一部分是如釋重負，另一部分是心生恐懼：現在我必須執行我那個風險頗高的計畫了。

馬大們平時怎麼知道誰在哪裡的？她們禁止使用電子對講機，也不能收信件。她們一定是從其他馬大那裡聽來的，雖說也可能從嬤嬤們跟一些夫人那裡聽來的。嬤嬤、馬大、夫人：縱使她們常常嫉妒心重、滿懷怨懟，甚至痛恨對方，但消息會在她們之間流通，彷彿沿著隱形的蛛網細絲傳送。

寶拉召來我們家的衛士司機並下達指示。我想她很高興我不在家：我的不快樂一定散放出一股酸臭，惹惱了她。舒娜麥特以前總說，他們會把快樂藥丸加進即將成親的女生的溫牛奶裡，但沒人對我的溫牛奶動手腳。

衛士替我扶著我們家轎車車門，我爬進了後座。我深吸一口氣，半雀躍、半驚恐。要是我的騙局最後一敗塗地呢？要是成功了呢？不管怎樣，我都即將邁入未知。

我確實去找蘿娜嬤嬤商量了，她也真的在舒娜麥特家。舒娜麥特說能見到我真有意思，等我們都成親之後，就可以常常互相拜訪！她催著我進屋裡，帶我參觀她的婚紗，鉅細靡遺對我描述她不久之後即將擁有的丈夫，他（她輕聲細語、咯咯發笑）看來像條鯉魚，下巴後縮、眼珠骨碌碌轉，不過在大主教裡算是中高位階。

這樣不是很令人興奮嗎，我說。我欣賞著舒娜麥特的婚紗，告訴她這件比我那件華麗多

---

2 原文是 hell-bent，意思是不計一切決心要達成某個目標，字面上的意思是「執意朝地獄的方向前行」。

了。舒娜麥特呵呵笑，說她聽說我簡直是要嫁給神，我的新任丈夫地位那麼崇高，我不是很幸運嗎；我垂下視線並說，總之她的婚紗更好。她聽了很高興，說她確定我們兩個都能安然撐過性的關卡，不會過度反應。我們應該遵照麗思嬤嬤的指示，想像自己在瓶裡插著花，那件事轉眼就會過去，也許我們甚至能生出真正的寶寶，不必透過使女。她問我想不想來片燕麥餅乾，她派馬大去端些過來。我拿了一塊小口啃著，雖然我不覺得餓。

我沒辦法停留很久，我說，因為待辦的事情好多，可是我能不能見見蘿娜嬤嬤？我們在走廊對面一間客房裡找到她，正專心讀著筆記本。我請她在我的婚紗上添點這個或那個——白蝴蝶結、白花邊，我不記得了。我向舒娜麥特道別，謝謝她請我吃餅乾，再次說她的婚紗有多麼好看。我從前門走出去，像個真正的女孩那樣快活地揮揮手，然後走往我家的轎車。

之後，在心怦怦猛跳的狀況下，我問司機介不介意載我到以前的學校一下，我想向以前的老師艾斯帖嬤嬤親口致謝，謝謝她教導我的一切。

他站在車子旁邊，替我撐開後座車門。他起疑地對我蹙眉。「我接到的指示不是這樣。」他說。

我漾起一抹我希望稱得上迷人的笑容。我的臉孔感覺好僵，彷彿塗滿逐漸發硬的黏膠。「很安全，」我說，「凱爾大主教夫人不會介意的。艾斯帖嬤嬤可是嬤嬤呢！照顧我是她的職責！」

「唔，我不知道。」他半信半疑說。

我仰頭看著他。我以前從來不怎麼注意他，因為我通常只看到他的背影。他是個體型像魚雷的男人，頂端細小，中圍粗壯。他刮鬍子刮得粗心，留有鬍碴和疹子。

「我再不久就要結婚了，」我說，「嫁給勢力很大的大主教。到時我的勢力會比寶拉——凱爾大主教夫人更大。」我停頓一下，讓這番話在他心裡好好沉澱，接著，說來慚愧，我將手輕輕搭在他的手上，他的手正撐著車門。「我會確保你得到獎賞。」我說。

他微微畏縮一下，面色微紅。「唔，那麼好吧。」他說，雖然沒有笑容。

所以這就是女人促成事情的手段，我暗想，如果她們準備要哄騙、說謊、食言而肥。我對自己感到噁心，但你會注意到，我並未因此退卻。我再次微笑，將裙子稍微往上撩，我甩動雙腿進車裡時，露出了一邊腳踝。「謝謝你，」我說，「你不會後悔的。」

他按照我的要求載我到以前的學校，跟守門的天使軍說明來意，雙門轉了開來，我被載入校園。我請司機等我；說我不會太久。接著我冷靜地走進校舍，那裡現在看起來比我當初離開時小得多。

早已過了上班時間，我運氣不錯，艾斯塔嬤嬤還在，不過話說回來，可能跟運氣無關。她坐在慣常的教室裡，在辦公桌上的筆記本裡寫著東西。我走進教室時，她抬起頭來。

「欸，艾格尼絲，」她說，「妳長好大啦！」

我的沙盤推演就到這一刻為止，並未往前籌劃。我想在她面前仆倒在地，放聲痛哭。她一直對我很好。

「他們要逼我嫁給一個恐怖、噁心的男人！」我說，「我會先殺了我自己！」接著我真的聲淚俱下，趴倒在她的辦公桌上。就某方面來說，這是演戲，演技可能滿差勁的，但是演得很真心，如果你懂我意思。

艾斯帖嬤嬤拉我起身，攙著我走到椅子那裡。「坐下，我親愛的，」她說，「把來龍去脈都跟我說一遍。」

她提出她囿於職責必得要問的問題。我有沒有考慮過，這樁婚姻對我的未來可能有正面的影響？我告訴她，那些好處我都知道，可是我不在乎，因為我不會有未來，我要的不是那種未來。其他的候選對象呢？她問。會比較偏好其他人嗎？他們都半斤八兩，我說，反正寶拉已經下定決心要選賈德大主教了。我真心想自殺嗎？我說是，如果我在婚禮之前沒成功，也一定會在婚後完成，賈德大主教頭一次碰我，我就殺了他。我會用刀子，我說，我會割斷他的喉嚨。

我說得如此篤定，讓她明白我有那份能耐，一時之間，連我都相信自己辦得到。我幾乎可以感覺鮮血從他身上泉湧而出，我自己的鮮血也是。我幾乎看得到：紅通通的血霧。

艾斯帖嬤嬤沒說我真惡劣，要是薇達拉嬤嬤就可能這麼說。她說她明白我的苦惱。「不過，妳是否覺得自己可以用別的方式對大眾的福祉有所貢獻？比方說，妳是否得到了召喚？」

我都忘了那個部分，但我現在想起來了。「噢，是的，」我說，「是的，我有，我受召投入更大的事奉。」

艾斯帖嬤嬤眼神犀利久久看著我。接著問我能否讓她默禱一下：她需要得到怎麼處理的指引。我看著她交握雙手，闔上眼睛並垂下腦袋。我屏住呼吸，暗自禱告：上帝，請傳遞正確的訊息給她。

最後她睜開雙眼，對我微笑。「我會找妳父母談談，」她說，「也會找麗迪亞嬤嬤商量。」

「謝謝妳。」我說，又快哭出來，這次是因為鬆了口氣。

「妳想跟我一起來嗎？」她說，「跟妳父母談談的時候？」

「不行，」我說，「他們會抓住我，把我鎖進房裡，然後對我下藥。妳也知道他們會這樣。」

她並未否認。「有時那是最好的辦法，」她說，「但是對妳來說並不適合。不過妳也不能待在學校這邊。我沒辦法阻擋眼目闖進學校把妳帶走、扭轉妳的想法。妳不會希望眼目這麼做的。妳最好先跟我來。」

她一定評估過寶拉這個人，判定寶拉什麼事都做得出來。我當時不知道艾斯帖嬤嬤如何得到這個資訊，但我現在知道了。嬤嬤自有方法和自己的線民：對她們來說沒有牆垣是堅實的，沒有門是鎖上的。

我們走到外面，她要我的司機通知大主教夫人，說她很抱歉耽擱艾格尼絲・耶米瑪這麼久，她希望並未引起過度的擔憂。而且他應該通報，她——艾斯帖嬤嬤，即將上門拜訪凱爾大主教夫人，以便決定一項重要事務。

「那她怎麼辦？」他說，指的是我。

艾斯帖嬤嬤說她會為我負責，所以不勞他掛心。他給我一抹責備的神色——其實是憤恨的表情：他知道我要了他，知道自己現在闖禍了。可是他還是上了車，穿越大門駛離。那些天使軍是薇達拉學校的天使軍：他們聽從艾斯帖嬤嬤。

接著艾斯帖嬤嬤用呼叫器喚她專屬的衛士司機來，我們坐上她的車。「我要帶妳到安全的地方去，」她說，「我跟妳父母商談的時候，妳一定要留在那邊。等我們到了安全的地方，妳一定要保證會吃點東西。一言為定？」

「我不會覺得餓的。」我說，依然忍著淚。

「會的，等妳安頓下來，」她說，「至少喝杯溫牛奶吧。」她握起我的手掐了掐。「一切都會好好的，」她說，「所有的事情都會好好的。」然後放開我的手，輕輕拍了幾下。

這為我帶來了一定程度的安慰，但我再次泫然欲泣。善心有時就是有這種效果。「怎麼會？」我說，「怎麼可能會好好的？」

「我不知道，」艾斯帖嬤嬤說，「但就是會，我有信心。」她嘆口氣。「有時候，懷抱信心也是不容易的事。」

38

夕陽西下，春天空氣裡充滿那個時節常會出現的金色霧靄：細塵或花粉。樹葉平滑有光澤，如此鮮嫩，不久前才舒展開來。彷彿每片都是自動拆開的禮物，頭一次展露在外。彷彿剛剛被上帝創造出來。艾斯帖嬤嬤以前總在自然欣賞課裡這麼告訴我們，心中會浮現的畫面就是上帝對著狀似已死的冬季樹木揮揮手，讓它們抽芽生長，伸展開來。每片葉子都是獨一無二的，艾斯帖嬤嬤會補充，就像妳們！這個想法很美。

車子載著我和艾斯帖嬤嬤穿過金色的街道。我還能看到這些房子、這些樹木、這些人行道嗎？空蕩的人行道、幽靜的街道。住家逐漸點亮燈火，裡面一定有快樂的人，知道自己歸屬何處的人。我已經覺得自己像個社會棄兒；不過，是我放逐了自己，所以我無權為自己感到難過。

「我們要去哪裡？」我問艾斯帖嬤嬤。

「艾杜瓦館，」她說，「我去拜訪妳父母的時候，妳可以先待在那裡。」

我聽過別人提起艾杜瓦館，總是壓低嗓門小聲說，因為那是為嬤嬤而設的特別地方。嬤嬤們趁大家不注意的時候都做些什麼，我們也管不著，席拉說。她們活在自己的天地裡，我們不應該隨便打探。「可是我不會想當她們。」席拉會補一句。

「為什麼不想？」我問過她。

「她們會幹些見不得人的事，」薇拉說，她當時正為了做派弄豬絞肉，「弄髒自己的手。」

「省得我們弄髒自己的手。」席拉溫和地說，一面擀著派皮。

「她們的心靈也跟著污染了，」蘿莎說，「不管她們想不想要。」她正用大菜刀剁著洋蔥。「閱讀！」她特別大聲地一剁，「我一直不喜歡。」

「我也不喜歡，」薇拉說，「誰曉得她們得在什麼東西裡面挖消息！骯髒腐臭。」

「由她們來做，總比輪我們好。」席拉說。

「她們永遠都不能有丈夫，」蘿莎說，「我自己也不是很想要就是了，不過還是可惜。孩子也不行，她們不能生養孩子。」薇拉說。

「反正她們也太老了，」薇拉說，「整個人都乾掉了。」

「派皮好了，」席拉說，「我們有芹菜嗎？」

關於嬤嬤們，儘管我聽過這樣令人洩氣的觀點，我對艾杜瓦館還是極感興趣。打從知道塔碧莎不是我母親以來，任何祕密情事都很吸引我。我年紀較小的時候，會在腦海裡裝飾艾杜瓦館，讓它成為偌大的地方，賦予它法力：很少有人理解又如此龐大的地下力量，一定位於氣勢恢宏的建築當中。是一座巨大的城堡？或者更像監獄？是不是像我們學校？門上可能掛了好多把大銅鎖，只有嬤嬤才打得開。

凡是有空洞的地方，心靈就會熱心地主動填滿。恐懼總是呼之即來，可以補滿任何空白，好奇也是。對於這兩種情緒，我的經驗相當豐富。

「妳住那邊嗎？」我現在問艾斯帖嬤嬤，「艾杜瓦館？」

「這個城市裡的嬤嬤都住那邊，」她說，「不過，我們來來去去。」

街燈開始紛紛亮起，將空氣變成了黯淡的橙色，這時車子開到了一堵紅磚高牆中的大門。設有欄杆的鐵門關著。我們的車子暫停；接著大門旋開。那裡有泛光燈；樹木林立。遠處有一群男人穿著眼目的暗色制服，站在寬闊的階梯上，背後是燈火輝煌的白柱磚造宮殿，或者該說看起來像宮殿。我不久就會知道，那裡過去是一座圖書館。

車子開進去停妥之後，司機先替艾斯帖嬤嬤拉開車門，再來幫我。

「謝謝，」艾斯帖嬤嬤對他說，「請在這裡稍候，我很快回來。」

她勾起我的手臂，我們沿著一大棟灰色石造建築的側面行進，接著路過一座女人的雕像，四周圍著姿態各異的女性雕像。在基列，通常看不到女性的雕像，只有男性的。

「那是麗迪亞嬤嬤，」艾斯帖嬤嬤說，「或者該說那是她的雕像。」是我的想像，還是艾斯帖嬤嬤剛剛真的微微行了個屈膝禮。

「跟真人不一樣。」我說。我不知道麗迪亞嬤嬤來拜訪我的事是不是該保密，所以又補了句：「我在一場葬禮上看過她，她沒有那麼高大。」艾斯帖嬤嬤一時片刻沒回答。事後回想，我提的問題很難回答：你可不想被人聽到你說某個勢大權大的人很矮小。

「是不一樣，」她說，「可是雕像本來就不是真人。」

我們轉上鋪了地磚的步道。步道的一側是三層樓長型磚造建築，設有幾個造型一致的門口通道，前方各有幾級階梯，頂端有個白色三角。三角裡面有些字眼，當時我還讀不懂。儘管如此，能在公共場合看到文字，還是很令人驚訝。

「這就是艾杜瓦館，」艾斯帖嬤嬤說，我滿失望的：我還以為會是非常氣派的建築，「進來吧，妳在這裡會很安全。」

「安全？」我說。

「暫時來說，」她說，「我希望可以維持一段時間。」她綻放溫柔的笑容。「沒有嬤嬤們的同意，男性一概不准入內。這是法律。在我回來以前，妳可以在這裡休息。」我也許躲得開男人，我想，可是女人呢？寶拉會衝進來，拖我出去，回到有丈夫的地方。

艾斯帖嬤嬤領著我穿過有沙發的中型房間，「這是公共交誼區。那扇門過去有廁所。」她陪我登上一段階梯，進入有張單人床和書桌的小房間。「會有嬤嬤拿溫牛奶來給妳，然後妳應該小睡一下。請不要擔心。神告訴我一切都會好好的。」我沒有她表現出來的這麼有信心，但我覺得安心。

她等到一位沉默的嬤嬤端了溫牛奶進來。「謝謝妳，希路耶特嬤嬤。」她說。另一個嬤嬤點點頭之後悄悄走了出去。艾斯帖嬤嬤輕拍我的手臂，離開時隨手關上房門。

我只啜了一口牛奶：我信不過這個牛奶。嬤嬤們會不會先對我下藥，然後綁架我，將我送回寶拉手中？我想艾斯帖嬤嬤不會這麼做，不過希路耶特嬤嬤看起來就可能會。嬤嬤們總是站在夫人們那邊，或者說以前學校的女生們這麼說過。

我在小小的房間裡踱步；然後躺在窄床上。可是我心煩意亂得睡不著覺，所以再次起身。牆上掛了張照片：是麗迪亞嬤嬤，露著高深莫測的笑容。對面牆壁則是寶寶妮可，就是薇達拉學校教室裡那些熟悉的照片，怪的是竟然為我帶來了安慰。

桌上有本書。

我那天已經想了並做了這麼多違反禁令的事情，我準備再做一件。我走到書桌前，往下盯著那本書。書裡面到底有什麼，對我這樣的女孩那麼危險？那麼有煽動性？那麼有破壞力？

39

我伸出手，拿起那本書。

我翻開封面，並沒有火焰噴出來。

裡面有很多空白頁，上頭有大量的符號。看起來像是小昆蟲，黑色破碎的小蟲，排成一行又一行，像是螞蟻。我似乎知道那些記號包含聲音和意義，但我不記得自己怎麼會知道。

「一開始真的很難。」我背後有人說。

我沒聽見房門打開。我嚇了一跳、轉過身去。「貝卡！」我說。我上次見到她是在麗思嬤嬤的花藝課上，鮮血從劃破的手腕噴湧出來。她當時面色非常蒼白，一臉堅決和淒苦。她現在模樣好多了，穿著棕色洋裝，上身寬鬆，腰間繫著帶子；頭髮中分並往後紮起。

「我現在不叫貝卡了，」她說，「我現在是伊茉太嬤嬤了；我是求道者。可是妳私下可以叫我貝卡。」

「所以妳最後還是沒結婚，」我說，「麗迪亞嬤嬤告訴我，妳有更崇高的召喚。」

「對，」她說，「我不用嫁給任何男人，永遠都不用。可是妳呢？聽說妳要嫁給某個權貴。」

「是這樣沒錯，」我說著便哭了出來，「可是我沒辦法，我就是沒辦法！」我用衣袖抹抹鼻子。

「我知道，」她說，「我當初告訴她們，我寧可死。妳一定也說了同樣的話吧。」我點點頭。

「妳有沒有說妳得到召喚？成為嬤嬤的召喚？」我又點點頭。「妳真的接到召喚了嗎？」

「我不知道。」我說。

「我也不知道，」貝卡說，「可是我通過了半年的試用期。九年以後——等我年紀夠大——就可以伸請珍珠女孩的傳道任務，等我完成了那項任務，就會正式升任嬤嬤。也許到時我就會得到召喚。我一直祈禱會得到。」

我哭完了。「我該怎麼做才能通過試用期？」

「一開始必須洗碗刷地、清掃馬桶、幫忙洗衣跟下廚，就像馬大那樣，」貝卡說，「而且必須開始學習閱讀。閱讀比清掃馬桶難多了。可是我現在可以讀點東西了。」

我把那本書遞給她。「唸給我看！」我說，「這本書很邪惡嗎？是不是寫滿了禁忌的東西，就像薇達拉嬤嬤說的那樣？」

「這個？」貝卡說，漾起笑容，「這本不會，只是艾杜瓦館守則小冊，裡面有這裡的歷史、誓言、詩歌，加上每週的洗衣排程。」

「來嘛！讀讀看！」我想看她是否真的能把黑色蟲子符號轉譯成文字，不過我自己讀不懂，又怎麼知道她唸對了沒有。

她翻開那本書。「在這裡，就在第一頁上。『艾杜瓦館。理論與實踐、規章與程序，Per Ardua Cum Estrus。』」她指給我看。「看到了嗎？這就是A。」

「什麼是A？」

她嘆口氣。「我今天沒辦法教妳怎麼讀，我必須到賀德佳圖書館，輪我值夜班，可是如果她們讓妳留下來，我保證之後一定幫妳忙。我們可以問麗迪亞嬤嬤，妳能不能住這裡，跟我一起。這裡有兩間臥房是空的。」

「妳想她會答應嗎？」

「我不確定，」貝卡壓低嗓門說，「可是千萬不要說她的壞話，即使妳覺得自己在安全的地方，像是這裡。她總是有辦法知道的。」她輕聲細語。「在所有的嬤嬤當中，她是真正可怕的一個！」

「比薇達拉嬤嬤還可怕嗎？」我低聲反問。

「薇達拉嬤嬤永遠希望妳犯錯，」貝卡說，「可是麗迪亞嬤嬤……很難形容。有種感覺就是她希望妳比原本更好。」

「聽起來很激勵人心。」我說，激勵人心是麗思嬤嬤最喜歡的字眼之一：她拿來用在花藝上。

「她看著妳的樣子，彷彿真正看到妳。」

這麼多人都把我當透明人。「我想我喜歡那樣。」我說。
「不，」貝卡說，「那就是她那麼可怕的原因啊。」

40

寶拉來到艾杜瓦館，想逼我改變想法。麗迪亞嬤嬤說，依常理，我應該跟她見個面，親自向她保證我的決定既正確也很神聖，我聽話照做了。

寶拉在史拉弗立咖啡館的一張粉紅桌邊等我，艾杜瓦館准許我們在這裡會見訪客。她怒氣沖沖。

「妳難道不知道我跟妳父親費了多大勁，才敲定妳跟賈德大主教之間的婚約？」她說，「妳害妳父親蒙羞。」

「加入嬤嬤們的行列一點都不丟臉，」我虔誠地說，「我受召要做更大的事奉，我沒辦法拒絕。」

「妳說謊，」寶拉說，「妳才不是上帝會特別挑選出來的那種女孩。我命令妳馬上回家。」

我突然站起來，將茶杯往地上砸。「妳怎麼敢質疑上帝的旨意？」我說。我幾乎吼了起來。「妳的罪孽會讓妳事跡敗露！」我不知道我指的是什麼罪孽，但每個人都犯過某種罪。

「裝瘋賣傻，」貝卡跟我說過，「那樣他們就不會要妳嫁給任何人：因為如果妳做出什麼激烈行為，到時必須扛起責任的是他們。」

寶拉吃了一驚，一時片刻答不出來，但接著她說：「嬤嬤們需要凱爾大主教的同意，而他永遠都不會答應。所以行李收一收，因為妳就要離開，馬上。」

不過，就在那時，麗迪亞嬤嬤走進咖啡館。「借一步說話？」她對寶拉說。她們兩個移到跟我隔了點距離的桌子。我拉長耳朵想聽麗迪亞嬤嬤在說什麼，可是就是聽不見。不過，寶拉站起來的時候，臉色很差。她沒再跟我多說一個字就逕自離開咖啡館。那天下午晚一點，凱爾大主教簽署了正式的許可，將對我的權柄授予嬤嬤們。多年之後，我才得知麗迪亞嬤嬤當時對寶拉說了什麼，迫使她放棄我。

接下來，我必須和創建者嬤嬤們進行訪談。貝卡給我建議，在她們各個面前怎麼表現最好：伊莉莎白嬤嬤很看重對大眾福祉的貢獻；海倫娜嬤嬤會想趕快了事，但薇達拉嬤嬤喜歡別人卑躬屈膝、自我羞辱，於是我依計準備。

第一場面談的對象是伊莉莎白嬤嬤。她問我是否反對婚姻，或只是反對嫁給賈德大主教？我說我反對婚姻本身，這番話似乎取悅了她。我是否考慮過我的決定可能會傷及賈德大主教——傷害他的感受？我差點脫口說，賈德大主教似乎沒有任何感情可言，可是貝卡事先警告過我，說我千萬不能說出不敬的話，因為嬤嬤們絕不會容忍。

我說我為賈德大主教的情緒福祉禱告，他值得一切的幸福，我確定別的夫人能帶給他幸福，但神聖的指引告訴我，我無法為他或任何男人提供那樣的幸福，而且我想全心服務基列的所有女性，而不是單一的男人和家庭。

「如果妳是真心的，在艾杜瓦館這裡，妳在靈性上一定會有所成長，」她說，「我會投妳一票，有條件地接受妳進來。半年之後，我們再看看，這樣的生活是否真的是妳受揀選要遵從的道途。」我再三感謝她，說我有多麼感激，她看來似乎很滿意。

我跟海倫娜嬤嬤的面談沒什麼內容可言。她在筆記本裡振筆疾書，頭抬也沒抬。她說麗迪亞嬤嬤已經下定決心，所以她當然必須表示同意。她暗示我這人很無聊，浪費了她的時間。

和薇達拉嬤嬤的面談是最困難的一場。她以前教過我，那時就對我沒好感。她說我規避責任，凡是有幸擁有女性軀體的任何女孩都有義務將這副身軀奉獻出來，作為對上帝的神聖獻祭，也是為了基列和人類的榮光，更要發揮這樣的軀體從創世那一刻以來所承繼的功能，那就是自然的法則。

我說上帝也給了女性其他天賦，像是祂賜予她的那些。她說是哪些？我說能夠閱讀的天賦，因為所有的嬤嬤在這方面都有天賦。她說嬤嬤們閱讀的內容是上帝的話語，而且是為了她之前所提的一切事物效力，她將那些事情重說一遍——我是不是假定自己足夠成聖[3]？

我說不管多麼辛苦的工作我都願意做，只為了成為像她那樣的嬤嬤，因為她是個傑出的榜樣。雖然我離成聖還很遠。可是透過恩典和禱告，或許我會變得足夠成聖，但是永遠無法企及她到達的那種境界。

薇達拉嬤嬤說，我展現了恰到好處的溫順，未來可望成功融入艾杜瓦館的服務社群。她甚至在我離開以前，給我一抹緊繃的笑容。

3 在羅馬書中，成聖指的是基督徒相信主耶穌，經歷重生得救之後，開始過著像基督般聖潔的生命歷程。

我最後一場面談對象是麗迪亞嬤嬤。我對其他嬤嬤感到焦慮，但當我站在麗迪亞嬤嬤的辦公室門外時，我的魂簡直都嚇飛了。要是她反悔了呢？她出名的不只是令人害怕，還有捉摸不透。我才舉起手準備敲門，她的聲音便從裡頭傳來：「別整天杵在那兒啊，進來。」

她是不是透過隱藏的迷你攝影機看著我？貝卡告訴我，她布建了很多這樣的設備，或者說謠傳是這麼說的。我不久就發現，艾杜瓦館是個回音室：謠傳會彼此交融混合，所以永遠也無法確定源自何方。

我走進辦公室。麗迪亞嬤嬤正坐在書桌後面，上頭高高堆著檔案夾。「艾格尼絲，」她說，「我一定要恭喜妳。儘管障礙重重，妳還是成功來到這裡，回應召喚，加入我們的行列。」我點點頭。我怕她會問我接到召喚的經過——我是不是聽到了聲音？——可是她並沒問起。

「妳確定妳不想嫁給賈德大主教？」我搖搖頭說不。

「明智的選擇。」她說。

「什麼？」我很意外：我還以為她會給我一場道德訓示，關於女人真正的職責或那類的話。「我是說，請再說一遍。」

「我確定妳不適合當他的夫人。」

我如釋重負吁口氣。「對，麗迪亞嬤嬤，」我說，「我不會適合的。我希望他不會太失望。」

「我已經提出另一個更妥貼的人選給他，」她說，「就是妳以前的同學舒娜麥特。」

「舒娜麥特？」我說，「可是她要嫁給別人啊！」

「這些安排總是可以更改的。舒娜麥特會樂意更換丈夫人選嗎？妳想？」

我想起舒娜麥特幾乎難掩對我的欣羨，對婚禮即將帶來的物質優勢相當雀躍。賈德大主教能帶來的比那些多十倍。「我確定她會萬分感激。」我說。

「我也這麼想。」她漾起笑容。就像一根老蕪菁在微笑似的：就是我們家馬大以前用來燉湯的那種乾癟蕪菁。「歡迎來到艾杜瓦館，」她繼續說，「妳被接受了。我希望妳對這個機會、對我給妳的協助覺得感激。」

「我很感激，麗迪亞嬤嬤，」我勉強擠出口，「我真的很感激。」

「很高興聽妳這樣說，」她說，「也許有一天妳能夠像妳獲得幫助這樣協助我。應該以善回報善，這是我們在艾杜瓦館這裡的經驗法則。」

XV、狐狸和貓

41 艾杜瓦館親筆手書

皇天不負苦心人。惡人終有惡報。耐心是種美德。伸冤在我[1]。

這些老掉牙的說法不見得都是真的，但有時候是。這裡有一個永遠真確無誤：一切的重點都在於看準時機，就像說笑話那樣。

也不是說我們這邊流傳很多笑話。我們可不希望被人指控作風粗俗或態度輕佻。在權力階層組織裡，只有位居頂端的人可以說笑話，而這件事他們會在私下做。

但是言歸正傳吧。

對我個人心理發展來說，擁有暗中觀察的特權極為關鍵，或說得更精確點，是牆內有耳。年輕女子相信沒有第三方在場聆聽時所分享的內容，多麼有啟發性啊。多年來，我提升了麥克風的收音敏感度，調至足以側錄竊竊私語的程度，我屏息凝神，看看新近招募進來的女孩，哪一位會提供我渴望並蒐集的那種可恥情報。漸漸地，我的卷宗檔案越積越多，有如熱氣球一樣蓄勢升空。

貝卡的事，前後花了數年時間。她對於造成自己痛苦的主因向來三緘其口，連對以前同校的朋友艾格尼絲也是。我必須等待她倆建立足夠的信任感。

終於主動發問的是艾格尼絲。我在此用她們早前的名字——艾格尼絲、貝卡——因為她們私下互稱本名。她們成為完美嬷嬷的蛻變尚未完成，這點讓我很高興。不過，說真的，任誰也無法法完成徹底的蛻變。

「貝卡，妳當初到底怎麼了？」某天兩人正在讀經時，艾格尼絲問，「讓妳這麼堅決反對結婚。」貝卡無語。「我知道一定有事。拜託，妳難道不想讓我一起分擔嗎？」

「我不能說。」

「妳可以信任我，我不會說出去的。」

然後，片片斷斷地，貝卡漸漸道出原委。那個卑鄙的葛洛夫醫師並未停止調戲牙醫診療椅上的年輕病患。這件事我已經知道了好些時日，甚至蒐集了照片為證，但我擱置不理，因為年輕女孩的證詞（如果真能從她們口中套出證詞，就這種案例來說，我懷疑無計可施）幾乎或完全不算數，即使是成年女性。在基列這裡，四個女性證人的效力等同一位男性。

葛洛夫正是仗著這一點。況且，大主教們信任這個男人：他是個醫術精妙的牙醫，當權者對於可以解除他們痛苦的專業人士，向來非常放任。醫師、牙醫、律師、會計師：在基列新世界裡，如同舊世界，他們的罪孽常常受到饒恕。

可是葛洛夫對年輕貝卡——對幼小的貝卡，以及後來長大一些卻依然稚嫩的貝卡——所

---

1 下半句是「我必報應」，源自聖經羅馬書 12:19：「親愛的弟兄，不要自己伸冤，寧可讓步，聽憑主怒」；因為經上記著：主說：伸冤在我；我必報應。

做的事，就我看來，需要懲罰。

不可能由貝卡來推動這件事，她不會願意出庭指證葛洛夫，這點我很肯定。她和艾格尼絲的對話確認了這點。

艾格尼絲：我們必須跟什麼人說。

貝卡：不行，沒有適合的人。

艾格尼絲：我們可以跟麗迪亞嬤嬤說。

貝卡：她會說他是我的家長，說我們應該順從父母，說那是神的旨意。我父親就是這麼說的。

艾格尼絲：可是他又不是妳的親生父親。他對妳做了那樣的事，根本不夠格當妳父親。妳還是嬰兒的時候，就從母親身邊被偷來，交到他們手上……

貝卡：他說他對我的權柄是上帝給他的。

艾格尼絲：那妳那個所謂的母親呢？

貝卡：她不會相信我的。即使相信，也會說是我誘導他的。他們都會那樣說。

艾格尼絲：可是妳那時候才四歲！

貝卡：反正他們就會那樣說。妳明知道他們會。他們不可能開始聽信……我這樣的人講的話。假使他們真的信了，他會被殺，會在參與處決活動上被使女們五馬分屍，那就會是我的錯。我沒辦法忍受這種事。那就像謀殺。

我沒把撲簌簌的淚水、艾格尼絲出言安慰、兩人友誼長存的誓言，以及禱告加進上面的對話，但確實存在。整場對話足以融化最鋼硬的心，連我的心也險些融化。

結論是，貝卡決定將她這份默默承受的苦難，作為獻給上帝的祭品。我不確定上帝對這樣做有什麼想法，但對我來說並不管用。一日法官、終身法官。我裁決、我判刑，但要如何執行才好？

我思考一陣子之後，上星期決定採取行動。我邀請伊莉莎白嬤嬤前來史拉弗立咖啡館用杯薄荷茶。

她眉開眼笑：我竟然唯獨對她青睞有加。「麗迪亞嬤嬤，」她說，「真是意料之外的榮幸！」她有意願展現風度的時候，確實很有大家風範。一日瓦薩女孩，終身瓦薩女孩。看著她在拉結利亞感化中心，打爛某些冥頑不靈的使女雙腳時，有時我會這樣挖苦地自言自語。

「我想說我們應該來場機密談話。」我說。她傾身湊過來，期待蜚短流長。

「我洗耳恭聽。」她說。這並非實話——耳朵只是她的一小部分[2]——但我不去追究。

「我常常納悶，」我說，「如果妳是一種動物，妳會是什麼？」

她往後一靠，滿臉不解。「既然上帝沒把我造成動物，」她說，「我沒想過這件事。」

「遷就我一下，」我說，「比方說：狐狸或是貓？」

在這裡，我的讀者，我欠你一個解釋。孩提時代，我讀過一本叫《伊索寓言》的書。是我從學校圖書館借來的：我家人從不花錢在書上。書裡有一則故事，是我常常思索的。內容如下：

2 洗耳恭聽的原文 all ears，字面意思是全都是耳朵。

狐狸和貓正在討論各自閃躲獵人和獵犬的法門。狐狸說他有一整套妙計，如果獵人帶狗過來，他會使出那一個個妙計——轉身朝反方向逃、奔越有水的地方以滅除自己的氣味、潛入有好幾個出口的獸窩。狐狸的伶俐會讓獵人們疲於奔命，最後只好放棄，放任狐狸繼續過他偷雞摸狗、打劫穀倉院落的生涯。「你呢，親愛的貓？」他問，「你有哪些招數？」

「我只有一招，」貓回答，「情勢危急的時候，我知道怎麼爬樹。」

狐狸謝謝貓加入這場午餐前的閒談，宣布現在用餐時間到，而貓正在菜單上。狐狸張口喀嚓猛咬，團團貓毛飛揚。名牌被呸吐出來。電線桿上釘出失蹤貓咪的海報，寫著悲傷孩子的衷心懇求。

抱歉，我一時忘情。那則寓言的後續如下：

獵人帶著狗抵達現場。狐狸試了所有的伎倆，但策略用盡，最後還是被殺。貓則爬上樹，冷靜地旁觀現場。「說到底也沒那麼伶俐嘛！」她譏笑，或是類似的惡劣評語。

基列創建初期，我常常自問，我是狐狸還是貓。我應該精於算計，用手上掌握的祕密來操控別人嗎？還是應該閉緊嘴巴，在別人聰明反被聰明誤時暗自歡喜？我顯然是兩者兼具，因為——跟很多人不同的是——我依然安在。我仍然握有一整套妙計，而且依舊高高在樹上。但伊莉莎白嬤嬤對我私密的想法一無所知。「老實說我不知道，」她說，「也許是貓吧。」

「對，」我說，「我也會把妳歸類在貓那邊，不過現在是妳必須喚出內在狐狸的時候了。」我停頓一下。

「薇達拉嬤嬤企圖入妳的罪，」我說下去，「她聲稱妳在我雕像那裡放置雞蛋和柳橙，打算指控我犯了異端和偶像崇拜的罪。」

伊莉莎白嬤嬤心慌意亂。「子虛烏有！薇達拉為什麼要那樣說？我從沒傷害過她！」

「誰能摸透人類靈魂的祕密呢？」我說，「我們無人免除得了罪。薇達拉嬤嬤野心勃勃，可能察覺妳實質上是我的第二把手。」聽到這裡，伊莉莎白臉色一亮，因為這對她來說是新聞。「她推斷妳會是艾杜瓦這裡第一順位的接班人。對這點她肯定恨之入骨，因為她認為自己身為基列的初期信仰者，比妳資深，也確實比我資深。我不年輕了，健康狀況也不佳；她一定感覺到，為了得到自己該有的地位，必須將妳攆除。這也是她想訂立新規，明令禁止在我雕像前呈獻供品的原因。藉由罰則，」我補充，「她一定希望將我從嬤嬤的行列驅逐出去，妳也是。」

此時，伊莉莎白已經涕淚縱橫。「她心術怎麼這麼不正，」她啜泣，「我還以為我們是朋友。」

「友誼啊，唉，有時是很表面的。別擔心，我會保護妳。」

「我非常感激，麗迪亞嬤嬤，妳真是正直！」

「謝謝妳，」我說，「但我希望妳能替我做件小事，作為回報。」

「噢，是！當然的，」她說，「什麼事？」

「我要妳作偽證。」我說。

這個要求非同小可：伊莉莎白得冒不少風險。基列嚴格禁止作偽證，儘管如此，作偽證卻是家常便飯。

XVI、珍珠女孩

42 證人證詞逐字稿369B

我換上逃家潔德身分的第一天是星期四。梅蘭妮以前總說，我是星期四出生的孩子，那就表示我前程遠大——那首老童謠[1]也說，星期三出生的孩子多災多難，所以每當我情緒煩躁，我就會說她弄錯日子了，說我應該是星期三出生的才對。然後她會說，不，當然不是，她很清楚我什麼時候出生，她怎麼可能忘得了？

總之，那天是星期四。我和葛斯盤腿坐在人行道上，穿著有破洞的黑色緊身褲——緊身褲是艾達給的，但破洞是我弄的——上面套了洋紅色短褲，腳踩破舊的銀色慢跑鞋，這雙鞋看起來彷彿經過了浣熊的消化系統。我套了件黯淡的粉紅上衣——是無袖的，因為艾達說我應該露出我的新刺青。我在腰間綁了件灰色兜帽衫，戴了頂黑色棒球帽。這些衣服沒一件合身：看起來必須像是我從垃圾桶撿來的。我把我那頭新染的綠髮弄髒，好給人餐風露宿的印象。那個綠一直在褪。

「妳看起來超棒。」葛斯看到我全副武裝、準備出發的時候說。

「棒個屁啦。」我說。

「是好屁。」葛斯說。我認為他只是想說點好話安慰我，我討厭這樣。我希望他是真心的。

「可是等妳到了基列，妳真的要改掉罵髒話的習慣，也許甚至讓她們帶妳改宗，整個戒掉。」

有好多指示得記牢。我好緊張——我一定會搞砸——可是葛斯說只要裝笨就好，我當時謝謝他要我裝笨，而不是說我真的笨。

我不大擅長調情，我沒有這樣的經驗。

我們兩人在一家銀行外面就定位，葛斯說如果想弄點現金到手，那裡是上好的地點：從銀行出來的人比較願意掏錢。通常這裡是另一個人的地盤——一個坐輪椅的女人，但五月天付錢請她在我們需要露面的期間，先換個地點：珍珠女孩通常走固定的路線，而這個據點就在那條路線上。

陽光熾熱，所以我們背抵著牆，坐在一小片陰影裡。我面前有一頂舊草帽，加上蠟筆寫成的紙板告示：「無家可歸請幫忙」。帽子裡有幾枚銅板：葛斯說，如果大家看到有人放了錢進去，比較可能有樣學樣。我應該表現得茫然迷失的樣子，這不難做到，因為我真的有那樣的感覺。

1〈星期一的孩子〉（Monday's Child）是一首預言式的童謠，以星期幾出生來點出孩子的個性，協助孩子記住一週七天的名稱，有諸多版本，其中一版本的前四句如下：「Monday's child is fair of face/ Tuesday's child is full of grace/ Wednesday's child is full of woe/ Thursday's child has far to go」。這首歌大約在十九世紀中葉被記錄下來，但以星期幾出生來預測孩子個性的傳統源自更早。

往東一個街區，喬治鎮守在另一個角落裡。要是出了任何麻煩，不管對象是是珍珠女孩或警方，他都會聯絡艾達和以利亞。他們開著廂型車，在那個地區巡行。

葛斯不怎麼說話。我判定他的身分介於保母和保鏢，所以他不是來聊天的，況且也沒人規定他得對我好。他穿著黑色無袖T恤，露出了刺青——一邊的二頭肌紋了烏賊、另一邊是蝙蝠，都是黑色的。他戴了毛線帽，也是黑的。

「有人投錢，妳就微笑，」有個白髮老太太投了錢，我卻沒任何表示之後，他說：「說點話啊。」

「像什麼？」我問。

「有人會說『上帝保佑你』。」

要是我說這種話，尼爾一定會很震驚。「如果我不信神，那樣就等於說謊。」

「好吧，說『謝謝』就行，」他耐著性子說，「或者說『祝今天愉快』也行。」

「那些我都不能說，」我說，「太虛偽了，我不覺得感謝，也不在乎他們這一天過得有多爛。」

他哈哈笑。「妳還擔心說謊？那幹嘛不把名字改回妮可？」

「那又不是我最喜歡的，況且又碰不得，你明明知道。」我在膝蓋上叉起手臂，別開身子不理他。我變得越來越幼稚：都是他害的。

「別把妳的怒氣浪費在我身上，」葛斯說，「我只是旁觀者，把怒氣留給基列吧。」

「你們都說我應該要有點氣焰，所以，這就是我的氣焰。」

「珍珠女孩來了，」他說，「別盯著她們，不要正眼看她們，裝成妳好像嗑藥嗑茫了那樣。」

我不知道他怎麼有辦法在不看的狀況下瞥見她們，她們正在馬路遠遠的另一邊，可是轉眼就到了我們面前：她們兩個穿著銀灰色長洋裝，白色衣領，頭戴白帽。從竄出帽外的幾絲頭髮看來，一位是紅髮；另一位從眉毛看來，是棕髮。她們在我貼牆而坐的地方，往下對我微笑。

「早安，親愛的，」紅髮說，「妳叫什麼名字？」

「我們可以幫忙妳，」棕髮說，「基列沒人無家可歸。」我仰望著她，希望自己的神情就跟內心一樣愁苦。她們兩個看起來如此整潔俐落，讓我更覺得自己髒透了。

葛斯將手搭在我的右手臂上，充滿占有欲地緊緊揪住。「她不會跟妳們講話。」他說。

「那不是該由她自己決定嗎？」紅髮說。我斜眼看著葛斯，彷彿請求批准。

「妳手臂上那是什麼？」較高那位說，就是棕髮的那個。她往下瞅著。

「他是不是虐待妳，親愛的？」紅髮問。

另一位漾起笑容。「他是不是要把妳賣了？我們可以翻轉妳的處境。」

「滾開啦，基列婊子。」葛斯說，野蠻的樣子令人折服，我昂首望著她們兩個，一身珍珠色洋裝，整潔又清新，戴著白色項鍊。信不信由你，一顆淚珠竟然滾落我的臉頰。我知道她們別有用心，根本不在乎我生死——她們只是想吸收我，把我加進她們的傳道配額裡——可是她們的善意讓我心生動搖。我希望有人能將我一抱而起，替我蓋上被子。

「噢天啊，」紅髮說，「還真英勇，至少讓她拿一份這個吧。」她塞了本小冊子給我，上頭寫著：基列可以給你一個家！「上帝保佑。」她們兩個離開了，回頭看了一眼。

「我不是應該讓她們把我帶走嗎？」我說，「我不是該跟她們一塊走嗎？」

「第一次不行，不能讓她們這麼輕易就得逞，」葛斯說，「要是基列那邊有人在監看——這樣會太可疑。別擔心，她們還會回來。」

43

那天晚上，我們睡在橋底下。那座橋橫跨了溝壑，底部有條溪流。霧氣冉冉升起：炎熱的白天過後，現在寒冷又潮濕。地面散發貓尿的氣味，也許是臭鼬。我套上灰色兜帽衫，輕輕將袖子往下拉過我的刺青傷疤，還是有點痛。

橋底下除了我們之外，還有四到五個人，三男兩女吧，我想，不過天色太暗，很難看清楚。喬治混在那些男人之中，裝得好像不認識我們。有個女人拿菸請我們抽，但我知道最好別試——免得我嗆咳露餡。他們另外傳著一個瓶子。葛斯之前跟我說過，什麼都別抽也別喝，誰曉得裡面摻了什麼？

他也交代我別跟任何人說話：他們都可能是基列派來的臥底，如果他們試著挖掘我的故事，而我說溜嘴，他們就會覺得其中有詐，然後跑去警告珍珠女孩。話由他負責說就好，大多都是悶哼。他似乎認識其中幾個人。有一個人說：「她是怎樣，智障喔？怎麼都不講話？」葛斯說：「她只跟我講話。」另一個人說：「不賴嘛，祕訣是什麼？」

我們鋪開幾個綠色塑膠垃圾袋，當成鋪墊躺在上頭。葛斯環抱著我，感覺暖和一些。起初我將他的上臂推開，但他在我耳畔細聲說：「記得，妳是我女朋友。」所以我不再扭動。

我知道他的擁抱是配合演出，可是那一刻我並不在乎。我真的差點以為他是我的初戀男友。雖然這沒什麼了不起，但對我來說別具意義。

隔天晚上，葛斯跟橋下一個男的打起來。那場架瞬間結束，葛斯贏了。我看都沒看清楚——招式短促又迅速。然後他說我們應該轉移陣地，所以隔天晚上我們睡在市區的一座教堂裡。他有鑰匙；我不知道他怎麼弄來的。從堆積在長椅底下的垃圾跟雜物看來——棄置的背包、空酒瓶、零星的針頭——在裡頭過夜的不只有我們。

我們三餐都到速食店解決，讓我從此對垃圾食物敬而遠之。我以前對速食店總是有點嚮往，可能因為梅蘭妮對速食店不以為然，可是如果老是到那裡吃，就會有種令人反胃的發脹感。那也是我白天上廁所的地方，其他時間只能在溝壑那裡就地解決。

第四晚我們在墓園過夜。墓園不錯，葛斯說，可是裡面往往有太多人。有些人以為從墓碑後面跳出來嚇人很有趣，可是那些都是週末短期逃家的孩子。凡是街友都知道，在黑夜裡用那種方式嚇人，很可能會害自己被捅一刀，因為在墓園裡遊蕩的人不是每個精神都很穩定。

「就像你。」我說。他沒反應。我可能惹毛他了。

我在這裡應該提一下，葛斯並未趁我之危占便宜，雖然他一定知道我天真純情地暗戀著他。他在我身邊是為了保護我，他也做到了，包括為了保護我而克制自己。做到後面這點他覺得很不容易——我喜歡這麼想。

44

「珍珠女孩什麼時候會再來？」第五天早晨我問，「搞不好她們不接受我。」

「要有耐心，」葛斯說，「就像艾達說的，我們以前用這種方式派人進基列過，有些人順利入境了，可是有幾個太心急，在第一關就被識破，連邊境都還沒過就被幹掉了。」

「多謝你給我信心，」我傷感地說，「我會把這件事搞砸的，我就是知道。」

「保持冷靜，妳就會好好的，」葛斯說，「妳辦得到的，我們都靠妳了。」

「可是，我不用勉強自己，對吧？」我說，「不管你說什麼，我都照辦？」我知道自己很煩人，但就是克制不住。

那天稍晚，珍珠女孩又朝我們的方向走來。她們在附近徘徊，路過，然後過街朝反方向走，逛了逛商店櫥窗。接著，趁葛斯離開去買漢堡的時候，她們走過來開始跟我搭話。她們問我叫什麼名字，我說是潔德。然後她們自我介紹：棕髮是碧翠絲嬤嬤，長了雀斑的紅髮是朵芙嬤嬤。

她們問我快不快樂，我搖頭表示不快樂。接著她們看看我的刺青，說我為上帝承受這些苦難，是個非常特別的人。她們很高興我知道上帝珍惜我。基列也會珍惜我，因為我是朵珍貴的花兒，每個女人都是一朵寶貴的花，尤其我這年紀的每個女孩。如果我在基列，就會得到我該有的特別待遇，受到保護，沒人——沒有男人——能夠傷害我。那個跟我在一起的男人——是不是會打我？

關於葛斯，我不想說那樣的謊，但我點點頭。

「他有沒有逼妳做壞事？」

我一臉呆愣，所以碧翠絲嬤嬤——較高眺的那一位——說：「他有沒有逼妳做愛？」我微微點個頭，彷彿為那些事情覺得羞愧。

「他有沒有把妳轉到其他男人手上？」

這樣也太過頭了——我無法想像葛斯會做那樣的事——所以我搖頭表示沒有。碧翠絲嬤嬤說，也許他只是還沒試過，可是如果我繼續留在他身邊，他可能就會，因為那種男人就是會做那種事——他們把年輕女孩弄到手、假裝愛她們，可是不用多久，只要有人願意付錢，他們就會把她們賣掉。

「自由愛情[2]，」碧翠絲嬤嬤輕蔑地說，「從來不是免費的，總是有個代價。」

「甚至從來都不是愛情，」朵芙嬤嬤說，「妳為什麼跟他在一起？」

「我不知道還能去哪裡，」我說著說著便哭出來，「我的家人會動手動腳！」

「在基列，我們從來沒有家庭暴力。」碧翠絲嬤嬤說。

接著葛斯回來了，裝出生氣的樣子。他揪住我的胳膊——左手臂，就是有疤痕紋身的那邊——將我拉站起身，因為會痛，我放聲尖叫。他叫我閉嘴，說我們要走了。

碧翠絲嬤嬤說：「能不能借一步說話？」她和葛斯走出了聽覺範圍，朵芙嬤嬤遞了張面

2 Free love 指的是不受婚姻或其他法律義務約束的兩性關係，字面直譯是免費的愛情。

紙給我，因為我滿臉是淚，並說：「我可以代替上帝擁抱妳嗎？」我點點頭。

碧翠絲嬤嬤走回來並說：「我們現在可以走了。」朵芙嬤嬤說：「讚美主。」葛斯已經走遠，連回個頭都沒有。我沒機會跟他說再見，這點讓我哭得更凶。

「不要緊，妳現在安全了，」朵芙嬤嬤說，「要堅強。」從基列來的女性難民在庇護關懷就會聽到這樣的話，只是她們行進的方向與我恰恰相反。

碧翠絲嬤嬤和朵芙嬤嬤緊緊貼著我走，一邊一人。她們說，這是為了不讓人打擾我。

「那個年輕人把妳賣掉了。」朵芙嬤嬤鄙夷地說。

「是嗎？」我問。葛斯沒跟我說他打算這麼做。

「我才隨口問問，那就是他重視妳的程度。妳運氣不錯，他把妳賣給我們，而不是什麼賣淫集團，」碧翠絲嬤嬤說，「他本來想要一大筆錢，可是我跟他砍了價。最後他拿開價的一半。」

「真是下流的異教徒。」朵芙嬤嬤說。

「他說妳是處女，所以價格更高，」碧翠絲嬤嬤說，「跟妳和我們說過的不一樣，是吧？」

我腦筋快轉。「我希望妳們替我難過，」我低聲說，「這樣妳們就會把我帶走。」

她們兩個越過我互瞥一眼。「我們明白，」朵芙嬤嬤說，「可是從現在開始，妳一定都要實話實說。」

我點點頭，並說我會的。

她們帶我回她們暫住的公寓。我忖度，這裡會不會是之前那個珍珠女孩的命案現場。可是我當時的計畫是盡可能少開口；我不想搞砸整件事，更不希望最後被人發現我被綁在門把上。

那戶公寓很現代化，有兩間浴室，每間各有浴缸和淋浴間，另外還有大扇的玻璃窗以及寬敞的陽台，陽台上有真正的樹木在水泥花盆裡生長。不久我就發現通往陽台的門上了鎖。

我急著想進淋浴間：我渾身發臭，一層層骯髒的皮屑、汗水、重複穿同一雙襪子的腳、橋下的臭泥巴、速食店油炸的氣味。這棟公寓如此潔淨，滿是空氣清新劑的柑橘味，我覺得我的氣味一定很明顯。

碧翠絲嬤嬤問我想不想沖個澡，我趕緊點點頭。可是因為我手臂的關係，我應該要小心，朵芙嬤嬤說，我不應該弄濕，因為痂皮可能會脫落。我不得不承認她們的關懷感動了我，雖然很虛假：她們想帶回基列的是一顆珍珠，而不是化膿潰爛的東西。

我裹著鬆軟的白浴巾，走出淋浴間時，原本的衣服已經不見了——髒到連洗都沒意義，碧翠絲嬤嬤說——而且她們已經備好了銀灰色洋裝，跟她們身上穿的一樣。

「我應該穿這個嗎？」我說，「可是我不是珍珠女孩。我以為妳們才是。」

「負責蒐集珍珠的，以及被蒐集到的珍珠，全都是珍珠啊，」朵芙嬤嬤說，「妳是一顆寶貴的珍珠，價格高昂的珍珠。」

「所以我們才為妳冒這麼大的風險，」碧翠絲嬤嬤說，「我們在這邊有好多敵人。可是別擔心，潔德，我們會保護妳的安全。」

總之，她說，即使我不是正式的珍珠女孩，都必須穿上這套洋裝才能離開加拿大，因為加拿大當局嚴格取締未成年改宗者的出口。他們認為這是人口販賣，這種想法真是大錯特錯，她補了一句。

朵芙嬤嬤提醒她，不應該用「出口」這個字眼，因為女孩並不是商品，碧翠絲嬤嬤道了歉，並說她本意是要說「越境移動的促成」。然後兩人都漾起笑容。

「我不是未成年，」我說，「我十六了。」

「妳有什麼證件嗎？」碧翠絲嬤嬤問。我搖頭表示沒有。

「我們也這麼認為，」朵芙嬤嬤說，「所以我們會替妳做好安排。」

「可是為了避免任何問題，妳的證件上會寫明妳的身分是朵芙嬤嬤，」碧翠絲嬤嬤說，「加拿大人知道她入境過，所以妳出境的時候，會以為妳是她。」

「可是我年紀小得多，」我說，「而且我長得不像她。」

「妳的文件上會有妳的照片。」碧翠絲嬤嬤說。真正的朵芙嬤嬤，她說，會留在加拿大，然後和下個招募來的女孩一起離開，用的名字就是後來入境的珍珠女孩。她們向來習慣這樣交換身分。

「加拿大人沒辦法分辨我們，」朵芙嬤嬤說，「在他們眼裡，我們全都一個樣子。」她們兩人同聲一笑，彷彿能夠這樣惡作劇很開心。

接著朵芙嬤嬤說，穿上這件銀色洋裝有個最重要的額外原因，就是為了讓我平平順順入境基列，因為那邊的女人不穿男人的衣物。我說緊身褲不是男人的裝扮，她們說──語氣平靜但堅定──是的，就是，聖經裡都寫了。緊身褲是惹人厭的東西，如果我想加入基列的行列，就必須接受這個想法。

我提醒自己不要跟她們爭辯，於是乖乖穿上洋裝、戴上珍珠項鍊，就如梅蘭妮說過的，珍珠是假的。還有一頂白色遮陽帽，可是只有出門才需要戴。在室內可以露出頭髮，除非有男性在場，因為男性對頭髮有強烈的癖好，會使他們失控，她們說。我的頭髮透著綠色，特別會點燃慾火。

「只是染的，會慢慢褪掉。」我帶著歉意說，這樣她們就會知道我已經捨棄對髮色的草率選擇。

「不要緊，親愛的，」朵芙嬤嬤說，「沒人會看到。」

穿過髒兮兮的舊衣服之後，這身洋裝感覺還滿好的，涼爽又柔滑。

碧翠絲嬤嬤叫了披薩當午餐，我們配著她們冰庫裡的冰淇淋吃。我說我很意外她們會吃垃圾食物：基列不是反對這種東西嗎？尤其對女人來說？

「這是我們身為珍珠女孩的部分試煉，」朵芙嬤嬤說，「我們應該要體驗外在世界的奢華誘惑，這樣才能瞭解它們，然後在心中摒棄它們。」她又咬了口披薩。

「總之，這是我嘗試披薩的最後機會，」碧翠絲嬤嬤說，她吃完了披薩，正在吃冰淇淋，「我實在不知道冰淇淋有什麼問題，只要沒加化學劑就好了啊。」朵芙嬤嬤譴責地白了她一眼。碧翠絲嬤嬤舔舔湯匙。

我拒絕了冰淇淋。我太緊張，而且我再也不喜歡冰淇淋了，會讓我一直想起梅蘭妮。

那天晚上上床前，我對著浴室鏡子細看自己。儘管沖了澡也吃了飯，我的樣子還是一場糊塗。眼底下有黑圈，體重也掉了。我看起來真的像是需要拯救的流浪兒。

能在真正的床上睡覺，而不是橋底下，真是美妙。不過我滿想念葛斯的。每天晚上我進臥房以後，她們就會鎖上房門。而且在我清醒期間，永遠不讓我落單。

接下來幾天時間都在張羅我的朵芙嬤嬤文件。我拍好照片也押了指印，好讓她們替我製作護照。護照經由渥太華的基列大使館認證，然後透過特別快遞送回領事館。她們加進朵芙嬤嬤的識別編號，但配上我的照片和體格資料，甚至滲透加拿大移民資料庫——裡頭記錄著朵芙嬤嬤的入境狀況——再從資料庫裡暫時移除真正的朵芙嬤嬤，然後貼上我個人的資料，加上我的虹膜掃描與拇指指印。

「我們在加拿大政府體系裡有好多朋友，」碧翠絲嬤嬤說，「是妳想都想不到的。」

「有很多支持者，」朵芙嬤嬤說，然後兩人同聲說，「讚美主。」

她們在寫著珍珠女孩的其中一頁上蓋了鋼印，表示我可以立刻入境基列，不必多問：就像外交官，碧翠絲嬤嬤說。

現在我是朵芙嬤嬤了，只不過換了個人。我有珍珠女孩傳道的加拿大臨時簽證，可以在出境時還給邊境當局。很簡單，碧翠絲嬤嬤說。

「通關的時候，盡量往下看，」朵芙嬤嬤說，「這樣可以隱藏五官，總之，這樣做也比較端莊。」

我們搭乘黑色基列公務車到機場，我順利過了境管單位，甚至沒人對我們搜身檢查。

我們搭乘私人噴射機，機身上印有帶翅的眼睛。飛機雖然是銀色的，但看在我眼裡卻很深暗——彷彿是隻巨大黑鳥，準備帶著我飛向何方？進入一片空白。艾達和以利亞盡可能教導我關於基列的事情；我也看過紀錄片和電視報導片段，但依然無法想像在那裡等待我的是什麼。我根本不覺得自己準備好要面對。

我想起庇護關懷和那些女性難民。我當時看著她們，卻沒真的把她們看進眼裡。我當時沒考慮到，離開自己熟悉的地方、在失去一切的情況下踏進未知，會是什麼感覺。感覺多麼空洞又黑暗啊，只除了也許僅有一絲希望的微光，讓你願意冒這樣的險。

再不久，我也會有那種感覺。我會置身在幽暗的地方，手捧一丁點光亮，試著找出自己的路。

45

我們適時才起飛，我真擔心有人查出了我的身分，最後會攔住我們。但一旦進了空中，我就覺得輕盈起來。我以前沒搭過飛機——起初非常興奮，但飛進雲端之後，眼前的景致單調起來。我後來一定睡著了，因為不久碧翠絲嬤嬤用手肘輕輕推我，並說：「快到嘍。」

我望出小窗，飛機正在降低高度，我可以看到下方一些模樣漂亮的建築，有尖塔與塔樓、蜿蜒的河流和海洋。

接著飛機落地，我們走下從機門降下的舷梯。天氣炎熱乾燥，有風在吹；銀色長裙被吹得緊貼我們的雙腿。停機坪上站了兩排一身黑制服的男人，我們勾著手臂，步行穿過兩排男人中間。「別看他們的臉。」她低語。

於是我將焦點放在他們的制服上，但我可以感覺到眼睛、眼睛、眼睛，有如雙手，在我全身上下遊走。我不曾以這種方式感覺到自己如此暴露於危險之中——連跟葛斯在橋下都不會這樣，當時四周明明都是陌生人。接著這些男人行禮致意。「這是什麼意思？」我對碧翠絲嬤嬤喃喃，「他們為什麼向我們行禮？」

「因為我成功達成任務，」碧翠絲嬤嬤說，「我帶回了一顆寶貴的珍珠，那就是妳。」

我們被帶到一輛黑車那裡，搭車進入市區。街上人不多，女人都跟紀錄片裡面一樣，穿著色彩各異的長洋裝。我甚至看到一些使女兩兩結伴散步。商店上面沒有文字，招牌上只有符號。一只靴子、一條魚、一枚牙齒。

車子在一堵磚牆裡的大門前方暫停。兩名守衛揮手放行，車子開進門以後停下，守衛替我們打開車門。我們下了車，碧翠絲嬤嬤勾起我的手臂並說：「沒時間先帶妳參觀妳以後睡覺的地方了，飛機太晚出發。我們必須直接到禮拜堂參加感恩會。照我說的做就對了。」

我知道是某種關於珍珠女孩的儀式——艾達警告過我，朵芙嬤嬤也跟我解釋過——我當初沒怎麼專心聽，所以不大知道該期待什麼。

我們走進禮拜堂，裡面已經坐滿了人；較年長的婦人一身嬤嬤專屬的灰色制服、較年輕的女子穿著珍珠女孩的洋裝。每位珍珠女孩身旁都有個跟我年紀相仿的女生，也跟我一樣穿著臨時的銀色洋裝。禮拜堂前方有一幅寶寶妮可的金框大照片，對我完全起不了振奮效果。

碧翠絲嬤嬤領著我穿過走道，人人誦唱：

將珍珠帶進來，
將珍珠帶進來，
我們欣喜萬分，
將珍珠帶進來。

她們滿面笑容對我點頭：似乎由衷覺得開心。也許這不會太糟糕，我暗想。

我們一同坐下。接著一位較年長的婦女踏上講壇。

「麗迪亞嬤嬤，」碧翠絲嬤嬤悄聲說，「我們主要的創建者。」我認出來了，艾達拿她的照片給我看過，不過她比照片裡老了許多，或者說就我看來是這樣。

「我們的珍珠女孩——不管她們曾經前往世界哪個角落，在裡面四處奔走，為基列從事善行——終於結束任務、平安歸來，我們在此群聚一堂，就是為了這件事表達感恩。我們向她們勇於身體力行和靈性的勇氣致上敬意，也獻上衷心的感謝。我在此宣布，這些歸來的珍珠女孩不再是求道者，而是正式的嬤嬤，除此之外，可以享有相關的權力與特殊待遇。我們知道她們願意履行職責，不管那份職責在何處或以何種方式召喚她們。」眾人異口同聲說：「阿們。」

「珍珠女孩，請介紹妳們蒐集到的珍珠，」麗迪亞嬤嬤說，「首先，加拿大傳道組。」

「站起來。」碧翠絲嬤嬤低語。她握著我的左手臂，帶領我走到前方。她握的是刺了GOD／LOVE的那隻手臂，好痛。

她摘下她那串珍珠項鍊，放在麗迪亞嬤嬤面前的大淺盤裡，並說：「我將這些珍珠歸還給您，純潔如同我當初領受的時候，願它們有幸為下一位珍珠女孩服務，她會在傳道期間光榮地戴著它們。託上帝旨意的福，我得以讓基列的珍寶寶庫有所增添，請容我介紹潔德，一顆代價高昂的寶貴珍珠，拯救自注定發生的毀滅。願她得到潔淨，擺脫世俗的污染；受到淨化，摒除不潔的慾望；願她隔絕於罪惡之外；不管她在基列分配到什麼服事，都能獻身投入。」她用雙手抵住我的肩，然後一推，讓我往下跪。我沒料到會這樣——險些往側面跌——「妳在幹嘛啊？」我低聲說。

「噓，」碧翠絲嬤嬤說，「安靜。」

接著麗迪亞嬤嬤說：「歡迎來到艾杜瓦館，潔德，願妳因為自己所做的選擇而蒙福，我主明察，Per Ardua Cum Estrus。」她將一手搭在我頭上，然後又拿開，對我點點頭，露出一抹假笑。

大家都跟著重複：「歡迎代價高昂的寶貴珍珠，Per Ardua Cum Estrus，阿們。」

我到底在這裡幹嘛？我暗忖。這個地方真是他媽的怪。

XVII、完美的牙齒

46 艾杜瓦館親筆手書

我這瓶藍墨水，我的鋼筆，我的筆記本——頁面邊緣裁切過，以便放入隱藏之地：透過這些東西，我將訊息託付給你，我的讀者。可是這是什麼樣的訊息？有些日子，我認為自己就是記錄天使[1]，將基列所有的罪孽，包括我自己的，全部蒐羅起來；有些日子，我對這種道德高調不屑一顧。在根本上，我難道不是一個出售齷齪八卦的販子嗎？對於這點，我恐怕永遠都不會知道你會如何裁定。

我更大的恐懼是：我所有的努力終將付諸東流，而基列會延續千年萬年。大多時候，這裡的感覺就是如此，遠離戰事，位居龍捲風的寂靜風眼之中。街道上這般平和；如此寧靜、井然有序；可是在騙人的平靜表面底下，卻震顫著，恍如在高壓電線附近。我們被繃得又薄

1 負責將每個人的善行與惡行記錄下來的天使。瑪拉基書 3:1：「那時，敬畏耶和華的彼此談論，耶和華側耳而聽，且有紀念冊在他面前，記錄那敬畏耶和華、思念他名的人。」

又緊，我們全部都是。我們輕顫著，永遠處於警覺狀態。恐怖統治，他們以前總說，可是恐怖並不真的統治。恐怖帶來的是癱瘓，因此才會有這種不自然的靜謐。

可是還是有小小的慈悲。昨天我在賈德大主教辦公室的閉路電視上，觀看伊莉莎白嬤嬤所主持的參與處決。賈德大主教要人送了點咖啡進來——平常難以到手的上等咖啡；我刻意不問他是怎麼取得的。他往自己的咖啡裡添了份萊姆酒，問我想不想來一些。我婉拒了。他接著說他心很軟、神經虛弱，需要先做點心理建設，因為他發現觀看這些嗜血的景象，對自己的身心負擔很大。

「我確實明白，」我說，「可是親眼目睹正義伸張是我們的職責。」他嘆口氣，一飲而盡，再替自己倒一份。

兩個被定罪的男人即將接受參與處決：有個天使軍被逮到從緬因走私檸檬到灰市販賣，以及那位牙醫葛洛夫醫師。不過，那位天使軍真正罪行並非檸檬走私：他受到指控的原因是從五月天那裡收賄，協助幾位使女成功逃過我們的幾處邊境。但大主教不希望公開這項事實：免得引人遐想。官方說法是，沒有腐化的天使軍，更沒有逃離的使女；因為誰會棄絕上帝的王國，自願投身烈火熊熊的深淵？

即將終結葛洛夫生命的過程裡，伊莉莎白自始至終都表現得可圈可點。她大學參加過戲劇社團，在《特洛依女人》[2]中飾演赫庫芭[3]——是我們早期會談期間我所蒐集到的趣聞，當時我、她、海倫娜和薇達拉正在為初生的基列，打造女人專屬領域的輪廓。這樣的處境培養了同志情誼，大家各自分享了過去的生活。但我刻意不透露過多關於自己的事。

伊莉莎白的舞台經驗並未辜負她。她按照我的指令跟葛洛夫醫師約診。然後，在看診期間，她匆匆忙忙爬下牙科診療椅，扯開自己的衣衫，尖聲叫著葛洛夫企圖強暴她。接著，她驚魂未定地哭著，踉蹌走進候診室，好讓牙醫助理威廉先生看到她衣衫不整、靈魂遭到蹂躪的模樣。

任何嬤嬤的身體理應是不容侵犯的聖域。難怪伊莉莎白嬤嬤會因為這樣的侵犯而心亂如麻，這是一般的想法——那個男人一定是個喪心病狂的危險人物。

我過去曾在一張畫有整副牙齒的迷人示意圖裡埋設了一只迷你攝影機，因此取得了一連串的影像紀錄。要是伊莉莎白試圖擺脫控制，我可以威脅說要提出她當初撒謊的證據。

威廉先生在審判時作證指控葛洛夫。他不是傻子：他立刻看出老闆在劫難逃。他描述葛洛夫在被揭發的那一刻如何暴跳如雷。「他媽的婊子」就是邪惡葛洛夫用來形容伊莉莎白嬤嬤的話，他聲稱。這番話純屬捏造，事實上，葛洛夫當時說：「妳為什麼要這樣？」但威廉的陳述在審判時很有效力。旁聽席的人倒抽一口氣，其中包括艾杜瓦館的全體成員：用如此低俗的字眼來稱呼嬤嬤，幾乎等同褻瀆！在訊問之下，威廉猶豫不決地承認，他有理由懷疑雇主過去有過違規行為。麻醉劑，他悲傷地說，在不對的人手裡是多麼大的誘惑。

葛洛夫又該如何替自己辯解？除了堅稱指控不實、自己無罪，接著引用聖經裡知名的強

---

2 Trojan Women，這齣悲劇的作者是古希臘劇作家歐里庇里斯（西元前 480-406）。

3 希臘神話裡的一位王后，是特洛伊戰爭期間，特洛伊國王普里阿摩斯的妻子，共有十九個孩子，其中包含知名的戰士赫克特和帕里斯，與女預言家卡珊德拉。

暴誣告者波提乏的妻子[4]。當無辜的男人否認自己的罪狀時，聽起來就像有罪的男人想為自己開脫，我確定你也注意到了，我的讀者。聽者兩者都不會信。

葛洛夫怎麼也無法坦承，自己永遠不可能對伊莉莎白嬤嬤上下其手，因為只有未成年女孩才能燃起他的慾火。

伊莉莎白表現得如此不同凡響，我覺得由她到體育館坐鎮指揮整場活動相當合理。葛洛夫是第二個接受處決的人。他必須先看著那位天使軍被狂踢致死，然後由七十位尖聲狂叫的使女幾乎親手撕裂。

他被帶往行刑場的時候，雙臂捆縛，厲聲大喊：「我是無辜的！」伊莉莎白嬤嬤，彷彿是美德的狂怒化身，嚴峻地吹響哨子。兩分鐘內，葛洛夫醫師從人間消失。眾人拳頭高舉，揪著一撮撮沾血髮絲，從頭皮連根拔起。

嬤嬤們和求道者全都在場，對艾杜瓦可敬創建者之一的正當性表達支持。一邊則是新近招募的珍珠們；她們昨日方才抵達，所以這對她們來說是個啟蒙洗禮的一刻。我環顧她們年輕的面龐，但隔著距離，我讀不出表情。嫌惡？興味？反感？知道總是好事。代價最高昂的珍珠就在她們之中；在我們行將目睹的競技活動之後，我就會將她安置在對我來說最有益的住宿單位。

葛洛夫在使女們的手下化成一團肉漿時，伊茉太嬤嬤暈厥過去，這倒在預期之中：她一向敏感纖細。我預料她現在會以某種方式自責：不管葛洛夫表現得多麼可鄙，他依然曾經扮演過她父親的角色。

賈德大主教關掉電視嘆口氣。「可惜啊可惜，」他說，「他是個優秀的牙醫。」

「是的，」我說，「但不能因為罪人技能高超，就忽略他的罪行。」

「他真的有罪嗎？」他帶著些微興趣問道。

「是，」我說，「但不是那宗罪。他當初不可能去侵犯伊莉莎白嬤嬤，他是戀童癖。」

賈德大主教再次嘆息。「可憐的男人，」他說，「這是種嚴重的病啊，我們一定要替他的靈魂祈禱。」

「確實，」我說，「但他毀掉太多年輕女孩的婚姻之路。那些珍貴的花朵因此放棄婚嫁，轉而成為嬤嬤。」

「啊，」他說，「那個女孩艾格尼絲當初就是這樣嗎？我那時就想一定跟那類的事情有關。」

他希望我說是，因為這樣她的反感就不是針對他個人。「我沒辦法確定，」我說，他的臉一沉，「可是我想是這樣沒錯。」把他逼得太緊也不行。

「妳的判斷向來很靠得住，麗迪亞嬤嬤，」他說，「以葛洛夫的事來說，妳替基列做了最好的選擇。」

「謝謝你，我向上帝祈求指引，」我說，「不過，換個話題，我很高興通知你，寶寶妮可現在已經安全被帶進基列。」

「真是出人意料的成就！幹得好！」他說。

4 舊約聖經人物約瑟是亞伯拉罕的曾孫、以撒的孫子，雅各的第十一個兒子。同父異母的哥哥們曾因為嫉恨他，合謀將他賣給以實瑪利人為奴，後在法老守衛隊長波提乏手下做管家，波提乏對約瑟十分照顧，將家務全都交託給他。約瑟長相俊美，波提乏的妻子想勾引他，但他不從，反被波提乏妻子陷害，後來鋃鐺入獄。

「我的珍珠女孩效率很高，」我說，「她們遵循我的指示，將她以新改宗者的名義納入她們的羽翼之下，說服她加入我們的行列。她們成功從擺布她的年輕男子手上將她買下。那樁交易由碧翠絲嬤嬤完成，雖說她當然不知道寶寶妮可的真實身分。」

「可是妳卻知道，親愛的麗迪亞嬤嬤，」他說，「妳當初怎麼指認她的呢？我的眼目努力了這麼多年。」我是不是察覺了一絲羨慕，或更糟的，一絲懷疑？我輕鬆帶過。

「我自有些小方法，加上一些有用的線民，」我撒謊，「二加二有時候會等於四[5]。我們女人雖然短視近利，卻常常注意到更微小的細節，而那些細節可能會逃過男人寬闊高遠的視野。但是我只提點了碧翠絲嬤嬤和朵芙嬤嬤，要她們多留意某個特定的刺青，是那個可憐孩子自己弄上身的。很幸運地，她們找到她了。」

「自己弄上身的刺青？真墮落，就像那些女孩一樣。在身體的哪個部分？」他帶著興味問。

「只在手臂上，臉上沒留下印記。」

「她的手臂在公開場合會掩住吧。」他說。

「她用潔德這個名字，可能甚至相信那就是自己的真名。在跟你會商以前，我無意向她揭露她的真實身分。」

「這個決定太好了，」他說，「能不能請問——她跟這位年輕男子的關係本質為何？如果她是未損之身會比較好，不過以她的例子來說，我們可以忽略那些規則。讓她擔任使女會是一種浪費。」

「她的處女狀態尚未確認，但我相信她在那方面是純潔的。我將她安置在我們兩位較年輕的嬤嬤們身邊，她們既善良又有同情心。她會跟她們分享希望和恐懼，這點毋庸置疑，也會分享她個人的信念，我確定我們可以形塑她的信念，以求和我們的趨於一致。」

「太好了，麗迪亞嬤嬤，妳真是個珍寶。我們多快可以向基列和全世界公開寶寶妮可的身分？」

「我們一定要先確定她確實改宗，成為真信者，」我說，「確定她在信仰上足夠堅定。這會需要用點心思和策略。這些新來者往往一時被熱忱沖昏頭，抱持超乎現實的期待。我們一定要讓她認清現實，一定要先告知她往後的職責：在這裡可不是唱唱聖歌和感受狂喜而已。除此之外，她必須熟悉自己的歷史：她發現自己是聞名遐邇、眾所熱愛的寶寶妮可時，一定會相當震驚。」

「我就把這些事情交託在妳能幹的手上，」他說，「妳確定不要加點萊姆酒到咖啡裡？能夠促進血液循環喔。」

「也許加一茶匙好了。」我說。他倒了點。我們舉起各自的馬克杯，吭噹一碰。「願神守護我們的努力，」他說，「我確信會的。」

「就待時機成熟時。」我面帶笑容說。

經過牙醫診所、法庭審判、參與處決的奔波辛勞過後，伊莉莎白嬤嬤精神崩潰了。我和薇達拉嬤嬤、海倫娜嬤嬤一同前去探訪，她就在我們其中一家靜修會所休養生息。她滿臉淚花地迎接我們。

5 意思是，從已知的事情有時可以推出明顯的結論。

「我不知道我是怎麼了，」她說，「我渾身虛脫無力。」
「經過這麼多風波，這也難怪啊。」海倫娜說。
「現在艾杜瓦館簡直把妳當成聖人了。」我說，我知道她這麼惶惶不安的真正原因：她無可逆轉地作了偽證；要是被人發現，只有死路一條。
「我真感激妳的指引，麗迪亞嬤嬤，」她對我說，一面斜眼偷瞥薇達拉。既然我現在是她堅定的盟友——既然她已經履行了我非正規的要求——她一定覺得薇達拉嬤嬤再也動不了她分毫。
「我很高興能幫上忙。」我說。

XVIII、閱讀室

47 證人證詞逐字稿369A

我和貝卡頭一次在感恩會上見到潔德，舉行這種活動是為了歡迎返國的珍珠女孩和她們的改宗者。她是個高䠷的女孩，有點彆扭，老是東張西望，眼神直接得有些過於大膽。我已經有種感覺：要她適應艾杜瓦館並不容易，更不要說適應基列本身。可是我對她沒怎麼多想，因為我的全副心神都放在這場美麗的典禮上。

再不久就輪到我們了，我想。我和貝卡即將完成求道者的訓練；我們幾乎準備好要成為正式的嬤嬤了。我們很快就會領到珍珠女孩銀色洋裝，比平日慣穿的棕色漂亮許多。我們會承繼那些珍珠項鍊，踏上傳道任務，各自帶回一名改宗的女孩。

我在艾杜瓦館的頭幾年，深深受到那番前景的吸引。我依然是個徹底且真正的信者——也許我並不相信基列的一切，但至少相信嬤嬤們無私的服事。可是現在，我不那麼確定了。

我們一直到隔天才又見到潔德。就像所有的新珍珠，她在禮拜堂裡參加守夜活動，徹夜默想與禱告。再來她會褪掉銀色洋裝，換上我們身上這種棕色洋裝。也不是說她注定成為嬤嬤——新近的珍珠得先接受細心觀察，才會受派在未來成為夫人或經濟太太，或求道者，或在某些不幸的例子裡，使女——不過，她們在我們當中活動期間，就必須跟我們做同樣的裝扮，並別一只新月形狀的仿珍珠大胸針。

潔德在基列的入門經驗有點嚴酷，因為隔天她就到參與處決的現場，目睹兩個男人在使女手下被五馬分屍，可能受到不小的震撼；連對我來說都依然很震撼，雖說這些年下來，我已經見識過多次。使女通常很安靜克制，看到她們展現這般的怒意有時令人驚恐。

這些規則是由創建者嬤嬤共同策劃出來的。如果是我和貝卡，我們會選擇沒那麼極端的手法。

在參與處決上被處死的是葛洛夫醫師，也就是貝卡過去的牙醫父親，他因為強暴伊莉莎白嬤嬤而被判刑，或者該說，強暴未遂；就我和他相處的經驗來看，我不怎麼在乎是哪種。說來抱歉，我很高興他受到了懲罰。

貝卡的反應迥然不同。葛洛夫醫師在她兒時以可恥的方式對待她，我無法原諒這件事，不過她自己是願意寬恕的。她個性比我寬厚善良；我佩服她這點，但我無法見賢思齊。

葛洛夫醫師在參與處決上被撕成碎片時，貝卡暈倒了。有些嬤嬤認為她會有這種反應，是出於孩子對父母的愛——葛洛夫醫師雖然道德敗壞，但他依然是個人，而且是個地位崇高的男人。他也是個父親，合該受到溫順女兒的敬重。不過，我知道實情並非如此：貝卡覺得自己對他的死有責任。她相信她永遠都不該告訴我他的罪行。我向她保證，我不曾把她的祕密洩漏出去，她說她信任我，但麗迪亞嬤嬤一定還是發現了。那就是嬤嬤們獲得權力的方式：就是查出事情。永遠不該談起的事情。

我和貝卡從參與處決回來，我替她泡了杯茶，建議她躺下來——她臉色還是滿蒼白的——可是她說她已經控制好自己的感受，不會有事的。我們正在進行聖經晚讀時，響起了敲門聲。我們詫異地發現麗迪亞嬤嬤站在門外，身邊帶著那個新珍珠，潔德。

「維多利亞嬤嬤、伊茉太嬤嬤，妳們雀屏中選，要擔起一項特別職務，」她說，「我們最新的珍珠潔德要指派給妳們。她會睡在第三間臥房，我知道那裡空著。妳們的任務就是在各方面幫助她，指導她在基列服事生活的種種細節。妳們的床單和毛巾夠用嗎？如果不夠，我可以安排一些過來。」

「夠，麗迪亞嬤嬤，讚美主。」我說。貝卡跟著附和。潔德對我們微笑，那抹微笑同時不安又倔強。她不像那些國外入境的一般新改宗者：她們要不是低聲下氣，不然就是滿腔熱血。

「歡迎，」我對潔德說，「請進。」

「好哇。」她說著便跨過門檻。我的心一沉：我知道過去九年以來，我和貝卡在艾杜瓦館所過的那種狀似平和的生活已經落幕——改變已經來到——可是我當時還不瞭解，那份改變將會那麼讓人揪心。

我說過，我們的生活很平和，但也許這樣的措辭並不正確。總之生活井井有條，儘管有點一成不變。我們的時間排得滿滿的，但怪的是，時間似乎沒有過去。我十四歲以求道者的身分入館，雖然我現在長大了，可是對我自己來說，我似乎沒長大多少。貝卡也一樣；我們似乎以某種方式凍結了；彷彿保存在冰裡面。

創建者們和較年長的嬤嬤們有種稜角。她們的人格形塑於基列之前的時代，她們有過我們僥倖避開的掙扎，而這些掙扎磨去了那些原本可能存在的柔軟。可是我們不曾被迫承受那樣的磨難。我們受到保護，不需要面對世界的嚴酷。我們受惠於前輩所做的犧牲。我們時時被提醒這一點，受命要心存感激。但要為一種缺席的不明事物心懷感恩，是件困難的事。我們恐怕無法全然體會，麗迪亞嬤嬤這一代人在烈火中淬鍊到多麼剛硬的程度。她們有種我們缺乏的冷血無情。

48

儘管覺得時間靜止不前，但我其實還是變了。我不再是當初進來艾杜瓦館的那個人。現在我是個女人了，即使是個經驗不足的女人；但當初我還是個孩子。

「很高興嬤嬤們讓妳留下來。」貝卡在頭一天說，害羞地正眼凝視我。

「我也很高興。」我說。

「以前在學校我一直很仰慕妳，不只是因為妳家有三個馬大，還有妳大主教家庭的出身背景，」她說，「也因為妳不像其他人那麼愛撒謊，而且妳對我滿好的。」

「我沒那麼好啦。」

「妳比其他人都好。」她說。

麗迪亞嬤嬤准許我跟貝卡住在同一個住宿單位。艾杜瓦館分成了許多區域；我們這區標示著字母C以及艾杜瓦館的座右銘：Per Ardua Cum Estrus。

「這句話的含意是以女性生殖週期度過生產的艱辛。」貝卡說。

「竟然有那麼多意思？」

「是拉丁文寫成的，用拉丁文聽起來比較好。」

我說：「什麼是拉丁文？」

貝卡說是很久以前的語言，再也沒人用來說，可是會拿來寫座右銘。比方說，高牆裡面的一切原本都寫著拉丁文Veritas，就是「真理」的意思。可是他們把那個字鑿掉，然後塗上油漆。

「妳是怎麼發現的？」我問，「如果那個字都不見了？」

「在賀德佳圖書館，」她說，「只有我們嬤嬤可以進去。」

「什麼是圖書館？」

「就是收藏書本的地方，一間間的房間都擺滿了書。」

「很邪惡嗎？」我問，「那些書？」

我想像那些爆炸性的內容全都擠在房間裡的模樣。

「我讀的那些不會啊。比較危險的那些存放在閱讀室裡。妳必須得到特殊許可才能進去裡邊，可是妳有其他的書可以讀。」

「她們讓妳讀？」我好訝異，「妳可以就這樣走進去讀？」

「如果拿到許可就可以，只有閱讀室不行。如果妳沒有許可就進去，就要到其中一間地窖接受矯治。」艾杜瓦館每一區都有個隔音的地窖，她說，以前是練鋼琴用的。不過，現在薇達拉嬤嬤利用R區的地窖來進行矯治。矯治就是某種懲罰，因為當事人違反了規定。

「可是懲罰都是公開進行的啊，」我說，「給罪犯的。妳也知道，就是參與處決，把人吊死，展示在高牆上。」

「對，我知道，」貝卡說，「我真希望他們別把那些人留在牆上那麼久，味道會飄進我們的臥室，讓我覺得想吐。可是地窖裡的矯治不一樣，是為了我們好。好了，先來幫妳找件衣服，然後妳就能替自己挑名字。」

有一份經過批准的名字清單，由麗迪亞嬤嬤和其他資深嬤嬤們編纂而成。貝卡說這些名字來自女性曾經喜愛過的產品，女性聽了會覺得安心，但她自己並不知道那些是什麼產品。我們這個年代的人都不曉得，她說。

她讀了那串名字給我聽，因為我那時還不識字。「媚比琳怎麼樣？」她說，「唸起來很好聽，媚比琳嬤嬤。」

「不要，」我說，「太花俏了。」

「那伊芙「怎麼樣？」

「太冰冷。」我說。

「這裡有一個：維多利亞。我想以前有個維多利亞女王。別人會叫妳維多利亞嬤嬤：即使在求道者的層級，我們也可以冠上嬤嬤的頭銜。可是一旦在基列之外的其他國家完成珍珠女孩的傳道任務，我們就可以升級成正式嬤嬤。」薇達拉學校沒教我們多少關於珍珠女孩的事——只說她們勇氣十足，為基列鋌而走險並做出犧牲，我們應該尊敬她們。

「我們要到基列外面去？到那麼遠的地方去不會很可怕嗎？基列不是很大嗎？」簡直好像掉出這個世界似的，基列肯定沒有邊緣。

「基列比妳想像的還小，」貝卡說，「四周有其他國家，我以後再拿地圖指給妳看。」我一定滿臉困惑，因為她露出笑容。「地圖就像一張圖片，我們在這邊會學怎麼讀地圖。」

「讀圖片？」我說，「要怎麼做？圖片又不是文字。」

「妳到時就知道。我一開始也沒辦法，」她再次微笑，「有妳在這裡，我就不會那麼寂寞了。」

半年之後，我會怎麼樣呢？我擔心著。她們會讓我留下來嗎？嬤嬤們看著我的眼神，好像在挑揀蔬菜似的，令人忐忑不安。要按規定將視線對準地面，做來真難；視線只要往更高走，就可能會盯著她們的軀幹，這樣很失禮；或是跟她們四目相對，這樣很放肆。除非資深嬤嬤先對我發話，否則我絕不能先開口，做來真難。服從、卑屈、溫順：這些都是我們被要求的美德。

然後還有閱讀，這點讓我很受挫。也許我年紀大到學不起來了，我暗想。也許就像精細的刺繡：必須從年少起步，不然手永遠都會很拙。不過我還是一點一滴學起來了。「妳有天分耶，」貝卡說，「比我以前剛開始的時候厲害！」

1 沐浴用品品牌，原文是Ivory，原意為象牙。

我拿到的學習用書是關於名叫迪克和珍的男孩與女孩。那些書本非常老舊，圖片在艾杜瓦館這裡經過修改。珍穿著長裙加長袖，但從塗過顏料的地方，可以看出她原本穿著不到膝蓋的短裙，衣袖的長度只到手肘那裡。她的頭髮原本並未掩住。這些書本最令人驚訝的地方，就是迪克、珍和寶寶莎莉住的房子四周竟然什麼都沒有，只有一圈白色木頭圍籬，輕薄又低矮，任何人都可以爬過去。而且沒有天使軍，也沒有衛士。迪克、珍和寶寶莎莉在眾目睽睽之下，到戶外玩耍。寶寶莎莉隨時都可能被恐怖分子誘拐，走私到加拿大去，就像寶寶妮可和其他被偷走的無辜孩兒。雖然除了她的臉龐之外，所有東西都以顏料蓋過，但珍原本裸露在外的膝蓋可能會在路過的任何男人心裡撩起邪惡的慾望。貝卡說，用顏料塗抹這類書本裡的圖片，是以後我必須要做的事情，因為那是指派給求道者的任務。她自己就塗改過不少書本。

我不一定能夠獲准留下來，她說；不是每個人都適合當嬤嬤。我來到艾杜瓦館以前，她認識兩個入館的女孩，但其中一個才三個月就改變主意，讓家人接了回去，原本替她安排妥當的婚姻照常進行。

「另外一個怎麼了？」我說。

「發生了不好的事情，」貝卡說，「她叫莉莉嬤嬤。一開始她看來沒什麼問題，大家都說她適應得不錯，可是她後來因為回嘴受到矯治。我想那還不算是最糟糕的矯治。薇達拉嬤嬤有時會很壞心，矯治的時候會說：『這樣妳喜歡嗎？』這種問題怎麼回答都不對。」

「可是莉莉嬤嬤呢？」

「經過那次矯治之後，她就變了個人。她想離開艾杜瓦館——她說她不適合——嬤嬤們說，如果是這樣，原本計畫好的婚事必須進行下去，但她也不想要結婚。」

「她想要什麼？」我問。我對莉莉嬤嬤突然起了很大興趣。

「她想在農場上獨自生活和工作。伊莉莎白嬤嬤和薇達拉嬤嬤說，太早開始閱讀就會有這種結果：說她在賀德佳圖書館吸收了錯誤的念頭，心智強化的程度不夠，沒辦法否決那些想法。她們說很多有問題的書都應該被銷毀。她們說，她必須接受更嚴苛的矯治，才能幫她集中思緒。」

「是什麼？」我忖度我的心智夠不夠堅強，我是不是也會受到多重的矯治。

「在地窖獨自禁閉一個月，只有麵包和水。等她再次被放出來，她除了說『是』、『不』之外，不肯跟任何人交談。薇達拉嬤嬤說她心智太過脆弱，不夠格當嬤嬤，還是必須進入婚姻。」

「她該離館的前一天，沒來吃早餐，午餐也沒出現。沒人知道她去了哪裡。伊莉莎白嬤嬤和薇達拉嬤嬤說，她一定逃走了，維安有了漏洞，她們發動了一場大搜查，可是怎麼都找不到她。然後淋浴的水開始傳出怪味。所以她們又搜查一次，這一次她們打開屋頂雨水貯水槽，供我們淋浴用的，她就在裡頭。」

「噢，好可怕，」我說，「她是不——她是被人謀殺的嗎？」

「嬤嬤們起初這麼說。海倫娜嬤嬤整個人歇斯底里，她們甚至准許一些眼目進來艾杜瓦館找線索，可是什麼也找不到。我們有些求道者上去看過貯水槽，說她不可能直接掉進去，因為那裡有梯子，而且還有一扇小門。」

「妳看到她了嗎？」我問。

「是閉棺的葬禮，」貝卡說，「可是她一定是故意的。謠傳說她口袋裡裝了石頭。她沒留遺言，如果有，也會被薇達拉嬤嬤撕掉。在葬禮上，她們說她的死因是大腦動脈瘤，她們不想讓人知道有求道者這麼失敗。我們都替她禱告，我確定上帝已經寬恕了她。」

「可是她為什麼要這麼做？」我問，「她想死嗎？」

「沒人想死，」貝卡說，「可是有人不想照著上層批准的那些方式生活。」

「可是溺死自己耶！」我說。

「應該會很平靜，」貝卡說，「會聽到鐘聲和歌唱。就像天使。為了讓我們好過一點，海倫娜嬤嬤就是這樣跟我們說的。」

我讀熟了迪克和珍系列的書本之後，拿到了《給年輕女孩的十則故事》，是薇達拉嬤嬤寫的韻文書。我記得的是這一則：

看看提爾匝！她坐在那頭，
幾綹髮絲飛揚散落；
看看她人行道上走，
頭抬高高自鳴得意。
看她對上衛士目光，
誘他踏上犯罪歧路。
她從不改行事作風，

她從不曾跪地禱告！
不久她將墜入罪惡，
然後吊死在高牆上。

薇達拉嬤嬤撰寫的故事講的都是女生不應該做，以及如果做了，就會碰上的恐怖遭遇。我現在才明白，那些故事並不是優質的詩詞，連在當時，我也不喜歡聽到那些可憐女孩犯了錯遭到嚴懲，甚至被殺的內容。可是儘管如此，只要有東西可以讀，就已經讓我興奮不已。

有一天，我正大聲朗讀提爾匝的故事，好讓貝卡糾正我的錯誤，這時她說：「那種事永遠不會發生在我身上。」

「什麼不會？」我說。

「我永遠不會像那樣引誘任何衛士，我絕對不會對上他們的目光，我不想看他們，」貝卡說，「任何男人都一樣。他們很可怕，包括基列那種上帝。」

「貝卡！」我說，「妳為什麼要這麼說？妳說『基列那種』，是什麼意思？」

「他們只希望上帝是一種樣子，」她說，「他們故意省略掉東西。聖經裡說，我們人是按照神的形象造成的，男人和女人都是。等嬤嬤們讓妳讀聖經的時候，妳就會明白。」

「別說這種事情，貝卡，」我說，「薇達拉嬤嬤——會覺得是異端邪說。」

「我可以對妳說，艾格尼絲，」她說，「我願意把生命交託給妳。」

「別這樣，」我說，「我不是個好人，不像妳。」

我在艾杜瓦館的第二個月，舒娜麥特來拜訪我。我在史拉弗立咖啡館跟她碰面，她穿著正式夫人的藍洋裝。

「艾格尼絲！」她嚷嚷，伸出雙手，「好高興見到妳！妳還好嗎？」

「當然還好，」我說，「我現在是維多利亞嬤嬤了。妳想來點薄荷茶嗎？」

「只是寶拉暗示說，妳可能已經……她說出了點問題——」

「也說我是精神失常吧。」我面帶笑容說。我注意到，舒娜麥特提及寶拉時像是相熟的朋友。舒娜麥特現在地位高過寶拉，一定讓寶拉懊惱不已——這麼年輕的女孩竟然爬得比她還高。「我知道她那麼想。對了，我應該恭喜妳結婚了。」

「妳沒生我的氣？」她說，換回我們學生時代的語調。

「我為什麼要『生妳的氣』，像妳說的？」

「唔，我偷了妳的丈夫啊。」她是那麼想的嗎？認為自己贏得了競賽？我該怎麼否認這點，同時又不會侮辱賈德大主教呢？

「我接到了更高事奉的呼召。」我盡可能一本正經地說。

她輕笑起來。「真的嗎？唔，那我就是接到了更低事奉的呼召。我有四個馬大呢！真希望妳可以看看我的房子！」

「一定很不錯。」我說。

「可是妳真的沒事？」她可能多少真心為我焦慮，「這個地方不會讓妳覺得厭倦嗎？這麼單調。」

「我沒事，」我說，「我祝福妳幸福快樂。」

「貝卡也在這座地牢裡，是吧？」

「這不是地牢，」我說，「對，我們共用一個住宿區。」

「妳不怕她用修枝剪攻擊妳嗎？她還瘋瘋癲癲的嗎？」

「她從來沒瘋過，」我說，「只是不快樂。很高興見到妳，舒娜麥特，可是我得回去值勤了。」

「妳不再喜歡我了。」她半正經地說。

「我正在受訓要成為嬤嬤，」我說，「其實我誰都不該喜歡。」

49

我的閱讀能力進步緩慢，一路經歷不少顛簸。貝卡幫了我很多忙。我們用聖經的經文來練習，是求道者可以取得也經過批准的選讀段落。我終於親眼讀到過去只是聽人轉述的聖經段落。貝卡幫我找到我在塔碧莎過世時，常常想起的那一段：

> 在你看來，千年如已過的昨日，又如夜間的一更。你叫他們如水沖去，他們如睡一覺；早晨他們如生長的草。早晨發芽生長，晚上割下枯乾。

我吃力地拼出字來。它們印在紙上似乎相當不同：不是明快流暢、鏗鏘有力，像我在腦海裡朗誦的那樣，而是更單調、更枯燥。

貝卡說，拼字跟閱讀不同：她說，閱讀時可以聽見文字的聲音，宛如一首歌曲。

「也許我永遠都做不好。」我說。

「會的，」貝卡說，「我們來試讀一些真正的歌曲吧。」

她走到圖書館——我目前還不能進去——帶回艾杜瓦館的一本詩歌集，裡面收錄著塔碧莎以銀鈴般的歌聲，在夜裡對著兒時的我所唱的歌曲。

此時我躺下準備安睡
願上帝保守我的靈魂……

我先唱給貝卡聽，過一會兒，我就能朗讀給她聽了。「那首歌充滿了希望，」她說，「我也想要這麼想——永遠都有兩個天使等著陪我一起飛翔。」接著她說：「從來沒人在夜裡對我唱歌，妳好幸運啊。」

除了閱讀之外，我也必須學習寫字。就某些方面來說，寫字更難，但在其他方面來說，又沒那麼難。我們往直桿筆管套上金屬筆尖，蘸墨水來寫字，有時則用鉛筆。就看專司進口的倉庫分發什麼用品到艾杜瓦館來。

寫字用品是大主教和嬤嬤的特權，在基列普遍無法取得。女人用不上寫字用具，大多數男人也一樣，除了報告和存貨清單，大部分人還能寫些什麼呢？

我們在薇達拉學校學過刺繡和繪畫。貝卡說，寫字幾乎就像那樣——每個字都像一張圖畫或一排縫針，也像是音符，你只是必須學習怎麼把字母寫出來，再將它們串連成字，就像用線穿起珍珠。

她的筆跡很美，常常耐著性子示範給我看。等我學會寫字，不管寫得有多彆扭，她選了一系列的聖經座右銘讓我抄寫。

如今常存的有信，有望，有愛這三樣，其中最大的是愛。

愛如死堅強。

因為空中的鳥必傳揚這聲音，有翅膀的也必述說這事[2]。

這些句子我一次次反覆抄寫。把同一個句子的不同書寫版本拿來比較，就可以看出自己進步多少，貝卡說。

我對那些我正在寫的文字產生好奇。愛真的比信更偉大嗎？我心中有愛或信嗎？愛跟死一樣強大嗎？空中的鳥必傳揚的是誰的聲音？

能夠閱讀和寫作，不代表就能回答所有的問題。反而會帶出其他問題，接著又引來更多問題。

除了學習閱讀之外，我在頭幾個月勉強順利完成了上頭指派給我的其他任務。有些任務

---

2 傳道書 10:20：「你不可咒詛君王，也不可心懷此念；在你臥房也不可咒詛富戶。因為空中的鳥必傳揚這聲音，有翅膀的也必述說這事。」

並不繁重。我喜歡在迪克和珍的書本裡畫裙子、衣袖和頭罩。我不介意到廚房工作，替廚子切蕪菁和洋蔥，還有洗碗。艾杜瓦館的每個人都必須對眾人的福祉有所貢獻，體力勞動不該受到輕視。沒有嬤嬤的地位高到不能碰這些俗務，雖說實際上搬運重物的工作大多由求道者負責。可是有何不可？我們年紀畢竟比較輕。

不過，刷馬桶不是很愉快的事，尤其明明一開始就清潔溜溜，卻要再刷一次，然後再來第三次。貝卡警告過我，這種重複是嬤嬤們的要求——重點不在於馬桶的狀態，她說。這是在考驗人服不服從。

「可是要我們清掃馬桶三次——不合理嘛，」我說，「等於浪費珍貴的國家資源。」

「馬桶清潔劑不是珍貴的國家資源，」她說，「不像懷孕的婦女。很不合理——沒錯，所以才是考驗啊。她們想看妳會不會遵從不合理的要求，完全不發牢騷。」

為了提升考驗的難度，她們會派最資淺的嬤嬤來監督。要聽命某個年齡相仿的人下的愚蠢指令，比面對年長監督者更惹人心煩許多。

「討厭死了！」在連續清掃馬桶第四週之後，我說，「我真的很討厭艾比嬤嬤！她好卑鄙、自負又——」

「那是考驗，」貝卡提醒我，「就像約伯，受到上帝的試煉。」

「艾比嬤嬤不是上帝，她只是自以為是。」我說。

「我們一定要盡量寬厚一點，」貝卡說，「妳應該禱告，希望能驅走自己的恨意。只要想像恨意從鼻子流出去，就像氣息那樣。」

貝卡有很多這種自我控制的技巧。我試著去練習，有時候會成功。

一等我通過半年的審查，成為永久的求道者之後，我就能進賀德佳圖書館。很難形容這件事給我的感受。我頭一次穿過它的門口時，覺得彷彿拿到了一把金鑰匙——這把金鑰匙可以解鎖一扇又一扇密門，向我揭露裡面的財寶。

起初，我只能到外室，但一陣子之後，我獲准進入閱讀室。我在那裡有自己的書桌，我受派的一項任務就是處理演說稿的校正本——也許我應該說是「講道」——是麗迪亞嬤嬤在特殊場合用的。她會反覆使用這些講稿，但每次都會更動，我們必須將她手寫的註記加進去，做成清楚易讀的打字稿。到現在，我已經學會打字，雖然速度緩慢。

我在桌邊的時候，麗迪亞嬤嬤有時會穿過閱讀室，路過我身邊，然後前往自己的特別房間，據說她在那裡進行重要研究，目的是要讓基列成為更好的地方：那是麗迪亞嬤嬤的終身使命，資深的嬤嬤們說。資深嬤嬤們如此一絲不苟所保存的珍貴血緣系譜檔案庫、聖經、神學論述、危險的世界文學——全都在那扇鎖上的門後面。只有等我們的心智充分經過強化之後，我們才准進入。

月月年年就這麼過去了，我和貝卡成了密友，我們跟對方說了許多自己和家人的事，是我們不曾告訴他人的。我坦承我有多恨繼母寶拉，雖說我努力想克服那種感受。我描述我們家使女克莉絲朵的死亡慘劇以及我有多難過。她則告訴我葛洛夫醫師和他的作為，我也跟她說了我跟他之間的過節，她替我感到難過。我們聊了我們生母以及我們多想知道她們是誰。也許我們不應該跟彼此透露這麼多，但這樣給人很大的安慰。

「好希望我有個姊妹，」她有天對我說，「如果我真的有姊妹，那個人就會是妳。」

50

我以「平和」來描述我們的生活，就外人的眼光看來確實如此，但我後來得知，在這些尋求將自己奉獻給更高理念的人當中，內在風暴和騷動並不是罕見的事。我花了四年時間閱讀比較初階的文本之後，終於獲准閱讀全本聖經，而我的頭一場內在風暴就在這時掀起。我們的聖經都上了鎖，就像在基列的其他地方：聖經只能交到心智強韌、個性穩健的人手上，而這就排除了女性，只有嬤嬤們例外。

貝卡較早開始閱讀聖經——她領先於我，無論在優先權或熟練度上。但那些已經接觸過這些奧祕的人一概不准談起個人神聖的閱讀體驗，所以我們不曾討論過她學到的東西。

那天終於到來，專門為我保留的那只上鎖的聖經木盒會被帶到閱讀室，我即將可以翻開這本禁書中的禁書。我興奮難抑，但那天早上貝卡說：「我必須先警告妳。」

「警告我？」我說，「可是那很神聖啊。」

「上頭寫的跟她們講過的不一樣。」

「什麼意思？」我問。

「我不希望妳太失望，」她頓住，「我確定艾斯帖嬤嬤當初是一片好意。」接著她說：「士師記十九到二十一章。」

她只願意跟我說這些。可是當我走進閱讀室，打開木盒和聖經，那就是我翻閱的頭一個地方。裡面寫到被大卸成十二塊的妾婦故事，就是薇達拉嬤嬤很久以前在學校跟我們說過的那則——就是貝卡幼小時，讓她心神大亂的那則。

我記得很清楚。我也記得艾斯帖嬤嬤當時給我們的解釋。她說，妾婦之所以被殺，是因為她為了自己不順服而感到抱歉，於是犧牲自己，免得她的主人落入邪惡的便雅憫人手中被強暴。艾斯帖嬤嬤當時說，妾婦勇敢又高貴。她說那個妾婦做了選擇。

可是現在我讀到了故事的全貌。我尋找勇敢和高貴的部分，尋覓她所做的抉擇，但是遍尋不著。那個女孩只是被推到門外，然後遭強暴致死，接著被一個她活著時將她當成買來牲畜的男人，像一頭母牛似的切塊分屍。難怪她一開始會逃走。

這種震撼令人痛苦：和善熱心的艾斯帖嬤嬤竟然騙了我們。真相並不高貴，而是恐怖至極。這麼說來，當嬤嬤們說，女人的心智過於脆弱所以不能閱讀，就是這個意思了。我們會崩解潰散，我們在種種矛盾之下會茫然失措，我們會無法穩住陣腳。

直到那時，我不曾認真懷疑過基列神學公正與否，尤其是真實與否。如果我達不到完美，我的推論會是——都是我個人的錯。可是隨著我發現基列更動了什麼、增添了什麼，又省略了什麼，我怕我可能會失去信仰。

如果你不曾有過信仰，不會瞭解那是什麼意思。感覺就像摯友即將死去；定義你這個人的一切都被燒燬；你最後會落得孑然一身。感覺就像遭到放逐，彷彿迷途在闃暗的樹林裡。塔碧莎過世的時候我就有這種感覺：意義逐漸從這個世界流失。一切空洞無比。一切都在枯乾當中。

我跟貝卡說了我心中的部分變化。

「我知道，」她說，「我之前也是這樣。基列頂端的每個人都騙了我們。」

「什麼意思？」

「上帝不是他們說的那樣。」她說。她說妳可以相信基列，或可以相信上帝，但兩者無法並存。那就是她處理信仰危機的方式。

我說我不確定我選擇得了。私底下我其實暗暗害怕，兩者我都無法相信。不過，我想要相信；事實上我渴望相信；說到底，有多少信仰正是來自渴望呢？

51

三年後，發生了更令人惶恐的事。我說過，我在賀德佳圖書館的任務之一就是處理麗迪亞嬤嬤演說內文的校正稿。我當天要經手的講稿會裝在銀色文件夾，擱在我的書桌上。有天早上我發現，銀色文件夾後面塞了個藍色文件夾。是誰放在那邊的？是不是有人弄錯了？

我翻開文件夾。我繼母寶拉的名字映入眼簾，就在首頁的頂端。接下來是針對她首任丈夫之死的敘述，就是她改嫁給我所謂父親凱爾大主教以前的那位。如同我說過，她丈夫桑德斯大主教被他們家使女殺死在書房裡，或者說那是當時流傳的說法。

寶拉說那個女孩很危險，精神不穩定，從廚房偷了烤肉叉之後，無緣無故攻擊桑德斯大主教。使女逃之夭夭，但後來被逮捕並受刑絞死，遺體吊在高牆上示眾。可是舒娜麥特當時說，她家馬大說，使女和那位丈夫有不法且失德的私情，養成了在他書房裡通姦的習慣，所以使女才有機會殺了他，也是她下手的原因：他對她的索求將她逼過了理智的邊緣。剩下的部分和舒娜麥特講的一樣：寶拉發現屍體、使女遭到逮捕、處以吊刑。舒娜麥特加了一個細節，就是寶拉為了守住顏面，替死去大主教穿回褲子，弄得自己滿身是血。

可是藍文件夾裡的故事迥然不同。照片以及許多祕密側錄的對話逐字稿強化了這個故事。桑德斯大主教和他的使女之間並沒有不正當的關係——只有遵照法令執行的固定儀典。不過，寶拉和凱爾大主教——我以前的父親——在我母親塔碧莎過世以前，就有了不軌戀情。

寶拉向使女伸出友誼之手，主動提議幫她逃出基列，因為她知道這女孩多不快樂。寶拉甚至將地圖和指示提供給她，還有沿途的幾位五月天聯絡人的姓名。使女出發之後，寶拉自己親手用烤肉叉刺死桑德斯大主教。那就是她身上沾了那麼多血的原因，不是因為幫他將褲子套回去。事實上，他從沒褪掉褲子，或者說那天晚上並沒有。

寶拉收買她的馬大替使女殺人這個說法背書，除了賄賂還加上要脅。接著她通報天使軍，並控訴使女，其餘事件接踵而來。那個不幸的女孩被捕獲時，正絕望地在街頭遊蕩，因為那份地圖並不正確，那些五月天聯絡人根本不存在。

使女接受審訊（文件夾裡附有審訊逐字稿，讀起來很不舒服）。雖然使女承認自己企圖出逃，也揭露了寶拉在其中扮演的角色，她堅持自己並未涉案，說自己對這場謀殺一無所知——直到過於痛苦，只好做出假自白。

她擺明了是無辜的，卻還是被吊死了。

嬤嬤們一直知道真相，或者說至少她們當中有個人知道。證據就在我眼前的文件夾裡。但是寶拉卻安然無恙，而有個使女因為這宗罪而被吊死。

我暈頭轉向，彷彿遭閃電劈擊。可是我不只因為這個故事大感震驚，也因為這份文件夾放在我桌上而困惑不已。為什麼某個不知名人士要給我這麼危險的資訊？

當原本認定為真的故事變成假的之後，你就會開始懷疑所有故事的真假。這是為了讓我轉而反對基列嗎？這份證據是假造的嗎？麗迪亞嬤嬤是不是威脅要揭露我繼母寶拉的罪行，使她不得不放棄將我嫁給賈德大主教？這則可怕的故事是不是替我換來在艾杜瓦館成為嬤嬤的身分？這是不是要告訴我，我母親塔碧莎不是死於痼疾，而可能被寶拉以不為人知的方式謀害了，凱爾大主教或許也參了一腳？我不知道該相信什麼了。

我沒有傾訴的對象，連貝卡也不行：我不想讓她成為同謀，免得陷她於險境。對於那些不該知道的人來說，真相可能會招來很大的禍事。

我完成當天的工作，將藍文件夾留在我發現的地方。隔天，又有一份新講稿要我處理，而昨天那份文件夾已經不見蹤影。

接下來的兩年，我陸續發現有幾個類似的文件夾在我的桌上等我，裡頭夾著各種不同罪狀的證據。夫人的犯罪情事放在藍文件夾裡、大主教的是黑文件夾，專業人士（比方說醫生）是灰文件夾，經濟男女則是條紋文件夾，馬大的則是暗綠色。既沒有收錄使女罪行的文件夾，也沒有嬤嬤們的。

留給我的文件夾大多不是藍就是黑，描述了多重的罪過。使女們被迫從事非法行為，然後頂起罪責；雅各之子們互相暗算；高層們彼此賄賂、交換人情；夫人密謀對付其他夫人；馬大竊聽並蒐集資訊，轉手賣掉；神祕的食物中毒事件。寶寶在夫人們之間換手，起因卻是毫無根據的謠言中傷。夫人們因為從未發生過的通姦行為而被吊死，因為大主教想換娶年輕點的夫人。公開審判——意在肅清叛徒、淨化領導階層——卻因為有人在酷刑逼供下做出假自白而翻轉結果。

作偽證並非例外，而是相當常見。在美德和純潔的外表之下，基列其實腐爛敗壞。

除了寶拉的文件夾之外，跟我最有關係的檔案，就是賈德大主教那一份。那份檔案厚厚一疊。在其他種種輕罪以外，還有攸關他前幾任妻子命運的證據，就是他跟我那次短暫婚約之前曾經娶進門的那幾位。

他把她們全都除掉了。第一位被推下樓梯、摔斷脖子。據說她是自己絆倒跌落的。以我讀其他檔案的經驗來判斷，要讓這些事情看起來像意外並不困難。他兩位夫人據說都死於生產，或在生產過後不久死去；那些寶寶都是異嬰，但這些夫人的死都跟刻意引發的敗血症或休克有關。其中一例，賈德主教不肯批准開刀處理，當時長了兩顆腦袋的異嬰卡在產道裡。我們無計可施，他當時虔誠地說，因為胎兒還有心跳。

第四位夫人在賈德大主教的建議下，開始培養花卉繪畫的嗜好，大主教體貼地替她採買顏料。她後來漸漸出現鎘中毒的症狀。檔案的註記寫著，鎘是種知名的致癌物，第四任夫人不久之後便不敵胃癌而逝。

看來我死裡逃生，避開了一場死劫。有人幫我避開了它。那晚我祈禱表示感恩：儘管我滿心懷疑，但我依然持續禱告。謝謝，我說，我信心不足，求主幫助，我補了一句，也請幫幫舒娜麥特，她肯定需要一臂之力。

最初我開始讀這些檔案時，我心驚膽寒、倒盡胃口。是否有人刻意造成我的痛苦？或者那些檔案是我教育的一部分？我的心智是否因此變得剛強？這是不是預備我將來身為嬤嬤時需要執行的任務？

我漸漸學到，這就是嬤嬤們的常態。她們記錄，她們等待，她們運用手上的資訊達成只有她們自己知道的目標。她們的武器是強大卻有毒的祕密，有如馬大們向來說的。祕密、謊言、奸詐、欺瞞——但不只是別人的祕密、謊言、奸詐和欺瞞，也是她們自己的。

如果我繼續留在艾杜瓦館——如果我完成珍珠女孩的傳道任務，以正式嬤嬤的身分回歸——我就會變成這樣。我所得知的一切祕密——未來肯定還有更多——都會成為我的，任憑我取用。如此大的權力。可以默默審判惡人，以他們預料不到的方式降下懲罰。種種的復仇。

我說過，我個性裡有個愛記仇的面向，是我過去曾經後悔的。雖然後悔但並未革除。如果我說我不會受到誘惑，那並不是實話。

XIX、書房

52 艾杜瓦館親筆手書

昨天晚上有個令人不快的驚嚇，我的讀者。我在空無一人的圖書館裡，以筆和藍墨水，暗地奮筆疾書，為了通風讓門開著，這時薇達拉嬤嬤突然從我私人小室的角落探頭進來。我並未驚跳起來——我的神經有如可固化的聚合體，就像那些經過塑化處理的屍骸——但我猛咳一陣，是種緊張的反射動作，然後用闔起的《為自己的人生辯護》掩住我原本在書寫的紙張。

「啊，麗迪亞嬤嬤，」薇達拉嬤嬤說，「希望妳不是要感冒了。妳不是該上床歇息嗎？」妳指的是我長眠不醒吧，我暗想，那就是妳所希望的。

「只是過敏，」我說，「每年這個時節有不少人都會。」她無法否認這點，她自己就因為這點大吃苦頭。

「抱歉打攪，」她口是心非說，目光掃過紐曼紅衣主教的書，「永遠在做研究，我明白，」她說，「好一個惡名昭彰的異端。」

「知己知彼啊，」我說，「有什麼要幫忙的嗎？」

「我有點要事想討論。能不能到史拉弗立咖啡館，讓我請妳一杯溫牛奶？」她說。

「妳人真好。」我回答。我將紐曼紅衣主教的書擱回架上，背過身去，好把那些藍墨紙張悄悄收進去。

不久，我們坐在咖啡館桌旁，我面前有溫牛奶，薇達拉嬤嬤則是薄荷茶。「之前那場珍珠女孩感恩會有點不大對勁的地方。」她起了個頭。

「哪裡不對勁？感覺一切都跟往常相差無幾。」

「那個新來的女孩，潔德。她說服不了我，」薇達拉嬤嬤說，「怎麼看就是不可能。」

「她們一開始看起來都不大可能，」我說，「可是她們想找個安全的避風港，免於所謂現代生活的貧窮、剝削和蹂躪。她們追求穩定，渴望秩序，想要一清二楚的準則。她要花點時間才能安頓下來。」

「碧翠絲嬤嬤跟我提過她手臂上那個荒唐的刺青。我想她也跟妳說過。真是的！上帝和愛！彷彿用那樣粗糙的手法奉承討好，我們就會上當似的！這麼異端的神學！就是有意圖欺瞞的感覺。妳怎麼知道她不是滲透進來的五月天成員？」

「在過去，我們都能成功揪出臥底人員，」我說，「至於身體上的毀傷，加拿大的青少年都是些異教徒，會在自己的身體上烙下各種野蠻的符號。我相信那是出於好意；至少不是一隻蜻蜓、頭顱或那類的東西。往後好好盯著她就是了。」

「我們應該找人去掉她的刺青，真是褻瀆。上帝這個字眼是神聖的，不該放在胳膊上。」

「移除刺青這件事，目前對她來說會太痛苦。可以等到晚些再說。我們不想潑年輕求道者冷水。」

「前提是，她是真正的求道者——這點我非常懷疑，五月天嘗試這種伎倆是很典型的作為。我想她應該接受審訊。」她的意思是由她來主持審訊。她享受這種審訊到有點過頭的程度。

「欲速則不達，」我說，「我偏好更巧妙的手法。」

「妳早期並不偏好巧妙的手法，」薇達拉說，「妳以前可是全力支持大動作處理的，妳以前並不在意一點血腥。」她打了噴嚏。也許我們應該處理一下這間咖啡館裡的黴菌問題，我暗想。不過話說回來，也許免了吧。

時間晚了，我打了通電話到賈德大主教家裡的辦公室，要求一場緊急會面，對方應允了。我交代司機在外頭等我。

賈德的夫人舒娜麥特前來應門。她看起來狀況不佳：削瘦、面色慘白、眼神空洞。就賈德的夫人來說，她撐得算久的，但至少她生過寶寶，雖說是異嬰。不過，現在，看來她的時間所剩不多。我納悶賈德都在她的湯裡加了什麼。「噢，麗迪亞嬤嬤，」她說，「請進，大主教正在等妳。」

她為什麼親自來開門？開門向來是馬大的工作。她一定有求於我。我壓低嗓門。「舒娜麥特，我親愛的，」我微笑，「妳病了嗎？」這女孩曾經如此朝氣蓬勃，即使傲慢又煩人，但現在卻成了個病懨懨的幽靈。

「我不應該這麼說，」她低語，「大主教跟我說沒什麼。他說我不舒服都是自己想像出來的，可是我知道我身體出狀況了。」

「我可以要艾杜瓦館的診所評估一下，」我說，「做幾個檢驗。」

「我必須得到他的批准，」她說，「他不會讓我去的。」

「我會替妳拿到他的批准，」我說，「不要怕。」接著是淚眼婆娑、連聲道謝。要在別的年代，她會跪下來親吻我的手。

賈德就在書房裡等候。我以前來過這裡，他有時在，有時不在。這個空間裡存放著豐富的資訊。他不應該從眼目的辦公室把工作帶回家，然後粗心大意地隨處擺放。

右邊的牆上——從門口這裡看不到，因為總不好驚嚇女性住戶——有幅十九世紀的畫作，畫面裡是個幾近性成熟的女孩，身上一絲不掛。添上了蜻蜓翅膀，讓她化身為精靈；在那些年代，精靈在一般的觀念裡極度厭惡衣物。她掛著一抹不具道德意識的調皮笑容，在一朵蘑菇上方盤旋不去。那就是賈德喜歡的——因為年輕女孩內心有種淘氣的特質，可以不用把她當成完整的人類。這樣就可以為他對待她們的方式找到藉口。

這間書房擺滿了書，大主教們的書房皆是如此。他們喜歡積攢書籍，對於到手的，洋洋得意，並且向他人吹噓竊來的東西。賈德有一批體面的傳記和歷史藏書——拿破崙、史達林、希奧塞古[1]和其他領袖與獨裁者。他有幾本極為寶貴珍本是我所羨慕的：多雷[2]的《但丁神曲·地獄篇》、達利的《愛麗絲夢遊仙境》、畢卡索的《利西翠妲》[3]。他還有另外一種沒那麼體面的書：古色古香的色情書籍，我知道，因為我細看過。那種類別的書真不耐看。對人體的不當對待總是同樣那幾套東西，變化實在有限。

「啊，麗迪亞嬤嬤，」他說，從椅子上半起身，呼應了往昔的紳士舉措，「坐，都這麼晚了，請告訴我，是什麼風把妳吹來的。」他雖然滿臉堆笑，但眼神不帶笑意，只有戒備和冷峻。

「有狀況了。」我邊說邊坐進對面的椅子。

他的笑容消失了。「希望不嚴重。」

「倒不是解決不了的事情。薇達拉嬤嬤懷疑。所謂的潔德是外來的滲透，被派來挖取情報，目的是為了讓我們難堪。她希望審訊那個女孩。那樣將會重創寶寶妮可未來的正面用途。」

「我同意，」他說，「這麼一來，我們之後就沒辦法在電視上宣傳了。我怎麼幫妳才好？」

「是幫『我們』。」我說。我們這艘小小私掠船[4]上有兩人共乘，時時提醒他這件事總是好的。「由眼目下令保護那個女孩不受干擾，直到我們確信能以寶寶妮可的身分將她公諸於世。薇達拉嬤嬤並不清楚潔德的身分，」我補充，「不應該告訴她，她已經不完全可靠了。」

「可以解釋一下原因嗎？」他說。

「請姑且相信我，」我說，「另有一件事，你的夫人舒娜麥特應該送到艾杜瓦館的平靜慰安診所接受治療。」

一陣長長的停頓，我們兩人越過他的書桌對望。「麗迪亞嬤嬤，妳讀透了我的心思，」他說，「將她交由妳照顧，確實比在我手中更理想。免得出了什麼差池……免得她可能患了

---

1 Ceaușescu（1918-1989），羅馬尼亞政治人物。

2 Gustave Doré（1832-1883），法國藝術家。

3 古希臘劇作家阿里斯托芬的喜劇作品。

4 Privateer 原意為戰時經交戰國特許在海上攻擊、捕押敵方商船的武裝民船。

什麼絕症。」

我要提醒你，在基列這裡是不能離婚的。

「明智的決定，」我說，「你非避嫌不可。」

「我仰賴妳的謹慎，親愛的麗迪亞嬤嬤，我將自己交到妳手中。」他說著便從桌邊起身。說得真對啊，我想，而一隻手多麼輕易就能握成拳頭。

我的讀者，此刻我懸在緊要關頭上。我有兩種選擇：我可以繼續進行這項凶險，甚至可說魯莽的計畫，嘗試透過年輕妮可將我那包爆裂物移轉出去，倘若成功，就等於將賈德和基列朝懸崖推第一把。如果失敗，我自然會被烙上叛徒的印子，活在臭名之中；或者該說，死於臭名之中。

或者我可以選擇更安穩的路線。我可以將寶寶妮可交給賈德大主教，她會暫時綻放燦爛的光芒，然後因為不順從而像蠟燭一般被掐熄，因為她溫順接受自己在這裡的處境，這個機率會是零。我就可以在基列收割我長期耕耘的成果，應該會非常豐碩。薇達拉嬤嬤會被架空，我甚至可以將她送進精神病院。如此一來，我便能徹底控制艾杜瓦館，因此確保我備受尊崇的老年生活。

如此，我必須放棄向賈德復仇的念頭，因為這麼一來，我們等同永遠分不開了。賈德的夫人舒娜麥特會是連帶的死傷。我將潔德安排在伊茉太嬤嬤和維多利亞嬤嬤的宿舍空間，所以一旦她被攆除，她們兩人的命運也就難以預料；基列採用連坐法，如同其他地方。

我有能耐施展這樣的兩面手法嗎？我能背叛得如此徹底嗎？我帶著無煙火藥在基列地基

裡都挖鑿這麼遠了，我可以心生動搖嗎？我畢竟是凡人，這是完全有可能的。

如果是那樣，我會毀掉這些耗時費力寫就的紙稿，也會連帶毀掉你，我未來的讀者，只消擦亮一根火柴，你就無影無蹤——一舉抹消，彷彿過去不曾有你，未來也永遠不會有你。我會徹底否決你的存在。這種感覺多麼像神啊！雖說是專司毀滅之神。

我擺盪著，擺盪著。

但明天又是嶄新的一天。

XX、血緣

53證人證詞逐字稿369B

我成功進入了基列。我原本以為自己對它認識很深，但實際體驗跟紙上談兵畢竟不同，而實際在基列生活則是天差地遠。基列滑溜溜的難以掌握，有如在冰上行走：我覺得自己頻頻失去平衡。我沒辦法讀懂人們的表情，常常不知道他們在說什麼。我可以聽到字字句句，可以理解文字本身，卻無法將文字轉譯成意義。

在禮拜堂的第一場集會上，等我們跪地唱完之後，碧翠絲嬤嬤帶我到長椅上坐下。我回頭望向擠滿場地的女人們。每個人都盯著我看，笑容半友善、半飢餓，就像恐怖電影裡的場景，你知道那些村民最後會露出吸血鬼的原型。

然後還有新珍珠的通宵守夜：我們應該跪著默默冥想。沒人跟我提過這件事：規則是什麼？想上廁所要舉手嗎？怕你覺得好奇，答案是沒錯。這樣過了幾小時之後——我的腿都開始抽筋了——有個新珍珠，我想是從墨西哥來的，開始哭得歇斯底里，然後放聲大叫。兩個嬤嬤把她撐起來，押著走出去。後來聽說她們派她去當使女，還好我當時乖乖閉上嘴。

隔天，她們發了那些棕色醜衣服給我們，轉眼我們成群被趕往體育館，一排排坐定。沒人提過基列有運動賽事——我還以為完全沒有——可是那不是賽事，而是參與處決。以前學校跟我們提過這個活動，可是沒有細說，我猜是因為他們不想讓我們心理留下創傷。現在我可以明白為什麼。

當天是雙重處決，有兩個男人被一群發狂的女人親手撕裂。尖叫聲四起，狂踢猛咬，鮮血四處噴濺，尤其在使女們身上：她們渾身濺滿了血。有些人舉起屍塊——一團團髮絲、看起來像手指的東西——其他人則放聲叫嚷和歡呼。

好陰森，恐怖至極。在我對使女的想像裡，增添了全新的面向。或許我母親以前也像那樣，我想：野蠻凶殘。

54證人證詞逐字稿369A

我和貝卡應麗迪亞嬤嬤的要求，勉力指導新珍珠潔德，可是就好像對空氣講話似的毫無成效。她不知道怎麼耐著性子坐好，不懂得如何挺直背脊、雙手搭在腿上；她會扭來轉去，雙腳蠢動不安。「女人要這樣坐。」貝卡會告訴她，一面示範。

「是，伊茉太嬤嬤。」她會說，接著就會努力配合一下，但這些嘗試往往持續不了多久，轉眼又開始彎腰駝背，腳踝橫跨膝蓋。

潔德第一次在艾杜瓦館用晚膳時，為了保護她，我們兩人各坐她的一側，因為她總是掉以輕心。儘管如此，她還是冒冒失失的。當天的餐點是麵包配內容不詳的湯品，星期一廚子常把之前的剩菜混在一起，然後加點洋蔥進去煮成湯——還有豆苗和白蕪菁拌成的沙拉。

「那個湯，」她說，「好像發霉的洗碗水，我才不要喝。」

「噓……得到什麼都該感恩，」我低聲回她，「我確定這個湯很營養。」

點心又是西米露。「這我沒辦法，」她吭噹扔下湯匙，「像是泡在膠水裡的魚眼睛。」

「不把餐點吃完是不敬的，」貝卡說，「除非妳在齋戒。」

「我的可以給妳。」潔德說。

「大家都在看了。」我說。

她最初抵達的時候，頭髮泛著綠色——看來那就是加拿大人喜歡的毀傷方式——不過一踏出住宿區，她就必須用頭罩遮住頭髮，所以一般不會有人注意到。然後她開始扯頸後的頭髮，說能幫助她思考。

「妳如果一直那樣，到最後會禿一塊喔。」貝卡對她說。艾斯帖嬤嬤在紅寶石婚前預備課程上教過我們：如果你反覆拔除毛髮，會長不回來，眉毛和睫毛都是。

「我知道，」潔德說，「不過反正這邊也沒人看得到你的頭髮。」她對著我們漾起信任的笑容，「總有一天我要剃光光。」

「不可以啦！頭髮是女人的榮耀，」貝卡說，「是賜給女人遮蓋用的，就寫在聖經的哥林多前書[1]裡。」

「只是一項榮耀？頭髮？」潔德說。她的語調很唐突，可是我想她不是故意不禮貌。

「妳為什麼想要剃光頭髮、羞辱自己呢？」我盡可能柔聲問。如果妳是個女人，沒有頭髮就是恥辱的標記：有時候，丈夫投訴妻子，說她不服從或愛嘮叨，嬤嬤們就會剪掉那位經濟太太的頭髮，再把她鎖進公共刑枷[2]裡。

「只是想體驗一下光頭的感覺，」潔德說，「那在我的水桶清單[3]裡。」

「妳跟別人說話一定要小心，」我告訴她，「我和貝卡——伊茉太嬤嬤很寬容，我們明白妳才剛從墮落的文化過來；我們想要幫忙妳。可是其他嬤嬤——尤其是比較老的那些，像薇達拉嬤嬤——她們時時都在注意看有沒有人犯錯。」

「對啦，妳說得對，」潔德說，「我是說，是，維多利亞嬤嬤。」

「什麼是水桶清單？」貝卡問。

「就是我死前想做的事。」

「為什麼叫水桶清單？」

「是從『踢倒水桶』[4]來的，」潔德說，「只是一句俗話。」接著，看到我們一頭霧水的表情，她繼續說，「我想是從他們以前把人吊死在樹上來的。他們會叫那些人站在倒蓋的水桶上，然後把那些人吊起來，那些人的腳就會亂踢，自然就會踢倒那個水桶。我猜的啦。」

「我們這邊吊死人的方法不一樣。」貝卡說。

---

1 哥林多前書 11:15：「但女人有長頭髮，乃是她的榮耀，因為這頭髮是給她做蓋頭的。」

2 Stocks 又譯為「木狗」，是體罰與公開羞辱的工具，以板子制住受罰者的手肘和腳踝，任路過的人羞辱踢打。

3 Bucket list：此為字面翻譯，意思是「願望清單」。上面列出自己離開人世之前想完成的事情。

4 Kick the bucket：這裡為上下文採字面翻譯，意思是死掉。

55 證人證詞逐字稿369B

我很快意識到，住在C區的那兩位年輕嬤嬤對我不以為然；可是我身邊只有她們，沒有其他說話對象。在多倫多，碧翠絲嬤嬤勸我改宗的時候，對我很好，可是我來到這裡以後，她不再關心我。我路過她身邊時，她會對我露出淡漠的笑容，但僅此而已。

我停下來思考這件事的時候，會感到害怕，可是我盡量不讓恐懼控制我。我也覺得非常寂寞。我這裡沒有任何朋友，也無法聯絡家鄉的任何人。艾達和以利亞遠在天邊。沒有人可以給我指引；我只能自立自強，沒有指導手冊。我好想念葛斯。我連連做著白日夢，想的都是我們一起做過的事：到墓園過夜、在街頭乞討。我甚至想念我們吃過的速食。我總有一天能回去嗎？要是回得去，又會發生什麼事？葛斯可能有女朋友了。他怎麼會沒有？我從沒問過他，因為我不想聽到答案。

可是我最大的焦慮之一跟艾達、以利亞稱為「來源」的那個人有關——也就是他們在基列境內的聯絡人。這個人什麼時候會出現在我的生活裡？要是他不存在呢？如果根本沒有這號人物，我就會永遠困在基列這裡，因為不會有人帶我離開。

56 證人證詞逐字稿369A

潔德這個人很邋遢。她會把自己的東西隨便留在我們的公共空間——她的長筒襪、求道見習生新制服的腰帶，有時甚至把鞋子扔在這裡沒拿。她有時用完馬桶沒沖水。我們在浴室地板上發現她梳下來的落髮到處亂飛，水槽沾到牙膏也沒清理。她老在規定的時段之外淋浴，直到我們堅定地勸阻她好幾次。我知道這些都是瑣碎小事，可是近距離一起生活，點點滴滴累積起來就是令人不快。

還有她左手臂的刺青問題，上頭紋著上帝和愛，交錯成十字架。她說那象徵著她皈依了真正的信仰，可是我懷疑這並不是真話，因為她有一次說溜嘴，說她認為上帝是「想像的朋友」。

「上帝是真正的朋友，不是想像的朋友。」貝卡說，語氣裡飽含她所能表露出來的最大怒氣。

「如果我冒犯了妳們的文化信念，抱歉了。」潔德說。這話聽在貝卡耳裡並沒有更好；說上帝是文化信念，比起說祂是想像的朋友甚至更糟。我們意識到，潔德認為我們很笨，她一定覺得我們很迷信。

「妳應該把那個刺青弄掉，」貝卡說，「這樣是褻瀆神的。」

「是啦，也許妳說得對，」潔德說，「我是說，是，伊茉太嬤嬤，謝謝妳告訴我。總之癢得跟地獄一樣[5]。」

「地獄不只是癢而已，」貝卡說，「我會為妳的救贖而禱告。」

潔德在樓上自己的房間時，我們常常會聽到砰砰敲擊的噪音和悶住的吶喊。那是野蠻的禱告形式嗎？我終於忍不住問她到底在房間裡做什麼。

「鍛鍊身體啊，」她說，「就像運動，人必須保持強壯的體魄。」

「男人身體很強壯，」貝卡說，「心智也是。女人在靈性上很強壯。不過，當局准許到了懷孕年紀的女人做些適度的運動，像是散步。」

「妳為什麼覺得自己需要有強壯的身體？」我問她。我對她的異教信念越來越好奇。

「免得被什麼傢伙攻擊啊。必須知道怎麼用手指戳他們的眼睛、用膝蓋撞他們的蛋蛋、出拳讓他的心跳暫停。我可以示範給妳們看。像這樣握拳——彎起手指，拇指跨過指節，手臂要打直。然後瞄準心臟。」她出拳猛擊沙發。

貝卡震驚到得坐下來緩緩心神。「女人是不打男人的，」她說，「無論誰都不打。除了遵照法律的規定，像是參與處決的時候。」

「哼，還真方便！」潔德說，「所以不管他們想對妳怎樣，妳都應該逆來順受？」

「妳不應該引誘男人，」貝卡說，「如果妳引誘他們，要是發生事情，有一部分是妳的錯。」

潔德輪流看著我們兩個。「竟然怪受害者？」她說，「不會吧！」

「我沒聽懂，請再說一遍。」貝卡說。

「算了，所以妳想告訴我，這是雙輸的局面，」潔德說，「不管我們做什麼，都只能活該受罪。」我們兩人默默盯著她；不回答也是一種回答，麗思嬤嬤以前總是這麼說。

「好吧，」她說，「反正我還是會繼續鍛鍊。」

潔德抵達的四天後，麗迪亞嬤嬤把我和貝卡叫進辦公室。「那個新珍珠適應得如何？」她問。我遲疑不語，她說：「有話直說！」

「她不知道怎麼守規矩。」我說。

麗迪亞嬤嬤露出像老蕪菁一樣滿面皺紋的笑容。「要記得，她剛從加拿大過來，」她說，「所以她不知道怎麼做才對。國外來的改宗者剛到的時候常常像那樣。目前，教她怎麼過得更安全，就是妳們的職責。」

「我們一直在努力，麗迪亞嬤嬤，」貝卡說，「可是她很——」

「倔強，」麗迪亞嬤嬤說，「我不意外，時間會治好這種毛病。妳們盡力就好。妳們可以走了。」我們按照一貫的做法，側身離開麗迪亞嬤嬤的辦公室，因為背對她是不禮貌的。

犯罪檔案持續出現在賀德佳圖書館裡我的書桌上。我不知該作何感想：前一天，我覺得能成為正式的嬤嬤一定很有福氣——掌握嬤嬤們細心積藏的祕密、行使隱密的力量、施予報復責罰。隔一天我又會思索自己靈魂的未來——我確實相信我有靈魂——如果我那樣表現，我的靈魂會變得多麼扭曲腐敗。我那柔軟迷糊的大腦逐漸嚴厲起來了嗎？我是否變得冷漠、

5 Itchy ass hell 意思是癢得要命，as hell 作為強調用法，一般譯為是「非常……，…得要命」，為了上下文而做字面直譯。

鋼硬、無情？我原本關懷和順服的女性本質，是否逐漸換成了尖銳冷酷的男人本色？我不想要那樣，可是如果我立志成為嬷嬷，又該如何避免這種情況？

接著發生了某件事，改變了我對自己在宇宙間位置的觀感，讓我重新對仁慈上天的運作致上感恩。

雖然我獲准接觸聖經，也讀過幾份危險的犯罪文件，我依然無權接觸血緣系譜檔案庫，檔案庫存放在上鎖的房間。去過裡面的人說房裡一排排走道全都擺滿了檔案夾。按照階級排列在橫架上，只有男人的：經濟男、衛士、天使軍、眼目、大主教。在那些類別裡，再進一步按照地點，然後是姓氏來細分。女人們就在男人的檔案夾裡。嬷嬷們沒有檔案；她們的血緣沒有紀錄，因為她們不會生孩子。我暗自為這點感到悲傷。我喜歡孩子。我一直想要孩子，我只是不想要連帶一起出現的東西。

所有的求道者都會上一場簡報，認識那個檔案庫的存在與目的。裡面收錄了使女以前的身分，她們的孩子是誰，那些父親又是誰：不只是對外宣稱的父親，非法的父親也包括在內，因為有很多女人——夫人和使女都是——千方百計想懷胎生子。可是嬷嬷們追蹤的那些血緣紀錄裡，有那麼多年紀較長的男人娶那麼稚嫩的女孩為妻，如果沒人持續追蹤，會發生危險又罪惡的父女近親繁殖，基列不能冒這個風險。

可是我得等完成珍珠女孩傳道任務，才能接觸到這個檔案庫。我一直渴望查明親生母親的時刻能夠到來——不是塔碧莎，而是曾經當過使女的那個母親。我能夠在那些祕密檔案裡，找出她是誰，或者說曾經是誰——她還活著嗎？我知道這是種冒險——我不見得會喜歡自己查出來的東西——但我還是必須放手一搏。也許我甚至可以追蹤出我的生父，雖說可能性較低，因為他並不是大主教。如果我可以查出母親的身分，我就會有個故事，而不是一個零。我會有超越個人過往的過去，雖然我的未來裡面不見得會有這位未知的母親。

有天早晨，我在我的桌子上發現一份來自檔案庫的資料。前方有張小小的手寫紙條，以迴紋針別在前側：艾格尼絲・耶米瑪的血緣。我屏氣凝神翻開檔案。裡面是凱爾大主教的血緣紀錄。寶拉在這份檔案裡，他們的兒子馬克也是。我不在那條血脈裡，所以我並未被列為馬克的姊姊。可是透過凱爾大主教的血脈，我能夠查出可憐克莉絲朵的真名——死於生產的奧芙凱爾——因為小馬克也屬於她的血脈。我納悶會不會有人將她的事告訴他。他們能不說就不會說，我猜。

最後我終於找到我的血緣資料，並不在它應有的位置上——不在凱爾大主教的文件夾裡，跟他首任妻子塔碧莎有關的那段時間。而是附在這份檔案後面，一份獨立的次檔案。

裡面有我母親的照片，是一套成雙的照片，就像我們在逃逸使女通緝海報上看到的那種：正面與側面。她一頭淡色髮絲，往後收束；她很年輕。她正直直盯著我的雙眼，她想跟我說什麼？她臉上毫無笑容，但她又何必要笑？她的照片不是嬤嬤們拍的，就是眼目拍的。

照片下方的名字以厚重的藍墨抹除了。不過，有個最新消息的註記：艾格尼絲・耶米瑪（現為維多利亞嬤嬤）的母親，出逃至加拿大，目前替五月天恐怖分子情報系統效力。兩次暗殺行動（以失敗告終）。目前下落不明。

下方寫著親生父親，但他的名字也被移除了。沒附照片。註記寫著：目前在加拿大，據說是五月天探子，地點不詳。

我長得像我母親嗎？我想要這麼想。

我記得她嗎？我使勁回想，我知道我應該想得起來，但過去太過幽暗。

回憶真是件殘酷的東西。我們想不起自己所遺忘的，想不起我們當初被迫遺忘的，想不起我們為了假裝以任何正常方式生活在此地，所不得不遺忘的。

對不起，我低語，我沒辦法在腦海裡將妳找回來，還沒辦法。

我將手搭在母親的照片上。是否有一股暖流湧上來？我希望有。我想要這麼想：愛和暖意從這張照片散放出來——一張不討喜的照片，但無所謂。我想要這麼想：這份愛汩汩流入我手中。這是一種幼稚的假裝，我知道，但我還是從中得到了慰藉。

我翻過這頁：那裡有另一份文件。我母親生過第二個小孩。那孩子還是嬰兒就被偷渡到加拿大。她叫妮可，這裡附了張寶寶的照片。

寶寶妮可。

寶寶妮可，我們在艾杜瓦館的每個嚴肅場合都為她禱告。寶寶妮可，那張開朗無邪的臉龐如此頻繁地出現在基列的電視上，代表基列在國際舞台上所遭受的不公對待。寶寶妮可，簡直就是個聖人和烈士，絕對是個象徵——那個寶寶妮可竟然是我妹妹。

最後一段文字底下有一行用藍墨水寫成的抖動字跡：最高機密。寶寶妮可在基列境內。

這是不可能的事啊。

我的心頭湧上一股感恩之情——我有個妹妹！可是我也覺得害怕：如果寶寶在基列境內，為什麼不是昭告天下？如果公開了，一定會舉國歡騰、大肆慶祝。為什麼要告訴我？我覺得被困住了，雖然周圍的網子是隱形的。我妹妹有危險嗎？還有誰知道她在這裡，他們會對她怎麼樣？

到現在，我知道留這些檔案給我看的，一定是麗迪亞嬤嬤。可是她為什麼要這麼做？她希望我怎麼反應？我母親還活著，但受到必殺令的威脅。她被視為罪犯；更糟的是，被視為恐怖分子。我身上有多少她的影子？我以某種方式受到污染嗎？那是對方想傳達的訊息嗎？基列試圖殺掉我叛逃的母親，然後失敗了。我應該感到高興還是遺憾？我該對哪一方表忠輸誠？

然後，在一時衝動之下，我做了件非常危險的事。我先確定沒人在看，然後悄悄從檔案裡抽出貼有照片的那兩頁，反覆摺疊幾次之後藏進衣袖裡。不知怎的，我無法忍受跟它們分開。這個舉動愚蠢任性，但我所做過愚蠢任性的事也不只這一樁。

57 證人證詞逐字稿 369B

今天星期三，是悲傷日。在平日那種難以下嚥的早餐過後，我收到了口信，要我立刻前往麗迪亞嬤嬤的辦公室。「這是什麼意思？」我問維多利亞嬤嬤。

「誰也不曉得麗迪亞嬤嬤有什麼打算。」她說。

「我做錯什麼事了嗎？」要說做錯事，可能性有一堆，這點倒是很肯定。

「不見得啦，」她說，「也許妳做對了什麼事喔。」

麗迪亞嬤嬤在她的辦公室裡等我。門開了道縫，我還沒敲門她就出聲叫我進去。「隨手關上門，然後坐下。」她說。

我坐下了。她看著我、我看著她。我知道她應該是艾杜瓦館那個強大卑鄙的老女王蜂，怪的是，我當時卻不覺得她可怕。她下巴上有顆大痣，我盡量不去盯著那顆痔看。我納悶她為什麼沒把那顆痣除掉。

「到目前為止還喜歡這邊嗎？潔德？」

我應該說喜歡或還可以，或什麼的，就像我受過的訓練。但我卻劈頭就說：「不大好。」

她漾起笑容，露出黃板牙。「很多人起初都會後悔，」她說，「想回去嗎？」

「要怎麼回去？」我說，「騎飛天猴子[6]嗎？」

「我建議妳在公開場合裡，回話不要那麼輕率，不然可能會為自己招來痛苦的後果。妳有沒有東西要給我看？」

我很困惑。「像什麼？」我問，「沒有，我沒帶任——」

「比方說，在妳的手臂上，袖子下面。」

「噢，」我說，「我的手臂。」我捲起袖子：眼前就是GOD／LOVE，不是很好看。

她瞅著它。「謝謝妳照我的要求做。」她說。

她就是要求這個刺青的人？「妳就是那個來源嗎？」我問。

「那個什麼？」

我惹麻煩了嗎？「妳知道的，就那個——我是說——」

她打斷我。「妳一定要學會：想法講出口以前，要先修訂過，」她說，「把那些想法抹消。

好了，進行接下來的步驟。妳是寶寶妮可，在加拿大的時候一定有人跟妳說過了。」

「對，可是我寧可自己不是，」我說，「這件事讓我高興不起來。」

「肯定的，」她說，「我們很多人都寧可換個身分。我們在那方面並沒有無限多的選擇。好了，妳準備要幫忙妳在加拿大的朋友了嗎？」

「我要做什麼？」我問。

「過來這邊，把手臂放在書桌上，」她說，「不會痛的。」

她拿起一只薄薄的刀片，在我的刺青上割了個小口，就在O的底部。然後，用一面放大鏡和一根迷你鑷子，將小不嚨咚的東西植入我的手臂。她說錯了，明明會痛。

「沒人會想到往GOD的裡面看。現在妳就是傳信鴿了，我們唯一要做的事情就是把妳送出去。這種事做來比以前困難，可是還是辦得到。噢，在我批准以前，這件事誰也不能說。口風不緊船會沉，船沉人亡。是吧？」

「是。」我說。現在我的手臂裡有了致命武器。

「要說『是，麗迪亞嬤嬤』。在這裡絕不能觸犯禮儀大忌，永遠不行。妳可能會遭人舉報，即使是這麼微小的事情。薇達拉嬤嬤最愛她的矯治活動了。」

6 Flying monkeys 也譯為「飛猴」，兒童經典小說《綠野仙蹤》裡的物種，是背上長有翅膀、可以跟鳥一樣飛翔的猴子。

58 證人證詞逐字稿369A

我讀了自己的血緣檔案兩天後的早晨，麗迪亞嬤嬤喚我到她的辦公室去。貝卡也受命前往：我們結伴走了過去。我們以為又會被追問潔德適應的狀況，在我們身邊是否開心，是否準備好接受識字測驗，信仰是否堅定。貝卡說她打算要求潔德搬到其他區域，因為我們一直沒辦法教會她什麼。她就是不肯聽。

不過我們抵達的時候，潔德已經在麗迪亞嬤嬤的辦公室裡，坐在椅子上。她對著我們微笑，笑容惴惴不安。

麗迪亞嬤嬤開門讓我們進去，來回張望走廊之後，才關起門來。「謝謝妳們過來，」她對我們說，「可以坐下了。」我們坐在她提供的兩張椅子上，各在潔德的一側。麗迪亞嬤嬤也坐了下來，雙手撐住桌面放低身子，雙手微微發顫，我發現自己在想，她老了。可是那不可能啊：麗迪亞嬤嬤是永遠不會老的。

「我有點訊息想跟妳們分享，對基列的未來影響重大，」麗迪亞嬤嬤說，「妳們會在當中扮演關鍵角色。妳們夠不夠勇敢？妳們準備好了沒？」

「是的，麗迪亞嬤嬤。」我說，貝卡複述了同樣的話。較年輕的求道者總是被告知，她們有關鍵的角色要扮演，必須展現勇氣。通常那就表示放棄什麼，像是時間或食物。

「好，我簡單扼要說一下。首先，伊茉太嬤嬤，我一定要通知妳另外兩個人已經知道的事。寶寶妮可在基列境內。」

我想不通：這麼重大的消息為何要讓潔德知道？這麼有象徵性的人物一出現，會在我們當中帶來多大衝擊，她可能毫無概念。

「真的嗎？噢，讚美主，麗迪亞嬤嬤！」貝卡說，「真是天大的好消息。在境內？在基列？可是為什麼沒告訴我們大家？簡直就是奇蹟啊！」

「請控制妳自己，伊茉太嬤嬤。我現在必須補充，寶寶妮可是維多利亞嬤嬤同母異父的妹妹。」

「哇靠！」潔德驚呼，「我不信！」

「潔德，當我沒聽到，」麗迪亞嬤嬤說，「自尊自重、自我認識、自我控制。」

「抱歉。」潔德喃喃。

「艾格尼絲！我是說，維多利亞嬤嬤！」貝卡說，「妳有妹妹耶！真是太令人高興了！而且還是寶寶妮可！妳運氣好好，寶寶妮可那麼可愛。」麗迪亞嬤嬤牆上正掛著寶寶妮可的標準照片，她確實滿可愛的，可是話說回來，所有的寶寶都很可愛。「我可以抱妳一下嗎？」貝卡對我說。她很努力表現得積極正面。她內心一定很悲傷，我有個已知的親人，她卻一個也沒有：連她以前的假扮父親都已經在恥辱中遭到處決。

「鎮定，拜託，」麗迪亞嬤嬤說，「時間都過這麼久了，寶寶妮可現在都長大了。」

「當然了，麗迪亞嬤嬤。」貝卡說，她坐了下來，在腿上交疊雙手。

「可是如果她在基列境內，麗迪亞嬤嬤，」我說，「她到底在哪裡呢？」

潔德噗哧一笑，聽起來更像吠叫。

「她就在艾杜瓦館。」麗迪亞嬤嬤含笑說。這就像是猜謎遊戲：她樂在其中。我們肯定一臉摸不著頭腦的樣子。艾杜瓦館的每個人我們都認識，所以寶寶妮可在哪裡？

「她就在這個房間裡，」麗迪亞嬤嬤宣布，大手一揮，「這邊的潔德就是寶寶妮可。」

「不會吧！」我說。潔德是寶寶妮可？所以潔德是我妹妹？

貝卡張嘴呆坐，盯著潔德。「不會吧。」她低語，滿面愁容。

「抱歉我並不可愛，」潔德說，「我試過，可是實在做不來。」我相信她是在說笑，只是為了讓氣氛輕鬆點。

「噢——我的意思不是……」我說，「只是……妳看起來不像寶寶妮可。」

「是，確實不像，」麗迪亞嬤嬤說，「可是她長得像妳。」確實，在某個程度：眼睛像，但鼻子不像。我往下瞥瞥潔德的雙手，她難得將雙手交疊在大腿上。我想叫她攤開手指，跟我的手指比看看，可是我覺得這樣可能會惹人不快。我不希望她以為我要她拿出太多證據來證明她的真實性，如果證據不足就排擠她。

「很高興有個姊妹。」克服了最初的震撼之後，我客氣地對她說。這個彆扭的女生跟我有同一個母親。我必須盡最大的努力。

「妳們兩個好幸運喔。」貝卡說，語氣惆悵。

「妳就像我姊妹，」我告訴她，「所以潔德也像妳的姊妹。」我不希望貝卡覺得被冷落。

「我可以抱抱妳嗎？」貝卡對潔德說。我想我現在應該改叫她妮可了。

「我想可以吧。」妮可說，接著貝卡輕輕擁了她一下。我也仿效她。「謝謝。」她說。

「謝謝妳們，伊茉太嬤嬤和維多利亞嬤嬤，」麗迪亞嬤嬤說，「妳們展現了令人激賞的接納和包容精神。現在我要麻煩妳們全神貫注。」

我們轉而面對她。「妮可不會在我們身邊很久，」麗迪亞嬤嬤說，「她再不久就會離開艾杜瓦館、回加拿大去。她會隨身攜帶一份重要訊息。我要妳們兩個幫忙她。」

我非常吃驚。麗迪亞嬤嬤為什麼要讓她回去？從來沒有改宗者回去——這是叛國——如果那個人是寶寶妮可，那就是嚴重十倍的叛國行為。

「可是，麗迪亞嬤嬤，」我說，「那樣違反法律，也違反大主教們宣告的天意。」

「確實，維多利亞嬤嬤，可是妳和伊茉太嬤嬤到現在已經讀過不少我放到妳們面前的祕密文件，妳們難道沒意識到，基列目前已經腐敗到令人髮指的地步？」

「是的，麗迪亞嬤嬤，可是……」我原本不確定貝卡是不是也接觸過那些犯罪文件。我們兩人都遵守了最高機密的指示，但更重要的是，我們都不希望對方受到牽連。

「基列立國的原初目標純潔又高尚，我們都同意，」她說，「可是被那些自私自利、追逐權勢的人顛覆玷污了，這種狀況在歷史的進程上頗為常見。妳們一定希望能夠撥亂反正吧。」

「是的，」貝卡點著頭說，「我們確實希望。」

「妳們也要記住自己的誓言。妳們許諾要協助婦人和女孩。我相信妳們當初是真心的。」

「是的，麗迪亞嬤嬤，」我說，「我們是。」

「這個行動就能夠幫助她們。好了，我不想勉強妳們違反自己的意願做任何事情，可是我一定要先把自己的立場講清楚。既然我已經向妳們透露了這個祕密——寶寶妮可在這裡，她不久就要擔任我的快遞——妳們不向眼目洩露這個祕密的每分鐘都算是背叛。可是如果妳們洩露了，依然可能受到嚴厲的懲罰，甚至是因為當初有所隱瞞而遭到處決，即使只是隱瞞分秒。不用說，我自己也會被處死，而妮可很快就只能當一隻籠中鸚鵡。如果她不聽從，他們無論如何都會殺了她。他們不會有絲毫遲疑——妳們都讀過那些檔案。」

「妳不能對她們這樣！」妮可說，「這樣不公平，這是情緒勒索！」

「感謝妳提供意見，妮可，」麗迪亞嬤嬤說，「可是妳對公平的稚氣概念在這裡並不適用。把妳自己的感觸藏在心裡就好，如果妳想再見到加拿大，更明智的做法是把剛剛那番話當成命令。」

她轉身面向我們兩人。「妳們當然可以自由決定。我會先離開這個房間，妮可，跟我來。我們希望給妳姊姊和她朋友一點隱私，好好思考種種可能性。我們五分鐘後回來。到了那時，我只需要妳們給我一個簡單的好或不好。妳們任務的其他細節，等時候到了自然會提供給妳們。來吧，妮可。」她抓住妮可的手臂，引導她離開房間。

貝卡眼睛圓睜，流露恐懼，我一定也是。「我們必須配合，」貝卡說，「我們不能讓她們死掉。妮可是妳妹妹，麗迪亞嬤嬤……」

「配合什麼？」我說，「我們又不知道她有什麼要求。」

「她要求的是服從和忠誠，」貝卡說，「記得她當初怎麼救了我們——我們兩個？我們必須說好。」

離開麗迪亞嬤嬤的辦公室之後，貝卡到圖書館去輪班，我和妮可一起走回我們的宿舍。

「既然我們是姊妹，」我說，「私底下，妳可以叫我艾格尼絲。」

「好，我會試試。」妮可說。

我們走進交誼室。「我有個東西想跟妳分享，」我說，「等一下。」我到樓上去。我一直把血緣檔案的那兩頁藏在床墊底下，摺得小小的。我回來的時候，將那兩張紙小心攤開壓平。我一把它們放在桌上展開，妮可——就像我當初那樣——無法抗拒地將手貼在我們母親的照片上。

「真不可思議。」她說著便把手拿開，再次細究照片。「妳覺得我長得像她嗎？」

「我也在想同樣的事。」我說。

「妳對她有任何記憶嗎？我當時一定太小。」

「我不知道，」我說，「有時候我覺得自己想得起來，似乎可以想起什麼。住過不一樣的房子嗎？是不是到哪裡旅行過？不過也許只是我自己一廂情願。」

「那我們的父親呢？」她說，「她們為什麼要把名字塗掉？」

「也許她們想用某種方式保護我們吧。」我說。

「謝謝妳拿給我看，」妮可說，「可是我想妳不應該把這些東西留在身邊。要是被逮到怎麼辦？」

「我知道，我試著放回去，可是文件夾已經不在原地了。」

最後我們決定把那兩張紙撕成小小碎片，沖下馬桶。

麗迪亞嬤嬤告訴我們，我們應該為了眼前的任務強化自己的心智。同時，我們應該照常生活，切勿做出任何讓人注意到妮可的事情，也不要挑起疑心。做起來滿吃力的，因為我們焦慮不安，我活在恐懼當中：要是有人發現妮可的身分，我和貝卡會不會受到指控？

我和貝卡踏上珍珠女孩傳道任務的時間轉眼就要到來。我們去不去得成？還是麗迪亞嬤嬤另有打算，要我們前往其他目的地？我們只能靜待真相揭曉。貝卡讀了珍珠女孩加拿大標準指南，上面有貨幣、習俗、消費方式，包括信用卡。她準備得比我充分多了。

距離感恩會典禮不到一星期的時候，麗迪亞嬤嬤又把我們叫進她的辦公室。「妳們必須做的事情如下，」她說，「我已經替妮可在我們的一家鄉間靜修會所安排了房間。文件已經準備好。可是要代替妮可過去的是妳，伊茉太嬤嬤。她會頂替妳的位置，以珍珠女孩的身分前往加拿大。」

「我沒有要去嗎？」貝卡沮喪地說。

「妳晚點再去。」麗迪亞嬤嬤說。

即使在當時，我便懷疑那是謊言。

XXI、紛至沓來

59 艾杜瓦館親筆手書

我原本以為一切安排就緒，但是再縝密的計畫也可能出差錯，而屋漏偏逢連夜雨。經過一天的煎熬之後，我匆匆寫下這段文字。我的辦公室說是紐約中央車站也不為過——那棟久負盛名的雄偉建築在曼哈頓之戰期間被夷為瓦礫——腳步在此川流不息。

第一個出現的是薇達拉嬤嬤，她早餐過後即刻現身。薇達拉加上我肚子裡尚未消化的燕麥粥，真是折騰人啊。我暗地發誓，一有機會就趕緊喝點薄荷茶。

「麗迪亞嬤嬤，有件事我希望能趕緊通知妳。」她說。

我在內心嘆息。「當然好，薇達拉嬤嬤，請坐。」

「不會占用妳多少時間的，」她說著便一屁股坐進椅子裡，準備占用我不少時間，「跟維多利亞嬤嬤有關。」

「喔？她和伊茉太嬤嬤再不久就要踏上珍珠女孩傳道任務，到加拿大去了。」

「那就是我想找妳商量的事。妳確定她們準備好了？她們比起同齡的大多數人都稚嫩——比起同一世代的求道者更是如此。她們對廣大的世界沒有任何經驗，可是另外一些人至少在個性上有她們兩個所缺乏的堅定。她們呢，這麼說好了，可塑性高，很容易受到加拿大物質誘惑的左右。還有，就我看來，維多利亞嬤嬤有變節倒戈的風險。她一直在讀一些可疑的素材。」

「妳該不會是說，聖經是可疑的吧。」我說。

「當然不是。我指的材料是她個人的血緣檔案，從系譜檔案庫來的，這會讓她衍生危險的念頭。」

「她沒辦法進血緣系譜檔案庫啊。」我說。

「一定有人替她拿了文件出來。我湊巧在她桌上看到。」

「誰會在沒有我授權的狀況下做這種事？」我說，「我一定要好好調查；如果有人違抗命令，我不會容忍。可是我確定維多利亞嬤嬤到現在已經抗拒得了危險的念頭。儘管妳覺得她相當稚氣，我相信她已經成熟不少，心智也強大許多。」

「那只是表面功夫，禁不起考驗，」薇達拉說，「她的神學觀念很不穩固，對禱告的看法相當愚蠢。她孩提時代個性就很輕浮，面對學校指定的義務時，頑劣不馴，尤其是手工藝。另外，她母親是——」

「我知道她母親是誰，」我說，「我們很多備受敬重的年輕夫人也有類似際遇，在生理上是使女的後代。可是那樣的墮落習性不見得會遺傳下去。她的養母是正直和吃苦耐勞的典範。」

「以塔碧莎來說，確實如此，」薇達拉說，「可是就我們知道的，維多利亞嬤嬤的生母是特別惡名昭彰的案例。她不只漠視自己的職責、拋棄被指派的職位、公然反抗由上天指派的當權者，她還是將寶寶妮可從基列偷走的主要推手。」

「那都是古老的歷史了，薇達拉，」我說，「我們的使命是要救贖，而不是根據想像中的理由，將人加以定罪。」

「當然了，就維多利亞來說是這樣沒錯，可是她母親應該被大卸成十二塊。」

「毋庸置疑。」我說。

「有可靠的傳聞說，除了其他的叛國罪狀之外，她也在加拿大跟五月天情報組織合作。」

「我們贏一些，總會輸一些。勝敗乃兵家常事。」我說。

「用這種角度看這件事很奇怪，」薇達拉嬤嬤說，「這又不是運動賽事。」

「謝謝妳針對那場受命演說提供意見，」我說，「至於妳對維多利亞嬤嬤的洞見，路遙知馬力，試過才知道。我確定她會圓滿完成珍珠女孩的任務。」

「走著瞧吧，」薇達拉嬤嬤說，臉上似笑非笑，「可是如果她哪天變節了，請記得我事先警告過妳。」

接下來抵達的是海倫娜嬤嬤，她氣喘吁吁從圖書館跛著腳走來。她的雙腳越來越困擾她了。

「麗迪亞嬤嬤，」她說，「我覺得應該讓妳知道，維多利亞嬤嬤這陣子未經授權，擅自閱讀她系譜檔案的血緣文件。就她生母的狀況來說，我相信這是很不明智的。」

「薇達拉嬤嬤才通知我這件事，」我說，「她跟妳所見略同，認為維多利亞嬤嬤道德感薄弱。可是維多利亞嬤嬤家教良好，在我們一流的薇達拉學校受過教育。妳的主張難道是『先天勝過後天』？這麼一來，儘管我們以縝密的手段努力根絕亞當的原罪，但原罪依然會在我們所有人身上浮顯出來，那麼基列總體計畫恐怕也前景無望了。」

「噢，當然不是！我無意這麼暗示。」海倫娜驚惶地說。

「妳讀過艾格尼絲．耶米瑪的血緣檔案嗎？」我問她。

「是的，很多年前讀過。當時僅限創建者嬤嬤們閱讀。」

「我們當時的決定很正確。如果寶寶妮可是維多利亞同母異父姊妹的消息廣為散播，對她童年發展會造成何等傷害。我現在相信，基列裡比較寡廉鮮恥的一些人要是知道她們兩人之間的關係，可能會企圖利用她，將她當成籌碼，把寶寶妮可換回來。」

「這點我倒是沒想到，」海倫娜嬤嬤說，「妳當然說得對。」

「妳可能有興趣知道，」我說，「五月天知道這段姊妹關係。有好一段時間，他們掌握了寶寶妮可的去向。一般認為，寶寶妮可的養父母突然過世，死於一場爆炸案，他們可能希望讓她和她墮落的母親團圓。」我補充。

海倫娜嬤嬤絞著她爪子般的小手。「五月天殘忍無情，將她交託到她母親那樣的道德罪犯手中，或甚至是犧牲無辜年輕的生命，他們可能都毫無顧忌。」

「寶寶妮可相當安全。」我說。

「讚美主！」海倫娜嬤嬤說。

「雖然她對自己是寶寶妮可還不知情，」我說，「但我們希望很快可以看到她在基列獲得自己應有的位置。現在終於有了機會。」

「聽到這件事真高興，但是她如果真的到了我們身邊，我們處理她真正的身分時，一定要步步為營，」海倫娜嬤嬤說，「我們一定要溫和地揭露這個消息，不然會動搖脆弱的心靈。」

「我正有此想。不過，與此同時，我希望妳能好好觀察薇達拉嬤嬤的動靜。把那份血緣文件交到維多利亞嬤嬤手中的，恐怕是她，目的為何，我無法想像。也許她希望維多利亞嬤嬤聽到她墮落父母的消息時，會因為絕望而一蹶不振，然後陷入動盪的精神狀態，一時輕率而鑄下大錯。」

「薇達拉從沒喜歡過她，」海倫娜嬤嬤說，「即使在她就學的時候。」

她一瘸一拐走開，因為接獲託付而心生歡喜。

近晚，我坐在史拉弗立咖啡館喝我那杯午後薄荷茶時，伊莉莎白嬤嬤快步走進來。「麗迪亞嬤嬤！」她哀號，「眼目和天使軍闖進艾杜瓦館了！感覺就像有人入侵一樣！這件事不是妳批准的吧？」

「鎮定下來，」我說，心跳得又快又密，「他們到底在哪裡？」

「在印務室。他們沒收了我們所有的珍珠女孩小冊。溫蒂嬤嬤當場表示抗議，很遺憾，她被逮捕了。他們竟然真的對她動手！」她打了哆嗦。

「這是前所未有的事，」我說著便站起身來，「我要立刻跟賈德大主教會商。」

我走向辦公室，打算用那具紅色直撥電話聯絡，可是沒有必要：賈德已經早一步抵達。他肯定以事態緊急為由擅闖進來。我們早先說好各據神聖一方的協議，看來到此為止了。「麗迪亞嬤嬤，我覺得該為我的行動做個解釋。」他說，臉上並無笑意。

「我確定一定有很好的解釋，」我說，刻意讓語氣帶點冰冷，「眼目和天使軍嚴重超越合宜的界限，更不要說逾越了慣例和法律。」

「這些行動全是為了提升妳的名聲啊，麗迪亞嬤嬤。我可以坐下嗎？」我指指椅子。我們一同坐下。

「幾次調查未果之後，我們得到的結論就是，我先前通知過妳的微點，一定透過珍珠女孩在不知情的狀況下所發送的小冊，在五月天和艾杜瓦館身分不明的聯絡人之間來回傳遞。」他停頓一下，觀察我的反應。

「真令人震驚！」我說，「真是太放肆了！」我才在納悶他們怎麼花這麼久時間呢。不過話說回來，微點小之又小，誰會想到去懷疑我們那些設計迷人、內容正統的招募文宣？眼目肯定浪費了不少時間在檢查鞋底和內衣褲上。「你們有證據嗎？」我問，「如果有，誰是我們當中的害群之馬？」

「我們突襲了艾杜瓦館的印務室，扣留溫蒂嬤嬤接受訊問。看來那是要找出真相的最直接路徑。」

「我無法相信溫蒂嬤嬤會涉案，」我說，「那個女人沒有能力構思這樣的計謀。她的腦袋就是像孔雀魚一樣，我建議你立即釋放她。」

「我們也導出了這個結論，經過這場震撼，她會到平靜慰安診所休養。」他說。

這讓我如釋重負。除非必要，無須造成他人的痛苦；但如果必要，也沒辦法。溫蒂嬤嬤是個很好支使的蠢蛋，但人畜無害。「你們發現什麼了？」我說，「新印製的小冊上有你所謂的微點嗎？」

「沒有，不過，最近從加拿大帶回來的那些小冊裡，查出了好幾份微點，裡面含有地圖和其他物件，一定是五月天附上去的。我們當中那位身分不明的叛徒一定已經明白，衣裝獵犬那個窗口剷除之後，那條管道失去效用，所以停止在珍珠女孩小冊上加添基列的機密訊息。」

「長久以來，我對薇達拉嬤嬤一直有所懷疑，」我說，「海倫娜嬤嬤和伊莉莎白嬤嬤也有進出印務室的許可，而我向來負責將新手冊交給行將出發的珍珠女孩，所以我也有嫌疑。」

聞此，賈德大主教浮現笑容。「麗迪亞嬤嬤，即使在這樣的時刻裡，」他說，「妳也非得說點小笑話不可。可以進出印務室的還有其他人：好幾位印刷學徒，可是沒有證據顯示她們違法亂紀，而在這次的情況中找代罪羔羊是行不通的。我們一定不能讓真正的罪犯逍遙法外。」

「所以我們依然一無所知。」

「很遺憾，對我來說很遺憾，對妳來說也很遺憾，麗迪亞嬤嬤。我在議會的聲望一落千丈：因為我承諾過要端出成果給他們看。我感覺他們刻意冷落我、招呼打得唐突生硬。我感應到即將到來的清算徵兆：妳和我都會被控散漫馬虎到了背叛的程度，放任五月天在我們身邊胡作非為，就在艾杜瓦館，在我們的眼皮子底下。」

「情況相當嚴峻。」我說。

「有個方法可以幫我們解套，」他說，「一定要立即將寶寶妮可公諸於世，進行鋪天蓋地的宣傳：電視、海報、大型公共集會。」

「我明白這麼做的好處。」我說。

「如果我可以宣布和她訂親，接著將結婚典禮廣為播送，甚至會更有成效。到時誰也動不了我和妳。」

「高明，一如往常，」我說，「可是你目前已婚。」

「我夫人的健康狀況如何？」他問，意帶譴責地挑起眉毛。

「雖然狀況比之前好，」我說，「但復原狀況不如預期。」他怎麼可以做得這麼明目張膽，竟然下了老鼠藥。即使劑量用得少，但輕易就能查驗出來。雖然舒娜麥特在學期間並不討人喜歡，我也不希望她進入賈德的藍鬍子[1]密室，成為殞命新娘的一員。其實她正逐漸康復，不過因為想到得回歸賈德愛的懷抱，油然而生的恐懼阻礙她復原的進度。「她的病恐怕又會復發。」我說。

他嘆口氣。「我會為她早日脫離苦海祈禱。」

「我確定你的禱告很快就會得到回應。」我們越過我的書桌，凝望著對方。

「多快？」他就是按捺不住，非問不可。

「夠快的了。」我說。

XXII、攻心術

60證人證詞逐字稿369A

我和貝卡預計領受我們的珍珠項鍊兩天前，麗迪亞嬤嬤在我們私下晚禱時間出其不意來訪。貝卡開了門。

「噢，麗迪亞嬤嬤，」她有點驚慌地說，「讚美主。」

「麻煩退開，然後替我帶上門，」麗迪亞說，「我趕時間，妮可呢？」

「在樓上，麗迪亞嬤嬤。」我說。我和貝卡在禱告的時候，妮可通常會離開房間去做她的體能鍛鍊。

「請叫她過來，有緊急事件。」麗迪亞嬤嬤說，呼吸比平常急促。

「麗迪亞嬤嬤，妳還好嗎？」貝卡焦慮地問，「想喝杯水嗎？」

---

1 法國民間故事，權勢極大的富有貴族藍鬍子前後娶過幾位美麗的妻子，妻子卻都下落不明，後被新任妻子發現城堡裡一間地下密室的牆上掛著前幾任妻子的屍體，地上滿是血跡，全是被藍鬍子謀害的。。

「不必麻煩。」她說。妮可進了房間。

「一切都好嗎？」她問。

「其實呢，並不好，」麗迪亞嬤嬤說，「我們的處境危急。賈德大主教為了尋找背叛證據，剛剛突襲我們的印務室，雖然讓溫蒂嬤嬤吃了不少苦頭，但是所幸沒找到罪證。可是很不幸，他已經知道潔德並不是妮可的真名，曉得她就是寶寶妮可，決心盡快娶她為妻，來拉高自己的聲譽。他希望在基列的電視上轉播婚禮。」

「混帳加三級！」妮可說。

「請注意用語。」麗迪亞嬤嬤說。

「他們不能逼我嫁他！」妮可說。

「他們就是會這麼做。」貝卡說，面色變得慘白。

「太糟糕了。」我說。我讀過賈德大主教的檔案，知道那比糟糕還慘：那等於宣判死刑。

「我們可以怎麼辦？」

「妳和妮可明天必須離開，」麗迪亞嬤嬤對我說，「越早越好。不可能安排基列外交專機，賈德會聽到風聲，然後出手阻攔。妳們必須換條路線走。」

「可是我們還沒準備好，」我說，「珍珠或洋裝，加拿大錢幣、宣傳小冊，或是銀色背包，我們都還沒拿到。」

「今天晚上晚點我會把必要的用品帶過來，」麗迪亞嬤嬤說，「我已經準備了一份通行證，讓妮可冒充伊茉太嬤嬤的身分。遺憾的是，我來不及替伊茉太嬤嬤重新安排短期居留的靜修會所，反正那種欺瞞手法不久就會被識破。」

「海倫娜嬤嬤會注意到妮可不見了，」我說，「她一向都會點名。她們也會納悶貝卡——伊茉太嬤嬤——為什麼還在這裡。」

「確實，」麗迪亞嬤嬤說，「所以我一定要請妳做一項特殊的服事，伊茉太嬤嬤。在另外兩個人離開之後，請妳至少藏匿四十八個小時，也許躲在圖書館裡？」

「那裡不行，」貝卡說，「那裡書太多，容不下一個人。」

「我確定妳一定可以想出辦法，」麗迪亞嬤嬤說，「我們的整個任務，更不要提維多利亞嬤嬤和妮可的個人安危，都仰賴妳了。這是很重大的責任——只有透過妳，基列才可能有重整更新的機會，而妳也不希望其他人被逮捕跟吊死吧。」

「不希望，麗迪亞嬤嬤。」貝卡細聲說。

「認真想想！」麗迪亞嬤嬤爽朗地說，「動用妳的機智！」

「妳給她太大的負擔了，」妮可對麗迪亞嬤嬤說，「我不能自己去嗎？這樣伊茉太嬤嬤和艾格尼絲——維多利亞嬤嬤——就可以在適合的時間踏上旅程。」

「別傻了，」我說，「不行的，妳馬上會被逮捕。珍珠女孩向來都是雙雙結伴行動。即使妳不穿制服，妳這個年紀的女生也永遠不能獨自出遊。」

「我們應該裝得好像妮可爬過了高牆，」貝卡說，「這樣他們就不會往艾杜瓦館裡面找。我必須躲在館內的某個地方。」

「這點子真聰明，伊茉太嬤嬤，」麗迪亞嬤嬤說，「也許妮可可以配合我們一下，寫張信箋營造那樣的效果。她可以說她體會到自己不適合當嬤嬤：這點不難相信。然後可以聲稱自己跟著某個經濟男私奔——某個來這裡替我們維修的低階公職人員，答應要跟她結婚生子。

這樣的意圖至少展現了令人欣賞的生育慾望。」

「說得跟真的似的，可是沒問題，我來弄。」妮可說。

「沒問題什麼？」麗迪亞嬤嬤語氣明快地說。

「沒問題，麗迪亞嬤嬤，」妮可說，「我可以寫那張信箋。」

十點，趁著夜色，麗迪亞嬤嬤又在門口現身，提著一只笨重的黑色大布包。貝卡放她進來。「願神保佑，麗迪亞嬤嬤。」她說。

麗迪亞嬤嬤連正式的招呼都省了。「妳們需要的東西，我全都帶來了。妳們要在凌晨六點半準時從東門離開。東門右側會有輛黑色車子在待命。車子會載妳們離開市區，遠至新罕布夏的樸茨茅斯。妳們在那裡搭巴士。這裡有張地圖，上頭標示了路線。在打叉的地方下車。在那裡要用的暗號是『五月天』和『六月月』[1]。那裡的聯絡人會帶妳們到下個目的地去。妮可，如果妳的任務成功了，謀害妳養父母的那些人，如果沒有立刻被究責，身分也會曝光。我現在可以告訴妳們兩個，儘管有重重障礙，假使妳們真的能抵達加拿大，有不小的機會妳們有可能——我是說有可能——跟妳們母親團圓。她知道這個可能性已經有一陣子了。」

「噢，艾格尼絲。讚美主——如果成真，那就太棒了。」貝卡用細小的聲音說。「對妳們兩個來說都是。」她追加一句。

「我真的很感謝妳，麗迪亞嬤嬤，」我說，「我為這個結果祈禱了好久。」

「我是說『如果』妳們成功的話，能不能實現還很難說，」麗迪亞嬤嬤說，「成功還不是定局。抱歉。」她環顧四周，然後在沙發上重重坐下，「我現在要麻煩妳倒那杯水給我。」貝卡去倒水。

「妳還好嗎？麗迪亞嬤嬤？」我問。

「上了年紀總會有些小病痛，」她說，「我希望妳們活得夠久，可以親身體會。還有一件事。薇達拉嬤嬤習慣在清晨到我雕像附近散步。要是她看到妳——打扮成珍珠女孩——會想辦法攔住妳。妳一定要在她還沒引發騷動以前，迅速行動。」

「可是我們應該怎麼做？」我問。

「妳很有力氣，」麗迪亞嬤嬤看著妮可說，「力氣是上天的贈禮，贈禮就該拿出來用。」

「妳的意思是，我應該對她動手？」妮可說。

「這個說法很直白。」麗迪亞嬤嬤說。

麗迪亞嬤嬤離開之後，我們打開那個黑布袋。裡面有兩件洋裝、兩串珍珠項鍊、兩頂白帽、兩個銀色背包。有一包宣傳小冊和裝了基列糧食代幣的信封、一捆加拿大紙鈔、兩張信用卡。也有兩張通行證，好讓我們穿過大門跟崗哨。另外還附了兩張巴士車票。

「我想我要去寫那張信箋，然後上床睡覺了，」妮可說，「凌晨見。」她裝得勇敢又不在乎的樣子，可是我看得出她很緊張。

她一離開房間，貝卡就說：「我真的好希望可以跟妳一起走。」

「我也真的好希望妳能來，」我說，「可是妳會幫忙我們，妳會保護我們。我之後會想辦

1 原文為 June moon（六月的月亮）。

法把妳帶出去的，我保證。」

「我想不會有辦法，」貝卡說，「可是我會祈禱可以成真。」

「麗迪亞嬤嬤說四十八小時，那就表示只有兩天。如果妳可以躲那麼久……」

「我知道可以躲哪裡，」貝卡說，「就是屋頂上的貯水槽。」

「不行，貝卡！那太危險了！」

「噢，我會先把水放掉，」她說，「我會透過C區的浴缸把水放光。」

「住A區和B區的人會注意到的，貝卡，」我說，「她們跟我們共用貯水槽。」

「她們一開始不會注意到，按規定，白天不能那麼早就泡澡或淋浴。」

「別這樣做，」我說，「要不然我別去好了？」

「妳別無選擇。如果妳留下來，妮可會發生什麼事？麗迪亞嬤嬤不會希望他們審問妳，逼妳說出她的計畫。要不然薇達拉嬤嬤也會想質問妳，那就完蛋了。」

「妳是說她會殺了我？」

「最後總是會的，不是她，也會是別人，」貝卡說，「那就是他們一貫的做法。」

「一定有什麼方法可以帶妳走，」我說，「我們可以把妳藏在車子裡，或是……」

「珍珠女孩只能兩兩成行，」她說，「我們走不遠的。我的精神會與妳同在。」

「謝謝妳，貝卡，」我說，「妳對我來說就是姊妹。」

「我會把妳想像成小鳥，展翅高飛，」她說，「負責傳揚聲音的一隻小鳥。」

「我會替妳禱告。」我說，這樣說感覺還是缺了點什麼。

「我也會為妳禱告。」她帶著淡淡的微笑，「除了妳，我沒愛過其他人。」

「我也愛妳。」我說。然後我們互相擁抱，哭了一會兒。
「補點眠吧，」貝卡說，「妳明天會需要體力的。」
「妳也是。」我說。
「我會熬夜不睡，」她說，「我會替妳守夜。」她走進自己的房間，輕柔地關上了門。

61

隔天早晨，我和妮可靜靜溜出了C區。東邊的雲朵粉紅帶金，鳥兒啁啁啾啾，清晨的空氣依然新鮮。附近不見人影。我們順著艾杜瓦館前方的步道，安靜地朝麗迪亞嬤嬤的雕像快步走去。我們才走到雕像那裡，薇達拉嬤嬤就繞過毗鄰的建築轉角，神情堅毅地走過來。
「維多利亞嬤嬤！」她說，「妳為什麼穿著那身洋裝？下一場感恩會要到星期天才舉行！」她瞅著妮可。「跟妳一起的又是誰？是那個新女孩！潔德！她不應該——」她伸出手，揪住妮可的那串珍珠，一把扯斷了鍊子。
妮可用拳頭做了點什麼，速度快到我幾乎沒看見，但她擊中了薇達拉嬤嬤的胸口。薇達拉嬤嬤癱倒在地，臉色煞白、雙眼緊閉。
「噢不——」我開口。
「快來幫我啊。」妮可說。她抓住薇達拉嬤嬤的雙腳，將她拖到雕像基座後面。「祝我們好運，」她說，「走吧。」她抓住我的胳膊。

地上有顆柳橙。妮可撿起來，塞進珍珠女孩的洋裝口袋。

「她死了嗎？」我小聲說。

「不知道，」妮可說，「來吧，我們動作要快。」

我們抵達大門，出示通行證，那幾位天使軍放我們出去。妮可緊緊揪住斗篷，免得有人看出她的珍珠項鍊不見了。右邊的街道過去那裡有輛黑車，如麗迪亞嬤嬤預告的。我們上車的時候，司機並未回頭。

「都好了吧，女士們？」她說。

我說：「是，謝謝。」可是妮可說：「我們不是女士。」我用手肘推推她。

「別用那種語氣跟他說話。」我悄聲說。

「他又不是真正的衛士，」她說，「麗迪亞嬤嬤又不是蠢蛋。」她從口袋拿出柳橙，開始剝皮。柳橙的清新氣味瀰漫在空氣中。「想吃一點嗎？」她問我，「可以分妳一半。」

「不了，謝謝，」我說，「吃那種東西是不對的。」那畢竟是某種神聖的供品。她把整顆柳橙都吃了。

她一定會犯錯，我當時想著。會有人注意到的，她會害我們被逮。

62 證人證詞逐字稿369B

我因為搥了薇達拉嬤嬤一拳而覺得抱歉，雖說不是很抱歉：如果我沒對她動手，她會放聲大喊，我們就會被攔住。即使如此，我的心還是怦怦狂跳。要是我真的殺了她呢？可是他們一旦發現她，不管是死是活，一定會發動追捕我們的行動。我們麻煩大到淹脖子了，艾達就會這麼說。

同時，艾格尼絲抿嘴沉默，表示自己被惹毛了，嬤嬤們都用這種方式讓妳知道妳踩了她們的線。很可能是那顆柳橙的關係。也許我當初不該拿的。接著有個不祥的念頭閃過：狗。柳橙的氣味很強烈。我開始擔心該拿那些果皮怎麼辦。

我的左手臂又開始發癢，就在O的周圍。為什麼這麼久都痊癒不了？

麗迪亞嬤嬤把微點塞進我手臂時，我還覺得她的計畫真是高招，可是現在我覺得這個做法可能不大好。如果我的身體和訊息合而為一，要是我的身體到不了加拿大，那會發生什麼事？我又不能把我的手臂切下來寄過去。

我們的車子穿過兩三個崗哨——護照通關，天使軍從車窗往內瞧，要確定我們是本人——可是艾格尼絲事前交代過我，由司機負責說話就好，他也這麼做了：珍珠女孩這個和那個，我們有多高貴，我們的犧牲有多大。在其中一個崗哨，有個天使軍說：「祝妳們傳道任務順利。」在離市區更遠的崗哨，天使軍們互相說笑。

「希望她們別帶醜女或蕩婦回來。」

「要不是醜女就是蕩婦。」兩位崗哨天使軍哈哈笑。

艾格尼絲伸手搭住我的手臂。「別回嘴。」她說。

我們抵達鄉間，在公路上行駛時，司機遞了兩個三明治給我們：基列的人造起司。「我想這就是早餐吧，」我對艾格尼絲說，「白吐司夾腳趾垢。」

「我們應該心懷感恩，」艾格尼絲用虔誠的嬤嬤語氣說，所以我想她還在生悶氣。想到她是我姊姊就覺得詭異；我們兩人截然不同。不過其實我還沒什麼時間弄懂兩人之間的差異。

「我很高興有個姊妹。」我說，為了求和。

「我也很高興，」艾格尼絲說，「而且我心懷感恩。」可是她聽起來不怎麼感恩。

「我也心懷感恩。」我說，那就是那場對話的終結。我想問她，這種基列的說話風格還得持續多久——既然都要出逃了，難道不能喊停，然後表現得自然點？不過話說回來，也許對她來說這就是自然的。也許她不會其他的方式。

在新罕布夏的樸茨茅斯，我們這輛車的司機在巴士站放我們下來。「祝妳們好運了，女孩們，」他說，「給他們地獄吧[2]。」

「看吧?他不是真正的衛士，」我說，希望可以讓艾格尼絲再開口說話。

「當然不是，」她說，「真正的衛士永遠不會說『地獄』。」

那個巴士站很老舊，搖搖欲墜，女廁感覺就像細菌的溫床，我們沒地方可以用基列糧食代幣換到人會想吃的任何東西，還好我之前吃了那顆柳橙。不過艾格尼絲沒那麼挑剔，她早已習慣艾杜瓦館那些冒充為食物的垃圾，所以她用兩枚代幣買了某種假甜甜圈。

分分秒秒滴答過去。我越來越不安。我們等啊等的，終於有輛巴士抵達了。我們上車的時候，巴士上有些人對我們點點頭、行舉手禮[3]，就像對軍人那樣。有個年紀較大的經濟太太甚至說：「上帝保佑妳們。」

往前行駛十英里左右又有一個崗哨，可是那裡的天使軍對我們彬彬有禮。其中一人說：「妳們就要前進索多瑪[4]，真勇敢啊。」要不是因為那麼害怕，我可能會笑出來——加拿大大多時候有多麼乏味跟平凡啊。想到加拿大被當成索多瑪，簡直讓人笑掉大牙。又不是說全國上下有一場永不止息的縱欲狂歡。

艾格尼絲掐掐我的手，表示由她負責開口。她早已練就艾杜瓦館那種面無表情、一臉平靜的本事。「我們只是為基列服事而已。」她用那種機器人的口吻細聲細氣說。那位天使軍說：「讚美主。」

車程越來越顛簸。他們一定把修路的經費都挪到更常有人使用的道路了：跟加拿大之間的貿易近來幾乎停擺，除非是當地居民，否則誰會想來基列北部啊？

巴士沒坐滿，上頭的乘客全屬於經濟階級。行車路線有景可看，順著海岸蜿蜒前行，可是也不是那麼優美。沿途有不少歇業的汽車旅館和公路餐廳，不止一隻紅色微笑大龍蝦的招牌正在解體當中。

我們越往北行，人們變得越來越不友善：忿忿看著我們。我有種感覺就是，我們珍珠女孩的任務，甚至是整個基列都越來越不受歡迎。雖然沒人對我們吐口水，但滿臉怒氣，彷彿

---

2 Give them hell. 意思是給他們好看、教訓他們。

3 右手五指併攏、手掌平伸，舉至右眉眉梢或右太陽穴附近。

4 Sodom，與蛾摩拉同為聖經創世紀裡記載的兩座萬惡之城，因為居民罪孽深重，遭上帝以硫磺與火毀滅。近年有考古學家發現，極可能位於約旦河東岸、死海以北的位置。

很想這麼做。

我納悶我們已經走了多遠。麗迪亞嬤嬤畫有標示的那張地圖在艾格尼絲那邊，可是我不想請她拿出來：我們兩個公然查看地圖會啟人疑竇。巴士走得慢吞吞，我越來越焦慮：多快會有人注意到我們不在艾杜瓦館？他們會相信我假造的信箋嗎？他們會超前聯絡，設下路障、攔住巴士嗎？我們這麼顯眼。

接著我們繞道而行，那是單行車流，艾格尼絲的雙手開始動個不停。我用手肘推推她。「我們必須做出一副安詳的樣子，記得吧？」她對我微弱一笑，將雙手疊回大腿上。我可以感覺她正深深吸氣，然後緩緩吐出來。艾杜瓦館確實會教些實用東西，自我控制就是其中一項：無法自我控制的人，便無法控制通往職責的道路。切莫抗拒怒氣之浪，以怒氣作為燃料。吸氣、吐氣。側跨步、繞行、轉向。

我永遠無法成為真正的嬤嬤。

傍晚五點左右，艾格尼絲說：「我們在這裡下車。」

「這是邊境了嗎？」我說。她說不是，這裡是我們該轉乘的地方。我們從架上取下背包，下了巴士。這座小鎮的店面用木板封起，窗戶碎裂，可是有加油站和破舊的便利超商。

「真是激勵人心啊。」我陰鬱地說。

「跟我走，什麼都別說。」艾格尼絲說。

那間店瀰漫著燒焦吐司和雙腳的氣味，貨架上幾乎什麼都沒有，只有一排保久食品，上頭的字都被塗黑：罐頭商品、脆餅或餅乾。艾格尼絲走到咖啡櫃檯——就是紅色，附有吧台椅子那種——然後坐下來，我也跟著照做。櫃檯前有個矮胖中年經濟男在當班。如果在加拿大，值這種班的會是矮胖的中年婦女。

「要什麼？」男人說，對我們的珍珠女孩裝扮顯然無感。

「兩杯咖啡，麻煩你。」艾格尼絲說。

他將咖啡倒進馬克杯，推過了櫃檯。咖啡肯定放了一整天，因為是我喝過最難喝的，甚至比卡霹茲那裡的更差。我怕不喝會惹那男人生氣，所以加了一包糖粉，結果變得更難喝了。

「今天就五月天來說還滿暖和的。」艾格尼絲說。

「現在不是五月。」他說。

「當然不是，」她說，「我弄錯了，是六月月。」

現在，男人綻放了笑容。「妳們必須用那個洗手間，」他說，「妳們兩個都是。穿過那扇門就是了，我來開門鎖。」

我們穿過那扇門，但那裡不是洗手間，而是室外的棚屋，裡面放著舊捕魚網、一把破斧頭、一疊桶子，還有一扇後門。「不知道妳們為什麼花這麼久時間，」男人說，「操他媽的巴士，老是遲到。這是妳們的新東西，包括手電筒。把妳們的洋裝塞進那些背包，我晚點會丟掉。我到外面等。我們得趕快上路了。」

他們提供的換裝衣物是牛仔褲、長T恤、棉襪和健行靴。彩格呢夾克、刷毛帽、防水夾克。我要套上T恤左邊袖子的時候有點吃力——O那裡有什麼卡住了。我說「幹！」，然後說「抱歉」。我想我這輩子換衣服從沒這麼快過，可是等我把銀色洋裝脫掉，換上那身衣服，才開始覺得更像自己了。

63 證人證詞逐字稿369A

我發現他們提供的衣服真是令人厭惡。內衣褲和我們在艾杜瓦館慣穿的那種樸素耐用的款式很不一樣：對我來說，現在這種感覺起來滑溜又墮落。外衣則是男性的衣物，中間沒有襯裙隔開，布料碰到我腿上肌膚那種粗糙的觸感，讓我惶恐不安。穿這樣的衣服等於背叛自己的性別，觸犯了上帝的律法：去年有個男人偷穿他夫人的內衣褲，結果被吊死在高牆上。她發現了他的作為，舉發他，因為那是她的本分。

「我必須脫掉這些東西，」我對妮可說，「這是男人的衣物。」

「不，才不是，」她說，「這是女生的牛仔褲，剪裁不一樣，你看看那些小小銀色邱比特[5]的圖案，絕對是女裝。」

「基列那裡的人永遠都不會相信的，」我說，「我會受到鞭刑，或者更慘。」

「基列，」妮可說，「不是我們要去的地方。我們有兩分鐘可以到外頭跟我們的夥伴會合，所以吸氣咬牙[6]啦。」

「什麼？」有時候我聽不懂我妹妹在說什麼。

她笑了一下。「意思就是『勇敢一點』。」她說。

我們要去的地方，那裡的語言她會聽得懂，我暗想，但是我不會懂。

那個男人開一輛破破爛爛的小貨卡。我們三人一起擠在前座，天空開始下起毛毛雨。

「謝謝你替我們做的一切。」我說。男人悶哼一聲。

「拿錢辦事而已，」他說，「簡直就是自殺行徑，我年紀太大，不適合幹這種事了。」

我們換衣服的時候，司機一定喝了酒：我可以聞到酒味。在我兒時的記憶中，凱爾大主教在家裡舉行晚宴就有那種氣味。蘿莎和薇拉有時候會把杯子裡的剩酒喝完，席拉則很少這麼做。

既然我即將永遠離開基列，我開始因為席拉、蘿莎和薇拉而想家，思念我過去的家，思念塔碧莎。早年，我還不是個沒有母親的人，可是現在我覺得自己是。麗迪亞嬤嬤算是某種母親，雖然很嚴厲，我不會再見到她。麗迪亞嬤嬤跟我、妮可說過，我們的生母還活著，在加拿大等我們，可是我納悶我會不會在途中死去。如果會，那麼這輩子我永遠都見不到她。那時她只是一張撕成碎片的照片。她是個空缺，是我內心的裂口。

儘管喝了酒，男人車開得又穩又快。公路蜿蜒前行，毛毛雨使路面濕滑。一哩哩過去了，月亮升到雲朵上方，替樹頂的黑色輪廓鑲出銀邊。偶爾出現一棟房子，不是一片漆黑，不然就是只亮著幾盞燈。我刻意努力壓抑自己的焦慮感，然後漸漸睡去。

我夢見貝卡。她就在我身旁，一起坐在貨卡前座。我看不到她，但我知道她在。我在夢裡對她說：「所以妳還是跟我們一起來了，我好高興。」可是她並未回話。

---

5 Cupid，古羅馬的愛神，常見的造型是長著翅膀的裸體小男嬰，手持弓箭，被射中的人就會互相陷入愛河。

6 Suck It up，在此做字面翻譯，意思是遇到困難要接受忍耐撐下去。

64證人證詞逐字稿369B

夜晚在靜寂之中逐漸流逝。艾格尼絲睡著了，開車的傢伙不是健談型的人。我猜他把我們當成要運送的貨物，誰又會跟貨物聊天呢？

一陣子之後，我們轉下一條狹窄的支路；前方閃著水光。我們停車的地方看來像是私人碼頭。那裡有艘汽艇，裡頭坐了個人。

「把她叫醒，」司機說，「拿好妳們的東西，妳們要搭那條船。」

我戳戳艾格尼絲的肋骨，她驚跳醒來。

「起床嘍。」我說。

「什麼時間了？」

「搭船的時間，走吧。」

「旅途順利。」司機說。艾格尼絲又連聲向他道謝，但被他打斷。他從貨卡拋出我們的背包，我們朝那艘船都還沒走到半路，他就已經消失蹤影。我打開手電筒好把路照亮。

「把燈關掉，」船裡的人輕聲呼喚，他穿著防水外套，兜帽拉了起來，可是聲音聽起來滿年輕的。「妳們看得到路的，慢慢來，坐中間那排座位。」

「這是大海嗎？」艾格尼絲問。

他笑了。「還沒到，這是諾斯科特河。妳們再不久就會到大海了。」

船上的電動馬達非常安靜。船在河道中央往前行駛，天空掛著弦月，倒映在水面上。

「看，」艾格尼絲低語，「我從沒看過這麼美的東西！就像一道光的軌跡！」那一刻，我覺得自己比她年長。我們現在幾乎到了基列境外，規則正在改變。她即將前往人生地不熟，不知事情怎麼運作的地方，而我是要回家鄉。

「我們現在在戶外，沒有任何遮掩，」我問那個男人，「要是有人跟眼目檢舉他們怎麼辦？」

「這邊的人不會跟眼目來往，」他說，「我們不喜歡打探別人的事。」

「你是走私客嗎？」我說，想起艾達跟我說過的事。我姊姊用手肘戳了戳我：意思就是妳又沒禮貌了。在基列，大家都會迴避直率的問題。

他哈哈笑。「邊境——是地圖上的線條。東西會跨過去，人也會跨過去。我只是負責遞送的小伙子。」

河道越來越寬，霧氣冉冉升起，河岸模糊起來。

「在那邊，」男人終於開口，我看到水面上有個更暗的影子，「奈莉傑班克斯[7]，妳們前往天堂的入場券。」

7 Nellie J. Banks，是二十世紀上半葉一艘加拿大籍的捕鱈魚雙桅帆船，因為在禁酒時期走私酒而惡名昭彰。陸續有加拿大鄉村民謠歌手為這艘船的故事創作歌曲。

XXIII、高牆

65 艾杜瓦館親筆手書

年事已高的克羅芙嬤嬤和她的兩位七旬園藝跟班，發現薇達拉嬤嬤倒在我的雕像後面，陷入昏迷狀態。醫療救護員的結論是她中風了，我們的醫生確認了這項診斷。艾杜瓦館傳聞四起，眾人彼此悲傷地搖搖頭，承諾要為薇達拉嬤嬤的復原禱告。事發現場附近發現一條破損的珍珠女孩項鍊；一定有人在某個時間點弄丟了，真是浪費的疏失。我會發下一份備忘錄，提醒眾人，面對我們都有義務守護的那些物品，必須抱持警惕之心。珍珠可不是樹上長出來的，我會說，即使是人造的珍珠；也不該把珍珠丟在豬玀面前[1]。也不是說艾杜瓦館就有豬玀，我會含糊地補充。

我到加護病房探望薇達拉嬤嬤。她雙眼閉合平躺著，有根管子穿進她的鼻子，另一根管子插進她的手臂。「我們親愛的薇達拉嬤嬤狀況如何？」我問值班的護理嬤嬤。

「我一直在為她禱告。」某某嬤嬤說。我永遠記不得護理師的名字：這是她們的命運。「她的昏迷可能有助於痊癒過程。或許會有局部癱瘓。他們擔心她的語言能力可能會受到影響。」

「如果她復原的話。」我說。

「當她復原的時候，」護理師語帶譴責說，「我們不喜歡在病人聽力範圍內說負面的話。他們表面上可能在睡，但意識往往很清楚。」

我坐在薇達拉身邊，直到護理師離開。接著我迅速檢視眼前可得的藥用輔料。我應該調高麻醉劑量嗎？還是對插在她手臂上的管子動手腳？掐掉她的氧氣供給？這些事情我一概沒做。我相信努力的價值，但不認同多餘的努力：薇達拉嬤嬤可能正獨自忙著從這個世界退場。離開加護病房前，我偷偷將一小瓶嗎啡塞進口袋，有先見之明是個重要的優點。

午餐時間，我們正要在食堂就座時，海倫娜嬤嬤說起維多利亞嬤嬤和伊茉太嬤嬤缺席的事。「我想她們正在齋戒，」我說，「昨天才在賀德佳圖書館閱讀室看到她們在研讀聖經。她們希望在即將到來的傳道任務上得到指引吧。」

「值得嘉許，」海倫娜嬤嬤說，繼續低調地細數人頭，「我們的新改宗者潔德呢？」

「也許身體不適吧，」我說，「女性的毛病。」

「我去看看好了，」海倫娜嬤嬤說，「也許她需要一瓶熱水。C區是嗎？」

「妳人真好，」我說，「是的，我想她住的是三樓那個小閣樓。」希望妮可把她那張私奔信箋放在顯眼的地方。

海倫娜嬤嬤查訪C區之後，匆匆忙忙走回來，為了自己所發現的東西興奮得暈陶陶。潔

1 把珍珠丟到豬玀面前，意思是將有價值的東西給不識貨的人，中文類似的成語為「買櫝還珠」。

德那個女孩私奔了。「跟一個叫葛斯的水電工，」海倫娜嬤嬤補充，「她說自己戀愛了。」

「真遺憾，」我說，「我們必須找出那對男女，好好譴責一番，確定他們確實結為連理。反正潔德粗野無禮，也成不了受人敬重的嬤嬤。往光明面看：基列的人口可能會因為這場結合而有所提升。」

「可是她怎麼會碰上水電工呢？」伊莉莎白嬤嬤說。

「A區今天早上伸訴說沒有洗澡水，」我說，「她們一定叫了水電工來。顯然是一見鍾情。年輕人總是行事衝動。」

「艾杜瓦館規定早上不能泡澡，」伊莉莎白嬤嬤說，「除非有人打破規則。」

「很遺憾的是，那也不無可能，」我說，「肉體是軟弱的。」

「噢，是的，非常軟弱，」海倫娜嬤嬤附和，「可是她怎麼從大門出去的呢？她沒通行證，他們不會放行。」

「那個年紀的女孩靈活得很，」我說，「我想她爬過高牆了。」

我們繼續用午膳——乾硬的三明治、糟蹋番茄所煮成的東西、甜點是水分過多的鮮奶凍——等這頓粗食結束的時候，女孩潔德倉促逃離、攀過高牆的特技事蹟、任性地選擇在有進取心的經濟水電工懷抱裡實踐自己的女性命運，已是無人不知無人不曉的事情。

XXIV、奈莉傑班克斯

66證人證詞逐字稿369B

我們駛到大船旁邊。甲板上有三道影子，手電筒的光線一閃而逝。我們攀上繩梯。

「坐在邊緣，然後把雙腳甩過來。」有個聲音說。有人抓住我的胳膊。轉眼我們就站在甲板上了。

「我是米胥孟果船長，」那個聲音說，「我們帶妳們進船裡。」低沉的嗡嗡聲傳來，我感覺船動了起來。

我們走進小小船艙，窗戶拉起遮光窗簾，那裡有一些控制器，以及可能是船艇雷達設備的東西，不過我沒機會仔細看。

「很高興妳們辦到了。」米胥孟果船長說。他跟我們握握手；他有兩根手指不見了。他長得矮矮壯壯，六十歲左右，皮膚曬成古銅色，留著黑色短鬚。「現在說說我們的故事，免得哪天有人問起。這是一艘捕鱈魚的雙桅船，靠太陽能發電，有燃料做備用。方便旗[1]是黎巴嫩的。我們有運送鱈魚和檸檬的特種執照，指的就是灰市，現在是我們的回程。白天期間，妳們要避人耳目：我從我的聯絡人柏特那裡聽到，就是載妳們到碼頭的那位，他們很快就會開始搜索妳們的下落。貨艙裡有個地方可以睡覺。要是有人上船臨檢，就是海岸警衛隊，也不會檢查很徹底，那些傢伙我們都認識。」他搓搓手指，我知道那表示錢。

「你有吃的嗎？」我問，「我們整天下來幾乎沒吃什麼東西。」

「對喔。」他說。他要我們在原地等等，然後端著兩杯茶和幾個三明治回來。夾了乳酪，但不是基列那種乳酪，而是真正的乳酪：加了細香蔥的羊乳酪，梅蘭妮喜歡的一種。

「謝謝。」艾格尼絲說。我已經吃了起來，但還是滿嘴食物地喃喃說了聲謝。

「妳朋友艾達想跟妳說聲哈囉，她說很快見。」米胥孟果船長對我說。

我嚥嚥口水。「你怎麼會認識艾達？」

他哈哈笑。「每個人多少都有點關係，反正在這一帶是這樣。我們在新斯科細亞省一起獵鹿，以前啦。」

我們爬下扶梯，到了過夜的地方。由米胥孟果船長帶頭先走，他打開了燈。貨艙裡有些冰庫，還有幾個長方形大鐵箱。其中一個箱子的側面有附鉸鍊的掀板，裡面有兩個看起來不大乾淨的睡袋：我猜我們不是第一個用這些睡袋的人。整個地方瀰漫著魚腥味。

「只要沒有狀況，箱蓋都可以開著不關，」米胥孟果船長說，「睡個好覺、別被蟲咬。」

我們聽到他的腳步漸漸遠去。

「有點糟糕，」我對艾格尼絲小聲說，「有魚腥味，還有那些睡袋，打賭裡面一定有蝨子。」

「我們應該覺得感謝，」她說，「我們睡覺吧。」

我的那個GOD／LOVE刺青讓我很困擾，我必須翻到右側免得壓到。我納悶自己是不是血液中毒了。如果是，麻煩就大了，因為船上絕對沒有醫生。

四周還一片漆黑時，我們醒了過來，因為船身晃得很厲害。艾格尼絲爬出我們的鐵箱，登上扶梯去看怎麼回事。我也想去，但身體真的很不舒服。

她帶著裝了茶的保溫瓶和兩顆水煮蛋下來。我們到大海了，她說，是海浪在搖晃船。她從來想像不到波濤會這麼洶湧，雖然米胥孟果船長說它們不算什麼。

「噢天啊[2]，」我說，「我希望海浪不會變更大，我很討厭吐。」

「請不要用上帝的名咒罵。」她說。

「抱歉，」我說，「可是如果妳不介意我直說的話，要是真的有個上帝，祂真的搞爛了我的人生。」

我以為那時她聽了會生氣，可是她只說：「妳不是宇宙中獨一無二的人，每個人的人生都過得不容易。可是，上帝搞爛了——用妳的說法——妳的人生，或許是有原因的。」

「我他媽的等不及要看看是什麼原因。」我說。手臂裡的痛感弄得我很煩躁。我講話不

---

1 Flag of convenience，指船隻為逃避本國法規或賦稅而懸掛的一種旗幟，表示受他國稅收或其他法律束縛。這裡的意思就是該船登記註冊為黎巴嫩的船。

2 Oh God 字面直譯為「噢，上帝」。

該這麼尖酸，也不該對著她咒罵。

「可是我以為妳已經明白我們任務的真正目標，」她說，「就是要拯救基列。要加以淨化、加以更新。那就是原因所在。」

「妳以為那個腐敗潰爛的屎坑可以更新？」我說，「一口氣燒光才對！」

「妳為什麼想傷害那麼多人？」她柔聲問道，「那是我的國家，是我成長的地方。它被領袖們摧毀，我希望它變得更好。」

「對啦，好，」我說，「我懂了。抱歉，我不是指妳。妳是我姊姊。」

「我接受妳的道歉，」她說，「謝謝妳的理解。」

我們默默坐在黑暗中幾分鐘，我可以聽到她的呼吸和幾聲嘆息。「妳覺得這個行動會成功嗎？」我終於發問，「我們到得了嗎？」

「這不是我們可以控制的。」她說。

67 證人證詞逐字稿369A

到了第二天的開端，我非常擔心妮可。她說自己沒生病，但是她發了燒。我回想我們在艾杜瓦館學過的照顧病人的方法，我打算讓她保持體內的水分。船上有些檸檬，我可以用茶、鹽、一點糖和檸檬汁調在一起。我發現，自己現在上下那座通往過夜區的扶梯變得越來越駕輕就熟，要是穿長裙會吃力許多。

外面一片霧茫茫。我們還在基列的水域裡，中午左右，海岸警衛上船抽查。我和妮可將我們的鐵箱門從內側關起來。她握住我的手，我用力掐了掐，我們不聲也不響。我們聽到腳步聲在附近重重踩過，還有說話聲，但那些聲音越來越小，我的心不再跳得那麼快。

那天後來，我上去拿更多檸檬汁的時候，發現引擎出了問題。米胥孟果船長似乎很擔心：這一帶的浪潮又高又急，他說，要是沒有電力，我們就會被掃到海上，不然就會被拉進芬迪灣，撞毀在加拿大海岸上，而船隻會遭到扣押，船員全數被捕。這艘船正往南漂，這是不是表示我們會被帶回基列去？

我忖度，米胥孟果船長是不是很希望當初沒答應載我們上路。他告訴過我，如果有人追捕並擒獲這艘船，發現了我們，他就會被控走私婦女。他的船會被查封，因為他原本來自基列，透過加拿大邊境逃出國有家園計畫區，他們會聲稱他是基列公民，然後以走私客身分送他受審，那麼他就徹底完蛋了。

「我們讓你冒太大的危險，」我聽到的時候說，「你跟海岸警衛沒先約定好嗎？關於灰市的事？」

「他們會否認的，因為沒有白紙黑字，」他說，「誰想要因為收賄吃子彈？」

晚餐是雞肉三明治，但妮可不餓，只想睡覺。

「妳很不舒服嗎？我可以摸摸妳的額頭嗎？」她的皮膚好燙。「我只是想說，我很感激我的人生中有妳，」我告訴她，「我很高興妳是我妹妹。」

「我也很高興，」她說，片刻之後又問：「妳想我們見得到媽媽嗎？」

「我有信心我們見得到。」

「妳想她會喜歡我們嗎？」

「她會很愛我們，」我為了安撫她而說，「我們也會很愛她。」

「只是因為血緣關係，不代表你就會愛對方。」她嘟囔。

「愛是一種紀律，就像禱告，」我說，「我想替妳禱告，好讓妳好過一點。妳介意嗎？」

「沒用的，我不會更好過。」

「可是我會好過點。」我說。所以她答應了。

「親愛的上帝，」我說，「願我們接受千瘡百孔的過去，願我們在寬恕和慈愛當中，往前邁向更好的未來。願我們對於擁有姊妹而感恩，願我們兩人都能再見到母親，還有我們各自的父親。願我們記得麗迪亞嬤嬤，願她的罪惡和過錯得到寬恕，就像我們希望自己的也受到寬恕一樣。願我們永遠對我們的姊妹貝卡心存感恩，不管她可能在哪裡。請祝福他們所有人。阿們。」

等我禱告完畢的時候，妮可已經睡著了。

我自己試著要睡，但貨艙裡的空氣比之前還要滯悶。接著我聽到有腳步聲沿著鐵扶梯下來。是米胥孟果船長。「抱歉，可是我們必須放妳們下船。」他說。

「現在嗎？」我說，「可是現在是晚上。」

「抱歉，」米胥孟果船長又說，「馬達救是救回來了，可是電力很低。我們現在在加拿大的海域，可是跟我們該帶妳們去的地方還有一段距離。我們到不了港口，對我們來說太危險。浪潮對我們不利。」

他說我們目前在芬迪灣東岸之外。我和妮可只要抵達那裡的海岸，就不會有事，但他不能拿他的船和船員來冒險。

妮可睡得很熟，我不得不把她搖醒。

「是我，」我說，「妳姊姊。」

米胥孟果船長把剛剛的話再對她說一遍：我們必須立刻離開奈莉傑班克斯。

「所以，你要我們用游的？」妮可說。

「我們會把妳們放進充氣艇，」他說，「我已經預先通報，他們會去接妳們。」

「她狀況不好，」我說，「明天不行嗎？」

「不行，」米胥孟果船長說，「海潮正在轉向。錯過這個機會，妳們就會被往外掃進大海。穿上最暖和的衣服，十分鐘內到甲板上。」

「最暖和的衣服？」妮可說，「說得好像我們帶了北極禦寒用的衣服。」

我們把所有的衣服都穿上身。靴子、刷毛帽、防水衣。妮可先爬扶梯：她動作不大穩定，而且只用右手。

到了甲板上，米胥孟果船長跟一名船員正在等我們。他們替我們準備了救生衣和保溫瓶。船的左側有一道霧牆朝我們翻湧而來。

「謝謝，」我對米胥孟果船長說，「謝謝你為我們做的一切。」

「抱歉事情沒照原本的計畫走，」他說，「一路順風。」

「謝謝你，」我又說，「也祝你們一路順風。」

「如果可以的話，盡量躲開濃霧。」

「太好了，」妮可說，「濃霧，正是我們需要的。」
「也許反倒是個福氣。」我說。
他們將我們往下降入充氣艇。艇上有個小太陽能馬達：操作起來真的很簡單，米胥孟果船長說：發動、怠速、往前、迴轉，還附有兩把船槳。
「推開。」妮可說。
「抱歉再說一遍？」
「把我們的船從奈莉旁邊推開。不是用妳的手！拿去——用船槳。」
我勉強推了推，但不是很成功。我從未握過船槳。我覺得自己好笨拙。「再會了，奈莉傑班克斯，」我說，「願神祝福！」
「揮手就免了吧，他們看不到妳的，」妮可說，「他們一定很高興甩掉我們，我們是有毒的貨物。」
「他們人很好。」我說。
「他們做這種事肯定可以大撈一筆，不然妳以為呢？」
奈莉傑班克斯漸漸遠去，我希望他們福星高照。
我可以感覺潮浪抓住了充氣艇。以斜角往前行，米胥孟果船長交代過，他說直直切過潮浪很危險，充氣艇可能會翻覆。
「握住我的手電筒。」妮可說，她正用右手摸弄馬達上的按鍵。馬達啟動了。「這股潮浪跟河流一樣。」我們確實行進得很快。我們左邊的岸上亮著幾盞燈，距離非常遙遠。空氣冷冽，那種冷會直接穿透你的衣物。

「快到了嗎？」過了一會兒我說，「快到海岸了嗎？」
「希望，」妮可說，「因為如果不是，我們再不久就會回到基列了。」
「我們可以跳船。」我說。再怎麼樣，我們都不能回到基列：他們現在一定已經發現妮可失蹤，而且沒跟經濟男遠走高飛。我們不能背叛貝卡，以及她為我們所做的一切。死了反倒好。
「操他媽的，」妮可說，「馬達竟然掛點了。」
「噢糟糕，」我說，「妳能不能……」
「我在努力。靠，幹！」
「什麼？怎麼了？」我必須扯開嗓門：濃霧團團圍住我們，還有水聲。
「我想是電力短路，」妮可說，「不然就是電池快沒電了。」
「他們是故意的嗎？」我說，「也許他們希望我們送命。」
「不可能！」妮可說，「他們幹嘛害死自己的顧客啊？現在我們必須用划的了。」
「划？」我說。
「對，用船槳，」妮可說，「我只能用好的這條手臂，另一條腫得像馬勃菌[3]，別他媽的問我什麼是馬勃菌！」
「我不懂這些，又不是我的錯。」我說。
「妳現在竟然想扯這個？我他媽的很抱歉，可是我們現在整個亂成一團，緊急得要命！

3 Puffball，一種子囊菌，外觀為不規則球形，通常以冬天枯死腐葉當養分，春夏雨後從草地和林間冒出來，初期呈乳白色，成熟後漸轉為灰褐色，種類多，特色是又大又蓬鬆，常見體積為十三至十四公分。

好了，抓住船槳！」

「好，」我說，「好了，我抓住了。」

「把船槳套進槳架。槳架！這個東西啦！好了，現在雙手並用。好了，現在配合我的動作！我說划的時候，就把船槳放進水裡，然後一拉。」妮可說。她現在用吼的。

「我不知道怎麼弄，我覺得自己好沒用。」

「別哭了，」妮可說，「我不在乎妳覺得怎樣！做就是了！現在！我說划的時候，就把船槳拉向自己！看到那個燈光了嗎？已經更近了！」

「我覺得沒有，」我說，「我們還在遠遠的外頭，我們會被潮浪沖走的。」

「不，我們不會，」妮可說，「只要放手去試就不會。好了，划！再划！這就對了！划！划！划！」

XXV、甦醒

68 艾杜瓦館親筆手書

薇達拉嬤嬤睜開眼睛了。她尚未開口說話。她的心智還在嗎？她記得自己看到潔德那個丫頭身穿珍珠女孩的銀洋裝嗎？她記得擊昏她的那一拳嗎？她會如實以告嗎？如果前一個問題的答案是會，那麼第二個問題的答案也是會。她會將事情的全貌拼湊出來——除了我，還有誰能促成這樣的局面。她只要向護理師舉發我，消息就會直接傳進眼目的耳裡，然後時鐘就會停擺。我一定要採取預防措施。可是要做什麼？又該怎麼做？

艾杜瓦館內盛傳的謠言是，她的中風並非自發性的，而是受到震撼，甚至是某種攻擊的結果。從土地上的腳跟痕跡看來，她被人拖到了我的雕像背面。她被移出加護病房，送進了恢復病房，伊莉莎白嬤嬤和海倫娜嬤嬤輪流坐在她病床旁邊，等待她的頭幾句話，每個人都懷疑著對方；所以我不可能有機會跟她獨處。

那張私奔信箋引起諸多揣測。提到水管工真是妙招；如此有說服力的細節。我以潔德的足智多謀為榮，相信這點在不久的將來會對她大有益處。能夠捏造出貌似可信的謊言，這種天分不可低估。

關於這件事該如何處理才好，大家自然會來徵詢我的意見。該不該發動搜尋？查出那女孩目前的下落沒那麼重要，我說，只要他倆以婚姻和繁衍後代為目標。但是伊莉莎白嬤嬤說，那個男人有可能是色慾薰心的冒牌貨，甚至是透過偽裝滲透到艾杜瓦館領地的五月天探子；不管是哪種，他都會占潔德的便宜，然後始亂終棄，到時她就只能以使女身分度完餘生，所以我們應該立刻找到她，逮捕那個男人來接受審訊。

倘若真有這號男人，這樣的做法確實有益：在基列，明白事理的女孩不會跟人私奔，而心存善念的男人也不會帶她們私奔。所以我不得不默許，於是有一隊天使軍受派搜索鄰近的住家和街道。他們的態度不怎麼積極：追著受騙的少女跑並不符合他們心中對英雄氣概的想像。不消說，他們遍尋不著潔德，也沒找出任何五月天假扮的水電工。

伊莉莎白嬤嬤認為，整件事非常可疑。我對她的看法表示同意，說我跟她一樣困惑不解。可是又能怎麼辦呢？我問她。找不到線索也無從施力。我們一定要靜待事態發展。

但要轉移賈德大主教的注意力，可沒那麼容易。他將我喚進辦公室開緊急會議。「妳竟然弄丟寶寶妮可。」他因為壓抑怒火以及恐懼而顫抖著：寶寶妮可曾經是他的囊中物，他卻讓她白白溜走——議會可不會原諒這種事。「還有誰知道她的身分？」

「沒有別人，」我說，「就你、我，當然還有妮可本人——我覺得跟她分享那份資訊很合適，為了說服她接受自己崇高的命運。沒有別人。」

「一定不能讓大家發現！妳怎麼可以讓這種事發生？把她帶進基列，然後又讓她被匆匆帶走……眼目的聲譽會受到損害，更不要提嬤嬤們的名聲了。」

我看到賈德苦惱不安時，心中湧現的那種愉悅，筆墨難以形容，但我表情故作憂鬱喪氣。「我們事先做了各種防範措施，」我說，「她要不是自己潛逃，不然就是遭人誘拐。如果是後者，那些主事者一定跟五月天有合作關係。」

我正在爭取時間。人總是在爭取著什麼。

我數算著滴答流逝的時間，一個鐘頭又一個鐘頭，分分秒秒。我的信使隨身帶著讓基列垮台的種子，我大有理由期盼她們的旅程順風順水。這麼多年來，我一一拍下艾杜瓦館最高機密的犯罪檔案，絕不是平白無故的。

兩個珍珠女孩的背包在佛蒙特被拾獲，就在荒廢的健行步道入口旁。裡面有兩件珍珠女孩洋裝、一些柳橙皮，還有一串珍珠項鍊。眼目在那一帶發動警犬搜尋。一無所獲。

障眼法，真是干擾。

住在A區和B區的嬤嬤提出缺水的伸訴，工務部門經過調查，在貯水槽裡發現了可憐的伊茉太嬤嬤。她塞住了出水口。那個節儉的孩子還先褪掉外衣，好省下來供他人未來使用。有人發現那套外衣整整齊齊疊好，放在扶梯最上階。為了維持端莊，她還穿著貼身衣物。她的表現正是我所預期的。別以為我不會為失去她而悲傷，但我提醒自己，那是自願的犧牲。

這項消息觸發了另一波的臆測：謠傳說，伊茉太嬤嬤遭人謀殺，而誰會比那個從加拿大招募過來、目前失蹤的潔德，更可能犯下這樁罪行？不少嬤嬤——有好些當初如此喜悅又滿足地迎接她的到來——現在都改口說，她們一直相信她有什麼虛偽狡詐的地方。

「這是個可怕的醜聞，」伊莉莎白嬤嬤說，「嚴重敗壞我們的聲譽！」

「我們會把這件事掩蓋起來，」我說，「我會對外表示，伊茉太嬤嬤只是想調查出了問題的貯水槽，這樣就不必浪費珍貴的人力來處理雜務。她一定是不慎滑了一跤，不然就是暈倒了。她執行這項無私的任務時出了意外。我們現在要辦一場表揚她的莊嚴葬禮，我會在葬禮上這麼陳述。」

「真是神來一筆。」海倫娜嬤嬤半信半疑說。

「妳想會有人相信嗎？」伊莉莎白嬤嬤問。

「只要為艾杜瓦館好處著想的東西，她們什麼都會相信，」我堅定地說，「因為那也是為她們的好處著想。」

可是臆測紛起。兩個珍珠女孩穿過了大門——值勤的天使軍咬定確實如此——而且手上文件齊備。其中一人是不是維多利亞嬤嬤，她尚未現身用膳？倘若不是，那麼她人在何方？如果是，她為何在舉行感恩會以前提前踏上傳道任務？如果陪伴她的不是伊茉太嬤嬤，那麼第二個珍珠女孩又是誰？在那場雙人出逃事件裡，維多利亞嬤嬤有可能是共謀嗎？因為看起來越來越像是出逃行動。眾人最後推定的結論是，那張私奔信箋是其中一部分：意在弄虛作假，而且為了拖延追捕。年輕女孩多麼陰險狡猾啊，嬤嬤們喁喁私語——尤其是外國人。

接著有消息傳來，有人在新罕布夏的樸茨茅斯巴士站目擊兩位珍珠女孩。賈德大主教下令啟動搜尋：一定要逮到這些假貨——他這麼稱呼她們，帶回來接受審訊。除了他之外，不准她們跟任何人交談。倘若有逃逸的可能，他下達的指令是格殺勿論。

「這樣未免太過嚴酷，」我說，「她們畢竟經驗不足，肯定是給人誤導了。」

「在當前的局勢下，對我們而言，喪生的寶寶妮可比活著的有用許多，」他說，「妳當然能理解，麗迪亞嬤嬤。」

「我為自己的愚蠢致歉，」我說，「我原本相信她是真的，我的意思是，真心想加入我們的行列。假使真的如此，原本會是致勝妙計。」

「她顯然就是個密探，假借理由被塞進基列。要是活著，她會拖我們兩人下水。妳難道不明白，要是有人掌握了她，逼她道出實情，我們會變得多麼弱勢嗎？我會失去所有的信譽。有人就會趁勢發動攻擊，不只針對我：妳在艾杜瓦館的統轄也會告終，老實說，妳的生命也會走到盡頭。」

他愛我，他不愛我[1]：我的地位只是個工具，使用過即可丟棄。但那可是個雙人遊戲。

「確實，」我說，「很遺憾，我們國家裡有些人執迷於以牙還牙。他們不相信你的行動向來以最大福祉為考量，尤其在你的那些篩選行動裡。可是在這件事情上，你做了最佳選擇，一如既往。」

這番話逗出了他的一抹笑容，雖然相當緊繃。我腦海閃過往昔事件的畫面，這也不是第一遭了。我當時穿著棕色布袋長袍，舉起步槍，瞄準並發射。有子彈，還是沒子彈？

有子彈。

1 他（她）愛我、他（她）不愛我，源自剝花瓣猜測對方情意的傳統遊戲，剝一片說一句，剝到最後一瓣說到哪一句，就是答案。通常是用濱菊，或稱法蘭西菊或法國菊。

我又去探視薇達拉嬤嬤。伊莉莎白嬤嬤正在值勤，一面替早產兒織著小扁帽——時下正在流行的東西。對於自己一直沒學會編織，我依然深深感激。

「她開口說話了嗎？」我問。

「沒有，一個字也沒有，」伊莉莎白嬤嬤說，「我在場的時候沒有。」

「妳這麼周到，真好，」我說，「可是妳一定累了吧。我幫妳看著，讓妳喘口氣。去喝杯茶吧。」她狐疑地瞅了我一眼，但她還是去了。

她一走出病房，我便往前彎身，大聲對著薇達拉的耳朵說：「醒醒！」

她睜開雙眼，聚焦在我身上。接著她低聲說，咬字毫不含糊：「是妳幹的，麗迪亞，妳會因為這件事被吊死。」她一臉憤恨又得意：她終於有個指控得以坐實，我的這份工作她幾乎手到擒來了。

「妳累了，」我說，「回頭睡吧。」她再次闔上雙眼。

我往口袋裡撈找隨身帶來的那瓶嗎啡時，伊莉莎白走了進來。「我忘了拿我的毛線。」她說。

「薇達拉說話了，在妳離開病房的時候。」

「她說了什麼？」

「她一定傷到腦子了，」我說，「她竟然指控妳對她動手，說妳跟五月天狼狽為奸。」

「可是誰也不會相信她的，」伊莉莎白說，臉色煞白，「要是有人打了她，也一定是那個叫潔德的女孩！」

「很難預料誰會相信什麼，」我說，「可能會有人覺得舉發妳是權宜之計。並不是所有的大主教都欣賞葛洛夫醫師名譽掃地的退場方式。我聽過有人說妳並不可靠——他們說如果妳指控了葛洛夫，難保不會再指控誰——這麼一來他們就會接受薇達拉對妳的指證。大家都喜歡代罪羔羊。」

她坐下來。「真是個災難。」她說

「我們以前也走投無路過，伊莉莎白，」我溫和地說，「想想感謝箱，我們兩人都活著走出來了。從那時起，我們做了必要的事情。」

「妳真會振奮人心，麗迪亞。」她說。

「真遺憾薇達拉有過敏的毛病，」我說，「希望她不會在睡夢中氣喘發作。我現在得趕緊走，有會議要開。我就把麗迪亞交到妳細心呵護的手中。我注意到她的枕頭需要重整。」

一石二鳥：倘若實現了，不管在美學上或實際上都會多麼令人滿意，而且這樣的橫生枝節，可以創造更多操作空間。雖然最終也幫不上我，因為當妮可出現在加拿大的電視上，她為我攜帶過去的那批證據一旦公開所揭露的種種，我毫髮無傷逃過一劫的機會微乎其微。

時鐘滴答走著，分分秒秒過去。我等待，我等待。

好好飛翔吧，我的信使，我的銀鴿，我的毀滅天使。安安穩穩著陸吧。

XXVI、著陸

69 證人證詞逐字稿369A

我不知道我們汽艇搭了多久。感覺像是幾個小時。抱歉我沒辦法說得更精確。霧茫茫。波濤洶湧，水沫和海水迎頭灌下，冰冷如死亡。浪潮迅猛，將我們往外掃向大海。我害怕得不得了：我以為我們就要死了。充氣艇會被海水淹沒，我們會被拋入海中，不停往下沉落。麗迪亞嬤嬤的訊息就會丟失，而所有的犧牲全都白費。

親愛的上帝，我默默禱告。請幫助我們安全著陸。如果必須再失去一條人命，那麼就由我來吧。

我們拚命划個不停。我們各有一支船槳，我以前從沒坐過船，所以不知道怎麼做。我覺得虛弱又疲憊，胳膊痛得都抽筋了。

「我沒辦法。」我說。

「繼續努力！」妮可叫道，「我們沒問題的！」

海浪拍岸的聲音感覺不遠，但四周一片漆黑，我看不到海岸的方位。接著一波大浪直接打進船裡，妮可喊道：「快划！拚死命地划！」

傳來嘎吱聲，一定是碎石，又一波大浪襲來，汽艇往旁邊一翻。我們被拋上了陸地。我雙膝跪在水裡，又被一波海浪推倒，可是我勉強打直身子，妮可的手從黑暗中伸過來，將我往上拉過某些大石塊。接著我們站定，離開大海的掌握。我渾身哆嗦，牙齒喀喀打顫，手腳發麻。妮可猛地用雙臂攬住我。

「我們辦到了！我們辦到了！我還以為我們死定了呢！」她大聲嚷嚷，「我他媽的希望我們來對了海岸！」她一面笑著，也一面喘著要換氣。

我在心裡說，親愛的上帝，謝謝祢。

70 證人證詞逐字稿369B

真的好險，我們差點翹掉。我們原本會被潮浪掃出去，淪落到南美洲，更可能會被基列捕獲，然後吊死在高牆上。我真的替艾格尼絲覺得驕傲——經過那晚，她真的是我的姊姊了。即使體力透支，她還是繼續拚命划，要是只有我自己，是不可能划得動那艘汽艇的。

踩在那些礁石上真是險象環生。有好多滑不溜丟的海草。我看不大清楚，因為伸手不見五指。還好艾格尼絲在我身旁，因為到了那時我已經陷入譫妄狀態。我的左手臂感覺不像我自己的——彷彿脫離了我的身體，只是靠袖子勉強貼在我身上。

我們手腳並用攀過大礁石，涉水走過一窪窪的水，一路打滑跌跌撞撞。我不知道我們要往哪裡走，可是只要往上坡走，就可以遠離海浪。我幾乎快睡著了，我好累。我在想，都撐到這麼遠了，現在我就要失控跌倒，然後丟掉小命。貝卡說，不用再走多遠了。我不記得她搭了汽艇，可是她在海灘上，就在我們身邊。我看不到她，因為四周太暗了。接著她說，看上面那邊，跟著燈光走。

有人在上方的懸崖吶喊。燈光沿著頂端移動。有個聲音喊道：「她們在那邊！」另一個聲音呼喚：「在這裡！」我累到無法回喊。接著地面感覺沙子變多了，那些燈光順著山丘往下移動，朝我們而來，就在我們的右側。

手握燈光的其中一人是艾達。「妳辦到了。」她說。我說：「對啊。」然後就倒了下去。有人把我扶起來，開始撐著我走。是葛斯。他說：「不是跟妳說過了嗎？太棒了！我就知道妳辦得到。」這話逗得我咧嘴一笑。

我們登上山坡，那裡的光線亮晃晃的，還有拿著電視攝影機的人們。有個聲音說：「笑一個。」接著我就失去意識了。

他們用直升機載我們到坎波貝洛難民醫學中心，替我注射了抗生素，所以我醒來的時候，手臂沒那麼腫，也沒那麼痛了。

我姊姊艾格尼絲就在床畔，穿著牛仔褲和印著「為我們生命而跑，幫忙對抗肝癌」的運動衫。我覺得很滑稽，因為那就是我們一直在做的事：為我們的小命而逃[1]。她正握著我的手。艾達就在她旁邊，還有以利亞和葛斯。他們全都笑得合不攏嘴。

我姊姊對我說：「這是個奇蹟，妳救了我們兩個的命。」

「我們真的好以妳們為榮，」以利亞說，「雖然汽艇的事我很抱歉——他們當初應該要把妳們帶進港口的。」

「新聞全都在播報妳們的事，」艾達說，「『姊妹花排除萬難』、『寶寶妮可大膽出逃基列』。」

「還有那批文件，」以利亞說，「那也上了新聞，帶來爆炸性的效果。基列的高階官員犯下那麼多罪行——遠超過我們原本的預期。加拿大媒體爆料一個接一個，再不久就會有人頭落地。我們的基列來源真的說到做到。」

「基列消失了嗎？」我說。我覺得很開心，但也覺得很不踏實，彷彿我並未參與我們所做的事情。我們當初怎麼有膽冒那些險？是什麼幫我們撐下去的？

「還沒，」以利亞說，「但這只是個開端。」

「基列新聞說這全是假的，」葛斯說，「說是五月天的計謀。」

艾達發出短促低沉的笑聲。「他們當然會這麼說。」

「貝卡呢？」我問。我又暈眩起來，於是閉上雙眼。

「貝卡不在這邊，」艾格尼絲柔聲說，「她沒跟我們一起來，記得嗎？」

「她來了啊。她在海灘上，」我細聲說，「我聽到她的聲音。」

我想我睡著了，然後再次醒來。「她還在發燒嗎？」有個聲音說。

「怎麼了？」我說。

1 Run for life，可解釋為兩個意思，為了生命而跑（路跑活動），或為了保住性命快逃。

「噓，」我姊姊說，「不要緊的，我們的媽媽來了。她一直好擔心妳。看，她就在妳身邊。」

我睜開眼睛，四周好亮，有個女人站在那邊，看起來同時悲傷又快樂。她稍微哭了一下。她看起來就像血緣檔案裡的那張照片，只是年紀更大。

我覺得那一定是她，所以往上伸出雙臂，完好的那隻跟復原中的那隻，我們的媽媽朝我的病床彎身，我們給對方一個單臂的擁抱。她只用了一隻手臂，因為另一隻手臂摟著艾格尼絲。她說：「我親愛的女兒們。」

她的味道聞起來對了。就像是回音，你聽不大到的聲音。

她淺淺一笑，然後說：「妳們當然不記得我。妳們那時候太小。」

然後我說：「嗯，我不記得了，可是不要緊。」

我姊姊說：「還沒想起來，但總會的。」

然後我又回頭去睡。

XXVII、送別

71 艾杜瓦館親筆手書

我們可以相處的時間越來越短了，我的讀者。你可能會把我這些紙稿當成脆弱的寶藏箱，打開時必須極度小心。你可能會動手撕碎，或是放火燒燬：文字常有這樣的下場。也許你是研究歷史的學生，如果是，我希望你能夠好好發揮我的用途：一張不怎麼賞心悅目的肖像；一份針對我人生和時代的完整敘述，適切地加上註腳。但是如果你不指控我欺瞞成性，我會非常驚愕；或者說，事實上，我並不會覺得驚愕；我到時都死了，而要讓逝者驚愕是很難的事情。

我將你想像為年輕女子，聰慧伶俐、志向遠大，想在回音繚繞、幽暗不明的學術界洞窟裡，覓得適合自己的位置，到了你那個時代不管學術界可能是什麼樣的存在。我想像你坐在桌前，頭髮塞在耳後，指甲油些微剝落——指甲油到時應該又回來了，總是會的。你微微皺眉，這習慣會隨著年紀漸長而加重。我在你背後徘徊，越過你的肩膀窺看：你的繆思、你看不見的靈感，正敦促你繼續向前。

你會對著我這份手稿絞盡腦汁，一讀再讀，一面閱讀一面吹毛求疵，心中萌生對研究對象著迷卻又厭倦的恨意，傳記作者常常會如此。我怎能表現得如此惡劣、如此殘酷、如此愚蠢？你會問。你自己絕對不會做出這種事！可是那是因為你永遠沒必要這麼做。

所以我們來到了我的終結。已經晚了：基列要迴避即將到來的毀滅，已經太遲。很遺憾我無法活著親眼目睹——烈火熊熊、崩解衰亡。這也是我的人生晚期。更是深夜時分：無雲之夜，我步行過來的時候觀察到的。滿月當空，對著一切投下死屍般的幽光。三位眼目在我路過時對我行禮：月光中，他們的臉孔恍如骷髏，在他們眼裡，我的模樣一定也是如此。

他們會來得太遲，那些眼目。我的使者已經遠走高飛。當情勢壞到不能再壞——不久就要如此——我將會俐落明快地出場。一兩針的嗎啡就辦得到。那是上上策。倘若我讓自己活下去，我會吐出過多真相。酷刑有如跳舞，我年紀太大，不適合了。就讓更年輕的人磨練他們的勇氣吧；雖然對於這點，他們可能別無選擇，因為他們並不具備我握有的特權。

可是現在我不得不終止我們這場對話了。永別了，我的讀者。盡量別把我想得太壞，或者別比我對自己的觀感還差。

待會兒，我就要把這些紙稿收進紐曼紅衣主教的書裡，再塞回我的書架上。我的開端就在我的終結裡，某人曾經說過。是誰呢？瑪麗，蘇格蘭女王，如果歷史沒說謊的話。她的這句座右銘，配上從灰燼裡升起的鳳凰，就繡在一張掛壁織錦上。如此卓越的刺繡者，女人們。

腳步聲逐漸逼近，一靴接著一靴。在前一次的呼息與下一次的呼息之間，敲門聲行將響起。

第十三屆研討會

史料：

以下是二一九七年六月二十九至三十日「第十三屆基列研究研討會」的部分會議紀錄。主辦單位為國際史學會大會，在緬因州的帕薩馬科迪舉行。

主席：瑪莉安·新月[1]教授，安大略省科博爾特，阿尼什納比大學校長。

主講人：詹姆斯·達西·沛修托教授，英國劍橋大學，二十&二十一世紀檔案館館長。

新月：首先我想點出，這個活動的舉行地點位於諾斯科特民族的傳統領地，感謝耆老與祖先准許我們今天能夠在此群聚一堂。我也想強調，我們的所在位置——帕薩馬科迪，前身

1 Maryanne Crescent Moon，音譯為瑪莉安·克里森·穆恩。

為班各城——不只是逃離基列的難民的關鍵跳板，也是美國南北戰爭前「地下鐵路」[2]的重要樞紐，後者距今已有三百多年。俗話說，歷史雖然不會重複，但必有相似之處。

很榮幸歡迎諸位來到第十三屆基列研究研討會！我們的組織茁壯不少而且理由充分。我們一定要持續自我提醒過往走過的歧路，免得重蹈覆轍。

一點活動訊息：對那些想到諾斯科特河垂釣的人，此次共有兩套行程；請記得帶上防曬乳液和驅蟲噴劑。關於垂釣活動以及基列時期城鎮建築之旅，細節都在你們的研討會資料夾裡。我們另外追加一場娛樂性的基列時期聖歌活動，地點在聖猶達教堂，與這個城鎮三所學校的合唱團同聲歡唱。明天則有復古變裝重現日，供那些有備而來的人參加。我要請你們避免過於忘情，就像第十屆研討會發生過的那樣。

現在請歡迎我們都很熟悉的講者，不管是透過他的著作，或是近來那一系列迷人的電視節目《一窺基列：清教徒神權政治下的日常生活》。他在節目裡介紹了來自世界各地博物館的藏品——尤其是手工織品物件——十分引人入勝。有請沛修托教授。

沛修托教授：謝謝妳，新月教授，或者我應該說校長女士？我們全體向妳的升遷表達慶賀，這點在基列永遠不可能發生。（掌聲）既然女性們篡奪領袖地位到了這樣可怕的程度，我希望妳不要對我太過嚴厲。對於我在十二屆研討會上說的小笑話，妳的評語我確實放在心上了——我承認當中有些品味欠佳——我會盡量避免再犯（調整過的掌聲）。

看到與會人數這麼多，真令人欣慰。誰料得到基列研究——數十年來飽受冷落——突然間會變得如此熱門？長久以來在學術界昏暗隱僻的角落裡埋首工作的我們，不習慣聚光燈的

強力照射，著實不知所措。（笑聲）

諸位應當記得幾年前那項激動人心的發現，一只裝有錄音帶的軍用小鐵箱，屬於稱為「奧芙弗雷德」的一名基列使女。發現的地點就在帕薩馬科迪這裡，一道假牆後方。我們在上一屆提出我們調查結果以及暫定的結論之後，已經催生為數不少且經過同儕審查的論文。

對於那些質疑這份素材跟年代鑑定的人，我現在可以很有把握地說，有半打的獨立研究已經確認了我們最初的假定，雖然我一定要稍微修飾一下說法。二十一世紀的數位黑洞引發了大量資訊的流失，起因是儲存的資料迅速敗壞——加上基列探員蓄意破壞大量的伺服器農場和圖書館，一心想摧毀可能與他們內部的紀錄有所抵觸的內容，更何況在許多國家興起了反抗數位監視錄影壓迫的民粹運動——那就表示不可能替許多基列素材做出精準的日期標定。一定要假定有十年到三十年間的誤差。不過，只要在那個誤差範圍內，我們就能展現身為歷史學家慣有的自信。（笑聲）

打從發現那些舉足輕重的錄音帶以來，還有另外兩項令人驚嘆的發現，如果真實無誤，將能大大深化對於我們集體歷史裡那段久遠時代的理解。

首先是那份稱為「艾杜瓦館親筆手書」的手稿。這一系列手寫的紙稿發現於紐曼大主教《為自己的人生辯護》十九世紀版本裡。這本書在一場拍賣會上由傑·格林斯比·道奇所購得，他原本住在麻州劍橋，近期過世。他姪子繼承這套東西之後，轉賣給古董商，而這位商

2 Underground Railroad，成立於十九世紀早期，並非實體鐵路，而是一條祕密路線，由參與廢奴運動的人提供奧援，協助成千上萬的黑奴逃離奴役。此系統沿途有數千名工作人員，提供引導、金錢、糧食、衣物、交通工具和接應。據估計，西元一八一〇至一八五〇間，約有十萬名奴隸逃離美國南方。

人看出它的潛力，連帶引起我們的注意。

這裡是首頁的幻燈片。那些受過草寫古體字訓練的人，可以讀懂上頭的筆跡；那些紙張為了放進中央挖空的紐曼大主教書本，事先經過裁切。這些紙張透過碳檢測鑑定出來的年代，並不排除是基列晚期。而前幾頁使用的墨水是那個時代的標準畫用墨水，顏色為黑，雖然過了幾頁之後，換成了藍色墨水。當時成年和未成年女性一概禁止書寫，唯有嬤嬤們例外，但學校會教導菁英家庭的女兒畫畫，所以可以取得這樣的墨水補給。

「艾杜瓦館親筆手書」據稱是由某位「麗迪亞嬤嬤」所寫就，在小鐵箱裡發現的錄音帶系列裡，她的形象有些負面。內部證據顯示，經過考古學家鑑定，「麗迪亞嬤嬤」也可能是手法笨拙的大型雕塑群的主雕塑，該雕像群在基列敗亡七十年後，在一座廢棄的籠飼養雞場裡被發現。主要人物的鼻子已斷裂，其他人物之一的頭部失蹤，應是蓄意破壞的結果。這裡是那個雕像群的幻燈片：我要為採光致上歉意。這張照片是我自己拍的，而我並非世界一流的攝影師。由於預算有限，無法雇用專業人士。（笑聲）

在五月天深度臥底探員的幾份任務報告裡，提及「麗迪亞」這號人物時，總是描述為冷酷無情、奸詐狡猾。我們從那個時期殘存下來的少許影音材料裡，找不到她的身影，不過從基列瓦解期間受到轟炸的女子學校斷垣殘壁之間，挖出了一張加框照片，背後有「麗迪亞嬤嬤」的手寫字跡。

很多證據都指出那位「麗迪亞嬤嬤」正是這份親筆手書的作者。可是一如既往，我們一定要謹慎行事。假使這份手稿是偽造的；不是我們這個年代企圖詐騙的笨拙嘗試——這樣的騙局從紙張和筆墨就會迅速暴露出來——而是來自基列內部的偽造，也就是說，從艾杜瓦館裡面。

要是這份手稿設計用來作為陷阱，意在構陷它的目標，就像匣中密函用來置蘇格蘭女王瑪麗於死地呢？有沒有可能是「麗迪亞嬤嬤」可疑的敵人之一，有如在手書裡詳述的——比方說伊莉莎白嬤嬤，或是薇達拉嬤嬤——因為憎恨麗迪亞的權勢、渴望她的地位，熟悉她的筆跡和文字風格，而著手寫下這份入人於罪的文件，巴望眼目可以發現？

有一絲這樣的可能性。但整體而言，我偏向認為這份手書是可信的。鐵錚錚的事實是，艾杜瓦館內部有人將極為關鍵的微點提供給那對逃出基列的同母異父姊妹，我們接下來會檢視她們的旅程。她們自己聲稱這號人物正是麗迪亞嬤嬤：我們何不相信她們的話呢？

當然了，除非那兩個女孩的「麗迪亞嬤嬤」故事本身是個煙霧彈，意在保護五月天雙面間諜的真實身分，免得五月天內部衍生背叛事件。總是有那個可能性。在我們這行裡，打開一只神祕的盒子，裡面往往藏著另一只。

這就將我們帶到了一雙幾乎可以確認為真的文件。這些文件標示為證人證詞逐字稿，來自兩位年輕女子，根據她們的自述，她們是透過專門由嬤嬤們保管的血緣系譜檔案，發現兩人是同母異父的姊妹。自稱為「艾格尼絲·耶米瑪」的那位敘事者聲稱自己在基列境內成長。而自稱為「妮可」的那位顯然比前者年輕八到九歲。在她那份證詞裡，她描述自己怎麼從兩位五月天探員那裡得知，自己在襁褓時期就從基列被偷帶出境。

「妮可」被指派進行這樣危機四伏的任務——看來她們兩人最後圓滿達成——妮可看起來可能太過稚嫩，在年齡上如此，在經驗上也是，可是比起過去幾世紀以來眾多投入反抗運動和間諜行動的人士來說，她並不會更幼小。有些歷史學家甚至表示，那個年紀的人尤其適合從事冒險行為，因為年輕人往往充滿理想主義，對自己終有一死尚未有完全的感知，對公理正義則是過度飢渴。

一般認為，她們描述的那場任務在啟動基列最終的垮台上，扮演了推手的角色，因為妹妹偷渡出來的素材——嵌入疤痕紋身內的微點，我不得不說，這在傳遞資訊上是創新手法（笑聲）——揭露了諸多有損信譽的私人祕密，牽涉到各個高階官員。特別值得注意的，是大主教們用來剷除對方的幾樁陰謀。

釋出這些資訊之後，觸發了所謂的「巴爾[3]清算」，削減了菁英階層的成員，進而弱化了政權，結果挑起軍事政變與民眾造反。由此引發的內亂和動盪，讓五月天反抗組織得以推動破壞行動，前身為美利堅合眾國的部分地區也因此能夠發動一連串成功的攻擊：像是密蘇里丘陵地帶、芝加哥和底特律內部與周圍的區域；猶他——為了曾經發生於當地的摩門教徒大屠殺而懷恨在心；德克薩斯共和國；阿拉斯加以及西岸的大多地帶。可是那又是另外一個故事了——軍事歷史學家還在拼湊當中。

我的焦點會放在這些證人證詞上，很可能是為了五月天反抗運動所記錄和謄寫的。這些文件存放於加拿大拉布拉多地區雪哈丘烏保留區的因努大學圖書館裡。先前不曾有人發現——可能是因為檔案標示並不清楚，上面題為「奈莉傑班克斯的紀錄：兩位探險者」。任何瞥見那一組字詞的人都會以為內容敘述了走私酒的古老歷史，奈莉傑班克斯是二十世紀初以走私酒聞名的雙桅帆船。

一直要到我們有個研究生蜜亞·史密斯在尋找論文主題的時候，翻開了那份檔案，才認清內容的真正本質。她將這份素材傳給我評估，我興奮莫名，因為來自基列的第一手敘述極為罕見——尤其關於未成年和成年女性的生活。那些被剝奪讀寫能力的人要留下紀錄比登天還難。

不過我們歷史學家早已學會質問自己最初的假定。這份可以做雙重詮釋的敘事，是一份高明的贗品嗎？我們有研究生組成一個團隊，照著所謂的證人所描述的路線踏上旅程。首先在陸地和海洋的地圖上規劃那對姊妹花當初可能的走法，再來按圖索驥，親身嘗試，希望能挖掘出一些現存的線索。令人苦惱的是，這些文本本身並未標明日期。我想如果你們哪天參與這樣的冒險，就會知道要加上年份和月份，對未來的歷史學家比較有幫助。（笑聲）

碰壁了幾次，然後在新罕布夏一座廢棄龍蝦罐頭工廠過了飽受鼠患的一夜之後，這個團隊訪問了帕薩馬科迪當地的一位老嫗。她說她的曾祖父說過用漁船載送人——大多是女性——到加拿大的故事。他甚至留了份那個地區的地圖，那位曾孫女將地圖轉贈給我們，說她正準備把舊廢物扔掉，免得有人在她過世以後還要花功夫清理。

我把這份地圖的幻燈片調出來。

現在我要用雷射筆描出兩個年輕難民最可能走的路線：先搭轎車到這裡，改搭巴士到這邊，再搭貨卡到這裡，然後搭馬達船到這邊，接著搭奈莉傑班克斯到新斯科細亞省哈伯維爾社區附近的海灘。她們似乎又從那裡搭機到新伯倫瑞克省坎波貝洛島的難民處理和醫學中心。

3 Ba'al在古代閃語族裡的意思是「主人」、「領主」，也是古代中東文化崇拜的神祇，尤其迦南人奉祂為豐饒之神。

我們的學生團隊接著走訪坎波貝洛島，富蘭克林·D·羅斯福[4]的家族十九世紀在島上建造了避暑別墅，難民中心當時暫時設置在裡面。基列希望斬斷跟這棟宏偉建築有關的任何連結，於是炸掉了從基列本土延伸到這裡的堤道，防止任何嚮往追求更民主生活的人經由陸地出逃。在那個年代，那棟房子歷經不少磨難，但已經重新修復，目前轉作博物館，遺憾的是，原始的家具大多都消失了。

我們的兩個年輕女子可能在這棟房子裡至少待了一週，因為從她們的描述看來，兩位都因為失溫和暴露[5]而必須接受診治，而在妹妹的案例裡，必須治療感染導致的敗血症。在調查這棟建築時，我們這個積極進取的年輕團隊發現了二樓窗櫺木工上有個謎樣的刻痕。

就在這張幻燈片裡——雖然上頭塗過油漆，但還是看得見。

這裡是個N，也許代表「妮可」——可以跟著上揚的筆畫描出來。然後還有一個A跟一個G，指的會不會是「艾達」和「葛斯」？或者那個A指的是「艾格尼絲」？稍微往下一點，這邊還有個V——會不會代表「維多利亞」？這邊有AL兩個字母，指的有可能是她們證詞裡的「麗迪亞嬤嬤」。

誰是這對同母異父姊妹花的母親？我們知道有個逃脫的使女好幾年時間擔任五月天的外勤探員，相當活躍。她從至少兩次暗殺行動存活下來之後，又在他們位於安大略省巴里市附近的情報單位，在三重保護下工作了數年，那個單位以有機大麻產品農場作為幌子。我們並未絕對排除這一點：此人正是小鐵箱錄音帶「使女的故事」的作者。而且，根據那份敘事，她至少生過兩個孩子。但是驟下結論可能會讓我們偏離正軌，所以如果可能的話，我仰賴未來的學者針對這點做進一步的檢視。

為了供有興趣的人使用——不過，目前只有來參加研討會的人有這個機會。就看資金的狀況，我們希望往後能擴大範圍，讓更多讀者能夠受惠——我和同事納特立．偉德教授將這三批素材準備成一份影印副本，而且為了讓敘事更有條理，我們將它們彼此穿插。不是所有說故事的人都是歷史學家，但歷史學家都是說故事的人！（笑聲、掌聲）為了有利於搜尋和註明出處，我們替各部分附上編號，不消說，原始版本上並沒有這些編碼。副本的影印本可以在報到櫃檯索取：數量有限，一人僅限一份，請多包涵。

祝你們前往過去的旅程順利；當你們置身過去的時候，可以想想窗櫺上那些隱密難解的記號。我只提出一點就好，開頭的字母和我們這些逐字稿裡幾個關鍵名字互有呼應，單是這點就已經令人浮想聯翩，這麼說也不為過吧。

我就以一張更迷人的拼圖圖塊來結束演說。

我準備給你們看的那組幻燈片裡有一座雕像，目前位於波士頓公園，不是來自基列時期：雕塑家的名字呼應了基列垮台後幾十年間在蒙特婁活動的那位藝術家，而這座雕像一定是在基列倒台後的動盪時期以及後續的美利堅合眾國復國幾年之後，才遷移至現今的位址。

雕像上的銘文似乎列出了我們這些資料裡提過的主要人物姓名。如果確實無誤，就表示我們這兩位年輕信使不只活到能夠講述自己的故事，也和母親與各自的父親團圓，日後也有

4 美國第三十二任總統，在職期間為西元一九三三—一九四五年。

5 一種醫學病症，長時間接觸極端溫度或氣候所造成。

了孩子和孫輩。

我個人認為，雕像上的銘文極有說服力地證明了這兩份證人逐字稿的真實性。集體回憶往往有著錯漏處處的惡名，而有不少過往都沉入時光的大海而永遠沒溺。但是偶爾，水面會分開，讓我們一窺當中隱藏的寶物，即使就那麼一瞬間。雖然歷史充滿細微差異，我們歷史學家永遠不可能希望達到毫無異議的一致看法，但我相信，至少在這個例子裡，你們會贊同我的看法。

你們可以看到，這座雕像描寫了一身珍珠女孩裝扮的年輕女子：注意那頂專用的帽子、那串珍珠及背包。她手捧一束小花，我們的民族植物學顧問指認為「勿忘我」；她的右肩上有兩隻小鳥，看來與原鴿或白鴿同屬一科。

銘刻的內容在此：文字幾經日曬雨淋之後，在幻燈片上難以閱讀，所以我擅自將它謄寫在下一張幻燈片上，就在這裡。而我在此收尾：

深切懷念

伊莉太嬤嬤，貝卡

這座紀念雕塑由她的姊妹

艾格尼絲和妮可

她們的母親、她們的兩位父親

她們的孩子以及孫子所豎立。

也為了表彰A.L.[6]所提供的無價貢獻。

因為空中的鳥必傳揚這聲音，
有翅膀的也必述說這事
愛如死堅強。

6 Aunt Lydia，（麗迪亞嬤嬤）的首寫字母。

謝詞

《證詞》在許多地方寫成：因為土石流而困在鐵路支線上的火車觀景車廂裡、幾艘船上、幾個旅館房間裡、一座森林之中、一個城市的中心、公園長椅上，以及在咖啡店裡。寫在一般的紙巾上、記在筆記本內、打在筆記型電腦裡。那場土石流超乎我的控制，另外幾樁影響寫作場地的事件也不在我的掌控之中，其他則全是我個人的失誤。

可是《證詞》這些文字實際落在紙張上以前，有一部分寫在這本書的前身《使女的故事》的讀者心中，這些讀者不斷追問那本小說結束之後發生什麼事。要思索可能的答案，三十五年是一段漫長的時光。隨著社會本身的改變，隨著可能性成為現實，答案也跟著變化。比起三十年前，許多國家的公民，包括美國，承受了更大的壓力。

關於《使女的故事》，有個問題反覆浮現：基列是怎麼衰亡的？而《證詞》就是為了回答這個提問所寫。極權政體可能會從內部崩解，因為它們並未信守掌權初始所許下的承諾；或者可能會遭到外來的攻擊；或者兩者兼有。沒有萬無一失的公式，因為歷史上鮮少事情是避無可避的。

我首先要感謝《使女的故事》的讀者，他們的興趣和好奇激勵了我。也很感謝賦予這本書生命的大團隊，他們將故事製作成攝人心魄、美妙無比、獲獎肯定的米高梅和葫蘆網電視系列影集；製作端的Steve Stark、Warren Littlefield和Daniel Wilson；劇集總監Bruce Miller和他卓越的編劇室；優秀的導演們；了不起的卡司，對他們來說，這絕對不只是另一場秀：Elisabeth Moss、Ann Dowd、Samira Wiley、Joseph Fiennes、Yvonne Strahovski、Alexis Bledel、Amanda Brugel、Max Minghella以及許許多多。這個電視系列影集相當尊重這本小說的原則之一：在人類歷史上沒有先例的事件一概不放進去。

每本出版的書籍都是集體努力的成果，所以我要好好謝謝大西洋兩岸的那一群瘋狂的編輯與初期讀者。他們以無數的方式協助這場思想實驗，反應從「我好愛那個！」「妳寫了這個肯定被追究！」到「我不懂，再跟我多說一點」，應有盡有。這群人包括但不限於：英國查托出版／企鵝藍燈書屋的Becky Hardie、加拿大企鵝藍燈書屋的Louise Dennys和Martha Kanya-Forstner、美國企鵝藍燈書屋的Nan Talese和LuAnn Walther、不假辭色的Jess Atwood Gibson；Strong Finish編輯服務公司 Heather Sangster，這位惡魔編輯會雞蛋裡挑骨頭，連那些還沒孵出來的都挑得出來。也要感謝美國企鵝藍燈書屋Lydia Buechler and Lorraine Hyland以及加拿大企鵝藍燈書屋的Kimberlee Hesas所帶領的校對和製作小組。

也感謝美國企鵝藍燈書屋的Todd Doughty和Suzanne Herz；感謝加拿大企鵝藍燈書屋的Jared Bland和Ashley Dunn；感謝英國企鵝藍燈書屋的Fran Owen、Mari Yamazaki和 Chloe Healy。

感謝我現已退休的經紀人Phoebe Larmore和Vivienne Schuster；感謝Karolina Sutton；感謝Curtis Brown版權公司的Caitlin Leydon、Claire Nozieres、Sophie Baker以及Jodi

Fabbri。感謝Fane Productions製作公司的Alex Fane、David Sabel以及團隊。也要感謝ICM經紀公司的Ron Bernstein。在特殊服務這方面，要感謝的有：針對駕駛帆船提供建議的Scott Griffin；感謝Oberon Zell Ravenheart和Kirsten Johnsen；感謝Mia Smith，她的名字出現在文本裡，因為她參加了資助「免於酷刑」慈善機構的拍賣活動；感謝好幾位來自法國、波蘭和荷蘭的二次世界大戰地下反抗軍組織成員，我與他們結識多年。艾達（Ada）這個角色依據我嬸嬸Ada Bower Atwood Brannen來命名，她是加拿大新斯科細亞省最早的女性狩獵和捕魚嚮導之一。

感謝那些讓我持續在時光中彳亍獨行，並提醒我今夕是何夕的那些人，包括我辦公室O.W. Toad Limited的Lucia Cino以及Penny Kavanaugh；感謝設計與維護網站的V.J. Bauer；感謝Ruth Atwood和Ralph Siferd；感謝Evelyn Heskin；感謝Mike Stoyan和Sheldon Shoib、Donald Bennett、Bob Clark和Dave Cole。

感謝Coleen Quinn，她會好好盯著我，確保我從寫作洞裡走出來、踏上外頭的馬路；感謝Xiaolan Zhao和Vicky Dong；感謝Matthew Gibson，他負責修好東西；感謝Terry Carman和the Shock Doctors水電公司，他們負責讓燈持續放光。一如既往，感謝Graeme Gibson[1]，他在諸多奇特和美妙的歷險上與我結伴同行，前後將近五十年。

1 加拿大作家格雷姆．吉布森已於二〇一九年九月過世，為愛特伍的長年伴侶。

愛特伍作品集13

證詞：《使女的故事》續集

THE TESTAMENTS

國家圖書館出版品預行編目(CIP)資料

證詞：使女的故事．續集 / 瑪格麗特．愛特伍(Margaret Atwood)作；謝靜雯譯．-- 初版．-- 臺北市：天培文化出版：九歌發行, 2020.09

面；　公分．-- (愛特伍作品集；13)

譯自：The testaments.

ISBN 978-986-99305-0-5(平裝)

885.357　　109010875

作　　者——瑪格麗特．愛特伍(Margaret Atwood)
譯　　者——謝靜雯
責任編輯——莊琬華
發 行 人——蔡澤松
出　　版——天培文化有限公司
台北市105八德路3段12巷57弄40號
電話 / 02-25776564．傳真 / 02-25789205
郵政劃撥 / 19382439
九歌文學網 www.chiuko.com.tw
印　　刷——晨捷印製股份有限公司
法律顧問——龍躍天律師．蕭雄淋律師．董安丹律師
發　　行——九歌出版社有限公司
台北市105八德路3段12巷57弄40號
電話 / 02-25776564．傳真 / 02-25789205
初　　版——2020年9月
定　　價——460元
書　　號——0304013

ISBN／978-986-99305-0-5　　Printed in Taiwan